十三の冥府

新装版

内田康夫

JOY NOVELS

実業之日本社

装丁／鈴木久美
装画／牧野千穂

十三の冥府●目次

『十三の冥府』関連地図

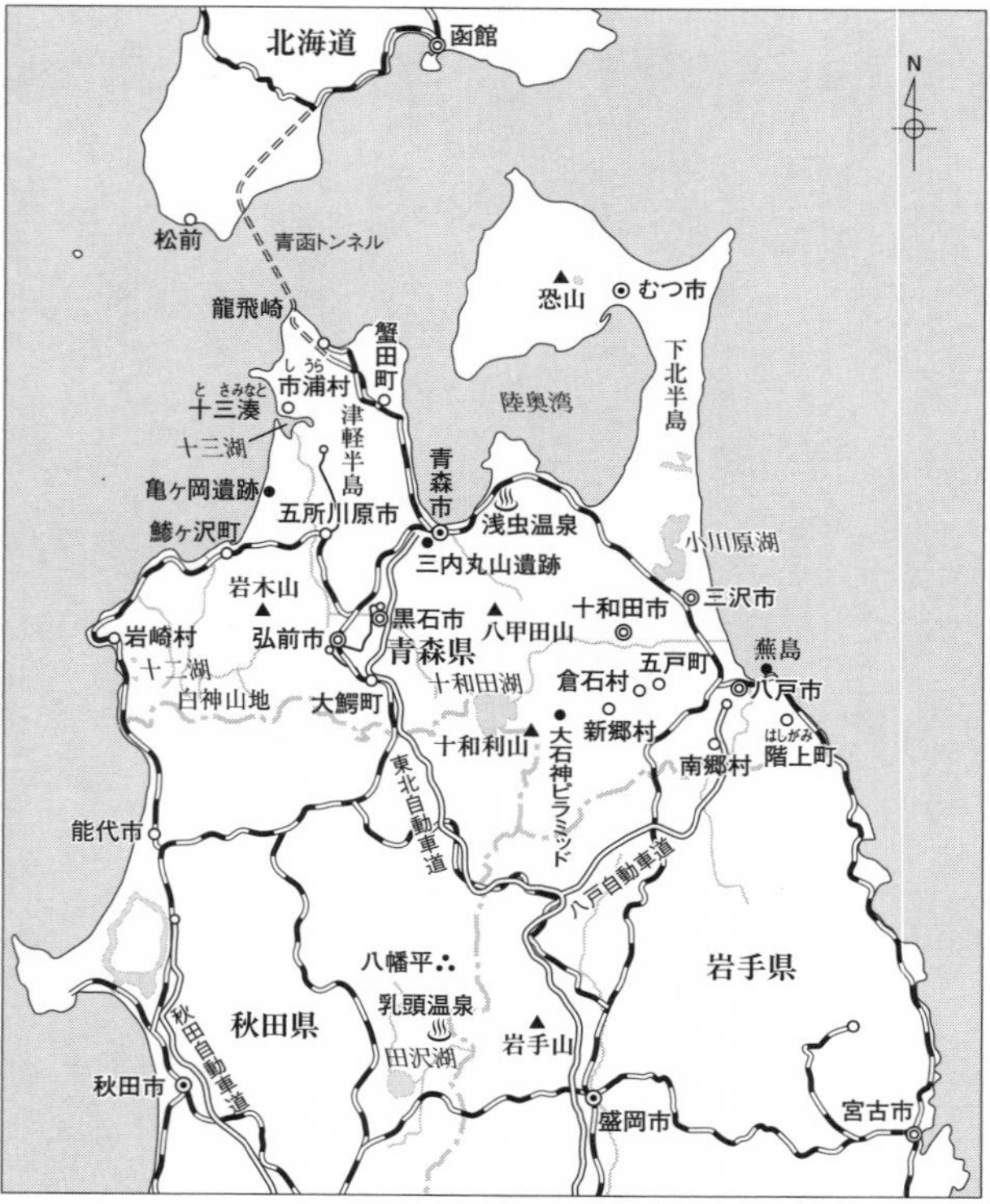
北海道
函館
N
松前
青函トンネル
龍飛崎
蟹田町
市浦《しうら》村
十三湊《とさみなと》
十三湖
津軽半島
亀ヶ岡遺跡
五所川原市
鰺ヶ沢町
青森市
浅虫温泉
三内丸山遺跡
恐山
むつ市
陸奥湾
下北半島
小川原湖
三沢市
十和田市
岩木山
黒石市
八甲田山
岩崎村
弘前市
青森県
蕪島
十二湖
五戸町
倉石村
八戸市
白神山地
大鰐町
十和田湖
新郷村
十和利山
大石神ピラミッド
階上《はしがみ》町
南郷村
東北自動車道
能代市
八戸自動車道
八幡平
岩手県
乳頭温泉
秋田県
岩手山
田沢湖
秋田自動車道
秋田市
盛岡市
宮古市

プロローグ

いつ、どこで聞いたのか、容子《ようこ》にはふっと思い浮かぶ唄《うた》がある。

なにわより　じゅうさんまいり　じゅうさんり
もらいにのぼる　ちえもさまざま

記憶の中では、古風な童歌《わらべうた》のような単調な節回しで、ときには楽しげであり、ときには悲しげにも聞こえていた。

母親の背中で聞いた子守歌《こもりうた》だったのかと思い、和子《かずこ》に確かめると知らないと言う。

「なんだか気色《きしょく》の悪い唄だねえ。そんなおかしな子守歌など、私は知らないし、聞いたこともないわ」

眉《まゆ》をひそめて肩を竦《すく》める。

「じゃあ、どこで、誰に聞いたのかな。なんか民謡みたいだけど」

「この辺りじゃ歌わないね。テレビかラジオで流れたんでないの」

そうかもしれない——と納得したが、気持ちのどこからか「違うわ」と否定する声が聞こえた。テレビやラジオの音のような無機質なものではない、温《ぬく》もりや湿りけを伴った体験として、耳だけでなく、心と皮膚感覚にまでしみ込んだような記憶なのだ。

それにしても、おかしな唄ではあった。曖昧《あいまい》な記憶だから「歌詞」の内容が正確かどうかは分からない。辞書で「なにわ」を調べると〔「難波」「浪速」「浪花」などと書き、大阪市および付近の古称〕とある。その「なにわ」のことなのだろう。「じゆうさん」は「十三」だと思うが、「十三まいり」とはどういう意味なのだろう？

「十三参り」で、初詣《はつもうで》や七五三のお参りのようなものなのか。

童歌に、〔**通りゃんせ　通りゃんせ　ここはどこの細道じゃ　天神さまの細道じゃ　ちょっと通してくだしゃんせ　ご用のない者通しゃせぬ　この子の七つのお祝いに　お札《ふだ》をおさめにまいります**〕というのがあるのは知っている。この唄を聞くと、懐かしさを感じるより気味の悪さが先に立つのは、『この子の七つのお祝いに』というミステリー映画を見た記憶があるせいだ。もっとも、歌詞のほうもその後に続けて、〔**行きはよいよい帰りはこわい　こわいながらも通りゃんせ　通りゃんせ**〕と歌うから、不気味ではある。

「十三参り」も「七つのお祝い」を連想させて、少し気味が悪いけれど、甘酸《あまず》っぱいような懐かしさがあるぶん、救われる。

「じゅうさんり」は「十三里」という距離を示したものだとして、「もらいにのぼる」と「ちえもさまざま」とは何なのだろう。「貰いに登る」「智恵もさまざま」と表記してみても、何を意味するのかよく分からない。「登る」というくらいだから、どこかの山に登るのかもしれない。その距離が十三里あるということなのか。

もっとも、分からないからといって、それほど切実な問題ではない。ときどき心の琴線《きんせん》を震わせるように思い浮かぶと、何かやるせないような気分になるだけで、それもほんの一過性のものだ。ただ、自分がどうしてこんな唄を知っているのかが気にはなる。

母親の和子は神尾《かみお》家に嫁入りする前から、八戸《はちのへ》生まれの八戸育ちだから、当然のことながら、この辺りのことは容子よりはるかに詳しい。古くからのしきたりをはじめ、歴史も伝説も民話もよく知っている。その和子が知らないくらいだから、八戸地方に伝わる唄ではなさそうだ。それを自分が知っていることの不思議さは、解決されないまま、いつまでも尾を引いていた。

　ところが、長い春休みを終えて、大学の寮に戻る日が近づいたある日、容子はウミネコの様子を見に行って、思いがけなくその「子守歌」とめぐり合うことになった。


　八戸に本格的な春の到来を告げるのは、蕪島《かぶしま》のウミネコの産卵である。

　青森県八戸市は県の東南部、太平洋に面している。人口およそ二十五万、全国有数の一大漁業基地として知られているが、一九七〇年代頃から、鉄鋼、紙パルプ、セメントをはじめ石油コンビナートを有する青森県唯一の工業都市として発展してきた。

　ウミネコで有名な蕪島はその八戸港のすぐ南東、人家が立ち並ぶ海岸にある。蕪島の名は、島に繁茂するノラナタネという植物を地元でカブノハナと称《よ》ぶところからきている。かつては陸地から百五十メートルも離れた独立した島だったのが、戦時中、海軍によって埋め立てられ、地続きになった。ますます人家に近くなったにもかかわらず、ウミネコの生息数は三万羽といわれ、国の天然記念物に指定されている。産卵の最盛期には、陸地から遠い島の東側を中心に、岩山が真っ白なウミネコに埋め尽くされる。

　島の山頂には蕪嶋神社がある。祭神は市杵島《いちきしま》姫命《ひめのみこと》で、航海や漁の無事を祈願する。麓《ふもと》の朱塗りの鳥居を潜《くぐ》ると、標高約二十メートルの頂上まで一直線の石段がつづく。神社を一周する小道の外側はフェンスで仕切られている。真冬を除けば、シーズンを問わず観光客の訪れで賑《にぎ》わうから、心ない人や悪ガキによってウミネコの安寧《あんねい》が脅かされないようにとの配慮だ。

ウミネコはもちろんだが、容子はここから眺める太平洋が好きだ。二百七十度の視界いっぱいに広がる紺碧《こんぺき》の海は、ほんとうに地球の丸さを実感させる。もう何十回も訪れているのに、石段を登る時にはいつも期待感で胸がときめく。まだ産卵は始まっていないかもしれないけれど、蕪島の上空は真っ青な背景に舞うウミネコの白さが眩《まぶ》しかった。

この日は南から来た暖かな高気圧に覆われて、風もなく穏やかな日和《ひより》であった。観光客の姿はそれほど多くないけれど、それでも石段を登り下りする人の列は途絶えることがない。もちろん、お目当てはウミネコで、神社の参拝が目的というのはまず珍しい。境内を巡るついでに、ちょっとご挨拶《あいさつ》——程度のお参りも、たぶん十人に二、三人といったところか。

容子が石段を登り始めてまもなくのことである。下りてくる列の中から、あの唄が念仏か御詠歌《ごえいか》のように聞こえてきた。

「……じゅうさんまいり、じゅうさんまいり」

上空がウミネコの大合唱で賑やかだし、石段を踏む足元に神経を集中していなければならない。すれ違いざまに、かすかな歌声を耳にしたのは、ほんの短い時間である。しかし容子は確かに聞いた。

（あれっ——）と思って振り向いた視線の先に、お遍路《へんろ》姿のような白い衣装で身ごしらえをした女性が下りて行く。

ここは神社にはちがいないが、全国的に信仰の対象になるほどではない。参拝だけを目的にお遍路さんがやって来るというのは、見たことも聞いたこともない。たぶん、あちこちのお寺を巡る途中の寄り道なのだろう。

後ろ姿で、しかも人の列に見え隠れする束の間《つかま》のことだから、はっきり見たわけではない。「お遍路さん」は中年か、もしかすると初老と言っていいくらいの女性らしい。どこか具合でも悪いのか、足元がおぼつかなげな歩き方に思えた。人の列の中である。足を停《と》めることは許されない。石段を登ることに専念して、頂上に着いてから振り返ったが、その時にはすでに「お遍路さん」の姿はなかった。

なんだか白昼に幻を見たような気持ちだったが、容子の耳には「じゅうさんまいり、じゅうさんまいり」の歌声が、ウミネコの鳴き声を圧するほどに響いていた。

（あの唄とめぐり合った——）

胸が締めつけられるような、不思議な感動であった。あの奇妙な唄が現実にあったというだけでも嬉《うれ》しい。しかし、それと同時に、不安定な気分も増幅された。自分はやはりどこかであの唄を聞いているのだ。いったいどこで、誰から？——という疑問が、また湧《わ》いてくる。

自宅に戻って和子の顔を見るなり、容子はウミネコの報告はそっちのけで「あの唄」の話をした。

「聞いたわよ、あったのよ、あの唄が」

意気込んで説明する容子を、和子は当惑げに身を引いて眺めた。「ふーん、そうなの」とは言ったが、だからどうした——と言わんばかりの反応であった。

考えてみると、世の中には知らない歌などゴマンとある。容子にとっては気になる「あの唄」も、和子にしてみれば、その中の一つにすぎないと言えば言えなくもない。

「それで、どういう意味の唄だったの？」

「よく分からない」

すれ違ったほんの一瞬、耳にしたようなことである。唄の謂われ因縁《いんねん》どころか、歌詞も断片が聞き取れただけだ。どこで歌われて、どういう意味があるのかなど、分からない状況に変わりはなかった。

「お遍路さん」を追いかけて確かめればよかったかもしれないが、あの状況では無理だった。第一、容子には行きずりの見知らぬ人を追いかけるような度胸もないし、先方だってびっくりするだろう。ああいう恰好《かっこう》で、周囲にはお仲間もいない様子だったから、きっと何かの事情があっての遍路旅なのだろう。そういえば「あの唄」の歌い方も御詠歌のような、悲しげな節回しであった。

せっかくの「めぐり合い」も、それだけのことで済んでしまった。中途半端ではあったけれど、わずかに「あの唄」が自分以外の人にも歌われていることを確かめたという、安心感のようなものが生まれはした。

遍路姿からいって、あの女性はこの近くの人ではなく、遠い地方からやって来たにちがいない。ひょっとすると容子の記憶は、そういうお遍路さんか旅人が八戸の街を訪れた時に口ずさんでいたのを、たまたま耳にして作られたものかもしれない。

だとすると、あの女性の故郷《ふるさと》では、いまでも「あの唄」が童歌か民謡のように日常的に歌われているのだろうか。いつか機会があったら、「あの唄」のルーツを尋ねる旅をしてみたい——と、容子は思った。

そうして四年生の講義が本格的に始まる直前、容子は大学の寮に戻った。

青森中央大学のキャンパスは青森市内にあるの

だが、学生寮はバスで片道三十分ほどかかる郊外の不便なところだ。容子はここでちょうど三年暮らした。大学の四年間はずいぶん長いような気がしていたのだが、過ぎてみればあっけないほど早い。最終学年に入って、夏休み明けまでには卒論を提出しなければならないのだが、はたして間に合うかどうか自信がない。

歴史学科の研究室に顔を出したとたん、助手の北口善明《きたぐちよしあき》に摑《つか》まって「卒論、進んでる?」と訊《き》かれた。

「ぜんぜんだめです」

正直に白状した。

「そうか、神尾は確か、三内丸山《さんないまるやま》遺跡の研究だったっけね」

「そのつもりなんですけど、三内丸山ってブームでしょう。出版物の数だけでものすごいんですよね。私がいくら頑張ったって、なんだかあっちこっちの研究の引き写しみたいな感じで、ちっとも面白くないんです。こんなんじゃ三戸《さんのへ》教授に怒鳴られちゃう」

「ははは、それは大丈夫だけどね。三戸先生は美人学生に甘いから」

北口は笑って、「だったら、十三湊《とさみなと》をやってみないか」と言った。

「十三湊って、安藤《あんどう》氏の歴史か何かですか。あれ、難しそう」

「だからいいんじゃないか、いまのところ誰もやってないよ。無競争だ。三内丸山は五、六人いるみたいだしね」

三内丸山遺跡の存在は江戸時代以前より知られていたが、本格的な発掘にかかったのはごく最近のことである。平成四(一九九二)年に青森市が県営球場建設の予備調査をしていたところ、おびただしい遺構や遺物が出土し、わが国最大の縄文集落であることが分かった。ただちに野球場の計画は中止され、遺跡の保存と整備にかかった。いまでは青森県内有数の文化財であり観光施設になっている。

三内丸山遺跡は青森市内の中心部からすぐのところにある。大学からも近いから、研究の対象としては手頃だし、資料も揃《そろ》っているから、とおりいっぺんの卒論を書くにはうってつけ。それで三内丸山をテーマにする学生も必然的に多くなるというわけだ。内容の似た論文がいくつも提出されて、比較されるのは嬉しくない。

そこへゆくと「十三湊」は津軽《つがる》半島の西海岸で、同じ青森県でもかなり遠隔の地だ。交通費もかかるし、行った先で滞在して調べるとなると、旅費も結構、ばかにならない。貧乏学生にとっては耐えがたい出費になるだろう。その点容子は恵まれている。神尾家は八戸市内に五店のチェーンストアを有する薬局である。娘の学費を吝《お》しむようなことはしない。必要なら、母親の車を借りることだって可能なのだ。

(やってみようかな——)と、気持ちはしだいにそっちへ傾いた。

津軽半島の西海岸には十三湖《じゅうさんこ》という潟《かた》のようなものがあって、十四、五世紀の頃、十三湊を根拠地とする安藤氏の水軍が、日本海に勢威を誇ったといわれる。

この安藤氏の盛衰は謎《なぞ》に包まれていて、十三湊にあった市街は大津波で壊滅したという「歴史」までが、まことしやかに伝えられていた。最近になって、この「歴史」は根拠のない作り話であることが立証されたのだが、それでもなお、安藤氏をめぐる秘話は虚実とりまぜて流布《るふ》されている。

その程度の漠然とした知識は容子にもあった。

「きみはさっき『安藤氏』の歴史と言ったけど、

それも合めて、西津軽の歴史には古代史の辺りから興味深いものがあるんだ。それを手掛けてみないか。もしよければ、おれの史料を貸してやってもいいよ」

北口助手は熱心に勧める。

北口は容子より五年先輩である。現役時代が重なることはなかったのだが、同じ弓道部の先輩でもあって、入学したての頃からわりと親しく付き合ってきた。といっても先輩・後輩の関係以上に親しさが進展しているわけではない。北口は容子のことを「美人」だと信じているらしいが、容子にはそんな自覚はないし、そう呼ばれるたびにこそばゆいような妙な気分だ。

もしかすると、北口は容子に接近するための口実として、論文への協力を申し出たのかもしれない。しかし、それはそれとして、容子はその気になって、少し十三湊と安藤氏のことを調べ直してみた。

安藤氏は、十一世紀なかばに前九年の役で没落し、その後全国に分散した安倍《あべ》氏の末裔《まつえい》らしいが、各説いろいろあって、どれも憶測《おくそく》の域を出ないような部分が目立つ。名前の表記も「安藤」と「安東」というのと両方通用しているようだ。鎌倉幕府が事実上、執権の北条《ほうじょう》家に支配されるようになってから、津軽ではそれまでは御家人の中から任命されていた地頭職に、土着の安藤氏が抜擢《ばってき》され、津軽地方の地頭の最高位についた。一説によると、安藤氏は蝦夷《えぞ》と呼ばれたアイヌ民族の出で、蝦夷の懐柔には欠かせない存在だったことや、中央の犯罪人の流刑先を蝦夷島（北海道）にする場合、そこに流刑者を送り込む際に安藤氏のネットワークが必要だったことから、重用されたのだと言われている。室町幕府は後に安藤氏に「日之本《ひのもと》将軍」という称号を許したというから、その威勢はかなりのもので、大和《やまと》の中央政権に対する一大勢力だったことは間違いない。

（津軽人らしいわね――）と容子は思った。

青森県は大きく、西の「津軽」と、容子の住む八戸を含む東の「南部《なんぶ》」とに分かれる。江戸時代には津軽藩と南部藩と称されていたところだ。そのさらに昔から、津軽と南部とは確執《かくしつ》がつづき、現代に至っても犬猿の仲だという人もいる。県民性も津軽と南部とでは対照的で、津軽人は派手で積極性に富み、社交的であり、強情っぱり（津軽のジョッパリと呼ぶ）といわれる。対して南部人は地味で消極的で、無口、非社交的な面が目立つというのである。

八戸市に代表される南部地方は商業活動が活発なのに対して、青森市や弘前《ひろさき》市に代表される津軽地方は太宰治《だざいおさむ》のような文化的な人間を生み出す風土的素質が備わっているという。イデオロギー的にも反骨精神に富んだ人々が多いらしい。同じ県内でありながら、十三湊がはるか遠くに感じられるのは、距離もさることながら、そういう県民性の違いがあるせいなのかもしれなかった。

北口の勧めにしたがって、ゴールデンウィーク中に十三湊へ出かけてみようと思った矢先、同じ歴史学科の本間《ほんま》教授の訃報が飛び込んできた。二十日に講義先の十和田《とわだ》市で倒れ、意識を回復しないまま二日後の二十二日に亡くなったというものである。大学は対応に追われ、研究室も右往左往の状態になった。直接卒論の指導を受けていたわけではなかったが、教授の死は、容子にとっても非常にショッキングな出来事だった。

二十三日に営まれた通夜には容子も出席し、遅くまで参会者の接待を手伝った。翌朝、眠気の覚めないまま食堂に出て、何気なく手に取った新聞を広げると、殺人事件の記事が目に飛び込んできた。ゴシックの見出しに〔**お遍路の女性殺される**〕とあった。

容子はドキリとした。すぐにあの日、蕪島の石段ですれ違った女性のことを連想した。写真は出ていないが、五十一歳という年齢があの女性の印象に近い。それに、四国八十八カ所のようなお遍路さんは、この地方では滅多に見られない。恐山《おそれざん》の夏の大祭の時には、それらしい恰好の人々が山頂に集まるが、いまは季節はずれだ。

まだ事件が発生したばかりで、詳細が分からないためか、記事はそう長くなく、次のように書かれていた。

〔二十三日午後二時頃、三戸郡新郷村《さんのへぐんしんごうむら》の山道で、お遍路さんの恰好をした女性が死んでいるのを、車で通りかかった観光客が発見、警察に通報した。五戸《ごのへ》警察署で調べたところ、死んでいたのは中年の女性で、死後二日以上経過している。身元を示すような所持品はなく、衣服と杖《つえ》に「五十一歳、同行二人《どうぎょうににん》」と書かれてあった。首にロープ状のもので絞められたあとがあり、警察は強盗目的の殺人事件と見て捜査を開始、被害者の身元と周辺での目撃情報を調べている。〕

三度も読み返して、容子はしだいに深刻な精神状態になった。どう考えてもあの女性に間違いないように思える。確かあの時も手に杖を持って、おぼつかない足取りで石段を下りて行った。名前を書かずに「五十一歳」とだけ書いているのは、身元を隠す意図があるのか、それともお遍路さんの風習としてはふつうのことなのか、そういう知識は容子にはない。「同行二人」というのは、弘法大師《こうぼうだいし》とご一緒という意味かもしれない。

〔可哀相《かわいそう》――〕

最初に思ったことはそれだった。あんなふうに予感を払い捨てた。

独りで旅をする身の上には、それなりのことがあったのだろう。現場は新郷村の山道だという。どうしてそんな場所を歩いていたのか分からないけれど、その辺りにもきっと信仰の対象になるお寺があるにちがいない。その敬虔《けいけん》な祈りの旅の途中、まだ春浅い山道をとぼとぼと歩いていて、いきなり暴漢に襲われて死ぬなんて、なんて悲惨な末路なんだろう。

ふと、またあの唄が頭に浮かんだ。

「なにわより　じゅうさんまいり　じゅうさんりもらいにのぼる　ちえもさまざま」

殺される直前も、彼女はあの唄を歌っていたのかしら——。

新郷村の山道というのは、もしかして「もらいにのぼる」道だったのかもしれない。容子はふっとそんなことを考えた。何となくその事件と関わりそうな気がして、思わずかぶりを振って不吉な

第一章　北の遍路

1

「旅と歴史」の藤田《ふじた》編集長が浅見光彦《あさみみつひこ》に、憂鬱《ゆううつ》な声で電話してきたのは、上野の桜が満開というニュースが流れた日である。「世の中は花見だっていうのにさぁ」と、日頃の威勢はどこへやら、二日酔いのような力感のない口調で言った。

「どうしたんです、元気がないですね」

「そうなの、参ってるのよ。おれとしたことが、ドジなことやっちゃってさ。と言ってもおれが悪いわけじゃないけどね。いくら頭脳明晰《めいせき》なおれだって、知識の泉にも限界ってものがあるよ。それに第一、著者の原稿にいちいち文句をつけるわけにはいかねえだろ。ねえ、そうだよね、浅見ちゃんなら分かってくれるよね」

「たぶん分かると思いますが、その前に何の話か聞かせてもらわないと、分かりようがありませんよ」

「ああ、そりゃまあ、そうだけど。浅見ちゃんだって知ってる話なんだ」

「えっ、僕がですか？」

浅見は驚いた。問題が発生すると、他人のせいにしたがる、藤田一流の処世術の罠《わな》に嵌《は》まらないようにしなければならない。

「僕が何を知っているって言うんですか」

「うちの雑誌を読んでるだろう。毎月送っているんだからさ、自分が書いたものっきゃ読まないってことはないだろうね」

「ええ、もちろん『旅と歴史』は隅《すみ》から隅まで読長んですよ」

隅から隅までというのはかなりの誇張があるけれど、雑誌「旅と歴史」は浅見の拠《よ》り所みたいなものだから、たとえ自分の書いたルポがない号でも、ひととおりは目を通しているつもりだ。

「それじゃあ、編集長が参ってるのは『旅と歴史』の記事に原因があるのですか」

「そういうこと」

「まさか、僕が書いた記事が問題になっているんじゃないでしょうね」

「そんなことはありっこないさ。きみが書くのは毒にも薬にもならないようなものばっかりだからな」

ずいぶん失礼な言いぐさだが、まんざら当たっていないこともない。

「ほら、去年一年間連載した『都賀留三郡史《つがるさんぐんし》の真実』ね、問題はあれだ」

「ああ、あれはところどころしか読んでませんが、面白そうでしたねえ」

浅見は気楽な口調で感想を述べた。

雑誌「旅と歴史」はその誌名どおり、旅行と歴史について特集する、一種の情報誌的な雑誌である。浅見は主に「旅もの」のルポを受け持っているが、同じ「旅」を扱っても、雑誌の性質上、ただの温泉旅行案内といったたぐいのものよりも、歴史探訪の旅などを主体に取り上げる。たとえば『吉野の謡曲を訪ねて』『奥の細道を辿《たど》る』といった具合だ。

それに対して「歴史」のほうはかなり専門的なものもあるが、あまりにも学術的に偏《かたよ》ったりすると、読者がついてこない危険性があるので、本来は難しいテーマであっても、誰もが気軽に読めるよう、分かりやすく嚙《か》み砕いた内容にしている。

一般的に最も人気があるのは戦国時代。織田信長や豊臣秀吉が活躍した頃の話の時は、定期購読者だけでなく店売りのほうの売り上げもかなり伸びる。ついで源平合戦を中心とする平安朝の時代。そして大津皇子《おおつのみこ》や壬申《じんしん》の乱の時代が評判がいい。ＮＨＫの大河ドラマに合わせて、たとえば『北条時宗《ほうじょうときむね》』や『毛利元就《もうりもとなり》』を放送する年は、それをテーマに特集を組み、他人のフンドシで相撲《すもう》を取るようなちゃっかりしたところもある。

藤田が言った、『都賀留三郡史の真実』は、この雑誌としてはプロ好みのジャンルに属すと言っていい。著者は渥美和也《あつみかずや》という、Ｎ大学の助教授で、題名にある「都賀留」は津軽の古い表記だという。

『都賀留三郡史』というのは四十数年前、黒石《くろいし》市にある八荒《はっこう》神社の宮司《ぐうじ》・湊《みなと》家で発見された。いわゆる古文書《こもんじょ》である。十七世紀から十九世紀にかけて書かれた、いわゆる古文書である。

『都賀留三郡史』が発見された経緯は、当時、神社の後継者になって間もない湊博之《ひろゆき》が、住居の造作に手を入れようとした時、天井裏から突然、古い長持ちなどが落ちてきたというものだ。驚いて天井裏を調べたところ、そこには古代の祭祀《さいし》用具と思われる物とともに、数千点を超える膨大な古文書類があった上に、洞窟《どうくつ》などからも一万点にもおよぶ文書、遺物が発見されたという。その中で最も重要と思われたのが『都賀留三郡史』であった。

発見者の湊によれば、文書は全六百巻から成り、完成したのは仁孝《にんこう》天皇の文政五（一八二二）年。内容は代々湊家に口伝《くでん》形式で受け継がれてきた古代史を後世のために書き遺《のこ》したもので、まさに驚くべき「史実」が語られていた。その「史実」とは、端的にいえば「もう一つの日本史」というべきものである。大和朝廷の成立以前に、東北――とくに津軽半島西海岸地方を中心とした一大勢力があった。その祖先は、神武《じんむ》天皇の東征に畿内《きない》を追われてこの地に逃れてきた「長髄彦（ナガスネヒコ）」で、長髄彦はこの地に「荒覇吐（アラハバキ）」という王国を建設し、彼らの信仰した神は「荒覇吐神」と呼ばれた。

この荒覇吐王国は勢力を拡充して、一時はかつての故国であった近畿地方を奪回、荒覇吐王国出身の孝元《こうげん》天皇が即位し、天竺《てんじく》国などと交易を行なうほどだった。つまり、古代の日本国には大和王朝とは別の東北王朝といえるものが存在したというのだから、従来の日本史を根底から覆《くつがえ》すことになる。

そして、原本を活字に起こしたものが昭和五十（一九七五）年に刊行された。

「面白そうだったって、浅見ちゃん、あんたはいいよなあ、そういう単純で呑気《のんき》なことを言ってられるからさ」

藤田が慨嘆する意味がよく分からない。

「えっ？　じゃあ、あまりウケなかったんですか」

「いや、反響はそれなりにあったよ。予想どおりというか、予想以上に猛烈な反響があった。それでいま、頭を抱えているんだ。下手《へた》すると栄光ある『旅と歴史』の存亡に関わることになるかもしれない」

あの雑誌に栄光なんてものがあるのかどうか、相当に疑わしいが、廃刊ということにでもなっては大いに困る。「旅と歴史」からほぼ定期的に原稿依頼を受けて、時には臨時記者みたいな扱いで名刺も作ってもらっている浅見としては、それこそ存亡の危機に繋《つな》がりかねない。

「いったいどういうことなんですか」

あらためて受話器を握り直した。

「電話じゃ、あまり詳しいことは話せないけどね」

そう前置きして藤田が「存亡の危機」について説明を始めた。

昨年、十二回にわたって連載された渥美和也の論文『都賀留三郡史の真実』は、『都賀留三郡史』を評価する立場から書かれている。つまり『都賀留三郡史』の正当性を支持する論調だ。

しかし、あえて支持する論文を書くということは、当然のことながら、支持しない逆の立場の者もいることを意味する。『都賀留三郡史』をまやかしの「偽書」だと批判する立場の人々が存在するということでもある。これまでも長いこと、支持、不支持双方の論者が侃々諤々《かんかんがくがく》の論争を戦わせてきた。一般庶民にはあまり関心のないことだから、知らない人も多いけれど、テレビや新聞、週刊誌などにも時折、登場する話題ではあった。論争どころか、裁判沙汰《ざた》になったケースもあるのだ。

2

「浅見ちゃんは、『都賀留三郡史』にそういう背景のあることを知っていた？」

藤田編集長は言った。

「いや、偽書論争のあることはうすうすは知ってましたが、裁判沙汰とか、そこまで詳しいことは知りませんでした。僕はもともと、そういう生臭い論争は苦手ですからね」

そうなのだ。浅見光彦という男は、学術的な論争や毀誉褒貶《きよほうへん》に関しては、一定の距離を保つ主義である。つい最近、奈良県で起きた事件に関係して、桜井市《さくらい》の「箸墓《はしはか》」古墳をめぐる「邪馬台国《やまたいこく》」論争というのに巻き込まれた。邪馬台国は北部九州にあった、いや畿内にあったのだ――という騒ぎだが、その際も浅見としては九州説と畿内説のどちらにも与《くみ》しないスタンスで対応している。「旅と歴史」に掲載された『都賀留三郡史』の話についても、信じるとか信じないとか以前の、読み物として面白そうだなと思っていたにすぎない。

しかし、一般庶民や浅見のようなノンポリと違い、真剣に、それこそいのちを賭《か》けるほどの意気込みで議論を戦わせている人もいるということなのだろう。

「とにかく、あのシリーズを読んで、真っ向から否定的な意見を書いた投書がゴマンと来た」

ゴマンは大げさだが、三ケタ程度の投書はあったらしい。しかも、そのうちのいくつかは著名な歴史学者や教育評論家から送りつけられたものだそうだ。

「ああいう偽書のたぐいを肯定し、礼賛するような評論を掲載する貴誌は信用ならん、今後は執筆を断るという先生もいるし、教育委員会や図書館からは、子弟の歴史教育的見地から見て許しがたいと、定期購読の打ち切りを言ってきたところもある」

「へえー、そんなに真面目《まじめ》で深刻な問題なんですか。僕なんか、『都賀留三郡史』はおとぎ話か、古代史をテーマにしたSF小説のようなものかと思っていましたが」

「とんでもない。『都賀留三郡史』の信奉者は、これこそ秘められたる史実、大和朝廷によって抹《まっ》殺《さつ》された日本外史と言うべきものだと主張しているんだ。中には反体制、反権力闘争の象徴みたいに受け止めている人だっているくらいだ。天皇家の系譜を中心にした日本の歴史の根源を揺るがす真実だと信じ込んでいる」

「だけど、偽書かどうかは、たとえば年代測定法なんかで原物を科学的に分析してみれば分かるんじゃないですか」

「そう思うだろう。ところが発見者はなぜか、原物の公開を拒否しているんだ。門外不出というのが家訓になっているらしい。それを強引に押収するわけにはいかないだろう。相手は犯罪者じゃないんだからさ」

「それで、編集長はどうなんですか」

「どうって？」

「ですから、『都賀留三郡史』を信じているんですか？」

「信じてはいないさ」

藤田はいともあっさり答えた。

「えっ、信じてなくて、どうして一年間もの連載を企画したんですか」

「それはあれだよ、うちの雑誌は開かれた雑誌だからね。メディアとしては、予見をもって一方の側の考えや主張を封殺《ふうさつ》するようなことはできないだろう。そんなことをしたら、それこそ言論の自由に反する統制や弾圧に繋がりかねない」

「そうですかねえ。なんだかきれいごとに聞こえるなあ。それは一般論としてはそうかもしれませんが、『旅と歴史』のような信頼性のある雑誌としては、眉唾《まゆつば》と分かっているものを、あたかも真実であるかのごとく掲載するのは間違いだと思いますが」

「浅見ちゃんもそう思うかい」

「ええ思いますよ。編集長が言うように、僕みたいにおとぎ話として面白がって読む人間ばかりじゃなく、中には事実だと信じちゃう人だっているわけでしょう。テレビでよく、地縛霊《じばくれい》だとか超能力だとかを特集して放送する、あれだって、放送する側は視聴率が稼げればいいと思っているけれど、受け止める視聴者側の何パーセントか何十パーセントかは、モロに本当のことだと思って、影響されてますよ。たとえばオウム真理教の空中浮遊なんてばかばかしいものを信じた人だって沢山いたんですからね。その結果、重大な犯罪や自己破壊を引き起こす可能性があります。そういうことについて、メディアは責任を感じるべきです」

「そのとおりなんだ！」

藤田はびっくりするほどの大声で、たぶん電話の向こうで机でも叩《たた》いたような音を響かせた。

「浅見ちゃんがいま言ったとおりのことを、学者先生の何人かが指摘して、抗議してきたんだよ。ばかげたお笑い番組や、露骨なヌード写真で、視聴率が稼げればいい、雑誌が売れればいいという商業主義が、いかに世の中の、ことに若い人たちに害毒をもたらしているかを反省しろという。おれはグウの音《ね》も出なかったな」

あの猪突《ちょとつ》猛進の典型みたいな藤田がしょげかえっているのだから、よほど手ひどい目に遭ったにちがいない。

そう同情しながら、浅見は気持ちのどこかに、やはり藤田に対する警戒感があるのを否定できない。藤田がこんなふうに殊勝に恐縮するはずがない。何か企《たくら》んでいるのではないかと思うのである。

「しかし編集長、開かれたメディアを標榜《ひょうぼう》する『旅と歴史』と言うのなら、『都賀留三郡史の真実』に対する反論を掲載すればいいのではありませんか。それを抗議してきた先生たちに書いてもらえば、雑誌も売れるし、一石二鳥でしょう」

自分に向けられたヤイバを逸《そ》らすような、予防線を張ったつもりだ。

「そうなんだ、おれもそう思った。それじゃ先生も一年間のシリーズで『都賀留三郡史』への反論を書いてくださいって言ったよ。そうしたら、また怒鳴られた。『おまえのところは、主体性や見識ってものがないのか』ってね。要するに『旅と歴史』としては『都賀留三郡史』問題をどの程度理解し、どう評価しているのか、ホームページの掲示板じゃねえんだから、他人の意見を載せていればいいってもんじゃねえだろう。まず『都賀留三郡史』がどういう経緯で成立して、どの部分に疑惑があるのか、それを把握すれば、あんなものは史実どころか大ペテンだってことが分かる。それをまず自ら書くことが雑誌の見識というものだろうというわけだ。そう言われて参ったよ。そこでだね、わが『旅と歴史』としては、その大ペテンなるものを解明し、問題点を俎上《そじょう》に載せなければならなくなった。というわけで浅見ちゃん、ついにきみの出番がやってきた」

一気に喋《しゃべ》りまくって、最後には高らかに宣言した。どうしてそういう飛躍した発想が浮かぶのか驚く。

「だめですよ」

浅見は間髪を容《い》れずに答えた。

「僕はそういう学術的なことが苦手だって分かってるでしょう。しかも対立する二つの意見があるケースに介入するのは苦手中の苦手、夫婦喧嘩《げんか》はイヌも食わないみたいなものですからね」

「おいおい、学術論争を夫婦喧嘩と一緒にしたら、先生方は怒るぜ」

「いや、これは言葉のアヤです。それに『都賀留三郡史』のようなややこしい話を解明するには、相当な勉強や取材が必要でしょう。そんなヒマもカネもありませんよ」

「分かってるよ、みなまで言うな」

藤田は重々しく言った。

「ヒマはともかくカネのないことぐらい、十分承知している。こっちとしても無理な注文をするのだから、それ相応の取材費は出すつもりだ。宿泊費はもちろん、ソアラのガソリン代から高速道路料金まで、いたれりつくせりだよ」

「ちょっと待ってください。高速って、どこへ行けって言うんですか?」

「決まってるじゃないの、青森さ。青森の津軽。津軽の十三湊《とさみなと》ってところが、『都賀留三郡史《じゅうさんこ》』の発祥の地である安藤氏の港町の跡だ。十三湖の畔《ほとり》で景色はいいし、食い物も旨《うま》いぞ」

「青森ですかァ……」

「そんなに感動しなくてもいいよ。それだけじゃない、さらに泥棒に追い銭じゃないけれど、原稿料のほうも従来の一割増しにベースアップすることにした」

「ベースアップと言っても、これまでが低すぎるのですから、一割じゃねえ。せめて五割増しぐらいにしてくれませんか」

「冗談じゃない……しかしまあ、この際だから一割五分増しにしよう」

「四割」

「おいおい、頼むよ……分かった、じゃあ一割七分五厘上げる」

「そんなセコいことを言わないで、きりのいいところで三割アップにしましょう」

「どうしてそういう、人の足元を見るようなことを……いいだろう、こっちも死んだ気になってズバリ二割アップで手を打つ。それ以上は金輪際《こんりんざい》だめ。それで受けられないというのなら、おれが行きたいくらいだ」

「あ、そうですか。それじゃ編集長自らお出かけください」

「いや、いまのは言葉のアヤってやつじゃないか、そんなに年寄りを苛《いじ》めなさんな」

「苛めたりしませんよ。原稿料の問題はともかく、いまは奈良県のほうに先約があって、身動きが取れない状態なんです」

それは事実だった。「箸墓」をめぐる殺人事件は、いまだ解決に至っていない。

「じゃあ、そっちの仕事が終わったら引き受けてくれるんだね」

「もちろんです……ところで編集長、引き受ける前にもう一度だけ質問したいのですが」

「ん？　何だい、これ以上ギャラは上げないよ」

「そんなことではありません。そもそも『都賀留三郡史』を偽書だと決めつける側の根拠はどこにあるのですか？」

「えっ？　浅見ちゃんはそんなことも知らないの？　それでよくウチのルポライターが務まるな」

「だから言ったでしょう、僕は学術的なことはからきし駄目、『都賀留三郡史』のことなんか、あの連載記事を拾い読みした程度の知識しかないって。やっぱりこの仕事は降りた方がよさそうですね」

「いや、待ってくれ、そう簡単に逃げないでくれよ。分かった。きみの無知を逆利用しよう。ずぶの素人《しろうと》の目で取材するってのも面白いかもしれない。とにかく何でもいいから、津軽へ行ってくれ」

藤田は断られるのを恐れるように、慌《あわ》ただしく電話を切った。

3

浅見の留守中にも、藤田は再三再四、電話をかけて寄越《よこ》したそうだ。お手伝いの須美子《すみこ》が「まだか、まだかって、坊っちゃまのお帰りを首を長くしてお待ちになっていらっしゃいましたよ」と報告した。

ゴールデンウィークに入った日に、奈良から東京に戻ると、それを待ち受けたように電話がかかった。

「どうかね、まだ青森、行く態勢にはならないかね」

のっけから切り出した。藤田としては日頃の強引さに似合わず、やや下手に出た言い方だ。よほど困っているのだろう。休日返上で社にいることもその現れだ。

「ええ、仕事のほうはようやく一段落つきました」

「そうか、じゃあすぐ始めてよ。とりあえずゴールデンウィーク中に安田《やすだ》順蔵《じゅんぞう》先生のところに行ってくれ」

「安田先生といいますと?」

「なんだ、きみは何も知らん男だな。安田先生こそ『都賀留三郡史』に対する疑惑を最初に発表した人じゃないか。お忙しい人だからなかなか摑まらないが、ことこの問題に関してはご協力いただけることになっている。いつ伺《うかが》えばいいか、段取りをしておく」

「しかし、ゴールデンウィークぐらい、休みたいのですが」

「贅沢《ぜいたく》を言わないの。お会いするのはたった一日だけ、あとは寝ていようと死んでいようと勝手だ。第一、この仕事は物知らずの浅見ちゃんにとっても実りあるものになるよ。青森ってところは、調べれば調べるほど面白いところだ。『都賀留三郡史』も相当に眉唾だが、ほかにキリストの墓だとかピラミッドなんてものもあるしね」

「ピラミッド? 何ですか、それ」

「あれ、知らないの? 新郷村のピラミッドを。このあいだ、ピラミッドの近くでお遍路さんが殺された事件があったじゃないか。関西の新聞には出なかったのかな。あっちじゃ『ピラミッド殺人事件』とか呼んでいるみたいだが……そうだ、青森へ行ったら、ピラミッドを見て、ついでにその事件にも首を突っ込んだらいい」

藤田は浅見の最大の弱点に気づいたのか、にわかに勢いづいたように言った。

確かに、それまであまり気乗りしなかった浅見の好奇心は、藤田の謎めいたひと言でかき立てられた。

五月三日に小石川《こいしかわ》に住む安田順蔵を訪ねた。安田は古希を過ぎているそうだが、顔の色つやもよく、ずいぶん若く見える。藤田からあらかじめアポイントを取ってもらっていたのだが、あまり機嫌はよくなかった。「旅と歴史」の記述がよほど気に入らなかったらしい。『都賀留三郡史』のことを「あんなくだらないものはない」とひと言で片づけ、自著も含めて、弾劾《だんがい》の根拠となる参考文献をいくつか貸してくれた。「ピラミッド」のことを持ち出すと、「あれは真剣に論じる対象ではない。かぐや姫の生まれた竹林はどこかを探すようなものだ」と笑った。それでも帰り際に、どうしても調べたいというなら、「ピラミッド」のことは『竹内文書《たけのうちもんじょ》』に関係した研究書を読めば分かると教えてくれた。

『竹内文書』というのは聞いたことはあるが、あまり関心はなかった。

そもそも浅見はオカルト＝超自然的なことを信奉する話は嫌いだ。あくまでもロマンとして、ゆとりを持って楽しむならまだしも、空中浮遊だとか、近頃はやりの陰陽師《おんみょうじ》のような非科学的なことを、真面目くさって信じたり論じたりするのはどうかと思う。祟《たた》りだとか呪《のろ》い、地縛霊や先祖霊の存在を本当に信じ、あるいは信じているふりを装って、他人にその考えを押しつけたり、時には恫喝《どうかつ》の材料に使ったりするのは大嫌いだ。現実に宗教の一部にはそういう要素がある。たとえば水子《みず》子地蔵《こじぞう》信仰など、水子が賽《さい》の河原で際限なく石を積まされる悲しみを、お地蔵様が救ってくれる

――と説くのは、宗教的なロマンだけれど、そんなありもしない幻想を母親に抱かせ、わが子を死なせた罪悪感を、ことさら刺激するのは、ほとんど犯罪に近いと思う。そのことはかつて「旅と歴史」に書いた（『佐渡伝説殺人事件』参照）。

『竹内文書』は、そういうたぐいの書物だという、漠然とした知識があったが、本当のところはどうなのか知らない。書店でいざ探すとなると、『竹内文書』そのものはもちろんだが、『竹内文書』関連の研究書もなかなか見つからなかった。

それでもなんとか探し当てた書物によると、『竹内文書』というのは茨城《いばらき》県北茨城市にある「皇祖皇太神宮天《こうそこうたいじんぐうあま》津教《つきょう》」の管長職・竹内家に代々伝えられた「神代史」の関係資料だそうだ。「神代史」といっても、現在われわれが知っているような、天照大神《あまてらすおおみかみ》やニニギノミコトといった日本の神話に出てくる神々のことではなく、そのさらに前の段階における、いわば「超」神代の歴史である。元始神の宇宙創成、神々の地球降臨、人種や文明の発生を記している。登場する神の中には日本の神々も含まれているが、キリスト教の創造主であるエホバも、人類の祖先であるアダムとイブも出てくる。つまり、日本国だけの「創世記」ではなく、人類全体、地球規模の「創世記」なのであった。

『竹内文書』の成立は『古事記』や『日本書紀』より二世紀も前のこととされている。本来は神代文字で書かれていたのだが、第二十五代武烈《ぶれつ》天皇の勅命により、五世紀後半に武内宿禰《たけのうちすくね》の孫・平群真鳥《へぐりのまとり》が漢字仮名混じり文に書き写したものだといわれる。

その後、文書の損耗などもあっただろうから、千数百年のあいだ、何代にもわたって書写されてきたにちがいない。竹内家にあった「原本」にしても、幾たびもの書写を経た「孫本」ということになる。当然、誤写やその時代〳〵における政治的な理由によって改ざんの手が加えられた可能性があるし、散逸していることも考えられる。

文書の内容だが、成立の経緯はともかく、「万世一系」の天皇家に抵触するような部分があるらしい。『竹内文書』では現在の天皇家とその制度を「神倭朝《かんやまとちょう》」と呼び、その第一代・神武天皇より以前に、上古二十五代とそれに続く「不合《ふきあえず》朝《ちょう》」という七十三代にもわたる王朝があったと記述されている。そうなると「万世一系」どころか、天皇家の出自までも、その正統性を疑わせるような事態になりかねない。さらに『竹内文書』には、古代、皇室とユダヤとの交流があったことも書かれている。

こういった皇室の尊厳を冒瀆《ぼうとく》するようなことは、戦前の日本では最大のタブーとされていた。そのために政府は、当時の竹内家の主・竹内巨磨《きよまろ》を不敬罪で起訴、天津教を解散させる弾圧を行なった。昭和十一（一九三六）年のことである。

その際に、皇祖皇太神宮にあった古文書と神宝（地球外天体産の金属・ヒヒイロカネで作られた大剣や、伊勢皇大神宮の御神体でもあり、皇位継承の象徴である三種の神器の一つ八咫鏡《やたのかがみ》等）など、およそ四千点にのぼる資料が証拠物件として押収された。これらは裁判所の地下に保管してあったが、一九四五年三月の東京大空襲ですべて焼失した。

したがって、現在いわゆる『竹内文書』と呼ばれているのは、竹内巨磨が生前、克明にメモしたノートをもとに、巨磨の子で天津教第六十七代管長の竹内義宮《よしみや》が編纂《へんさん》した『神代の万国史』のことをさす。

『竹内文書』は平たく言えば神話である。古事記や日本書紀の神代巻と通じるものもあるけれど、何しろ内容が壮大で、世界の森羅万象を網羅したようなものらしい。キリストも出てくれば釈迦《しゃか》も出てくる。上古代や不合《ふきあえず》朝《ちょう》の天皇たちは、「天《あま》の浮船《うきふね》」という乗り物で地球を巡幸するのだが、どうやらこれは空飛ぶ円盤のようだ。ムー大陸やアトランティス大陸を連想させる「ミヨイ」や「タミアラ」という大陸のことも書いてある。どちらも天変地異で海中に没するまでは、日本の植民地として繁栄したのだそうだ。それが幾度となく「万国土の海となる」ような大異変に襲われ、滅亡した。

神話だけに神々の名前がむやみに多い。そういう方面の専門家や興味のある研究者や信仰心のある人には面白いかもしれないが、まったくの不信心である浅見にはどうでもいいことだ。ただ、「超」神代の神々を、新興の神々である現皇室系の祖先神たちが歴史上から駆逐、抹殺してしまったらしいことには興味を惹《ひ》かれた。神武天皇が長《なが》髄彦《すねひこ》を駆逐したという『都賀留三郡史』の記述と重なるからである。

さて問題のピラミッドだが、ピラミッドはファラオの墳墓であるとするのが定説だが、近代になって、じつはそうでない、天体観測施設だ、いや物資貯蔵庫だ、大異変の際のシェルターだと、さまざまな異論が噴出した。竹内義宮はピラミッドは天照日（大）神を祭祀する神殿であると主張する。人間と神とのコミュニケーションの場だというのである。そうだとすると、まさにピラミッドはエジプトだけにかぎらない。同じ信仰と目的を有する社会や人々が世界中にピラミッドを建設したことが推測できる。

竹内巨麿の同志の一人でもあり、ピラミッド研究家でもあった酒井《さかい》勝軍《かつとき》という人物による解釈によれば、平面に基礎から積み上げたエジプトやメキシコのものと異なり、三角錐形《さんかくすい》をした山の頂上に、神道で言う「磐座《いわくら》」石を配置したものが日本の「ピラミッド」だという。

酒井は自分の理論を証明するために日本中を歩き回り、昭和九年、ついに広島県の葦嶽山《あしたけやま》で「ピラミッド」を発見した。それが日本における最初の「ピラミッド」発見であり、その後、酒井の理論に共鳴する日本のピラミッド研究家たちによって、全国至るところでいくつもの「ピラミッド」が発見された。四国の剣山《つるぎさん》、六甲山系の金鳥山《きんちょうざん》、大和三山《やまとさんざん》、岩手県の早池峯山《はやちねさん》、そして青森県新郷村の十和利山《とわりさん》――。

さらにお遍路姿で殺害された女性は、十和利山と関連した太陽礼拝所と言われる「大石神《おおいしがみ》ピラミッド」へつづく山道で見つかっているらしい。いったいなぜ彼女はそこに――という疑問が湧いてくる。古代日本のピラミッドもまた、彼女にとって信仰の対象だったのだろうか。さまざまな対象に惹かれ、浅見の好奇の目は遠い青森の風景を求めて、中空を彷徨《さまよ》った。

4

浅見光彦がソアラを駆って青森へ向かったのは、ゴールデンウィークが明けた五月七日のことである。真《ま》っ直《す》ぐに東北自動車道を行くのでなく、首都高速6号線経由で常磐道《じょうばんどう》に入った。東京からおよそ百六十キロ、北茨城インターで下りるコースだ。『竹内文書』の皇祖皇太神宮は北茨城市内にある。今回の取材の本来のテーマは『都賀留三郡史』だが、青森入りする前に、せめて皇祖皇太神宮の何たるかぐらいは、この目で確かめておきたかった。

事件を追いかけて日本中の至るところへ出掛け

ているつもりでも、なぜか縁のない場所というのはあるものだ。浅見は茨城県そのものは何度も訪れているけれど、海岸沿いには大洗《おおあらい》まで、内陸部では水戸《みと》や袋田《ふくろだ》の滝までで、それ以北の土地はいまだ知らない。逆に北側から南下したのは福島県いわき市までで、つまりその間の県境付近八十キロほどが空白域になっている。

茨城県というと、鹿島灘《かしまなだ》に面した長い海岸線や霞ヶ浦《かすみがうら》など、水辺の風景ばかりが思い浮かぶが、北部は阿武隈《あぶくま》山地に連なるかなりの山岳地帯である。

水戸を過ぎて間もない辺りからいくつもの長いトンネルを潜《くぐ》った。トンネルを出はずれると束の間、右手はるかに日立市などの市街地が望める。その向こうには太平洋が初夏の陽射《ひざ》しにきらめいていた。

北茨城市といっても、おそらくピンとくる人は少ないにちがいない。浅見もそのクチで、地名のとおり、茨城県の北のほうにあるのだろう――程度の認識しかなかった。

しかし少し予習をしてみると（ああ、あそこがそうなのか――）と、思い当たることがあった。

第一に岡倉天心《おかくらてんしん》の「日本美術院」である。岡倉天心は東京美術学校長の職を追われて、東京谷中《やなか》に日本美術院を創設し、その後、横山大観《よこやまたいかん》、下村《しもむら》観山《かんざん》、菱田《ひしだ》春草《しゅんそう》など、当時「朦朧体《もうろうたい》」と呼ばれた作風の若手画家を率いて、現在の北茨城市五浦《いづら》に研究所を設けた。五浦は風光明媚《めいび》の地で、天心たちが岬の突端に建てた「五浦六角堂」は観光名所としてあまりにも有名だ。若き「大家」たちが現代日本画壇の礎《いしずえ》を築いたその地を、浅見はいつか訪ねてみたいと思っていた。

二つ目は「青い眼の人形」や「十五夜お月さん」「七つの子」「証城寺《しょうじょうじ》の狸囃子《たぬきばやし》」「波浮《はぶ》の港」な

どの作詞で知られる野口雨情の生まれ故郷であることだ。雨情は明治十五（一八八二）年に磯原村《いそはら》（現北茨城市磯原）で生まれ、高等小学校を卒業し上京する明治二十九年までここで暮らした。その後も東京や北海道、樺太《からふと》などに生活の拠点を変えるが、その合間合間には、鮭《さけ》の帰巣《きそう》本能のごとく何度も磯原に戻っている。

北茨城市では、この二つが突出して有名なだけで、それ以外にはあまり全国レベルで通用する名所旧跡のたぐいはないらしい。それだけに、皇祖皇太神宮の存在は異色と言っていいのかもしれない。名称からして、何となく伊勢皇大神宮を連想させ、鬱蒼《うっそう》とした森や玉砂利を敷きつめた境内、神々しい神殿など、広壮な神域を想像させる。

ところが、いざ調べてみると、どういうわけかガイドブックには「皇祖皇太神宮」が掲載されていないのであった。『R』というガイドブックには「五浦六角堂」や「野口雨情の生家」はもちろん、「磯原シーサイドホテル」「ガラス工房シリカ」から、はては「そば道場」などというものまでが紹介されているのに、「皇祖皇太神宮」に関しては紹介記事はおろか、地図上にその名さえ印刷されていない。

その時点で、浅見は漠然と不吉な予感がしていた。何かたいへんな錯覚でもしているような気分である。

すでに述べたように、皇祖皇太神宮は津軽のアラハバキ王朝と並び、伊勢神宮に象徴される天皇家のルーツと対立する、もう一つの「神代」を祖とする王朝の存在を示す象徴であり、万世一系の天皇家の尊厳を貶《おとし》めるものと言っていい。したがって戦前の皇国史観に基づく大日本帝国の政治体制にとっては、まことに都合の悪い存在で、いわば異端の宗教であったわけだ。昭和十年の「大本《おおもと》教」とともに、その翌年、皇祖皇太神宮天津《あまつ》教は不敬罪や治安維持法などの容疑で官憲による弾圧を受けた。

裁判の結果、当時としては大胆とも思える裁判官によって「無罪」の判決をかちえたとはいえ、皇祖皇太神宮が被《こうむ》ったダメージは決定的なものだったにちがいない。それは「三種の神器」や『竹内文書』の押収など、物質的な損失はもちろんだが、教義の否定や信者の離散といった精神的な損失も計り知れなかっただろう。いったん「邪教」の烙《らく》印《いん》を押された宗教が、善良無垢《むく》な大衆の信仰を回復するには時間がかかるものである。

ガイドブックにも地図にも載っていないという事実は、もしかすると、いまだにその暗黒の時代に科された悪《あ》しきイメージが尾を引いていて、地域やメディアから疎外されているのかもしれない。それとも逆に、皇祖皇太神宮の側に、物見遊山的な人々の訪れを拒否する姿勢があるのかもしれない。いずれにしても、これからそこを訪ねようとする者にとっては、気の重いことではあった。

皇祖皇太神宮はJR常磐線磯原駅のほとんど駅前と言っていい場所にあった。磯原駅は新築間もない感じで、こぎれいな建物である。それに対して皇祖皇太神宮のほうは想像していたのとはまるで異なった。広壮な神域どころか、立派な鳥居があるわけでもなく、荘厳な神殿があるわけでもない。ささやかな境内に、なんだか村の青年団が集う建物を思わせる「拝殿」があって、その左隣にたぶん管長（と呼ぶらしい）の住居と思われる二階屋がある。拝殿の背後には標高三十メートルほどの小山がある。それがどうやら神の宿る依代《よりしろ》の磐座《いわくら》らしく、中腹に本殿の小さな祠《ほこら》が見える。

拝殿の正面には、いわゆる神社のような鰐口《わにぐち》も賽銭《さいせん》箱もない。境内は閑散としていて、周囲には木立もなく、民家とは境に塀があるだけで、ほとんど軒を接している。

浅見は境内に車を乗り入れたが、出端《ではな》を挫《くじ》かれたような気分で、しばらく考え込んだ。本来なら管長を訪問して『竹内文書』についての取材をしたいところなのだが、その気持ちもすっかり萎《な》えてしまった。

ともあれ車を降りて拝殿と本殿に詣《もう》でた。本殿の祠の脇《わき》の山腹には洞窟がある。何にでも好奇心をそそられる浅見は、おっかなびっくり洞窟に入った。奥行きはそれほどなく、正面に小さな祠が祀《まつ》ってある。その手前には左右に分岐する洞窟があり、それぞれにも何やら祠が祀られている。洞窟を上から見ると十字架の形になるわけで、そのことに何か意味があるのかもしれない。

それから拝殿左隣の社務所のような住居のような建物を訪れた。

最前からの萎えた気分が続いていて、玄関の呼び鈴《りん》のボタンを押しながら、なるべく不在であることを願った。取材先の留守を願うなどというのは、初めての経験である。その願いが通じたわけではないだろうけれど、実際、管長は不在で、神職見習いのような若い男から神社の由緒書《ゆいしょがき》を頂戴《ちょうだい》するだけで辞去した。目的は達せられなかったのだが、気の重いインタビューを回避できたことで、浅見はかえってほっとした。

かといって何も収穫なしで引き揚げるわけにもいかない。浅見は気を取り直して、街の中に車を走らせた。街といってもそう纏《まと》まった市街地という印象はない。北茨城市は人口が約五万二千。昭和三十一年の大規模な町村合併によって、茨城県で十五番目に市制が敷かれたところだ。何しろ岡倉天心の時代には磯原村だったところである。

走っているうちに、いつの間にか街を出はずれて海岸沿いの道を北へ向かっていた。この少し先は五浦である。やがて細長い集落に入り、左手に「寿司割烹《すしかっぽう》」の看板を掲げた店があった。浅見はにわかに空腹をおぼえて、店先の駐車スペースに車を停めた。

ちょうど昼どきだというのに、店内はガランとして、板前と給仕のおばさんが所在なげな顔をしていたが、客を見て「いらっしゃいませ」と急に景気のいい声を上げた。閑《ひま》そうな店でどうかと思ったが、寿司は旨《うま》かった。潤沢（？）な取材費をバックに、気前よく特上にぎり寿司を注文したのに対し、十分見合ういいネタを使っていた。もともと漁港の町なのだから、新鮮な材料に恵まれていて不思議はない。これで二千五百円は安い――と、食いしん坊の浅見は大いに満足できた。

おばさんに皇祖皇太神宮のことを訊《き》くと、あまり詳しいことは知らないという。地元には、皇祖皇太神宮を信仰する者はあまりいないのだそうだ。「おらにはさっぱり分かんねえもんね」と、おばさんは首を横に振って、質問そのものに拒否反応を示した。たぶん保守的で旧弊なしきたりが幅をきかす町なのだろう。オカミに逆らい、天皇に反逆した――とされる歴史に、いまだにこだわる人が多い風土なのかもしれない。

おばさんは「神社だったら、花園神社さんへ行ったほうがいかっぺ」と言った。ここから西へ車で二十分ほど入った山中にある神社だそうだ。そう言われてあらためて繙《ひもと》いたガイドブックの解説によると、花園神社というのは八世紀末、坂上《さかのうえの》田村麻呂《たむらまろ》が蝦夷《えぞ》征伐に向かう途中、この地に立ち寄り、戦勝祈願をして創建したのだそうだ。だとすると、この地はその当時から東北への往還の道筋だったことになる。

地図を見ると、確かに福島県の白河辺りへ抜ける峠道があって、その途中に花園神社の鳥居マークがあるにはある。それにしても本当かな？——と首をひねりたくなるような山中の道である。皇祖皇太神宮の『竹内文書』も、空飛ぶ円盤やノアの方舟《はこぶね》らしきもの、あるいはキリストや釈迦の来訪が書かれていたりして、ずいぶん眉唾に思えるのだが、遠い昔の説話には奇想天外なものが多い。

お茶を飲みながら、浅見は皇祖皇太神宮の由緒書を読んだ。

知れば知るほどじつに面白い。皇祖皇太神宮（スミオヤスミラオオタマシイタマヤ）は宇宙開闢《かいびゃく》の神皇、天地身一大神（アメツチマヒトツノオオカミ）から天御光太陽貴王日大光日大神（アメミヒカリオオヒナカキオウヒオオテルヒオオカミ）までの天神七代、天日豊本葦牙気皇主身光大神天皇（アメヒノモトアシカビキミノシミヒカリオオカミテンノウ）から二十六朝千百六十八代、そして神武朝の現代まで（神武～昭和）の代々の天皇、皇后を合祀《ごうし》したお宮——と説明されている。どれも舌を嚙みそうな名前ばかりだ。

神武朝百二十五代（約二千六百五十年）を「現代」と言っているくらいだから、それ以前の七代プラス千百六十八代の「神代」の長さがどれくらいなのか、想像に難くない。

さらに、天皇が日本国だけの天皇ということになったのは、神武天皇以後のことで、それ以前の代々の天皇は、世界の天皇であり、一代に一度は必ず世界一周、万国歴訪の旅に出掛けなければならなかったのだそうだ。その時の乗り物は「天空浮船（アメソラウキフネ＝空飛ぶ円盤）」だった。

また、その間にはモーゼ、釈迦、老子《ろうし》、孔子《こうし》、モハメッドなどが来日、参朝し、修行して帰って行ったというからすごい。坂上田村麻呂が花園神社を建てたどころの騒ぎではないのである。皇祖皇太神宮は特定の神だけを祀る神社ではなく、すべての神々を祀るところとも書いてある。ユダヤ教、道教、儒教、キリスト教、仏教、イスラム教すべてを包括する「万教帰一」の神宮なのだそうだ。

面白くてすごいことは確かだが、それと反比例して、浅見の皇祖皇太神宮に対する興味は急速に薄れてしまった。これを読んだかぎりでは、『竹内文書』についてまなじりを決して議論しあう「学者」の存在することが信じられなくなる。「魏志《ぎし》倭人伝《わじんでん》」にまつわる邪馬台国論争が激しいのにも驚くが、そっちのほうはまだしも信憑性《しんぴょうせい》があり、真面目な学術的なこととして大いに興味をそそられるのとは、比較にもならない。

浅見の次の目的地である青森県新郷村《しんごう》の「ピラミッド」は、この皇祖皇太神宮の先代の管長・竹内巨麿の仲間の一人、酒井勝軍《さかいかつとき》によって発見されたという。つまり『竹内文書』の流れの中の話である以上、これまたきわめて信憑性に乏しい。予習段階ではある程度の期待感があっただけに、青森への旅に抱いた意気込みの半分程度は、雲散霧消してしまった。

5

ともあれ浅見はソアラの鼻面を北へ向けて走りだした。途中、五浦六角堂に立ち寄った。といっても隣の岬から見物しただけだが、この美しさは一見する価値があった。大洗から北につづく長い海岸線の中で、この辺りは珍しく岬と入り江が細かく入り組んでいる。仙台の松島と大船渡《おおふなと》の碁石《ごいし》海岸をミックスしたような眺めだ。もちろん入場料を出せば六角堂にも入れるけれど、東北までの遠い道のりを考えると時間が惜しい。浅見は外観を観賞しただけで切り上げた。

国道6号はそこから間もなく茨城と福島の県境を越える。

福島側の県境の町は「勿来《なこそ》」。前九年、後三年の役で勇名を馳《は》せた源義家の詠んだ「吹く風をなこその関と思へども道もせに散る山桜かな」など、歌枕《うたまくら》で知られた「勿来関《なこそのせき》」の勿来である。といっても国道を走っているだけでは風流を感じる暇もない。時間が許せば旧跡などを訪ねてみたいのだが、のんびりしてはいられない。浅見はじきに常磐道の「いわき勿来」インターに入った。これから磐越自動車道から東北自動車道へ、青森までの長いハイウェイドライブが始まる。

およそ四時間走って、東北自動車道の安代《あしろ》ジャンクションからは八戸自動車道に入る。ネズミ取りに捕まらないよう、スピードを抑えぎみに走ってきたのだが、南郷《なんごう》インターを下りる頃にとうとう日が落ちた。インターのある辺りは青森県南部地方の南端、三戸郡《さんのへ》南郷村というところである。インターを出たところで錯覚があったらしく、気がつくといつの間にか新郷村とは逆方向へ向かって走っていた。こんなことは旅慣れた浅見にしては珍しい。キツネにつままれたか、それとも、アラハバキとかいう魔物みたいなものに誑《たぶら》かされたか――などと思った。

何はともあれ今夜の宿を探さなければならない。ガソリンを補充したスタンドで尋ねると、「コクゾウさんの近くに民宿がある」と教えてくれた。「コクゾウさん」とは何かと訊くと虚空蔵菩薩《こくうぞうぼさつ》のことだという。日本三大虚空蔵の一つなのだそうだ。そこに参詣《さんけい》に来る人たちのための民宿らしい。

まだ残照があるうちにと道を急いだ。行き交う車もない暗い道を七、八分走ると、道路脇に「福一満虚空蔵菩薩」の大きな看板があった。そこから山に向かって参道があるらしいが、真っ暗で何も見えない。民宿はそこから少し先へ行ったところだった。その一隅だけがほっとするほど明るい。

駐車場に地元ナンバーの車が三台あるのに混じって、岡山ナンバーの車が一台あった。建物のわりに立派な玄関に入ると、割烹着姿の初老の女性が現れた。泊めてくれるかと訊くと、「大した料理は出せねえすけんど、それでよければ」と言う。むろん不意の客としては贅沢は言えない。浅見のほかには一組の老人夫婦の客があるだけだそうだ。ちょうど食事を始めたところだというので、部屋に荷物を置いてすぐに食堂に行った。

先客の老人夫婦とはテーブルが隣り合わせだった。ご亭主は痩《や》せ型の長身で、夫人のほうは対照的にぽってりとした体形だ。夫婦とも人の好《よ》い、いかにもおとなしそうなお年寄りで、食器や咀《そ》嚼《しゃく》の音も立てず会話もなく、静かに食事をしている。

待つ間もなく、浅見のための料理が運ばれてきた。宿のおばさんは謙遜《けんそん》していたが、川魚と山菜づくしの料理で、天ぷらや煮つけなど、豪華とは言えないが、それなりに田舎料理風の賑《にぎ》やかな食事である。

「おたくさんも虚空蔵さんにお参りにおいでですか?」

しばらくして、老夫婦の男性のほうが声をかけてきた。

「いえ、そうではありません」

「さようでしょうなあ、お若い方がお独りでお参りとは、珍しいと思いよりました」

少し訛《なま》りがある。

「岡山からいらっしゃったのですか」

「ほう、ようお分かりですな。おっしゃるとおり、私らは岡山から来よったですが、おたくさんはどちらからです?」

「僕は東京です」

「はあ、東京でっか」

せっかく話しかけてくれたのだが、話の接《つ》ぎ穂《ほ》がなく、会話が弾まない。

「ここの虚空蔵菩薩は有名なのですね。日本三大虚空蔵だそうですが、まったく知りませんでした」

浅見は先方の好意に応《こた》えようと、無理やり話題を作ることにした。

「お二人はここにはもう、何度もいらしているのですか？」

「さようですな、四度目になります。二年置きいうことになりますかな」

「ほう、そんなに……」

岡山県からわざわざこんな遠くまで——と感心した。信心とはそういうものなのかもしれない。

「虚空蔵菩薩というのは、どういう仏様なのですか？」

素朴な質問を投げてみた。

「さあ、私らも偉い仏様やいうことぐらいで、ようは知りませんけど、丑寅《うしとら》の干支《えと》の人には御利益《ごりやく》があるそうです。私が丑年で家内が寅年なもんで、あちこちの虚空蔵さんにお参りさせてもろてます」

おばさんがデザートのメロンを運んできて、そのままテーブルの脇に腰を落ち着け、会話の仲間に入った。南郷村は温泉もないし、観光名所と自慢できるようなものも何もないのだが、この「虚空蔵さん」だけは全国的に自慢できるのだそうだ。

「虚空蔵《こくじょう》さまばかしでねぐ、この集落には古い神社だのお寺だの集まっているんだよ。虚空蔵さまの後ろのピラミッドみてえな恰好をした山のてっぺんには龍興山《りゅうこうざん》神社が祀られているし」

「ピラミッドですか」

浅見はすぐに反応した。

「最近、そのピラミッドの近くで、お遍路さんが殺されたと聞きましたが」

「そんでねえだよ」

おばさんは目を丸くして手を振った。おかしなことを言われては沽券《こけん》にかかわると言いたげだ。

「そのピラミッドつうのは新郷村の話だべさ」

「あ、そうでしたね」

浅見も勘違いに気づいた。新郷村と南郷村で紛らわしい。

「ここのは、あっちよりよっぽどピラミッドみてえな山だけんど、新郷村と違ってピラミッドだなんつう、嘘《うそ》くせえことは言わねえ。だけんど、あの方もお気の毒なことだったなス。あったらひどい目に遭うなんてよ。人の運命は分かんねえもんだねス。朝、出掛ける時は何もねがったのにな」

「えっ?……」

浅見は驚いて、思わず声が上擦《うわず》った。

「その被害者の女性は、こちらのお客さんだったのですか?」

「んだな。前の日に虚空蔵さまにお参りして、機嫌よく発《た》って行っただけんどなス」

「その人はどちらから来たのですか」

「三河《みかわ》の人だじ。初めてのお客さんだったけんど、ここの虚空蔵さまはありがたいと言いなすって、またお参りに見えると言ってくれたのになス」

三河——愛知県からとは、その人もまた遠いところからのお客だったのだ。

「独り旅ですか」

「んだな、お遍路さんの恰好をして、独りでずうっとあっちこっちとお参りしてきたんだそうだス。明日は帰るつもりだと言ってましたったけんどなス」

おばさんはまた首を振って「どこさ災難が転がっているか、分かんねえもんだなス」と呟《つぶや》いた。

「そのこと、警察には話しましたか？」

「ああ話したァ。死体が発見された翌日、刑事さんが見えて、被害者がうちの領収証を持っていたんで、話を聞きてえって来たんだス。んだけんども、何も話すことはねえもんね。最初は住所も何も身元が分かんねがったんだと。うちの宿帳を見て、住所氏名が分かっただけでもえがったて喜んでいだっけ。だけんど、おらほうはそれ以上のことは何も知らねえだ。殺した犯人は通り魔みてえなもんだったんでねえべか」

「その人は車ではなかったのですね？」

「んだ、歩きだす。うちに見えた時も階上《はしかみ》から歩いてきたって言ってだなァ」

「階上というと、たしか太平洋に面した町でしたね」

まだ行ったことはないが、面白い読み方をする町名なので、浅見にはかすかな記憶があった。

「んだ。階上の寺下観音《てらしたかんのん》さんにお参りしてきたって言ってたなス」

「ずいぶん距離があるんじゃないですか」

「ほんでもねえべ、せいぜい五里ぐれえでねえべか。それよが、ここからピラミッドまで、よく歩いたもんだね」

約二十キロを「五里」と、おばさんは土地の人らしい表現をした。年齢は六十代なかばと思えるから、彼女が育った時代ではそれがふつうだったのだろうか。

「ピラミッドまではどのくらいですか」

「十三里ぐれえでねえがなァ。亡くなったのはここを出た日の夜中から明け方のあいだだって、刑事さんも言ってたなス」

「十三里というと約五十キロですか。それをたった一日足らずで歩いたのですか。信じられないなあ」

「きっと朝から晩まで休まず歩いたんだなス。そうでねがったら、ちょっと無理だものなス。ふつうであれば二日かけても大変《てえへん》だべ」

「それとも、途中でヒッチハイクみたいに車に乗せてもらったか」

「それはない、思いますよ」

ご老人が横から口を挟んだ。

「そういう真面目なお遍路さんは、私らのような怠け者や観光目当ての人たちと違って、決して乗り物には乗らんのです。以前、私らが車で走っておった時、雨が降っておって、難儀そうなお遍路さんを見かけたもんで、お乗りにならんか思うて、車を停めてお訊きしたのやけど、素っ気なく断られました。その亡くなられた方も青森県までの往復は汽車かもしれんけど、巡礼が済むまでは歩きつづけるつもりやったのやろね」

「なるほど……しかし、どう考えても五十キロの道のりを一日で歩ききるとは、僕には想像を絶することです」

「それはおらども同じなス」とおばさんも同調する。「うちに見えた時も、ずいぶん大変そうだったもんねス」

「ご本人には車に乗る気はなかったのに、無理やり乗せられたということはあるかもしれません」

「は？　それはどういう意味だべ」

「強盗が襲ったのだとすると、そのくらいのことはやるでしょう」

「ああ、んだな、そういうことだば、あるかもしんねえなス」

言いながら、恐ろしげに肩を竦めた。

浅見はおばさんに頼んで、とりあえず被害者の「お遍路さん」の住所と名前を控えさせてもらった。

「愛知県宝飯《ほい》郡御津《みと》町西方《にしがた》——伊藤由衣《いとうゆい》」とあった。

6

民宿の朝は早い。夢現《ゆめうつつ》にどこかでニワトリの鳴く声を聞いて、いったん目が覚めたが、もう少し惰眠を貪《むさぼ》るつもりでいたのに、七時には朝食の用意が整ったと、おばさんが部屋まで告げに来た。お年寄り夫婦は食事を終えて、そろそろ出発するのだそうだ。

濃厚な味噌汁《みそしる》の実はシジミだった。「うまがべ、十三湖のシジミだ」と、おばさんは給仕をしながら自慢した。思いがけないところで十三湖と遭遇した。

「今日、これから十三湖へ行くつもりですよ」

「んだが……そういえば、お遍路さんも十三湖の方を回ったと言ってたなス」

「え、本当ですか」

「ほだ。あそこはいいとこだよ。十三湖行くだら、シジミラーメンを食ったらえかべ」

おばさんはあまり気にしている様子はないが、これから行こうとしている先に、殺人事件の被害者の足跡があることに、浅見は少しこだわった。

八時半には追い出されるように民宿を出ることになった。

新郷村の事件の所轄は五戸《ごのへ》警察署である。ここからの距離は約二十キロあるが、道順を考えると新郷村へ行く途中といっていい。何はともあれ五戸署に寄ってみることにした。低い山々と森と、点々と現れる集落の中を縫うようにして行く道だ。

岩手県北部から青森県南部地方にかけてのいわゆる旧南部藩領内には、一戸から九戸までの地名がある。地図上には「四戸」だけが欠けているけれど、これも現在の五戸町浅水《あさみず》というところが、かつては四戸だったといわれる。「戸」というのは小さな集落を表す意味だとも、あるいは牧場の木戸のことだともいわれ、それ以外にも各説あるようだ。

五戸町は五戸川に臨む台地にある。農業主体の町だったが、現在は工業化が進み、八戸市のベッドタウン化も進んでいる。かつて藩政の頃は陸羽街道の宿場として栄え、交通の要衝であり、この地方の中心的存在だった。東北本線のルートから大きくはずれたために寂《さび》れたが、その代わり武家屋敷などの文化財が豊富に残っているそうだ。

五戸署は小さな建物だが、玄関には麗々しく「新郷村殺人事件捜査本部」の貼《は》り紙が出ている。出入りする捜査員の姿が多いのは、たぶん県警や近隣からの応援があるのだろう。

受付の女性職員に、「旅と歴史」の名刺を渡して、事件の経緯がどうなっているかを訊いてみた。運転免許証の書き換え窓口が主たる業務のような女性で、捜査本部が置かれるような大事件を経験したことは、ついぞなかったにちがいない。見知らぬ男の質問に胡散臭《うさんくさ》そうな目を向けた。

「私は分かりませんので、ちょっと待っていてください」

奥のデスクに行って、こっちを指さしながら何か告げている。やがて彼女を従えて、大柄の制服警官がやって来た。四十代半ばといったところだろうか。肩章の階級は警部補だった。浅見の名刺をヒラヒラさせて、「目下、捜査を進めておる段階なので、個別の取材には応じられんのですがね」とごつい声で言った。

「すみません、お忙しいとは思いますが、ちょっとだけお話を聞かせてください。と言いますのは、じつは、昨日泊まったところが、偶然、被害者が泊まった宿だったのです。そこでいろいろ参考になる話を聞けました。被害者は青森県内のお寺を歩いて巡礼してきたようですが、南郷村から新郷村までも、やはり徒歩で行ったとお考えですか」

「まあ、そのようですな」

「しかし、新郷村のピラミッドまではおよそ五十キロあります。そこを一日で歩けるとは思えません。何者かが車で襲って、現場まで運んだのではないでしょうか？」

「もちろん、それも視野に入れて捜査中ですよ」

そんなことは分かりきっている。素人《しろうと》が余計な口出しをするな――という顔である。

「それにですな、女性でも一日に四、五十キロ歩く人は珍しくねえです。マラソンなんかだと、四十二・一九五キロを走り通すんだからねえ」

警部補は笑った。

本来の仕事とは関係がないので、それ以上、あまりしつこくするわけにもいかず、浅見は事件の基本的な事実関係を教えてもらうだけにとどめた。


ほとんどマスコミに発表されたことばかりだそうだが、メモの形式で渡してくれた。警部補は見かけによらず、存外いい人かもしれない。

住所・氏名は民宿でメモったとおり。年齢は五十一歳。死因は絞殺による窒息死であった。四月二十三日に発見された時は死後二日以上経過しており、被害者は二十日の深夜から二十一日朝までの間に殺されたものと見られる。

愛知県御津町の留守宅に連絡すると、被害者の夫・伊藤清三《せいぞう》が飛んできた。被害者はちょうど一カ月前に家を出て、巡礼の途についたということだ。「一カ月も家を空けていて、心配ではなかったのですか」という質問に対して、亭主は「いつものことですから」と、沈痛な面持ちながら、あっけらかんと答えた。旅先からの連絡が途切れることもしょっちゅうだったという。

八年ほど前から、すでに十回程度はこの種の旅をしているのだそうだ。あまりはっきりしたことは言わないが、被害者には精神的にふつうではない部分があったようだ。一カ月も巡礼して歩き通すということだけで、すでに精神的な不安定は推察できる。しかし、そのことと奇禍に遭ったこととの因果関係は何も浮かんでこない。怨恨《えんこん》関係による犯行である可能性も考えられないという。まったくの通り魔的な事件で、災難としか言いようがないと、ひとまず警察は断定した。そしてそれから二週間を超えたが、捜査の進展はあまりないというのが、偽《いつわ》らざるところらしかった。

第二章　ピラミッドの里

1

　五戸から国道454号を西南西に進むと、倉石《くらいし》村を経て、およそ十一キロで新郷村に入った。それほど峻険《しゅんけん》ではないが、左右どちらを見ても切れ目なくつづく山林ばかりの村である。その谷間のような平坦《へいたん》な部分に田畑と人家が点々と連なる。風景はのどかだが、地形から見て、あまり肥沃《ひよく》な土地とは思えない。農耕よりも畜産のほうが盛んなのか、ところどころに牛舎がある。典型的な東北の寒村といってよさそうだ。

　事前に調べたデータによると、新郷村は昭和三十年に町村合併促進法によって誕生した。その一つは野沢《のさわ》村西越《さいごし》であり、もう一つは戸来《へらい》村である。問題の「ピラミッド」は旧戸来村の区域内に存在する。

　そもそも「戸来」という名前からして変わっている。戸来と書いて「ヘライ」と読むところから、奇妙奇天烈《きてれつ》な「史実」が誕生することになったらしい。「ヘライ」は「ヘブライ」に通じるというのである。

　しかし青森には三戸や八戸のように「戸」を「へ」と発音する地名がいくつもあるのだから、「戸来」を「ヘライ」と読んだからといって、それを特別なことと考えるのはどういうものだろう。浅見にかぎらず、常識人にはどうもこじつけとしか思えないのだが、それを本気で信じたのか、それとも面白半分、まことしやかにでっち上げたのか、とにかく『竹内文書』にはそう書かれている。この戸来村こそがキリスト終焉《しゅうえん》の地である——という珍説である。

村役場を訪ね、受付の女性にピラミッドのことをお訊《き》きしたいと言うと、「またか」という笑顔を見せた。浅見が「旅と歴史」の取材だと名乗ると応接室に案内して、まもなく中年の痩《や》せた男性職員がやって来た。名刺に「新郷村商工観光課課長代理　吉岡孝二」とあった。この種の客を一手に引き受ける役目を仰せつかっている担当者という印象だ。「旅と歴史」のことは知っていて、ときどきは読むこともあるらしい。

吉岡職員は手回しよく、村勢要覧と観光資料を用意していて、テーブルの上に置いた。浅見はまず、村勢要覧から拝見することにした。

多色刷りの美しいパンフレットだ。「新郷からの便り」と題した表紙の背景には、ブナの巨木と清流の写真を使っている。村長の挨拶《あいさつ》、村のなりたちなどのお決まりのページがあって、ちょうど真ん中辺り、見開き二ページに「神の山」と題した写真が載っている。ブナの森の中に鎮座する一面に苔《こけ》むした巨石である。巨石の前には「鏡石」と書かれた立て札が立っている。

「神の山」については〔大石神《おおいしがみ》。——謎《なぞ》が謎を呼ぶ巨石群は神への交信手段か〕といったキャプションが添えてある。

「これがピラミッドですか?」

浅見が訊くと、吉岡職員は「いや、これを『大石神ピラミッド』と呼ぶ人もいますが、本当はピラミッドではねえです」と、妙に力んで否定した。

「本当のピラミッドは大石神から西の方さ行ったところにある『十和利山』です。竹内巨麿《きよまろ》先生が日本最初のピラミッドだと唱えたのが、十和利山です」

「あ、そうでしたね、僕が読んだ雑誌の記事にもそう書いてありました。四国の剣山や大和三山もそうだとか。しかし、それが本当にピラミッドなんですかねえ」

失礼を承知で、浅見は言った。相手が気を悪くするかなと思ったが、意外にもそんなことはなかった。

「分からねえすな」

あっさり言って、平気な顔をしている。客からそういう疑問を呈されるのには、慣れっこになっているにちがいない。

「えっ、違うのですか？」

「いや、違うかどうかも、自分にはよく分からねえすよ。偉い先生方がピラミッドだど言うのだから、そうなのかと思っているだけです。ただ、日本のピラミッドつうのは、エジプトみてえに石を積み上げたようなもんでなく、三角形をした山みてえなものになっているつう話ですな」

「しかし、それだとコニーデ火山特有の、円錐形《えんすい》をした山は全部そうだということになりませんか。富士山を筆頭に、鹿児島の開聞岳《かいもんだけ》や北海道の羊蹄《ようてい》山《ざん》、青森の岩木山《いわきさん》だってそうでしょう」

「さあ、それとはちょっと違うみたいだげどね。山のてっぺんが尖《とが》ってねえとピラミッドとは言わねえのではねえでしょうか」

「頂上が尖っていればいいというのなら、そういう山はほかにもありますよ。僕が知ってるだけでも、山形市の千歳《ちとせ》山、長野市郊外の朝日山なんかがそうです」

「ふーん、それではそれもピラミッドかもしれねえですな」

吉岡職員はどうも頼りない。ひょっとすると、ピラミッドのことは、地元の人間でさえ半信半疑なのではないかと思えてくる。

もともと日本のピラミッドについては、例の『竹内文書』に書かれているのだが、その内容は、神宝の石に「ヒラミットを作る」(傍点筆者)という意味の言葉が、神代文字の一種である「モリツネ文字」で刻まれていたということによる。それを竹内巨麿の同志であるピラミッド研究家の酒井勝軍が次々に各所で発見し、その存在を立証したとされた。酒井が行って「これがピラミッドである」と宣言したところが、現在もそのまま通用している。

イワシの頭も信心から——と言うから、何が何でもそうだと決めつけてしまえば、反対する方途はないのかもしれないが、『竹内文書』そのものを信じない人間にとっては、当然のことながら、日本にピラミッドなんてものはあるはずがない。逆に『竹内文書』が真実を語っていると信じれば、ピラミッドに限らず、そこから派生するあらゆるものを信じることになってしまうのだ。

そんなものを信じるのは、頭がどうかしている——と思われそうだが、これは宗教の本質にかかわることだ。たとえばキリスト教の処女懐胎や復活について、常識や科学的に考えれば、そんなことはありえないと思うはずである。しかし現実には世界の何十億だかの人間がそれを信じているか、あるいは信じることにしている。

オウム真理教の空中浮遊についても同じことが言える。そうして、その信じるものを守るために、殺しあったり、時には中東のように戦争までおっぱじめるのだから気が知れない。教義では「汝《なんじ》ノ敵ヲ愛セヨ」「汝殺スナカレ」と戒《いまし》められているのに、である。

浅見はひとまず「ピラミッド」の追究を中止して、村勢要覧のページをめくった。次の見開き二ページは「キリストの墓」であった。そういう説明はないが、中央に二本の十字架が立っている写真だから間違いない。

　気がついてあらためて確かめると、「ピラミッド」のページにも「ピラミッド」の文字はなかった。前掲のキャプションのつづきには「その昔、太陽はとてつもなく偉大な存在として尽きることない輝きを地上にもたらしていた……」といった調子で、なかなかの名文が綴《つづ》られているが、「鏡石」の宗教性、いかなる御利益があるのかといったことはまったく書かれていない。

　新郷村としては観光施設として広く宣伝するためには、ピラミッドやキリストの墓のことをもっとはっきり書きたいはずだが、村勢要覧のような公式的なお堅い冊子に、かなり眉唾《まゆつば》と思われそうな、しかも宗教色の濃厚な記事を掲載するわけにいかないのだろう。

　十字架の写真の説明は「伝説の森」という見出しから始まる〔ミステリー。／不思議な力に導かれてここまで来た。／記憶のかなたにしまいこまれた風景……〕と、これまた美文調で書かれているが、やはり宗教色は十字架の写真以外にはない。

　ところが、純粋に観光資料である同じ判型のパンフレットのほうにはちゃんと「キリストの墓」について書いてある。『竹内文書』などに書いてあることを、そのまま引用したような文章だ。


〔キリスト日本へ渡来。

　キリストは地中海の沿岸ユダヤに生をうけ、エジプトに父母と共に住み、その後再び帰ってナザレの片田舎で成長したが、二十一歳の時に行方不明となり三十三歳の時に忽然《こつぜん》と現れ、天国を語り、神の実在を説いたのであるが、もちろん聖書にもその行方不明の十一年間の行動は何も載っていない。ところが発見されたというキリストの遺言書にはその間の消息が鮮明に書かれている。すなわち、キリストが、日本に初めて来たのは十一代垂《すい》仁《にん》天皇の御代で日本海沿岸の橋立の港に上陸し、越中の国に至り、当時この地におられた尊き方の御弟子となり、日本の言葉や文学を習いさまざまの修業を重ねていた。かくて十一年の修業を終えたキリストは三十三歳になって日本を去り、モナコに上陸してユダヤに帰ったが、帰国してからのキリストはパプテスマのヨハネや周囲の人々に神国日本の尊さを語り続けた。」（筆者注・原文のママ）

こう書かれ、さらにキリストが磔刑《たっけい》を逃れて日本に渡って来た――とつづく。

それによると、なんと、ゴルゴタの丘で処刑されたのは、じつはキリストの弟の「イスキリ」だったというのである。キリストはエジプトからシベリア、アラスカを経由して、艱難辛苦《かんなんしんく》を重ねた四年後の二月二十六日、青森県八戸港に上陸、名を「十来太郎大天空《とらいたろうだいてんくう》」と改め、陸奥《むつ》の国戸来に住み、ユミ子という日本女性と結婚して三人の娘をもうけ、百六歳（百十八歳という説もある）で亡くなったとされる。

『竹内文書』関連の話を知らない人がこれを読むと、呆《あき》れて物も言えない心理状態になるにちがいない。『竹内文書』とはそういう奇想天外というか、荒唐無稽《こうとうむけい》というか、ある意味では気宇壮大なことが書いてある書物なのである。これを真剣になって研究したり、エネルギッシュに広めようとする人が存在するのだから、世の中は面白い。

村勢要覧では、伝承が事実かどうかは曖昧《あいまい》にしてあるし、まして宗教色などはいっさい出していないが、こっちは観光用の冊子という気楽さがあるせいか、臆面《おくめん》もなしに「キリストの墓」にまつわる「史実」を書きまくっている感じだ。

とくにキリストが伝えたユダヤの風習がこの地に息づいていることを紹介しているのが興味深い。

ユダヤ人のような衣服を纏《まと》い、父親を「アヤ」または「ダダ」、母親を「アパ」または「ガガ」と呼び、子供が生まれると、初めての外出の時に額に墨で十字を印すること。また、ある家の家紋は「ダビデの星」の形であることなども挙げている。

興味本位で付き合っているぶんには、ただ面白いで済ませられるが、真正面から史実のほどを検証しようとすると、虚《むな》しくなるばかりだ。浅見は疲れ果てて吉岡職員に質問する元気もなくなった。

考えてみると、今回の取材旅行の本来の目的である『都賀留三郡史』のほうも、発生の仕方が『竹内文書』と似たようなものだ。それに取り組む作業は、キリストの艱難辛苦に匹敵するほどの、途方もない難行苦行になるかもしれない。「旅と歴史」の藤田編集長が、『都賀留三郡史』に否定的な学者などのブーイングに遭い、頭を抱えるのも、だんだん理解できる気分になってきた。

2

「ところで、このあいだこの辺りで殺人事件が発生したそうですね」

浅見は百八十度、話題を変えた。とたんに吉岡職員は顔をしかめた。村の観光事業を推進する立場から言うと、「殺人事件」はマイナスイメージに繋《つな》がりそうだから、触れたくないことなのだろう。

「ああ、ありましたな」

「被害者はお遍路さんの女性だったとか、現場は大石神ピラミッドへ登る道の途中だったとか聞きましたが」

「そのようですな」

「じつは昨日泊まった南郷村の民宿がたまたま、殺される前日にその女性が泊まった宿だったのです。それで民宿のおばさんから、新郷村へ行くのなら、拝んであげてくれと頼まれましてね」

口から出任せを言いながら、ドライブマップを広げた。

「どの辺りになるのですか？」

「そうですなあ、この辺りですかな」

吉岡職員は気が進まない手つきで、地図上の一カ所を指し示した。

新郷村は東西に細長い村だが、その中央付近で右手の山に入って行く道がある。そこから二キロほど行くと「大石神ピラミッド」と印刷されている。吉岡職員の指先はその近くを押さえていた。

「お遍路さんがお参りするようなお寺や神社が、この辺りにあるのですか？」

「この辺りは山の中で何もねえところです。しかし新郷村には由緒ある寺社がいくつかありますよ」

わが村にあるのはキリストの墓ばかりではない——と言いたげに気張って、観光パンフのページを広げて見せた。そこには「戸来」と「西越」にそれぞれある三嶽《みたけ》神社と、長泉寺というのが載っていた。戸来の三嶽神社のほうは貞観《じょうがん》五（八六三）年というから、九世紀後半の創建だ。

「だど、お遍路さんが来たという話は、聞いたことがねかったですなァ」

吉岡職員は事件に関しては、それ以上のことは何も知らないようだ。浅見は丁寧に礼を言って、村役場を出た。

戸来三嶽神社はそこから少し行ったところだった。吉岡職員が誇らしげに胸を張って言っただけのことはあって、それほど大きくはないが歴史の重みを感じさせる佇《たたず》まいである。境内に神職らしい人がいたので「お遍路さん」のことを尋ねてみた。

「いや、私らはだいたい一日中、ここにおりますが、そういう人は見てねえですな」と即座に答えた。むろん殺人事件のことは知っていて、かかわり合いになるのを警戒しているにちがいない。

戸来三嶽神社から約二キロ先にキリストの墓があった。ここはちょっとしたテーマパーク風に、よく整備されていて、駐車場もある。標高差が五十メートルほどの山の上まで、石段を上がって行くと、平坦な広場の二カ所に盛り土がしてあって、それぞれに十字架が立ち、その先の小高いところには教会風の建物があった。十字架は向かって右のが「十来塚《とらいづか》」でキリストの墓、左が「十《じゅう》代墓《だいぼ》」で弟のイスキリの墓だそうだ。しかし、「イスキリはゴルゴタの丘で処刑された」とパンフレットに書いてあった。してみると、ここには遺骨が埋まっているわけではないらしい。

観光客らしい三人の若い女性が、真剣な眼差《まなざ》しで二つの「墓」を眺めている。あの人たちも観光ガイドブックや、ことによると『竹内文書』に引かれてやって来たのだろうか。そう思うと微笑《ほほえ》ましいような気の毒なような気になる。

とはいえ、村が真面目にこの「遺跡」を保存していることは、手入れの行き届いた公園敷地を見れば伝わってくる。それについては例の観光パンフでは以下のように紹介している。

〔『光は東方より』
ロマン溢れる神秘の里
ゴルゴタの丘で処刑されたはずのキリストが、実は秘かに日本に渡り、このみちのくの山村で百六歳の天寿を全うしたといわれたのは昭和十年、それも茨城県の磯原町（現北茨城市）から突然に降ってわいたような話なのである。――後略――〕（筆者注。原文のママ）
浅見が昨日立ち寄ったばかりの、あの磯原町からやって来たのが、皇祖皇太神宮の竹内巨麿の一行で、当時の戸来村村長に案内されて竹藪《たけやぶ》の中にあった二つの土饅頭《どまんじゅう》を見つけ、「これぞキリストとイスキリの墓に間違いない」と言った。その後、「万国古代文学研究会」なる考古学者のグループがキリストの「遺言書」を発見したり、山根キクという女性が書いた『光りは東方より』という書物やマスコミによって紹介されたりして、一躍、脚光を浴びることになった。

それ以来、「村民たちは純粋な気持ちでそれを信じ」ている——と、観光パンフには書かれていた。

キリストの遺言書を発見（！）したというのもすごいが、考古学者グループといい、山根キク女史といい、マスコミといい、「よくやるよ」と言いたくなる。本気で信じている人はともかく、面白がって騒ぎたてるマスコミのやることは、テレビが「地縛霊」など、ありもしないことで視聴率稼ぎをするのと同様の犯罪行為ではないか——と、浅見はだんだん腹が立ってきた。

新郷村の人たちも、観光パンフが書いているように、本当に「純粋な気持ちで信じ」ているのだろうか。もしそれが事実なら、純朴な人々を誑《たぶら》かしているも同然、これほど罪なことはないし、もし事実でないのなら、観光パンフの記述は村民をダシにしているとしか思えない。観光振興目的に「伝説」を利用するのはいいとしても、荒唐無稽な話を村民の多くがまともに信じていると、他の地域の人々に誤解されるではないか。

（それでいいのかな——）と余計な心配までしたくなる。

一段高くなった丘の上に建つ教会風の建物は「キリストの里　伝承館」というものであった。これはごくふつうの、テーマパークによくある施設といっていい。キリスト伝説の基になった古文書や風習などを紹介するコーナーや、新郷村の民俗を紹介するコーナーなどがあって、キリスト伝説にもたぶんにシャレを感じさせる。押しつけがましい宗教色はあまりないところに好感が持てる。

それこそ純粋に観光目的に演出された伝説であり施設であるかぎり、「キリストの里」は面白い。奇想天外の着想も、夢物語としてなら気楽に楽しめる。しかしそれをまことしやかにやってはいけない。ピラミッドにも同じことがいえる。ナスカの地上絵が宇宙人によって描かれたなどというのは、壮大なロマンだが、山の上に巨石が転がっているのを「ピラミッド」だとするのは、ありふれた石器を五十万年前のもの――などと大ぼらを吹くよりも無茶な話である。

とはいうものの、仕事上、そのピラミッドをこの目で確かめることにした。写真だけ見て、現物を見なかったでは藤田編集長も納得しないだろう。

道路が分岐するところに「ピラミッド」の標識が立っていた。二キロほど行ったところが「大石神ピラミッド」。砂利道の上り坂のすぐ脇にある岩山がそれだった。風化していくつにも割れたと思われる巨大な岩が、不規則に並び、その割れ目のあいだから樹木が伸びたりしている。ただそれだけのものだ。古代人がここを太陽信仰の祈りの場にしていたのだとしても、こういう原始宗教の祭祀《さいし》の場は日本中、至るところにある。巨石や巨木、姿のいい山、深い森、清冽《せいれつ》な湖や川等々、自然の驚異や神秘は、アニミズムの世界ではそのまま信仰の対象なのだ。やはり思ったとおり、「幽霊の正体見たり枯れ尾花」であった。

というわけで、浅見のピラミッドへの興味は急速に薄れたが、本来の目的はむしろ「お遍路殺し」の現場である。

大石神ピラミッドの六百五十メートルほど先にある上大石神ピラミッドへ向かう道の中間辺り

――と聞いてきた。注意深くゆっくり車を走らせる。ブナの木が生い茂るもの寂しい山中の道である。行き交う車はおろか、人っ子一人、行き合わない。人間どころか熊《くま》でも出そうな雰囲気だ。ロードマップを見ると、この道は戸来岳の登山道に繋がる林道で、この先に集落などはないらしく、しだいに心細くなってくる。

道端に小さな花束がいくつか置いてあるのが見えた。そこにお遍路さんの死体は遺棄されていたのだろう。浅見は車を降りて花束のある場所に近づいて黙禱《もくとう》した。

地上に石灰で人の形を描いた跡が消えずに残っている。まさに道路の端、すれすれのところだ。車のドアから捨てて行った様子が想像できる。

いったい犯人はなぜ、わざわざ死体をこんな不便なところに運んでくる必要があったのだろう?

――

周囲を見回してみたが、どこまでも深い森ばかりである。右は斜面、左はストンと落ち込んだ谷で、その下のほうには川があるらしい。人目に触れずに死体を遺棄するにはもってこいであることは確かだ。犯人がこの場所を選んだのは、単にそれだけの理由とも考えられる。

しかし、二つの「ピラミッド」のあいだということに、何か特別な理由があるのかもしれない。宗教的な狂信者は、時に理解しがたい行動を取るものだ。考えようによっては、お遍路さんというのもかなり強度な信仰の表れである。

いずれにしても、そこにお遍路姿の女性の死体が横たわっていたことは事実なのだ。じっと見つめていると、何もない道路上に、白い衣服を纏ったお遍路さんの姿がもうろうと浮かんできそうだ。

その時、背後の斜面の藪にガサガサッという音が聞こえた。浅見はギョッとして車を楯《たて》に隠れた。

（熊か――）

瞬間、そう思った。

3

藪から現れたのは熊ではなかったが、熊のようにずんぐりした四十代半ば過ぎに見える中年男であった。黒い革ジャンパーがモコッとした感じなのは、下に沢山着込んでいるわけでなく、そういう体形なのだろう。斜面の笹藪を泳ぐように、転がるように下りてきた。

道路に降り立つやいなや、油断なく身構えて、鋭い目つきで浅見を睨《にら》んだ。

「あんた、何だば?」

ドスの利《き》いた声だ。右手をジャンパーのポケットに突っ込んでいるのは、拳銃《けんじゅう》でも握っているようで不気味だった。

「べつに、何でもありませんよ」

浅見は少し虚勢を張って応えた。

「何でもないことねえべ、そこの死体のあったところば調べてたでねえか」

「いや、見ていただけで、調べていたわけではないですよ」

「何の目的だ?」

「目的なんてありません。ああ、ここで人が死んでいたのかと思っただけです」

「ふーん、あんた、どこの者だ?」

「東京から来ました」

「東京からわざわざ死体遺棄の現場ば見に来たんだが」

「わざわざこのために来たのではなく、ピラミッド見物に来たついでにちょっと寄ってみたのです。しかし、何をしようと僕の勝手でしょう?　それよりあなたこそ、こんなところで何をしていたんですか？」

「何をしてたってか？……」

男は不機嫌そうに片頰《かたほお》を歪《ゆが》めた。

「自分は警察の人間だ。ちょっと腹具合が悪いもんで、キジ撃ちをしておった。そこに挙動不審者が現れたというわけだ」

浅見は思わず笑いそうになった。「キジ撃ち」とは野グソのことである。

「挙動不審者って、それは僕のことを言ってるんですか」

「んだ、ほかに誰もいねえべ。あそこからずっと見てただが、あんた、現場さ向かって拝んでいたな。あんた、ガイシャとどういう関係だね？」

「べつに関係はありません。ただ、昨日泊まった民宿で、この事件の被害者が客だったことを聞きました。出がけにおばさんに、ここを通るのだったら、拝んでやってくれって言われたから、寄り道したのです」

「んだか、おばちゃんから聞いただか」

刑事の表情が少し緩んだ。民宿のおばさんとは付き合いがあるらしい。少なくとも事情聴取には行っているのだろう。

「おばさんに聞いたのですが、被害者の女性はずっと歩いてお遍路さんをやっていたそうですね。その女性がいくら健脚でも、時間的にみて、この場所まで歩けたとは思えません。どこかで何者かに車で拉致《らち》され、殺されてここに運ばれたと考えられますが、警察の見解としてはどの辺りがその第一現場だと考えているのでしょうか？」

「それは……いや、その前にあんたの名前と住所ば教えてもらわねばなんねえな」

刑事はメモ帳とボールペンを出した。浅見は個人用の肩書のない名刺を渡して、「刑事さんの名前も教えてください」と言った。刑事は「五戸署の浅子《あさこ》」と名乗って、「ほう、浅浅同士だなや」と、つまらないことを喜んだ。

「浅子部長さんですね」

年齢から見てヒラ刑事のはずはないし、かといって警部補がこんなところで一人でキジ撃ちをしているはずもない。たぶん部長刑事（刑事課所属の巡査部長）だろうと当てずっぽうを言ってみた。

「いや、んでね、自分は部長でねく課長だ」

巡査部長に見られては心外だ——と言いたそうに、名刺をくれた。「青森県五戸警察署刑事課長浅子健二」とあった。

「えっ、刑事課長さんですか」

これは意外だった。部長刑事どころか、課長ならたいていは警部が務める。もちろん管理職で、現場をうろつくことはあまりない立場だ。

「課長さんが一人でこんなところを歩いているんですか?」

「一人で歩いていたわけではねえ。部下が先に行って、待ってんだよ。これから追いかけて行くところだ」

「だったら僕の車に乗りませんか、そこまでお送りしますよ」

「んだが、それはありがたい」

浅子刑事課長は分かりあえると、けっこう気さくな人柄のようだ。肩を揺するようにしてソアラにもぐり込んだ。

「あんた、仕事は何をしてるだね?」

車が動きだすとすぐ、浅子は名刺を見ながら訊いた。

「フリーのルポライターをやってます」

「えっ、んだば東京からわざわざこの事件ば取材に来ただか。そった大事件でもねえべよ」

「いえ、そういうわけではありません。青森県の歴史的なことを取材に来たのです」

「ふーん、ここのピラミッドのことかね？　それともキリストの墓のことか」

「それもありますが、本命は十三湊《とさみなと》と黒石です。ピラミッドとキリストの墓は、話としては面白いのですが、あまりにもばかばかしくて、信憑性がなさすぎます」

「おいおい、そったらことをでっけえ声で言わねえほうがいい」

浅子は誰もいない車内を見回した。

「課長さんは信じているのですか」

「ん？　いや、自分の立場としてはそういうことは言えねえな。しかし十三湊はいいんでねえか。安藤《あんどう》水軍だの、いろいろ知られてねえ歴史的秘話が沢山ある」

「詳しそうですね」

「いや、詳しくはねえけど、自分も津軽の人間だで、郷土史さは興味がある。それと、本事件の被害者はどうやら十三湊方面ば回ってきたと考えられるので……あ、いや、いけねいけね。これはオフレコにしておいてもらわねえと困るな」

浅子は慌てて口を塞《ふさ》いだ。

「ご心配なく。僕は事件記者ではありませんから。それに、被害者の女性が十三湊を回ってきたことは、民宿のおばさんに聞いて知ってますよ。すると、警察はこれからそっち方面の足取り捜査にかかるのですね」

「まあそういうことだが、だめだな、この話は他の人には言わねでもらわねえと困る」

「大丈夫ですよ、口は堅いほうです」

浅見は笑った。

緩いカーブを曲がると、前方にパトカーが見えた。その前にもう一台、小型車が停まっている。制服と私服が一人ずつ、パトカーの手前に佇んでこっちを見ている。車が停まるとドアを開ける前にもう一度、浅子は「黙っていてくださいよ」と頼んだ。

　浅見も車の外に出た。

「やあどうもありがとう、助かった」と、浅子は大きな声で礼を言った。早いところ追い払いたい気持ちが表れている。

　道端に「この上２００メートル　ピラミッド」と立て札があった。崩れかけたような細道で急な斜面を登って行くらしい。

「あ、ここですね、上大石神ピラミッドは」

　浅見はカメラを取ると、車のドアをロックして登り口に近づいた。

「えっ、あんたピラミッドさ行くつもりだかね。やめたほうがいいな」

　浅子刑事課長が背後から呼び止めた。二人の部下も当惑げな顔を見合わせている。自分たちが行くつもりのところに、邪魔者が現れたというところか。

「やめろって、どうしてですか？」

「いや、行くほどのものでねえだ。それに道が悪くて、東京の人さは無理だべ。骨折り損のくたびれ儲《もう》けにしかなんねえな」

　そう言ったところに、上のほうから人が下りてきた。親子の二人連れである。ピラミッド見物の帰りに間違いない。しかも若いご亭主は赤ん坊を抱いている。その恰好でも行けるという保証のようなものだ。浅子が制止する理由はなくなった。

「仕方ねえな。んだば行《の》くが」

　浅子は浅見を押し退けるようにして、自分が先頭に立ち、二人の部下がつづいた。浅見は苦笑しながら二人の後についた。

　しかし、浅子の「忠告」はまんざら嘘ではなかった。確かに道は険しく、石がゴロゴロしているし、ぬかるみもある。あの三人の親子連れがいかにも軽装で往復したのは驚異的に思える。歩くのが苦手の浅見はすぐに後悔した。いまさら引き返すわけにもいかないのと、片道二百メートルという標識を信用して、なんとか落伍《らくご》しないように歩いた。

悪戦苦闘したわりには、目的のピラミッドは期待したほどではなかった。それでも大石神よりは多少スケールが大きい。浅見は写真を撮ったが、三人の捜査員が岩の周りをウロウロするのを避けるのに苦労した。

4

山頂に近いこの辺りは、高い樹木に囲まれた中にポッカリ開けた空間で、巨大石がいくつも重なりあうように屹立《きつりつ》する周辺は丈の低い藪に覆われている。ピラミッドはともかくとして、何となく荘重な気分にさせる風景ではあった。眺望もすばらしく、西のほうに十和利山が望まれる。『竹内文書』の信奉者が、ここを古代人が祭祀を営んだ場所と考えた理由も分からないではない。

浅見が写真を撮り終えても、三人の警察官は、何か落とし物でも探すように、「ピラミッド」の周りを這《は》いずり回っている。浅子刑事課長は途中から腕組みをして、部下二人の様子を眺めるポーズを取ったが、部下のほうは捜索の範囲を広げて、藪の中にまで首を突っ込んだ。

「この辺りに犯人が来た可能性でもあるのでしょうか？」

浅見は二人の刑事の作業を妨げないよう、小声で訊いた。

「ん？　いや、そういうわけではねえども、一応はな……」

浅子は言葉を濁した。何となく浅見の疑問を肯定するようにも聞こえる。とはいえ、大規模な捜索隊を送り込んでいるわけでもないので、本気で何かがあると期待してのことではなさそうだ。

「タレコミがありましたね」

浅見は当てずっぽうを言った。それが予期した以上に効果的だった。浅子課長はギョッとして浅見を睨んだ。

「あんた、なんで知ってるんだ?」

「いえ、知ってるわけじゃありませんが、課長さん自ら捜索作業の陣頭に立って、しかしそのわりに、捜査本部全部が動いたり捜索隊を組織したりしないで、メンバーが僅《わず》か三人だけというのは興味深いものがあります。あまり期待はしないもののの、それこそ一応は確かめてみないといけない——という姿勢を感じさせますね。そういうのは、だいたいタレコミがあった場合にありがちなことじゃないんですか」

「うーん……」と、浅子はいよいよ難しげな顔になった。

「どうでしょう、他言はしませんから、何があったのか教えていただけませんか」

「ばか言うんでねえ。そったらこと、言えるわけねえべ」

「そうですよねえ」

浅見はいともあっさりと諦《あきら》めた。

「しかし、タレコミがあった事実から類推すると……」

「おいおい、そったら事実があったなんてこと言ってねえ」

「あ、そうでしたね。それじゃ、事実だったと仮定して、通報者の女性の推定年齢は三十歳代といったところですか」

「んだな……」

浅子は頷《うなず》きかけて、慌てた。

「いや、自分は何も言ってねえ。それによ、女性だかどうだかも分かんねえべ。それ以前に、そもそもタレコミがあったとも言ってねえし……」

言いながら、浅子は喋れば喋るほど、浅見のかけたカマに引っ掛かってしまうことを認めたらしい。最後にはいまいましそうに、鼻の頭に皺《しわ》を寄せてニヤリと笑った。

「あんた、何を根拠にそったらこと言うんだ」

「そうですね……まず第一に、事件発生から通報までの日数がおよそ二週間というところから、通報者が気持ちの優しい、少なくとも女性的な人物であることが分かります。その間、彼または彼女は良心と葛藤《かっとう》する逡巡《しゅんじゅん》の日々だったにちがいありません。そうして、とうとう良心に従って、目撃したことを警察に話す気になった。その真面目さはもはや、女性特有のものと断定していいと思います。しかもそう若くなく、あまり歳《とし》も取っていない年代ですね。若ければ他人事としてぜんぜん関心を抱かないか、もっと早く決断していたでしょう。年齢が上なら、決断までにさらに時間を要したか、それとも永遠に沈黙を守りつづけたでしょう」

「ふーん、なるほどなあ……」

浅子はタコのように口を尖らせ、唸《うな》り声を発してから、「いやいや」と首を振った。

「そうだがどうか、自分は何も言わねえが、しかしいろいろ考えるもんだなあ。あんたはよっぽど頭がいいんだ」

「褒《ほ》められついでに、もう少し言ってもいいですか?」

「ん? もう少しって何だ? まだ何かあるんだが」

「彼女がいつ、どこで、何を目撃したのかについてです」

「ははは、まさか、それは分かんねえべ。いくら頭がよくってもよ」

刑事課長が大いに笑っている間、浅見は思案を巡らせた。

「彼女は少なくとも二度、犯人……とは現段階では言えませんが、とにかく彼女が犯人と思った人物を目撃していますね」

「えっ……」

浅子の浅見を見る目が点になった。どうやら図星だったらしい。その様子に勢いを得たように、浅見は続けた。

「一度はここ、ピラミッド見物に来て、そこで『犯人』を目撃しています。それも不愉快な記憶として彼女の心に刻まれた。たとえばビールの缶を投げ捨てたとかです」

浅見の言葉と同時に、浅子の部下の一人が「課長、ありました」と大声で叫んだ。薮の中に仁王立ちして、軍手をはめた手で、ビール缶を高々と差し上げている。浅子刑事課長は慌てて「ばか」と両手で制したが、部下のほうは「戦利品」の発見に興奮している。ビール缶を掲げながら意気揚々と引き揚げてきた。

「ほんとにありましたねえ」

浅見自身、少なからず驚いた。もちろん、浅子の受けたショックはその比ではなかっただろう。ビール缶と浅見の顔を交互に見て、しだいに緊張した表情に変わってゆくのが分かった。あまりよくない兆候である。

「あんた……」と、浅子はこれまでの友好的な雰囲気をぶち壊すような口調で言った。

「悪いが、ちょっと署まで同行してくれねえべが。いろいろ訊きたいことがある」

「えっ、五戸まで引き返すのですか？　それは困りましたね、これから十三湖へ行かなければならないのですが」

「いいから、とにかく署へ行こう」

浅子は部下に顎《あご》をしゃくって「被疑者」を連行するように指示し、自分が先頭に立って山を下り始めた。二人の部下は事情がまったく呑み込めないまま、浅見の前後を挟んでその後につづいた。

道路に出ると、刑事がパトカーのドアを開けっ放しにして、無線でこれから署へ帰投する旨を連絡した。参考人を一人確保・連行する――といった内容が途切れ途切れに聞こえてくる。

(やれやれ――)と浅見は覚悟を決めた。そうなればそうなったで、また面白い展開が期待できるかもしれない。そういう楽天的なところがこの男の特徴でもある。

パトカーには運転役の刑事が一人だけ乗り、浅見のソアラに浅子課長と部下の一人が同乗した。もちろん運転は浅見本人である。何となく、自分が磔刑になる十字架を担いでゴルゴタの丘を登るキリストの心境だ。

五戸署は捜査員がほとんど出払ったのか、気が抜けたように閑散としていた。近隣での聞き込み作業が、しだいに遠距離まで広がっていることを物語る。

それにしても、せっかく寄せられた目撃情報に対して、捜査本部全体でなく、僅かに所轄署の刑事課長と二人の部下だけでしか対応していないことが気になった。かりにタレコミの信憑性《しんぴょうせい》に疑いがあったにしても、有力な手掛かりになる可能性がまったくないとは言い切れないはずだ。捜査本部の指揮官――たぶん青森県警捜査一課から来た主任捜査官の警視か警部と、浅子課長の折り合いが悪いにちがいない。

案の定、浅子刑事課長は捜査本部が置かれている会議室の前を素通りして、刑事課の部屋に浅見を連れ込んだ。この部屋もガランとしていて、留守番のデスク一人が暇そうな顔で迎えた。

浅子は自分の席の脇《わき》に折り畳み椅子《いす》を持ってきて、浅見を坐《すわ》らせた。課長がじきじきに尋問をするつもりのようだ。部下の一人が脇のデスクでメモを取る態勢に入った。

「さて」と浅子が口を開きかけたところに、警視の襟章《えりしょう》をつけた中年の男が入ってきた。かなり太りぎみだが、白髪をきちんと七三に分けて、なかなかのダンディだ。浅子が立ち上がり、姿勢を正して迎えたから、たぶん五戸署の署長なのだろう。

「お客さんはこの人かね」

署長は野太い声で言った。連行した被疑者や参考人のことを「お客」と呼ぶらしい。浅子課長は「はあ、んです」と、いくぶん胸を反《そ》らせてみせた。

「そうか、それで、主任にはまだ話してないのかね」

「はあ、捜査主任には通報のあった段階で相談したけど、対応しねえほうがいいということでありました。でもって、自分は独自に現場の捜索に行って、たまたまこの人と遭遇したものです。んですので、状況がはっきりするまでは捜査主任には言わねえでおぐかと思うんですが」

「そんな遠慮をすることはないだろう。せっかくのお客さんでねえか。私から主任に話してみっかね」

「はあ、そうですな。したら署長のほうからお願《ねが》えします」

浅子は不承不承といった面持ちで頷いた。やはり刑事課長と捜査主任とのあいだに確執があるのは間違いなさそうだ。

5

署長が出て行くと、浅子は仏頂面で煙草《たばこ》をふかした。部下が気をきかせてお茶を淹《い》れてくると、「この人にも出してけろ」と言った。

「お待たせして、悪いですな」

お茶を出し、煙草を勧める。ふたたび友好ムードが生まれそうな気配であった。

十分を経過したが、捜査主任も、それに迎えに行ったはずの署長も、いっこうに戻ってこない。

「何してるんだがな」

浅子はいらついて、しきりに時計を気にしている。

「僕のことなら心配しないでいいですよ。こういうことには慣れてますから」

「ふーん、慣れているって、まさかあんた、前科があるわけじゃねえべな」

「ははは、そんなものありませんよ。ただ、さっきみたいな思いつきを言っては、ときどき誤解されて、警察に連行されることが多いのです」

「そうだ、確かにあんたの言ったことは穏やかでねえな。そういうことを聞けば、警察としては黙って放置しておくわけにはいがねえもんだ。しかしあんた、浅見さんよ、さっきあんたは、通報者が二度、犯人とおぼしき人物を見ていると言ったが、その一度はピラミッドのところだとして、もう一回はどこで見たと考えただかね？」

「その前に確かめておきたいのですが、ピラミッドで会ったというのは間違っていなかったのですね」

「ああ、いまだから言うが、あんたの言ったとおりだよ。通報者はまさにピラミッド見物に行って、不愉快な男を見たと言っているんだ。しかもその男が被害者を殺したにちがいねえと主張しておったんだ」

「問題はそこですね。ビールの空き缶を投げ捨てたというのは、ずいぶん粗野な行為にはちがいないけれど、その程度のことは残念ながら、日本人の三人に一人ぐらいは平気でやりかねません。いくら不愉快な印象があり、義憤を感じたとしても、それだけで殺人犯だと決めつける根拠にはならないでしょう。ところが、その通報者は後で殺人事件のニュースを見て、その人物と事件とを結びつけた。そういう発想を抱いたのには、空き缶投げ捨てという不快な記憶のほかに、それ以上の決定的とも思えるような出来事があったにちがいありません。それはどういうものか……」

浅見は考えをまとめながら、視線をグルッと室内に巡らせた。その視線の先でドアが開いて、三人の男が入ってきた。署長の後につづくのは、ヒョロッとした長身の、一見かなりの年配に見える老け顔だが、たぶん三十代半ばぐらい、眼鏡をかけた秀才型の男だ。その後ろには肥満タイプの小柄な男が腰巾着《こしぎんちゃく》ふうに従っている。二人とも私服で、明らかに刑事である。

浅見の目の動きが止まったので、浅子は反射的に振り返ったが、署長の時と違って、今回は立ち上がろうとはしなかった。ことさらに相手と対等であることを誇示しようという気持ちが感じ取れる。

それとは対照的に、メモを取っていた刑事のほうは、起立して三人を迎えた。その彼が坐っていた椅子に、秀才型が無造作に腰を下ろした。署長と腰巾着は背後に立ったままである。

「えーと、あんた、名前は？」

秀才型のわりには乱暴な口調で訊いた。そこにいる浅子刑事課長をわざと無視しているのが分かる。

浅見は黙って名刺を渡した。「旅と歴史」の肩書のないほうの、住所だけの名刺を選んだ。秀才型は名刺を一瞥《いちべつ》して「職業は?」と訊いた。

「失礼でございますが、警部さんのお名前を聞かせていただけますでしょうか」

浅見は努めて慇懃《いんぎん》無礼《ぶれい》な口調で言った。とたんに秀才型は鼻白んだ表情を見せた。感情の起伏を隠しておけない性格なのだろう。

「おれは青森県警捜査一課警部の吉北だ」

「ヨシキタ……」

浅見は反復した。もう少しで噴き出すところだった。青森県出身の歌手に「吉幾三」という、たぶんジョークで作った芸名と思える名前の人がいるが、こっちのほうは本名なのだから、笑うわけにはいかない。しかし秀才型はその気配を感じるのか、面白くなさそうに名刺を出した。「警部吉北祐太郎」とある。〔ヨシキタ言ウタロウ〕を連想させて、これはこれで笑えそうだ。

「フリーのルポライターをやってます」

浅見は名刺を押し戴《いただ》いて、答えた。

「あんた、おれが警部だってこと、どうして分かった?」

ふとその疑問に気づいたのか、吉北は訊いた。

「それは……勘ですね」

浅見は苦笑しながら言った。捜査主任だから警視か警部だろうとは思ったが、警部と断定したのは浅子警部が立ち上がろうとしなかったからである。対抗意識を露骨に示せるのは、階級が同等なればこそだ。

「ふーん……まあ、それはいいとして、ルポライターということは、あんた、この事件の取材でわざわざ東京から来たのかね」

「それも多少はありますが、本来の目的は新郷村のピラミッドとキリストの墓と、それに十三湊の取材です」

「それで、あんたがここに連行されてきた理由は？」

「それは僕にもよく分かりませんので、刑事課長さんから聞いてください」

吉北警部は仕方なさそうに、初めて浅子のほうを向いて「どういうことですか？」と訊いた。浅子の鈍重な津軽弁と対照的に、少し訛《なま》りはあるものの、標準語で話す。そのことにも二人の対抗意識が働いていることを感じさせた。

浅子はピラミッドで浅見と遭遇してからの一部始終を語った。

「その時点では、ビール缶を投げ捨てた事実を推理したというのが、単なる推理とはどうも信じられねえ気がしたんですな。それと、通報者が二度、犯人を目撃している点もズバリ当たっておった上に、通報者が女性であるということ、年齢も三十代ぐれえでねえべかという点も、自分が通報を聞いた印象からみて、たぶん間違いではねえべ。ビール缶はともかくとして、ここまで分かっておるとなれば、もはやこれは推理でねく、事実を知っているんでねえべかと思ったもんで、とりあえず確保し連行させてもらったんだ。しかし、いま話を聞いたところ、この人の考えはもっともで、べつに疑わしいところはねえようですな」

「そうかねえ、おれはむしろ相当に怪しいと思いますがね」

吉北は反発するように言った。もし浅子が「疑わしい」と言えば、逆に「怪しいことはない」と言ったかもしれない。

「まあ、そう決めつけねえで、この人がどんな推理したかを聞いてみねえすか。浅見さんよ、すまんけど、主任さんにあんたの推理の経緯を説明してもらえねえべか」

「はあ、いいですよ」

浅見はあらためて、吉北と背後にいる署長に向けて、通報者が女性であることや年齢が三十代前後であることを、どのような理由と推理で言い当てたかを語った。

署長は「なるほどなあ……」と感心したようだが、吉北は気に入らないらしい。

「ふん、そんなのは、あらかじめ事実関係を知っていれば、いかにも推理したように見せかけることができるじゃないですか。カードマジックのネタみたいなもんだね。どうなの、あんたは通報者を知っているんじゃないの？　いや、むしろそれ以前に、殺されたお遍路さんのことも知っていたんだな。だいたい犯人は必ず現場に舞い戻るっていうのは定説みたいなものだ。どうかね、あんたが犯人かどうかはともかく、事件に関係しているんでないのかね？　そうであるならば、早いとこゲロしたほうがいいな」

勝手に決めつけて、矢継ぎ早に喋る。相当な自己中心的性格らしい。

「その前に」と、浅見は対照的にゆっくりした口調で言った。

「吉北さんは通報があった時点では、べつに対応する必要はないと指示したそうですね。それはなぜですか？」

「ん？……」

吉北はジロリと浅子を見た。余計なことを言いやがって——という顔である。

「そんなこと、あんたに話さなきゃならん理由はないだろう」

「そうでもありませんよ。そういうのは、あなたの判断能力を示すバロメーターみたいなものですからね」

「なに！」

「もしも、あなたの判断に従って、浅子課長さんたちが現場を捜索していなければ、ビール缶を発見することもなかったし、僕との遭遇もなかった。つまり、僕がこんなふうに、あなたから謂《い》われのない追及を受けることもなかったわけです。そういうご自分の判断ミスを棚に上げて、その上にさらに判断ミスを重ねようと……」

「うるさい！」

吉北捜査主任は怒鳴った。額に血管が青く浮き出ている。

「あんた……えーと、浅見っていったか。あんた、警察をおちょくろうっていうのか。それとも捜査を攪乱《かくらん》させて、どこかの週刊誌にでも記事を売り込もうという狙《ねら》いか。どっちにしても背後関係を調べにゃならんな。浅子さん、この男の身元は調べたんですか」

「いや、まだ調べてねえですよ」

「そりゃまずいでしょう。この名刺の住所だって、本当かどうか分かったもんじゃない。名前も偽名って可能性がある。免許証は確認したんでしょうな」

「いや、それもまだです」

「なんだなんだ、怠慢じゃないですか。頼みますよ。ちゃんとやってくださいよ。おい、あんた、免許証を出して」

浅見が差し出した免許証を、吉北は引っ繰り返したり、明かりにかざしてみたり、無駄な作業をしている。かりに偽造免許証だとしても、紙幣じゃないのだから、透かしが見えるわけでもあるまいに。

「あんた、奥さんは？」

「まだ独身です」

「ふーん……で、この住所はアパートでもマンシヨンでもない、一軒家みたいだが」

「まあ、そうです」

「ここに独りで住んでいるのかね」

「いや、そういうわけではありません」

「誰と住んでるんだ？　家族は？」

「母がいます」

「名前は？」

「雪江《ゆきえ》ですが……しかし、まさか家に確認の電話なんかしないでしょうね」

「いや、そうすることになるだろうな」

「だめですよ、それは困りますよ」

浅見は慌てて、つい声が大きくなった。

6

「ほうっ……」と、吉北主任警部は「お客さん」の反応が変わったことに、満足げな笑みを浮かべた。

「困るとは、何か具合の悪い事情でもあるのかね」

「そうです、あります。母はプライドの高い性格でして……おまけに心臓病のきみがありましてね、息子が警察に連行され、取り調べを受けているなどということを聞かされたら、ショックのあまり心臓マヒを起こしかねません。そうなったら主任さん、警察は業務上過失致死罪で告訴されますよ」

「ばかばかしい」

吉北は鼻の先で笑って、取り合わないつもりのようだ。

「家族はおふくろさんだけかね」

「兄夫婦とその娘と息子がいます。それとお手伝いが一人」

「ふーん、お手伝いさんがいるのかね。大したもんだ。家の商売は何屋さん？」

「いや、ふつうのしもたやです」

「それにしたって何か仕事をしてるだろう。お兄さんの職業は？」

「兄はサラリーマンです」

「職種は？」

「公務員です」

「公務員といってもいろいろあるだろう。村役場とかさ。勤め先はどっち関係？」

「そんなことは、どうでもいいじゃありませんか」

「よくはない。公務員となれば、それなりに信用できるが、しかし贈収賄汚職とかいろいろあるし、事件の背景にそういうものがないとも限らない。勤務先はどこか言ってもらいましょう。それとも、どうしても言えない理由があるというならべつだが」

「分かりました、言いますよ。勤め先はですね、一応、警察関係です」

「警察？　なんだ、われわれと同業かね」

「そういうわけですから、兄にも迷惑がかかるし、家には知らせたくないのです」

「そうかもしれないが、聞くだけ聞いておこう。それで、階級は何です？　あんたの兄さんという年齢から見て、巡査ってことはないだろうから、巡査部長とか、警部補とか、セクションは刑事畑かね」

「刑事関係だとは思いますが」

「刑事関係？　ますます同業だな。どこの警察だ？　警視庁管内かね」

「いえ、勤務先は警察庁で、つまりその、事務職ですから」

「あ、そう、警察庁なのか……しかし、たとえ事務職であっても警察官と同等の階級があるはずだが、違うかね？」

「たぶんあるのでしょう。兄からそういう話を聞いたことがあります」

「じゃあ、警察の階級でいうとどうなのか、言ってみてくれ」

「いいじゃないですか、そんなこと」

「いや、よくはない。あんたが言わないのなら、こっちで調査すれば分かることだ。そういうことになれば、かえって大事《おおごと》になって、兄さんに迷惑をかけることになるんじゃないのかね」

「分かりました、言いますよ。しかし、僕はあまり詳しくないのです」

「詳しくないと言っても、あんたもルポライターの端くれなら、多少は知っているだろう。どうかね、警部補ぐらいは行っているんじゃないの」

「もう少し上のほうです」

「じゃあ、警部か、おれや浅子さんと同じってことだ」

「もっと上だと思いますよ」

「もっと上というと、警視か。署長と同じだけどな」

浅見は黙って、立てた人差し指を、目の前で上に突き上げた。

「さらに上？　ふーん、ほんとかね。じゃあ警視正……県警の刑事部長と同じということになるけどねえ。参ったなあ、そりゃ、あんた、まずいんでないか。兄さんの立場をなくすようなことになるよ」

「すみません、ご心配いただいて。しかも兄の階級はもう少し上なのです」

「えっ、警視正より上といったら、あんた、警視長ですか。つまり青森県警の本部長と同じってことですよ」

「申し訳ありませんが、兄はたぶん、そのもう一つ上だと思います」

「えっ……」

吉北警部はついに絶句した。警視長の上となると、残りは警視監しかない。警視庁のトップは警視総監だが、これは警視監から選ばれた特別な存在で、県警本部長と同様、役職名のようなものだ。

「もしかすると」と、それまで黙って二人のやり取りを聞いていた署長が言った。

「浅見さん、失礼だけど、あなたのお兄さんというのは、警察庁の浅見刑事局長さんではねえですか？」

「はあ、そのとおり、間違いありません」

浅見は法廷で罪状を突きつけられた被告のように、しょんぼりと頭を下げた。とたんに部屋の中を気まずい空気が支配した。しばらくの静寂があってから、署長がくたびれたような声で言った。

「やっぱしそうでしたか……これはちょっと、あんべ悪いんでねえが。なあ、吉北警部よ」

「は？　ああ、おっしゃるとおり、あんべ悪いどころではありません。だいたい、何の根拠もない、いいかげんな憶測で、罪もない人を連行したりするからこういう間違いが発生するのですよ」

「吉北主任、それは自分のことを言っているんだが。んだどしたら冗談でねえ」

浅子刑事課長が憤然として言った。

「あの時点での自分の判断は断じて間違ってねえ。ふつうの人間であれば知りえねえようなことを、浅見さんは指摘した。そのことはあんただってそう言ったでねえすか。んだから、この人を署さ連行して事情聴取をするのは、当然のことだと思ったんだ。それよりむしろ、自分がこの人は事件と関係ねえと判断したのに対して、いや、そうでねえと言い張ったのはあんたのほうだったべ」

「それはあれですよ、浅見さんが刑事局長さんの弟さんだということを知らなかったからじゃないですか」

「へえーっ、驚いたなもう。あんたは相手が偉い人の身内だと手心を加える主義なのが。そういう依怙贔屓《えこひいき》は納得できねえな。自分は相手がたとえ代議士先生だろうと総理大臣だろうと、やるべきことは断固としてやらねばならねえと信じているんだ。千万人といえどもわれ往《ゆ》かんつうのが津軽人だ。あんたら南部の者は日和見《ひよりみ》で卑怯《ひきょう》だ」

「日和見？　卑怯？　これは聞き捨てならない。あんた、ここをどこだと思ってるんですか。南部ののど真ん中で南部人を卑怯呼ばわりして、ただで済むと思っているのかね」

「ただで済まねえなら、どうなるんだ。ひとつやって見せてもらうべが。なんなら柔道場さ行ぐが？」

「まあまあ……」

署長がオロオロと割って入った。

「お客さんの前で内輪喧嘩《げんか》するのはやめねえが。浅見さん、申し訳ねえすな。んだけど、それもこれも職務に対する情熱があればこそでありますので、ご理解いただきたいです。刑事局長さんには、くれぐれもご内密に」

「もちろんです。僕のほうこそ、兄には内緒にしておいていただかなければ困ります。とくにおふくろに知られたら悲劇的な結末になりかねません」

「あ、んでしたな、心臓がお悪いので」

「いえ、あれは嘘です。心臓のほうはいたって元気で、周りの者を辟易《へきえき》させています。それより、僕が事件に首を突っ込むのはタブーでありまして、もしバレるとあの家から追い出されかねません。お気楽な居候暮らしが危殆《きたい》に瀕《ひん》することにならないよう、ぜひご協力をお願いします」

浅見が深々と頭を下げるのを見て、署長はようやく愁眉《しゅうび》を開いた。

「ははは、それぞれ何かと事情があるもんですなあ。それではこの件についてはこの辺で手を打つことでよろしいですな。二人とも異存はねえべな」

「もちろん異存はありません。それでは私は仕事がありますので、これで失礼します」

吉北主任警部はあたふたと引き揚げた。浅子刑事課長のほうは浮かない顔で「まだ肝心なことを聞いでねえな」と言った。

「浅見さんは、通報者が二度、犯人とおぼしきやつを目撃したと言われだ、もう一つのほうはいつ、どこで——だべか?」

7

浅子刑事課長の「千万人といえどもわれ往かん」という津軽魂には、スッポンのごとき執拗《しつよう》さもプラスされているらしい。浅見は苦笑したが、好感の持てる人物だ。

何はともあれ通報者が二度、「犯人」を目撃しているという仮説の論拠を説明しなければならないのだが、正直言って、浅見にもまだ、それほどの確信があるわけではなかった。そのことを言い、

「当てずっぽうにすぎないかもしれませんよ」と断った。

「まず、通報者がその人物を『犯人』と決めつけたのは、下地にピラミッドでのビール缶の投げ捨て事件があったからでしょうけれど、それだけでは、わざわざ警察に通報してくるほどの確信は抱けなかったはずです。そこで、その事件の前に何かあったのじゃないか。それは被害者の女性と犯人との接触を目撃していたためではないか——そう思ったのです。おそらくそのもう一つの体験のほうが、より確信に繋がる出来事だったにちがいありません」

「なるほど、それはまあ、んだかもしんねえです

な」

「ところで、通報者には言葉に訛りはありませんでしたか」

「んだな、浅見さんほどきれいではねがったが、一応、標準語みてえなしゃべり方はしてだんです。しかしちょっとは訛ってだがもしんねえ。この頃の若え人はだんだん地元訛《わけ》りが消えてしまうもんなァ」

浅子はいくぶん残念そうだ。

「それで納得しました、彼女は地元の人か、地元に土地鑑のある人ですね」

「はあ、しかし、それだけでは決め手になんねえべ。何で分かるんだがね？」

「通報の電話は課長さんのところにかかってきたのでしょう？」

「いや、自分のところというわけではねえけんど、刑事課にかがってきて、たまたま自分しかいねかったのでした」

「いずれにしても、一一〇番通報でなく、五戸署に直接電話してきたということ。それから、ピラミッドに近い事件現場が、こんなに離れたところにある五戸署の管轄だということを知っているというのも、少なくとも地元の事情にある程度以上、精通した人物である証拠と言っていいでしょう」

「うーん、なるほどなあ……いや、そうかもしんねな」

「問題の『犯人』を最初に目撃した場所もこのごく近くかもしれません」

「えっ、ほんとだが？」

浅子は足元に火がついたように驚いた。

「被害者の女性が歩き慣れたかなりの健脚だったとして、南郷村の民宿を朝のうちに出発して、五戸町までは約二十キロ。女性の足で五時間か六時間の行程とすると、午後一時か二時頃にはこの付近に到着か、あるいは通過して行ったのでしょう」

「んだな、それは間違いねえべな」

「一つ確かめておきますが、ピラミッドのところで通報者が『犯人』を目撃したのは何時頃と言ってましたか?」

「三時頃ではねがったがと言ってだ」

「だったら、やはりこの付近で通報者と『犯人』と、それに被害者の女性は接触があったのですよ」

浅見の断定に、浅子はやや疑わしい目をしたが、あえて異論は唱えなかった。

「そうして通報者と『犯人』はピラミッドへ向かい、そこでまた出会った。ただし被害者の女性はその場にはいません。通報者と『犯人』は車で移動していたでしょうが、被害者の女性は、お遍路という性格上、やはり徒歩の巡礼をつづけていたはずで、その時刻までにピラミッドに到着するのは、到底不可能です」

「ということは、犯人はその後、もう一度被害者の女性に会って、殺したということになるわけだが」

「いや、それはどうか分かりません」

「ん? したけど、まさか最初に会った時点で殺害したわけではねえど思うが」

「もちろんですよ」

「んだば、浅見さんは、いつ殺したと考えているんだが?」

「いえ、殺したかどうか分からないと言っているのです。つまり、通報された『犯人』が真犯人である可能性はごく低いのではないかと考えています。いまのところはっきりしているのは、『犯人』がビールの空き缶を投げるのを、通報者が目撃したという事実のみですね」

「んでね、缶から指紋が採取できたんで、その証言は正しいみてえだが」

「かりにそうだとしても、その行為自体はせいぜい軽犯罪法に触れるかどうか程度でしょう」

「ああ、確かにそれはそうですな」

浅子は苦々しそうに唇を歪め、頷いた。

「いや、じつはですな。吉北主任もその点を指摘して、調べるに値《あたい》しねえと言ったんだ。たとえ通報者の言ったとおり、ビール缶が発見できたとしても、そんなものは殺人事件の捜査に関しては何の役にも立たねえっつんだ。浅見さんの言うことと同じだな。つまり、通報に引きずり回された自分がばかだったということだべ」

「僕はそうは言ってませんが」

浅見は苦笑した。

「とにかく通報者はその『犯人』に対して、いささか感情的になりすぎているようです。ひょっとすると、ピラミッドのところでは、缶の投げ捨てだけでなく、もっと不愉快な出来事があったのかもしれませんね」

「んだ、そのとおりだ」

浅子刑事課長は手を叩《たた》かんばかりに嬉しがった。

「じつは、浅見さんには隠してたんだが、ピラミッドへ登って行く坂道で、『犯人』が彼女を追い越して行ったんですよ。浅見さんも知ってのとおり、細い道だもんで、『犯人』に突き飛ばされそうになったんだな。それでもって『危ないじゃないの』と注意したらば、『犯人』は『うっせえ、ぶっ殺すぞ』と怒鳴ったんだそうです。それがあったもんで、彼女はそいつだば人殺しもやりかねねえと思ったんだべ」

「やはりそうでしたか。だから彼女はことさら悪意をもって『犯人』を告発したかったのでしょう。といっても、被害者と『犯人』に何の繋がりもなければ、いくら誣告《ぶこく》したくても、そういう発想が生まれません。つまり、さっき言ったように、通報者と『犯人』はピラミッドへ行く以前に最初の接触があって、そこには被害者もいた。そうして、その時にも何か、『犯人』は彼女に嫌悪感を生じさせるようなことをしでかしたにちがいありません。通報者はそれについてはどう言っているのですか?」

「いや、はたして前に接触があったもんかどうか、その点については何も聞いてねえです。ピラミッドのところでそういうことがあったもんで、あの連中が犯人に間違えねえと、それしか言わねえもんね」

「連中というと『犯人』は複数だったのですね。それは何人のグループだったのでしょうか?」

「なんでも三、四人だったそうだけんど。それだと事情は違ってくるべが?」

「いいえ、基本的には同じことだと思います。やはりその通報は重要な情報として、注目すべきだと思います」

「えっ、そうだが? そしたら、浅見さんもやっぱり、その連中が本当に犯人だと思うがね」

「いえいえ、それはたぶん違うでしょう。しかし通報そのものは重要だという意味です。それに、通報者が最初の接触のことをなぜ言わなかったのか、その理由も面白いじゃありませんか。もちろん、それ以上に、その時何があったのかが問題ですけどね」

「うーん、そういうもんだかねえ……だけんど実際、ピラミッドの前に出会っていたかどうだか、分かんねえけんど」

「それは絶対に会ってますよ。何度も言いますけど、そうでないと通報したことの説明がつきません」

「ははは、自信たっぷりだな」

浅子は少し皮肉な目をして笑った。浅見もさすがに頭を掻《か》いた。

「絶対は言い過ぎかもしれませんが、そういう仮説を樹《た》てると、方法が見つかりそうな気がするのです。その時に通報者はいったい何を目撃したのか——たとえ『犯人』グループが何をしたかが分からなくても、被害者が何をしていたのかが分かれば、事件の本質が見えてくるはずです。そう信じないと捜査方針が決まらないのじゃないでしょうか」

「そう信じたとして、浅見さんだば、どういう捜査方針にするがね?」

「それは課長さんのほうが専門家です。素人の僕には、この五戸付近での聞き込みを強化して、目撃情報を探すことと、通報者を突き止める作業しか思いつきません」

「ははは、これは一本取られた。おっしゃるとおり、捜査はそういう地道なもんであることは間違えねえ」

浅子はようやく浅見の考えを受け入れる気になったようだ。

「それにしても、事件の第一現場が五戸近辺とは、意外な展開になったもんだなあ。さあ、はたして吉北主任が何て言うべが、心配なもんだ」

「主任さんに何を言われようと、その作業だけは徹底的にやるべきだと思います」

「うーん、ここは浅見さんの言葉を信じるしかねえべなあ」

「とにかくそれが何なのか分からないと、捜査が進展しないことだけは確かです。吉報をお待ちしてますよ」

浅見は立ち上がった。

「えっ、浅見さん、行ってしまうんだが?」

浅子は心細い顔になった。

「ええ、だいぶ遅くなりましたけど、本当はきょう中になんとか十三湊までは行くつもりだったのです」

　時計はすでに午後五時を過ぎている。宿の手配もしていない未知の土地へ出掛けるのは心もとない。十和田湖《とわだこ》かどこか、途中で一泊することになりそうだ。

「それは申し訳ねえごとしたなあ。浅見さん、さっき黒石さも行くと言ってたっけな。んだばどうだ、黒石さ泊まることにしたらいいんでねえべが。安いがサービスのいい宿を紹介するがらよ」

「それは助かります。お願いします」

「んだか、ちょっと待ってけれ。いま紹介状を書くがら。自分は南部ではさっぱりだが、津軽さ行けば少しは顔もきくがらなあ」

　浅子は名刺に一筆したため、「んだば、気いつけでな」と握手を求めた。

第三章　アラハバキ神

1

国道454号を西へ進むと、新郷村の中ほどからしだいに登り坂になり、最後は葛折《つづらお》りの急坂を一気に駆け登る。峠を越えると眼下に十和田湖の湖面が広がっている。

その道を走りながら、浅見はふと、殺されたお遍路の女性は、いったいどこへ行こうとしていたのかを考えた。南郷村の虚空蔵菩薩《こくぞうぼさつ》を詣《もう》でたのは分かるが、その先の倉石村や新郷村には遍路の旅にふさわしい寺はなさそうだった。

かといって、まさかこの坂道を越えてさらに遍路旅をつづける気だったとも思えない。南郷村の民宿のおばさんも、「明日は帰ると言って出発した」と言っているのだ。その旅の最後の日に、どういう奇禍が彼女を襲ったのだろう。

「奇禍」という言葉を頭に思い描いて、ひょっとするとそれは単なる「奇禍」ではなく、犯人にとっては「約束された」出来事だったのではないか――という気がしてきた。お遍路の女性は旅の終わりにその人物に会う目的があったのかもしれない。

これはまったく唐突な発想だった。出合い頭のような、あるいは交通事故のようだと思われている殺人事件が、じつは計画された犯罪だったなどというのは、いささかミステリー小説じみていて気がひけるけれど、その可能性が絶対にないとは言い切れない。

そう考えだすと、その女性が遍路の独り旅に出かけた、そもそもの理由が気になってきた。

南郷村の民宿と五戸警察署で聞いたデータによれば、被害者の女性は愛知県宝飯《ほい》郡御津《みと》町在住の伊藤由衣（五十一歳）で、一カ月前に家を出たという。連絡もほとんど途絶えがちだったが、由衣の夫はその点について「いつものこと」と割り切っていたそうである。しかし、それで済ませてしまっていいものなのだろうか。かりに精神的不安定要素があったとしたら、それが何だったのか、警察は興味を抱きそうなものではないか。

（そうだ、この事件が「計画された犯罪」だとすると、その辺りのことから、あらためて洗い直してみる必要があるな――）

そう思いながら、浅見の脳裏《のうり》を母親や兄や編集長の顔、顔、顔が過《よぎ》った。どれもこれも渋い顔ばかりだ。余計な事件に関与して本来の仕事を忘れるんじゃない――と、頭ごなしに言われるに決まっている。

あの浅子刑事課長にとっても、あまりしつこい進言は余計なお節介かもしれない。相手はプロである警察なのだ。ひょっとすると、じつはすでにその作業に入っているのかもしれない。

浅見は首を振って、さまざまな空想を払い落とした。しばらくは警察の捜査を見守るほかはなさそうだ。


十和田湖を半周して、反対側の峠を越える頃には日も暮れた。山陰の道は急に暗くなった。長い坂を下って、町の灯が見えてくるとほっとする。

東北自動車道を横切ると、まもなく黒石市内に入る。黒石は津軽藩の支藩である黒石藩の城下町として栄えた古い町だが、近代の開発に取り残されたように、ひっそりと侘《わび》しい佇《たたず》まいを見せている。まだ八時を回ったばかりというのに、町の中心でさえ開いている店はまったくなかった。

浅子に紹介された旅館は、市街地の真ん中にあった。典型的な商人宿といった風情で、昔はずいぶん繁盛したのだろうけれど、お客は浅見のほかには一人もいないらしい。

「急なことで、ろくなお料理もできないんですけど」と、初老のおかみさんが恐縮したように挨拶《あいさつ》した。浅子とは、彼が黒石署の部長刑事だった頃からの知り合いで、ちょっとした窃盗《せっとう》事件の時に世話になったそうだ。

「浅子さんの話だと、浅見さんは偉い探偵さんだそうですな」

食事の給仕をしながら、おかみさんはそう言った。

「ははは、それは嘘ですよ。探偵の真似事《まねごと》みたいなこともしますが、本職はルポライターなんです」

「はあ、そしたら、テレビに出ていろいろお喋りする人ですか」

「あれはレポーターで、僕はルポライター。こんなふうに旅先でいろいろ取材して、旅行雑誌なんかに記事を書く商売です」

「ふーん、そうですか」

おかみさんの目から、にわかに輝きが失《う》せた。せっかく芽生えかけた尊敬の念も、一緒に雲散霧消したようだ。

「おかみさんは知りませんか。黒石の八荒《はっこう》神社というのを。アラハバキという神様を祀《まつ》った神社で、湊《みなと》さんという人が宮司さんですが」

「あ、それはあれですべ、何とかいう歴史の本が見つかったとかいうのですべ」

「そうですそうです、『都賀留三郡史《つがるさんぐんし》』というのですが。それじゃ知ってるんですね。黒石のどの辺りか、教えてくれませんか」

「いいえ、わたしは詳しく知ってるわけではねえですけんど、うちのお父さんがそったら話をしておって、湊さんという名前も聞いたことがあります。ちょっと待っていてくださいよ、いま呼んできますので」

おかみさんはそそくさと立って行って、間もなく七十歳前後の男を連れてきた。「お父さん」と言っていたので、おかみさんの歳恰好《としかっこう》からいって、てっきり相当なお年寄りが来ると思っていたが、どうやら「お父さん」はご主人の意味らしい。

「この家の亭主でごし」

やはりそうだった。何もおもてなしができなくて申し訳ない——といったようなことを、ご亭主は濃厚な津軽弁で挨拶《あいさつ》した。何代もつづく旧家の主《あるじ》らしく、物腰にどことなく風格と知性が感じ取れる。

「お客さんは『都賀留三郡史』を取材にみえだんですすべ」

「ええ、『旅と歴史』という雑誌に書く記事の取材です。『都賀留三郡史』というのは、いろいろ問題や謎が多くて、物議を醸《かも》している書物だそうですね」

「ああ『旅と歴史』はよぐ知っております。少し前に渥美とかいう人が書いた『都賀留三郡史の真実』というのを連載しておったが、すると、あれはあんだの担当したもんですべが？」

ご亭主がヌーッと首を突き出した。返答次第ではどういうことになるかしれないという、いささか不穏な雰囲気を感じたが、嘘をつくわけにもいかない。

「いえ、残念ながら僕にはああいう立派なものを担当させてもらえるほどの知識はありません。今回の取材は、あのシリーズの趣旨を補完するための記事を書くのが目的です」

「補完て言えば、あんだもあの記事に賛成なさるんだがね」

「それは何とも言えません。何しろ不勉強なもので、『都賀留三郡史』についてはほとんど知らないも同然だったのです。ただ、賛成か反対かと訊かれれば、地元の方にはたいへん申し訳ありませんが、どちらかというと反対と言わざるをえません」

「地元の者に申し訳ねえとは、どういう意味だんだ?」

「それはもちろん、地元の方にとっては『都賀留三郡史』は小気味のいい歴史書でしょうからね。日本国には大和王朝とは別に、津軽に東北王朝というべきものが存在していたというのですから、それを否定するようなことは言いにくいものです」

「そったらことはねえ」

ご亭主は口をへの字に結んで言った。

「あったら、『都賀留三郡史』みてえなもんは大嘘っぱちだ」

「えっ……」

浅見は驚いた。『都賀留三郡史』のお膝元《ひざもと》もお膝元、八荒神社・湊家のある黒石の旧家の主が「嘘っぱち」と喝破するのだから、これほどの意外性はない。

「ご主人は反対論者ですか」

「反対するも何《なん》も、最初がら嘘っぱちと知ってお る者がら見れば、ああいったまことしやかな賛成論を書ぐ学者と称する人間がいるのは許しがでえな。そりゃまあ、日本の国の本筋が東北の津軽にあったと言えば、そこに住む人間は気分がえがべ。天皇家よりもこっちの王国のほうが由緒正しいとしたい、イデオロギーがらみの評論家にとっても、ほんとに都合のいい『歴史書』だべな。そんでも真実は真実、嘘っぱちは嘘っぱちだ。気分がいいがらっていって、あるいは都合がいいがらっていって、クロをシロと言いくるめるのはよぐねえ。黒石が白石であるはずがねえ」

　言っていることはずいぶん激しかったが、最後のシャレが気に入ったのか、ご亭主は照れたようにニヤリと笑った。

「驚きましたねえ」

　浅見は正直に感想を述べ、頭を下げた。

「確かに、『旅と歴史』のあのシリーズに対して、いろいろな先生からクレームがついたのは事実です。しかし地元の方がそういうふうに、反対論をおっしゃるとは考えてもいませんでした。ご主人がそこまで断言なさるのは、何か論拠でもあるのでしょうか?」

「論拠というほど難しくはねえ。わしだけでねえ、あの家のことをよぐ知ってる者であれば、誰でも分がっているべ。たんだ、あんまり馬鹿馬鹿《ばがばが》しいもんで、学者先生みたいに雑誌に文句を言ってやるみてえなことはしねえだげだす。だいたい『都賀留三郡史』が発見された経緯について書いであったのを読んだんだけんど、四十数年前に湊家で住まいを改築したところ、天井裏から長持ちが落ちてきたっていってだ。何でも百五十年前に建てた家だから、天井板が腐っていて、それば張り替えたのだっていうのだったべが。ところが、うちさ出入りしていた大工の棟梁《とうりょう》さその話ばしたら、棟梁は若い時にあの家の改築工事ば手伝ったんだが、百五十年も経《た》った家ではねがったし、天井裏に長持ちなんてものは無《ね》がったと笑っていだんです。かりに長持ちがあれば、天井の張り替えをしている時に、気がつかねえはずはねえべ。百歩譲って、もし本物があるのだら、公開すればえがべさ」

「なるほど……」

じつに簡明にして説得力のある話ではあった。

2

「しかし、それほどはっきりした証拠があるにもかかわらず、『都賀留三郡史』がこんなにも人口に膾炙《かいしゃ》し、信憑性《しんぴょうせい》に近いものが作り出されてしまったのはなぜでしょうか。ご主人のようにみなさんが、ばかばかしさのあまり口を閉ざしていたということでしょうか。だとすると、失礼ですが、その沈黙を守っていたことにも問題がありはしませんか」

浅見は少し辛辣《しんらつ》かな——と思いながら、そう言った。

「あんだの言うとおりだ」

ご亭主はあっさり頷《うなず》いた。

「黙っていだのは、確かにばがばがしくて、相手にするのも大人げねという理由が第一にあったんだが、じつはそれ以外にも最近妙な話があってなあ」

そこで言葉を切った。すぐにその後がつづくのかと待ったが、いっこうに口を開く様子がない。

「その妙な話というのは？」と浅見は催促した。

「ああ……」

それでもご亭主は曖昧《あいまい》に言葉を濁している。何か言いにくいことのようだ。浅見は根気よく待った。その執念に根負けしたように、ご亭主はポツリと言った。

「祟《たた》りがあるっていうんだ」

「祟り？……」

浅見は呆気《あっけ》に取られた。口を丸く開けて、たぶん傍目《はため》には阿呆《あほう》のように見えたにちがいない。しばらくしてそのことを自覚して、慌てて居住まいを正した。

「驚きましたねえ、ご主人のようなインテリが本気で祟りを信じておられるのですか」

「いんや、わしはインテリなんかではねえ。それに祟りは現実にあるべ。それともあれですが、あんだは祟りはねえと思っているんだべが?」

真顔で迫られて、浅見はどう答えていいのか悩んだ。しかしいくら悩んでみても、思ったとおりを答えるしかない。

「僕は祟りなんてものはないと思っていますが」

「それは違う、違いますな」

ご亭主は言下に否定した。圧倒的な自信と迫力に満ちた口ぶりでそう言われると、なんだかこっちが間違っているような引け目を感じるから不思議だ。

「僕は祟りだとか背後霊だとかいう、非科学的なことは信じない主義なのです」

浅見はまるで恫喝《どうかつ》に反駁《はんばく》するような、少し気負った口調で言った。

「うーん、あんだはお若いし東京の人だからそう言われるども、世の中には科学では説明のできねぇことがあるはんで」

ご亭主はそう主張して、祟りの具体的な例なるものをいくつか挙げた。たいていはそれこそ「若い東京人」である浅見に言わせれば愚にもつかないようなことだ。たとえば車で轢《ひ》いてしまった猫の死体を山に捨てたら、翌日から足腰が立たなくなって、お寺に供養を頼んだら治ったとか、駐車場を造成するためにイチョウの古木を伐《き》ったら、その家の嫁の乳房が老婆のように皺《しわ》だらけになったとか、天井裏に住んでいた青大将を殺したら、それから間もなくその家が火事に遭ったとかいうものである。

ついさっきまで彼を「知性の人」だと思い込んでいた自分の「知性」に、浅見はほとんど自信を喪失しかけた。

「それは単なる偶然というものではないでしょうか」

信じている者に何を言っても無駄だとは思いながら、浅見は萎《な》える気持ちをかき立てるように反論した。

「そうでねえ。わしは確かにこの目で見てだんだ」

「えっ、それじゃご主人は、駐車場を造成したという、その家のお嫁さんの乳房を見たのですか？」

「ん？　そったらことをするわけねえべ。それはその家のじさまさ聞いだんだ。いや、んだからといってそのじさまが息子の嫁の乳房を見たわけではねえけんど、ばさまが見でるがら、間違えねえ」

「それはたぶん、ノイローゼか拒食症で急激に痩《や》せたんだと思いますよ。そういう症例があると聞いたことがあります」

「そういうふうに何でも科学的に説明しようとするのが、あんだらの悪い癖だ。そんなもんではねえ」

ご亭主はご亭主で、若い都会人に何を説いても無駄だと思ったらしい。しきりに首を振って、口と一緒に目も閉じた。

「そうすると、『都賀留三郡史』の発見も、現実にありうることだという解釈もできるのではないでしょうか」

浅見は恐る恐る訊いた。とたんにご亭主の口と目はカッと開かれた。

「それは絶対にねえ」

「しかし、湊家は八荒神社の宮司だそうじゃありませんか。あまり貶《けな》したりすると、それこそアラハバキ神の祟りがありませんか」

「そんなもん……」

気負って言いかけて、何か気になるものを感じたのか、ご亭主は周囲を見回し、顔がくっつくほどの前かがみになって言った。

「アラハバキなんてもんも、わしに言わせれば嘘っぱちだ」

ほとんど聞き取れない小声であった。

3

宿のご亭主の言うことは、どうも一貫性に欠ける。あれほど、祟りを信じているなど、非合理なことを言っていたのと同じ口から、アラハバキを「嘘っぱち」と断定的に言うのだから、どっちを信じればいいのか、よく分からない。

もっとも、そもそもからして、アラハバキなるものが摑《つか》みどころのない、摩訶《まか》不思議な話なのではあった。

浅見もこの仕事を引き受けてから、にわか仕込みで勉強したが、アラハバキに関しては諸説が多い。あまりにも多すぎて、一人ひとりの論者ごとに、独自の理論があるとも思えるほど、少しずつ異なっていると言ってもいいくらいだ。独自の理論かと思っていると、「誰々の説ではこうなっている」といった具合に、他人の説をいくつか引用して、ゴチャ混ぜにしたようなものもある。その中から、浅見として一応、こういうことかな――とまとめたものを、ごく簡単に説明すると、次のようなことになる。

まず、アラハバキ（アラバキという説もある）は漢字で「荒覇吐」（あるいは「荒吐」）と書く。もちろん、漢字文化が入ってきた、はるか後世になってからの当て字だ。

「アラハバキ」というのは、古来、日本の各地にあった原始宗教的な神格だった。日向《ひゅうが》の高千穂《たかちほ》（宮崎県）に発した神武《じんむ》天皇の「東征軍」によって追われ、東北方面に逃れた邪馬台国《やまたいこく》第二十代の王・

長髄彦《ながすねひこ》の軍を中心とする、敗残の軍が結集して中央政権に対抗する勢力を作った。彼らの精神的拠《よ》り所、信仰の対象となったのがアラハバキ神で、その勢力を「荒覇吐王国」と称した。

日向族を「天津神《あまつかみ》」系と呼び、東の元来の土着族を「国津神《くにつかみ》」系と呼ぶ言い方によれば、「国津神」系で最後まで抵抗をやめなかった「荒ぶる」人々がアラハバキ族であったと言ってもいい。

国津神の中には、出雲の大国主命《おおくにぬしのみこと》や伊勢の猿《さる》田彦《たひこ》のように、天津神の侵攻にあっさり従ってしまった「神々」もいるが、長髄彦は抵抗をやめなかった。一時は勢力を拡充したものの、最後には神武天皇の軍によって、騙《だま》し討ちのような目に遭い、滅亡した。

これらのことは『記紀』つまり古事記や日本書紀などにも書かれているけれど、どちらも天皇家側によって記された歴史だから、勝てば官軍で、当然、神武天皇軍を美化した記述になっている。

土蜘蛛《つちぐも》や八岐《やまた》の大蛇《おろち》や鬼のように、天皇の軍隊や施政にまつろわぬ国や人々は、悪の権化か化け物として記録された。長髄彦もまた極悪人のように書かれた。しかし、考えてみると、神武天皇の東征というのは、もともと大和の地で暮らしていた国津神系の人々にとっては侵略以外の何物でもなかったわけで、恨みは残ったにちがいない。

一方、『都賀留三郡史』は、天皇家側とは逆の立場で書かれているから、何となく天津神の軍隊が悪で、国津神の民衆が被害者であるかのように読めるのは、その恨みが根底にあると考えれば、よく理解できる。

だからといって、アラハバキ族が正義だというわけではない。浅見に言わせれば、正義などというものは相対的なものだ。かりに『都賀留三郡史』などの記述が正しいとしても、それじゃ、アラハバキの軍隊が東北に逃れてきて、それ以前から東北に住んでいた、たとえば「えみし」と呼ばれる人々やアイヌの人々を侵略した行為は責められないのか――と訊いてみたくなる。

それはともかく、浅見は、少なくとも東北に住む人たちは、アラハバキを肯定的に受け止めているのだろうな――と思っていた。だのに宿のご亭主は、アラハバキそのものが嘘っぱちだと言うのだから驚いた。

「祟りの話は真実で、アラハバキは迷信ですか」

いくぶん皮肉をこめて言った。

「いや、迷信とかそういうレベルではなぐ、ためにする目的ででっち上げだ話だと言ってるべ」

「ためにする目的？」

「んだ、あんだは知らねべども、新郷村というどこさ行ぐど、キリストの墓というもんがあるべ。いや、その弟の何やらいうもんの墓もあるごとになっているきゃ」

「イスキリですね」

「んだ……そんだが、知ってるのが」

「ええ、きょう、ここに来る前に寄ってきましたから」

「なんだ、そうだったが。そんだば話は早えけんど、アラハバキというのは、もどもどはそのキリストの墓が新郷村にあると言い出した人から出た理屈だもんでな」

「えっ、そうだったのですか？　あの『竹内文書』の？……」

浅見はまた驚いた。

「僕は、アラハバキのことは『都賀留三郡史』からスタートしているのかと思ってました」

「んだ、それは確かにそのとおりだども、『都賀留三郡史』なるものが、『竹内文書』を手本にしたようなインチキでしてな。あったらものは湊のおやじがコツコツ書いだでっち上げだべ。それを湊のおやじが市浦村《しうら》の知り合いのとこさ持ち込んだら、コロッと騙されて、市浦村が村史ば出した時に、別冊の『資料編』と称して、三分冊で『都賀留三郡史』を発表しちまったんだよ」

「えっ、『都賀留三郡史』は市浦村史だったのですか？」

もう驚きは止まらない。市浦村は、浅見がこれから行こうとしている十三湖の畔《ほとり》にある村である。

「んです、村史の一部みてえなもんだ。それがそもそもおがしいきゃ。正確であるべき村の歴史に、本物がどうがもはっきりしねえ、夢物語みてえなもんを出して、いいはずがねえがべ。それをまだ、日本のばがな学者どもが寄ってたがって持ち上げ、マスコミが面白がって報道するもんだで、そのうちに、これごそ史実でねえべがと思うやつも出てきた。『都賀留三郡史』ば参考にして、日本の歴史そのものばねじ曲げる説も現れる始末だでな。嘘がら出だまことじゃあるめえし、そんたらばがなことがあっていいわけねえべ」

ご亭主の怪気炎は、ますますヒートアップしてきた。

「歴史を曲げるだげならいいが、それを政治的に悪用しようと考えるやつもいるんだ。つまり、現在の天皇家は、本来の日本民族の正統ではねえなどと主張するべ。わしが『ためにする』と言ったのはそのごとだ」

「なるほど、よく分かります」

浅見は少しオーバーに頷いた。

「しかし、青森の人であるご主人が、そこまで『都賀留三郡史』を悪しざまに言《あ》うとは意外でした」

「いやあ、わしだけでねえよ。さっき言った棟梁だってそんだ。『都賀留三郡史』が天井裏から出たつうのは嘘っぱちだって、棟梁は真相を知ってだのだべ。『都賀留三郡史』なんてもので騒ぎ立てる連中が、ばがばがしくて仕方ねがったべ。そりゃまあ、村おごしや観光資源にするぶんには構わねえども、『史実』になってしまっては洒落《しゃれ》にもなんねえ。なんとかいう考古学者が、自分で埋めでおいだ石器を掘り出して、これは何十万年だが昔の石器であるなどと言うのど、基本的にはまったく同じインチキだべ」

「それほどまで、はっきりしているのなら、公の場所で発言するべきでしょう。なぜそうしないのですか？」

「わしらみたいなド素人が言ってみたどごで、どうなるわげでもねえべ。いや、気持ちどしてはそうするつもりはあったんだども、その矢先に死んでしまったべさ」

「あ、その大工の棟梁がですか」

「そうでねぐ、大学の先生だ」

「大学……どういうことですか？」

「大学で『都賀留三郡史』の偽書説を主張している先生がおって、今年の正月に棟梁とわしから話ば聞いて帰って、それがら三カ月ばかしかげて史料ば検討して、先月、いよいよ学会さ発表するごとになったと連絡ばもらった。これだば棟梁が噂《うわさ》して歩くのと違って、世間さ影響力があるべ。そう思っておった矢先、その二、三日後に亡ぐなったじゃ」

　ご亭主は沈痛な表情を浮かべた。

「つまりそれが、ご主人の言うアラハバキの祟りですか」

「んだ……いや、そう言ったのは棟梁のほうだ。先生が亡ぐなったのは、アラハバキ神の祟りでねえべがど、真剣に怖がっていだったたねし。それがら一週間ばかし後に、棟梁も死んだ」

「えっ、棟梁も亡くなったのですか」

「んだ、死んだ。落ちてきだ材木に殺されだんだね」

材木に「殺された」というのが、どうもオカルトっぽく聞こえるが、それはご亭主の本心なのだろう。

「なるほど、それでいよいよ、ご主人もアラハバキの祟りを信じることになったのですね」

「うーん、信じるというど語弊があるけんどな」

「しかし、大学の先生が死んだのも、大工の棟梁が死んだのも、アラハバキのことを悪く言ったためのの祟りだとおっしゃったのは、ご主人じゃないですか」

「ん？　ああ、そうは言ったども、だばって、アラハバキ神の祟りがどうがは分がんねえんだよ。わしはアラハバキは信じねえども、祟りどいうより、怨念《おんねん》かもしんねえべ。陰陽師《おんみょうじ》の安倍晴明《あべのせいめい》みてえな話もあるしな」

「というと、怨念の主は、たとえば、『都賀留三郡史』の発見者である湊氏ですか？」

「それもよぐ分がんねえ。だばって、とにがぐ、ただの病死や事故死ではねえべとは思っているんどもよ」

ご亭主の主張は、アラハバキ神の存在と同程度に支離滅裂で、理解しがたい。

「ところで、大学の先生とは、どこの大学の何という先生ですか？」

浅見は訊いた。

「青森中央大学というのが青森市にあってさ、そごの考古学の教授をしておられた本間信也《ほんましんや》とおっしゃる先生でごし」

浅見は「本間信也」の名をメモし、ついでに大工の棟梁の住所を聞いた。

その夜、浅見はなかなか寝つけなかった。こういう古い和風旅館に泊まることはめったにないが、ビジネスホテルなどと較《くら》べると、どうも落ち着かない。以前、隠岐島《おきのしま》の旅館の大きな部屋に独りで泊まった夜、海のほうから不気味な笑い声が聞こえてきて、竦《すく》み上がったことがある（『隠岐伝説殺人事件』参照）。それ以来、ますます和風旅館が苦手になった。

いまはたいていの旅館が、ホテル式にドアをロックできるようになったので、怖がったり敬遠することもないのだが、この旅館は昔ながらの襖《ふすま》・障子タイプである。襖がスーッと音もなく開いたり、障子に女の髪の毛がバサッとかかったりする現象を空想すると、怖くて仕方がない。

おまけに、ついさっき、アラハバキ神の祟りだとか、大学教授や棟梁の「変死」を聞いたものだから、夜が更けるにつれ、妙に目が冴《さ》えて困った。

4

黒石市は津軽地方の南東部、青森市の南西に位置する、人口がおよそ三万五千の典型的な過疎の地方都市である。三内丸山《さんないまるやま》遺跡に代表されるように、この地方には縄文時代の遺跡が無数にあり、かなり早くから開けた土地であることは知られている。その辺りにも『都賀留三郡史』などが生まれる要素があったといえる。

津軽といえば冷害などの凶作がつきもののように思われるが、津軽の中で黒石地方だけは例外的に冷害が少なく、米商人を中心に富裕な家が多かった。市街地の中央には「こみせ通り」と呼ばれるアーケード街ができるほど、商業で賑《にぎ》わった土地柄だ。バブル期の開発に乗り遅れたのか、その面影は「こみせ通り」とともにいまも残っていて、しっとりしたいい雰囲気の漂う町である。

死んだ大工の棟梁・谷内洋蔵《やちようぞう》の住所はその「こみせ通り」を北へ抜けた辺りにある。小さいながら工務店の看板を出し、現在は洋昭《ひろあき》という長男が棟梁の跡を継いでいた。まだ四十前だそうだが、浅見の目には相当なおじさんに映る。タテにもヨコにも大柄で、百三十キロほどはありそうな、相撲取り《すもうとり》になればよかったと思える巨漢だ。

浅見がそう思ったとたん、「でかいでしょう。高校時代は相撲部でした」と言った。

「東京の大学にスカウトされて、無試験で奨学金までもらって入学したのですが、すぐに腰を痛めて相撲は諦《あきら》めました。それから本格的に建築科の勉強のほうを頑張って、なんとか親父《おやじ》の跡を継いでいます。しかし、亡くなってから、あらためて親父の偉さが分かりましたね。自分は建築科を卒業して、曲がりなりにも設計はできます。その点では親父に負けないつもりだったし、確かに親父も認めてくれましたけど、現場へ行くと、微妙な作業がズレたりして、うまくいかないことがあるのです。それを親父は、図面も引かないで、みごとにぴったりした仕上がりを造り出しましてね。親父には敵《かな》わないとつくづく思いましたよ」

父親が不慮の死を遂げて、まだ十日ほどしか経っていないだけに、さぞかし落ち込んでいるのではないか——と想像していたのとは異なり、谷内洋昭は陽気によく喋る。東京暮らしが長かったのか、言葉にもそれほどの訛《なま》りはない。

親父さんは彼とは対照的に細身ながら、ガッチリした体形だったそうだ。

「親父は自分なんかよりずっと敏捷《びんしょう》で、ふだんなら、ああいう事故には遭わないはずなんですがね。魔がさしたっていうことでしょうかねえ」

さすがに、その話をする時だけはしんみりとした口調になった。

「その事故は、間違いなく、本物の事故だったのでしょうか」

「は？　どういう意味です？」

「つまり、事件性はなかったのかということですが」

「事件性というと、誰かがわざと材木を落としたとか、ですか？」

谷内は眉《まゆ》をひそめ、店の中を見渡した。ほかには事務の女性がいるだけだ。

「そんなことはなかったですよ。警察が調べて単なる事故だと認めたのですからね」

妙な噂を立てられては迷惑だ――と思ったのかもしれない。旅館の亭主の紹介がなければ、文句の一つも言っただろう。

「事故の時、現場にはあなたもいらっしゃったのですか」

「いや、自分はほかの工事場へ行ってましたよ」

「では、事故の様子は目撃していなかったわけですね。警察に事故の様子を報告したのはどなたですか」

「山下《やました》という者ですが……しかし、山下もその事故を目撃したわけではなく、悲鳴を聞いて駆けつけた時には、親父が材木に打たれて倒れていたということです」

「そういう、材木が落ちてくるようなことは、ときどきあるのでしょうか？」

「そんなことはめったに……というか、ほとんどねえですよ」

プロとしての沽券《こけん》にかかわる――と言いたげに、強い口調になった。

「そうでしょうねえ。とくにお父さんのように年季の入った棟梁が、そんな初歩的なミスを犯すことは、まずありえないと言ってもいいのでしょうね。ところがそれが起きてしまった……不審には思いませんでしたか」

「そりゃまあ、納得はいかなかったですが、しかし、事故が起きる時なんて、そんなもんでしょう」

「第一発見者の山下さんは、いまはどこかの現場ですか?」

「いや、山下は辞めたですよ」

「えっ、お辞めになったのですか?」

「律儀な人でしてね、親父の事故の責任を取ると言って、四月いっぱいで辞めてしまったのです」

「しかし、山下さんには責任はなかったのでしょう?」

「それでも、本人としては辛《つら》かったんでしょうなあ。何しろ、親父の仕事を二十年も手伝っていた人間ですから」

「一度、山下さんに会ってみたいですね。住所を教えていただけませんか」

「それはいいですが……ということは浅見さん、何か親父の事故に疑わしい点でもあるんですか?」

「そういうわけではありません。ただ、旅館のご亭主は、しきりに祟りのせいだと言っているので、本当にそうなのか、確かめてみたいと思うのです。ところで、あなたはどうお考えなんですか、祟りについては」

「うーん、それは親父もよく口にしてましたからねえ。大学の本間先生が亡くなられた時にも、あれは祟りでねえべかと、ひどく気に病んでいたのです」

「その話をする時、アラハバキのこともおっしゃってましたか」

「ああ、言ってました。ただ、親父はアラハバキ神は嘘っぱちだって話してたですから、祟りはないと思っていたはずです。ところが本間先生が亡くなられて、その信念がグラついたんじゃないでしょうか。本間先生がなんで亡くなられたのか、青森市まで出かけて行って、大学だとか病院だとか、いろいろ聞いて回っていたみたいです」

「ほうっ……」

それは甜目《かつもく》すべき事実だった。谷内洋蔵は本間教授の死に疑問を抱いていたのだ。浅見の興味はますます深まった。

「とにかく山下さんを訪ねてみます」

思わず意気込んで言った。谷内も仕方なさそうに住所をメモしてくれた。

「山下義和《よしかず》・黒石市袋《ふくろ》字富岡――」

浅見は知らなかったのだが、黒石市は温泉が豊富に湧《わ》くところだった。市街地から十和田湖方面へ向かう国道102号沿いに、東へ七キロほど行ったところに連なる「温湯《ぬるゆ》」「落合」「板留《いたどめ》」などの温泉場を総称して「黒石温泉郷」と呼んでいる。もともとは国道沿いにあった黒石温泉郷は、新しくできたバイパスから逸《そ》れてしまった。静寂な気配には恵まれたけれど、気ぜわしいドライバーには、その存在が忘れられそうだ。それでも、真ん中に「津軽こけし館」があって、観光客の人気を集めている。

そして、その落合温泉のはずれに山下義和の家はあった。リンゴの木が四本ある庭に建つ、あまり上等でない二階屋である。

山下は仕事に出ていて留守だった。おかみさんが猛烈な津軽弁で、どうやら急ぎの仕事にかかっていて、夜になるまで戻らない――という趣旨のことを言っているのだが、はっきり聞き取れなかった。

結局、また夜八時頃に出直すことにして、引き揚げたのだが、おかみさんは例によって難解な津軽弁で、何時になるか分からないと言っていたような気もする。

その足で浅見は黒石署を訪ねた。東京から来た雑誌記者というので、初めは胡散臭《うさんくさ》そうな扱いだったが、五戸署の浅子警部の名前を出すと、次長が出てきて、わりと親切に応対してくれた。浅子とはまだ巡査部長だった一時期、同じ職場にいたことがあるそうで、しきりに懐かしがっていた。

谷内洋蔵の「事故」の記録はすぐに出してくれた。

「これは単純な事故ですな」

次長はあっさり断定した。調書の記事を読むかぎり、そうなのだそうだ。

立てかけてあった材木が、何かの拍子に倒れてきて——。

「えっ、材木は落ちてきたのじゃないのですか?」

浅見は驚いて訊き返した。

「ああ、倒れできたと書いでありますな」

「僕は遺族の人などから、落ちてきたと聞いてきたのですが」

「それァあれでねが、言葉のアヤみてえなもんでないがな。実際には落ちだのか倒れたのが、目撃者はいながったのだから、どっちでもいいごどにして処理したのかもしれねえですな」

「その調書に書かれている証言者は、山下義和さんですか」

「そうです、あんだ、知ってるんだが」

「まだ会ったことはありませんが、律儀な人だそうですね」

「いや、自分は知らんです。まあ、事情聴取をした担当の警察官が、疑問の余地がないと思ったのは、その人の人柄みたいなもんを信用したごどもあったのだべね」

それ以上のことは、よほど突っ込んで調べなければ分からないだろう。浅見はそこまでやる意思はなかったから、ひとまず引き揚げることにしたが、旅館のご亭主や谷内の息子が言っていたことと違って、谷内を直撃した材木が、落ちてきたのではなく、じつは倒れてきたものだというのは、少なからず引っ掛かった。

落ちたのと倒れたのとでは、被害者死亡の「結果」は変わらないにしても、事故の原因を考える上では大違いだ。たとえば何者かが殺意をもって材木を動かしたのだとすると、落とすのは難しいが、倒すことは容易にできたにちがいない。その辺りを警察はどう判断したのだろう。

5

昼食を簡単にざる蕎麦《そば》で済ませて、いよいよ、『都賀留三郡史』の本家本元である湊家へ向かう。こういう取材は慣れているはずの浅見だが、さすがに緊張した。

湊家の八荒神社は黒石市街を北へ出はずれて、山地へ少し入ったところにあった。大きな鳥居は比較的、最近になって建立されたらしい。穿《うが》った見方をすれば、『都賀留三郡史』の刊行で上げた収益の成果かもしれない。

駐車場に車を置き、鳥居を潜《くぐ》り、森の中の参道を行く。百メートルほど先で右折すると、正面に神殿、その左隣に住居を兼ねていると思われる社務所。その脇には白い乗用車が二台と、大ぶりの黒塗りの外車が一台駐めてある。周囲は鬱蒼《うっそう》と茂る杉の大樹である。

一見した感じでは、ごくふつうの神社と変わらないように思える。参拝者は一人も見当たらなかった。その点は北茨城市の皇祖皇太神宮の場合と同じだ。かといって崇敬者がいないわけではなく、鳥居や石灯籠《いしどうろう》、石柵などには奉納者の名前が刻まれている。由緒書には「御祭神長髄彦命　創建紀元四百四十六年（孝元元年）」とある。これだと西暦紀元前二百十四年に創建されたことになり、明らかに眉唾だが、浅見は宗教なんてそんなものだと割り切ることにしている。

浅見は拝殿の前に進んで、お賽銭《さいせん》を上げ、型どおりに拝礼した。そして振り返った時、社務所から拝殿へ向かってくる神官と視線が合った。かなり距離がある状態だったが、神官の眼光の鋭さにたじろいだ。

いきなりこんな形で遭遇するとは考えていなかったが、すぐに（湊博之《ひろゆき》氏だな——）と直感した。近づいて「失礼ですが、湊宮司さんでいらっしゃいますね」と声をかけた。

「さよう」

湊は短く答えた。年齢はたしか八十歳に近いはずだが、顔の色つやといい、豊かな白髪といい、十歳は若く見え、いかにも壮健そのものだ。

「東京の雑誌社『旅と歴史』の者です」

浅見は肩書のある名刺を出した。

「ほう、『旅と歴史』かね」

湊はその雑誌名には好感を抱いているらしい。そう言えば、藤田編集長の悩みのタネとなっている『都賀留三郡史の真実』は、湊にエールを贈る記事だった。

「あの記事はなかなかよぐ書げていたが、あんだ、以前、取材に来た人とは違うな」

「はい、彼は歴史担当でして、僕はもっぱら旅関係のほうを担当している者です」

執筆者は渥美和也だと分かっているけれど、取材に来たのは誰かも知らないで、浅見は臨機応変に答えた。

「それで、きょうは?」

試すような目で、訊いた。

「じつは、あの記事に対しては、各界各層から、いろいろ反響がありまして」

「ふん、文句を言ってきだやつが多がったんじゃないのがな」

「はあ、そういう投書もあったとか聞いておりますが、意外だったのは女性からの投書が多かったことでした」

「ふーん、女性があれに興味を持つとは嬉《うれ》しいね。だばって、興味を持ったどしても、理解でぎねんじゃねのが」

女性読者が聞いたら、気を悪くしそうなことを言った。

「おっしゃるとおりです。概要については興味を惹《ひ》かれるのですが、難しすぎてよく分からないという投書がありました。そこで、旅の記事という形で、より嚙《か》み砕いて『都賀留三郡史』を紹介しようというのが、今回の取材の眼目であります。そのために新郷村のキリストの墓や、十三湊《とさみなと》の消えた古代都市の話なども取材する予定です」

「なるほどな……だばってあんだ、キリストの墓と『都賀留三郡史』ば同じレベルで論じてもらっては困るのだがね」

「と、おっしゃいますと、あれはインチキなのでしょうか？」

「ははは、そう露骨な言い方はせんが、向ごうのはあぐまでも伝説に過ぎねのに対して、こっちは史実だがらねし」

「あ、そういうことで……いかがでしょうか、その辺りのことを詳しくお聞きできないものでしょうか。と言いますのは、読者の中には、『都賀留三郡史』がロマンであることは認めても、史実であることには疑問を抱いている人が少なくないのです」

「そんだな……」

湊宮司は腕時計に目をやって、「ええがべ」と言った。

「用事を済ませるあいだ、少し待ってでくれれば、話をしてやってでもええ。どうがね、構わねが」

「もちろんお待ちします。こちらこそお忙しい中をアポイントも取らずにお邪魔して、申し訳なく思っているのですから」

「んだば社務所さ行ってなせ。玄関の鈴を鳴らせば誰かが出てくるがら」

湊はそう言い置くと、拝殿に入った。

言われたとおりに、玄関の引き戸を開けると、式台の上に巫女《みこ》が神楽《かぐら》を舞う時にうち振る鈴が置いてあった。その鈴を手に取って、シャンと鳴らすと、しばらく待たせて、奥から白衣に赤い袴《はかま》の巫女姿の女性が現れた。四十歳をいくつか過ぎたぐらいだろうか。典型的な瓜実顔《うりざねがお》で、少し妖艶《ようえん》な感じのする女性だ。歳恰好からいえば、湊宮司の娘かと思えるが、面差しはまったく似ていない。単なる職業的な巫女さんなのか、それとも——と、いろいろな憶測が生まれて、消えた。

「宮司さんに、こちらで待つように言われたのですが」

そう言うと、巫女は「どうぞ、お上がりください」と言って、浅見が靴を脱ぐのを待ってから、背を向けた。無表情だが、べつに不愉快に思っているわけではないらしい。奥の座敷に案内すると、敷居に三つ指をついて、「こちらでお待ちください」と丁寧に挨拶した。

浅見は座敷の中央にある座卓を前に、坐《すわ》った。座布団はなかったが、正座した。どのくらい待たされるか分からないが、多少の辛抱はできる程度に修業はしている。

女性はそれから間もなく、お茶を運んできてくれた。上等の茶葉なのか、それとも上手な淹《い》れ方のせいなのか、じつに旨《うま》い。

「失礼ですが、あなたは湊宮司さんのお嬢さんですか？」

浅見が訊くと、女性はチラッと浅見を見て、「ほほ」とかすかに笑った。それだけで、あとは何も言わずに、スーッと退席した。あの皮肉めいた笑い方だと、どう考えても否定したということにしか受け取れない。

それにしても、いまの微笑は媚態《びたい》に近く蠱惑《こわく》的であった。神に仕える巫女というより、白拍子《しらびょうし》のように誘われるものを感じた。浅見はしばらく、彼女の消えた方角に視線を向けたままでいた。閉じられた襖の上に、白と赤の残像が焼きついているようで、なんとも不思議な感覚であった。

湊宮司はそれから二十分以上も待たせてから、浅見より少し年長かと思える若い神職を従えて現れた。湊は浅見と座卓を挟んで正面の床の間を背に坐り、若い神職は襖に近い位置に控えるように坐った。

「へば、何から答えればよろしいがな」

湊宮司は威厳を見せて、やや反《そ》り返るようにして言った。

「先程のお話のつづきですが、キリストの墓とは違い、『都賀留三郡史』は史実であるゆえんのようなことについて、女性読者にも分かりやすくお話しいただけるとありがたいのですが」

「ふん」

湊は鼻先で笑うような音を出した。

「それでは逆に訊ぐが、あんだは何ばもって日本の正史と考えておるのがね」

「はあ、一応、『記紀』が日本の最初の歴史書だと教わりましたので……」

「あったらものは偽書だ」

湊はギロチンで首を斬《き》るように言った。

「えっ、あれは偽書ですか」

浅見は、たぶんそう言うだろうと予測はしていたが、驚いてみせた。古事記と日本書紀を「偽書」だと言うのだから、そのくらいの演技は必要だろう。

第四章　偽史と正史

1

歴史にあまり興味のないふつうの人々でさえも、『都賀留三郡史《つがるさんぐんし》』の話は小耳に挟んだことがあるかもしれない。この物語は『都賀留三郡史』を解説するのが目的ではないけれど、『都賀留三郡史』を巡って人が死に、それを、呪《のろ》いや祟りのせいだという人がいるのだから、一応の基礎知識として、その内容や「成立過程」をお復習《さら》いしておく必要がある。

戦後、学校で習う日本の歴史は、だいたい大和朝廷成立の頃からのものが多い。それ以前のことは文字どおり「有史以前」のように曖昧模糊《もこ》として、想像や空想の域を出ない。石器時代や縄文、弥生《やよい》時代などは歴史ではなく考古学の世界だ。

大和朝廷の成立といっても、いつ頃どのようにといった具体的な証拠がない。卑弥呼《ひみこ》の邪馬《やま》台国《たいこく》にいたっては、その所在地が九州なのか奈良なのか、そんな大雑把なことすら、はっきりした結論は出ていないようなありさまだ。

隣の中国では秦《しん》と漢《かん》という、すぐれた官僚組織や軍事組織を備えた二つの古代勢力が繁栄していた頃、日本はまだ弥生時代と呼ばれる無秩序な状態だった。

紀元前一世紀頃の日本について、漢の歴史書である『漢書』には「倭《わ》人は百余りの小国を作っている」といったことが書かれている。それがともかくも、日本国が歴史上に紹介された最初といっていい。

それでも、一世紀中頃の『後漢書』の「東夷伝《とういでん》」には「倭の奴国《なこく》から漢に使いを送ってきたので、皇帝が印を授けた」旨の記述があるから、百余りの小国の中から統一を目指して「王権」を創りつつある勢力が台頭しつつあった状況が窺《うかが》える。ただし「倭」も「奴」も一種の蔑称《べっしょう》で、「東の野蛮国」といった意味合いがある。その程度にしか見られていなかったということだ。

邪馬台国の女王・卑弥呼は三世紀の中頃に死んだとされているのだが、それも『三国志』（三世紀の頃の中国は漢が滅び、魏・呉《ご》・蜀《しょく》の三国が覇を競い合っていた）の中の「東夷伝」の一部に二千字ほどの記述が割かれているに過ぎない。

後にこれを「魏志倭人伝」と呼ぶことになるのだが、その著者は実際に邪馬台国を訪問したわけでなく、噂や想像で書いたものだから、客観的かつ正確に日本の歴史を証明したものとは到底いえない。

ただし、卑弥呼の墓とされる「箸墓古墳《はしはかこふん》」のような古代墳墓が量産された三世紀から四世紀にかけて、大和に強大な「王権」が出現していたことは間違いなさそうだ。

この卑弥呼の「大和王権」が、いつどのようにして誕生し、また終焉《しゅうえん》したかもはっきりしない。それに代わって誕生したと思われる「大和朝廷」の成立を推測するのも、古事記と日本書紀に頼るしかなかった。いずれも大和朝廷によって編纂《へんさん》された歴史書だから、朝廷に都合のいいように歪曲《わいきょく》されたり美化されたりした部分が多いとは思える。とくに朝廷成立の「夜明け」の部分は「神話」の形式をとり、話としては面白いが荒唐無稽《こうとうむけい》な面が目立つ。

戦前の歴史教科書では、この「神話」があたかも「史実」であるかのように書かれ、子供たちに教え込まれた。その「神話」の最大テーマが「神《じん》武《む》天皇の東征」である。

天照大神《あまてらすおおみかみ》の直系である神日本磐余《かむやまといわれ》彦尊《びこのみこと》は、政治の中枢を日向《ひゅうが》の高千穂から東方へ移すことを決め、水軍を率いて瀬戸内海を東へ進んだ。大坂に上陸しようとするが先住勢力である長髄彦《ながすねひこ》の猛烈な抵抗に遭い一人の兄を流れ矢で失う。やむをえず紀伊半島を迂回《うかい》して南紀の熊野に上陸する。その途中、二人の兄が荒れ狂う海に身を投げ、海神の怒りを鎮めるという苦難の道であった。それから八咫烏《やたがらす》（頭の大きな三本足のカラス）の案内で山道を大和目指して進むのだが、ここでもまた長髄彦の抵抗に遭う。絶体絶命か——と思われた時、どこからともなく現れた金色のトビが神日本磐余彦尊の持つ弓の先にとまり、まばゆい光を発して、敵軍の目を眩《くら》ませた。こうして戦いに勝利した神日本磐余彦尊は、大和の橿原《かしはら》で即位し「神武天皇」となった（ちなみに、いわゆる「神武暦」ではこの時を「紀元元年」とし、西暦二〇〇〇年なら「紀元二千六百六十年」と数える）。

これがその神話の粗筋《あらすじ》で、神話とはいえ、「東征」そのものは事実あったと考えていいだろう。

さて問題は長髄彦のほうである。古事記や日本書紀では、勇猛ではあっても悪の権化のごとくに書かれている長髄彦だが、彼の側から見れば、神武天皇の「東征」こそ、理不尽な侵略であって、長髄彦は先住民の独立と権益を守るために、侵略してくる外敵と必死で戦ったにちがいない。

かつての西部劇では、アメリカ先住民をインディアンと呼んで徹底的に悪玉に仕立てたものが多かった。アパッチ族などは凶暴そのもので、その代表がジェロニモ酋長《しゅうちょう》だった。しかし、先住民であるインディアン側からいえば、白人のほうがはるかに凶暴な侵略者でしかなかっただろう。弓矢で狩りをしながら、のどかに暮らしているところへやって来て、鉄砲で脅かし殺戮《さつりく》し、片っ端から土地を奪うのだからひどい話だ。「西部開拓史」などというが、実体は「西部侵略史」なのである。

これと同じことが、古代日本で繰り広げられ、先住民である長髄彦の勢力は、理不尽な侵略者によって、まほろばの大和から追い出されたということなのである。しかし、『記紀』には長髄彦の一族がその後どうなったかについての記述はない。滅亡したものとして片づけて、それっきりである。そのいわば欠落した部分——神武東征のその後——を、長髄彦側の視点に立って補足したのが、『都賀留三郡史』だといってもいいかもしれない。

長髄彦は戦い利あらず、敗走するが、その後何度か失地回復の戦いを仕掛け、一時はかなりいいセンまでいったのだが、結局は失敗する。長髄彦は瀕死《ひんし》の重傷を負い、追われ追われて東北の最果て津軽の地に拠点を構え、新たな勢力を築く。それが「荒覇吐《あらはばき》王国」と呼ばれる王朝だ——と『都賀留三郡史』には書かれている。

そして『都賀留三郡史』とは津軽地方の古代・中世史について記されたもので、一貫して大和朝廷に敵愾心《てきがいしん》を持ちつづけた、長髄彦の子孫とされる豪族・安藤《あんどう》一族の歴史や伝承である。

江戸末期、その後裔《こうえい》の一人である秋田・土崎の秋田孝季《のりすえ》とその縁者である津軽の湊清明が三十年を費やして日本全国を巡り、さまざまな伝承・記録を集め編纂し、文政五（一八二二）年に完成したのが、この『都賀留三郡史』だというのだ。

しかし『都賀留三郡史』が世に出るまでは紆余《うよ》曲折《きょくせつ》があった。なぜかというと、『都賀留三郡史』の記述の中には、当時の国家体制と立場を異にするものが少なくなかったからだとされている。

とくに明治維新以後、日本は万世一系の天皇家を戴《いただ》く国家であるとする道を貫いていて、それ以外の異端は許されなかった。天皇家の尊厳に抵触するような言動に対しては「不敬罪」が適用された時代である。

そうして『都賀留三郡史』は埋れたままになる運命にあったたかに思えた。

ところが昭和三十年代のはじめ頃、八荒神社の宮司・湊家の改築の際、天井裏から長持ちなどが落ちてきた。そこには数千点を超える文書があり、さらに洞窟《どうくつ》などから一万点にもおよぶ文書、遺物が発見された。これらを湊博之が調べたところ、その膨大な史料から『都賀留三郡史』の全容が次第に現れてきた。この新発見の津軽古代史を「正史」と信じ、最初に刊行されたのが、『市浦村史資料編』というわけだ。

2

湊博之は、敗者である長髄彦側に立って、被害状況をつぶさに書いた『都賀留三郡史』の記述のほうが正しいのであって、『記紀』こそが偽書だと主張する。

「古事記にしろ日本書紀にしろ、あぐまでも体制側の都合で書かれだものだ。たどえば日本書紀は天武天皇の命令で編纂された歴史書だがら、著者たちはいがに天皇さ気に入られるがに腐心したはずだ。侵略を聖戦ど美化するなどは、太平洋戦争当時の宣戦布告の詔《しょうちょく》勅や大本営発表と同様、時の権力者にとってはお手のものだっただろう。とにかく、天皇家にとって都合の悪いごとは、抹殺《まっさつ》するか歪曲してしまっただ。たとえば、仏教に反対して聖徳太子や蘇我《そが》一族に亡ぼされた物部《もののべ》氏の末路など、『記紀』では何も書いてねが、『都賀留三郡史』だば、詳細に記述している」

敏達《びだつ》・用明《ようめい》二代の天皇に大連《おおむらじ》（施政官の長＝総理大臣のようなもの）として仕えた物部守屋《もりや》は、当時伝来した仏教の受け入れに反対の立場を取った。その結果、聖徳太子や蘇我馬子《そがのうまこ》などのクーデターにより殺され、物部一族は殲滅《せんめつ》される。

　ここまでは『記紀』と同じだが、その後の物部氏の顛末《てんまつ》が違う。『都賀留三郡史』によると、物部氏の遺臣は、三歳の遺児・那加代《なかよ》を守って脱出、奥州に逃げ延びたとされる。そこには、かつての敵である長髄彦の一族がいたから、物部氏は亡命した形になる。その那加代の子孫が伝えたのが『物部文書《もんじょ》』であるという。

『物部文書』も『都賀留三郡史』同様、「古史古伝」と言われるたぐいの一つで、学界では信憑《しんぴょう》性《せい》を疑われているものだが、『竹内文書』『九鬼文《くきもん》書《じょ》』などとともに、正史とされる『記紀』とは異なるスタンスの歴史書として存在する。

　その後の物部氏は奥州の地に落ち着くやいなや、稲作を始めた。東北地方に稲作文化が根づいたのはこれが嚆矢《こうし》だという。浅見は活字になった『都賀留三郡史』の原本自体はまだ読んでおらず、渥美和也が「旅と歴史」に連載した記事をはじめ、いくつかの解説書を読んだにすぎないが、その部分など、いかにも「なるほどなあ」と思わせる内容だ。

　この例のように、『都賀留三郡史』には正史である『記紀』の記述と対応するような記述がいくつもある。とくに日向族（『都賀留三郡史』では南方から渡来した一族をこう呼んでいる）が侵攻してきた際の出来事を対照的に描いている。

　日向族に最初に接触し、いち早く恭順の意を表したのは「猿田彦」の一族で、『記紀』では、高《たか》天原《まがはら》から降臨してきた天孫は土着の神である猿田彦に歓迎され、道案内もしてもらったように書かれている。

これが『都賀留三郡史』になると、猿田彦は神武軍に誑《たぶら》かされ懐柔され、隷属《れいぞく》することになったとされる。

面白いのは、猿田彦が懐柔される時の演出で、『記紀』では行く手に立ちはだかった猿田彦に天宇受売命《あめのうずめのみこと》が色っぽい踊りを披露して、なだめすかしたことになっている。天宇受売命は、天照大神が天岩屋《あまのいわや》に隠れて、地上が真っ暗になった時、岩屋の前でストリップまがいの踊りを踊って、天照大神を引っ張り出した女性だ。

それに対して『都賀留三郡史』には、「みめうるはしき宇津奴《うつみ》と称す彼の南蕃《なんばん》一族より贈られし女と酒に心身をして己が一族倶々《ともども》その従僕になりさがり……」と書いてある。同じ出来事でも、立場を変えて見ると、かくも違うということなのだろう。性温和な猿田彦も、見方を変えれば国津神連合を裏切った軟弱な野郎ということになる。

もっとも、浅見に言わせれば「どっちもどっち」だ。きちんとした「史実」が残る以前の「史書」の信憑性など、どうでもいいことのようにしか思えない。歴史の一端を伝えるものであるかもしれないし、でっち上げの作り話にすぎないのかもしれない。いずれにしても、そこに流れるのは自分の祖先を美化し崇拝したい動機から生まれたロマンだ。ロマンであると割り切ってしまえば、いくら荒唐無稽だろうと詐術的だろうと、それなりに楽しめる。

ただし、それをもって「史実」なりと主張し、現代の社会に影響力を与えるようなこととなると、話はべつだ。そんなことはないから心配するな――と言う人は、戦前の「皇国史観」に基づいた教育の恐ろしさを知らないのだろう。日本人の多くが「大日本帝国は神国なり」と信じて、無謀な戦争へ突入して行った。イスラムの国々がアラーの神を信じて「聖戦」を遂行しているのと、まったく同じことが行なわれていたのである。

「湊さんの『都賀留三郡史』の歴史書としての価値をうんぬんするつもりはまったくありませんが」

浅見は湊宮司の重圧をはね除《の》けるように、少し気張って言いだした。

「問題は『都賀留三郡史』の発見にまつわるエピソードが、完全な作り話であるとする人々が現実に存在することです。たとえば、湊さんのお宅を改修していた大工さんの谷内《やち》さんによると、湊さん宅の天井を直したが、天井裏に古文書なんかなかったと言っているのですね。少なくとも、湊さんがおっしゃっている何千点にのぼる古文書など、あるはずがないということです」

「そったもの」と、湊はすぐに反論した。

「古文書の何たるかも知らねぇようなやつに何が分かる。発見者のわしがあったと言っているのだから間違いね。もしあの男がその存在に気づいていれば、あいつが発見者になったという、ただそれだけのこどだ」

「なるほど。では、その古文書を一般公開しない理由は何なのでしょうか？　現にあるのであれば、すべてを公開すれば問題は一気に解決すると思うのですが」

「なしてわしがそったことをしねばならねぇのかね」

湊は憤然と言った。

「わしは犯罪者でもなければ盗人でもね。証拠を見せろて言われで、はいはいと応じなければならね理由はまったくねぇのだ。疑いたいやつさには勝手に疑わせておけばえ。真実はただ一つだ」

　これまでにもたぶん、大勢の人間が浅見と同じようなことを言い、あるいは進言したにちがいない。そのつど湊はそう答えていたのだろう。それに対して批判を加えることはできても、公開を強要することはできない。確かに湊の言うとおり、彼は犯罪者ではないのだから。

「しかし、多くの人々が『都賀留三郡史』に書かれたことに影響を受けて、これまでの歴史に疑問を抱いたり、中には現体制の正当性にまで不信感を持ったりする、極端な思い込みを招いているケースもあると聞きます。これが事実だとすると、人心を惑わし、社会秩序を乱す風評のたぐいと見《み》做《な》されはしないでしょうか。やはり、客観的に史実としての価値を認定されたほうが、『都賀留三郡史』のためにも、湊さんのためにも望ましいことだと思うのですが」

「ふん」

　折角の浅見の提案だったが、湊は鼻先で笑った。

「べつにわしは客観的に認定してもらわねでもいいのだよ。ただこういう物を発見したとして世に紹介したにすぎぎね。それをマスコミやら学者どもやらが勝手に騒ぎ立て、喧伝《けんでん》してる。ある者はこれぞ新しい『史実』だと言い、ある者は嘘っぱちだと言う。そんだらなぜ『記紀』の正当性を疑わないのかね。誰にしたって『記紀』の原本を見たわけでもねぇだろう。神武天皇の弓の先さ金鵄《きんし》がとまったなんて、そった馬鹿《ばが》げたことを書いでるのに、あれが正史だなどと言えるか？　戦前まではそれれば小学校五年までに教育していた。神武天皇を族長とする日向族が高天原から高千穂の峰に降り立ったというごどさえ、完全な嘘っぱちであるごどは、戦後になってからは常識のように語られでいる。高天原はイラン高原であるとか、イスラエルやエジプトという説もある。朝鮮半島から来た騎馬民族であるとか、中国から来た『徐福《じょふく》』ごそが神武天皇であるというものさえあった。もちろん神武天皇などというのも存在しねし、初代天皇ど認定できるのは、せいぜい第十代の崇神《すじん》天皇あたりがらだべというのが、すでに定説だ。日向族の祖先についでも、多ぐが北方系としているのに対して、『都賀留三郡史』では南方から来たどして、『太古ひと摑の稲穂をもつて日の国(南蕃)よりわが国の筑紫に来る一族』と書いでる。稲作文化の伝承という観点からいえばこれが妥当だ。なぜならば、稲作文化ごそ、日向族が日本征服を完成させえた最大の武器であり原動力であったがらだ。原文がどだのこだのと言う前に、これらの事実を比較して、どちらが正当なものがを判断するほうが先じゃないのがね」

湊宮司はとうとうと淀《よど》みなく述べた。まことに理路整然としていて、圧倒され、何となくそういうものかな——と思いたくなるから不思議だ。浅見はいくぶん辟易《へきえき》して、話題を変えることにした。

「ところで、湊さんは、さっきお話しした大工さんの谷内洋蔵さんはご存じですね」

「ああ知ってる。昔うちの改築工事をやってもらって、何度が会った」

「その谷内さんが事故で亡くなったこともご存じでしたか」

「聞いではおるが、どういう事故がは知らねな」

「材木が倒れてきて、頭を直撃したのだそうですが、一説によるとアラハバキ神の祟りだということです。そんなことがありうるものでしょうか」

「ああ、それはあるがもしらね。アラハバキは激しい神だからな。もっとも、祟りどいうのは祟られる側本人に動機がある。神を冒瀆《ぼうとく》した負い目が自らに返って災いをなすのであって、神には責任はね」

　それが祟りの正体だと言われても、抽象的すぎて納得するには程遠いが、浅見は質問を重ねるのはやめた。

「それから、青森中央大学の本間信也《ほんましんや》氏のことはご存じですか」

「もちろん知ってるよ。『都賀留三郡史』に楯突《たてつ》く連中の中の一人だった。先頃病死したと聞いだがね」

「おっしゃるとおりです。本間氏の死もまた祟りによると考える人がいます」

「そうだべな。正論に楯突けば、ストレスがつのって自らを害することになる。そればもって祟りとするならばそのとおりだべ」

「本間氏の死は『都賀留三郡史』への批判的な論文をまとめ、学会で発表する寸前だったことから、謀略説も囁《ささや》かれているそうです。その点に関しては何かお考えがおありでしょうか」

「謀略？　つまり殺されだとでも言うつもりがね。それぁ初耳だな。しかし、病死でも他殺でも、わしには関係のねごどだ。さて、こんなとごだべが」

　湊はわざとらしく腕時計を見た。ダイヤ入りらしい、きんきらの豪華な金時計だ。

3

　八荒神社を出たものの、行くあてがなかった。大工の山下義和は八時過ぎにならないと帰宅しないようだが、それまでは時間がありすぎる。浅見は急遽《きゅうきょ》、青森中央大学を目指すことに決めた。黒石市から青森市までは、東北自動車道が二十六キロ、前後の一般道を合わせても一時間の行程だ。

　青森中央大学は私立の総合大学で、比較的新しい創立のようだ。キャンパスを歩く学生たちの様子は、東京の大学生たちより地味な印象で好感が持てる。

事務局の受付で「本間教授のご研究についてお聞きしたい」と告げると、助手を務めている北口という人を紹介してくれた。二階の研究室にいるというので、案内なしで行ってみた。

一室を二人の教授が使用しているらしい。研究室のドアの脇には「三戸俊成《さんのへとしなり》」の名札と並んで「本間信也」の名札がそのままになっている。はずし忘れたのかわざとそうしているのか、たぶん後者のほうだろうと浅見は思った。

部屋は思ったより広く、執務用の三つのデスクのほかに、部屋の中央に会議用の大テーブルとそれを囲んで折り畳み椅子が並んでいる。

室内にはデスクに向かう男性と、大テーブルで調べ物をしているらしい二人の女子学生がいた。受付から連絡があったらしく、浅見がドアを開けると同時に、いちばん手前のデスクにいた男性が立ってきて「どうぞ」と招じ入れてくれた。

交換した名刺には「文学部歴史学科　助手　北口善明」とある。髭《ひげ》が濃いので実際の年齢より上に見えるが、まだ二十代であることは間違いなさそうだ。「あ、『旅と歴史』の方ですか」と、ここでも雑誌名がものを言いそうだった。

「本間先生の研究について、何かお聞きになりたいことがあるとか？」

北口助手は、鈍重な津軽弁の訛《なま》りを感じさせるイントネーションで言った。

「本間教授は『都賀留三郡史』についての論文を、学会で発表される直前に亡くなられたそうですが、その論文というのは、すでに公開されているのでしょうか？」

「いえ、それはまだです。というより、論文自体の所在が分からない状態なのです」

「えっ、なくなっちゃったのですか?」

浅見が思わず声のトーンを上げたので、女子学生がこっちに視線を向けた。

「なくなったのかどうか。先生がどこかに仕舞われたものだと考えられます」

「それはご自宅のどこか、ということでしょうか?」

「さあ、そこまでは分かりません」

「しかし、大学かご自宅か、どちらにあるとしか考えられないと思いますが」

「たぶんそうですね。しかし、いまのところまだ発見されていないことは事実です」

「探してはいるのですね?」

「もちろんそうですが、ただしご自宅に関しては、僕たちが口出ししたり詮索《せんさく》したりするわけにはいかないでしょう」

北口は多少、気分を害した様子だ。

「論文の作成に当たっては、北口さんもお手伝いされたのでしょうね」

「手伝ったといっても、ほんの資料集め程度で、ほとんどは本間先生がお一人で進めておられました」

「ご病気だったそうですが、何のご病気だったのですか?」

「さあ、詳しいことは知りません」

助手が教授の死の病名も知らないはずはないと思うのだが、知らないというのを、それ以上追及するわけにもいかない。

「亡くなられたのはいつ頃でしたか?」

「四月二十二日です。二十五日に弘前《ひろさき》で学会が開かれましたから、その直前でした」

「場所はご自宅ですか、それとも病院だったのですか?」

「ちょっと待ってくれませんか」

北口は鼻白んだ顔になった。

「浅見さんは本間先生の研究のことをお聞きになりたいのではないのですか?」

「もちろんそうですが、それにしても、論文発表の直前に急死されたというのですから、死因など知りたくなって当然だと思います。部外者の僕でさえそれなのに、北口さんが病名もご存じないというのは、どういうことなのでしょう? 何か隠さなければならない事情でもあるのでしょうか?」

つい、少し刺《とげ》のある口調になった。

「どういう事情があるのか、僕だって知りませんよ。とにかく何で亡くなられたのかを知らないのは事実なんです」

「おかしいですね」

浅見は、やや芝居がかって首をひねってみせた。

「おかしいって、何がですか?」

「論文発表の直前に亡くなって、しかも病名もはっきりしない。そして肝心の論文が消えてしまった……これはふつうじゃありませんよ」

「ふつうじゃないとすると、どういうことですか」

「何か犯罪の臭《にお》いがすると思うのですが」

「犯罪……」

北口はギョッとして、斜め後ろにいる二人の女子学生に視線を送った。もちろん、その二人もこっちを向いている。

「犯罪って、浅見さん、そんなことを無闇《むやみ》に言ってもらったら……」

「しかし、そうは思いませんか? しかも本間教授が発表しようとしていた論文は、確か『都賀留三郡史』がテーマだと聞いていますが、もしそうだとすると、『都賀留三郡史』問題は現在、きわめて過熱ぎみに論じられているものでしょう。対立関係にある人や陣営にとっては、本間先生がどのような論文を引っ提《さ》げてくるのか、関心どころか警戒心を募らせていたはずです。中身を知って、それが『都賀留三郡史』にとって都合の悪い内容であることが分かれば、最強の手段をもって阻止しようとするかもしれません」

「それじゃ、浅見さんはあれですか、本間先生は殺されたとでも言いたいのですか」

「その可能性は否定できません」

「まさか……ばかげてますよ、そんなの。警察だって何も言ってきていないし、先生の奥さんだって、ひと言もそんなことはおっしゃってません」

「北口さんはどうなのですか？　何も不自然を感じなかったのですか？」

「僕？　僕はあれですよ……それは、残念に思いましたよ。先生がどのような論文を発表されるのか、期待していましたからね」

「残念だけで、何の疑惑も抱かなかったのでしょうか？　たとえば病名なども知らないままで平気なのですか？」

「……」

「どこで亡くなったのかも、秘密にしておかなければならないのでしょうか？　おかしいですよ、変ですよ、そんなの」

「いや、それは分かってます。病院で亡くなられたのです」

「どこの病院ですか？　青森市内ですか」

「いや、十和田の病院です」

「十和田……というと、湖の畔《ほとり》ですか？」

「そうでなくて、十和田市のほうです」

十和田市は十和田湖の東北東およそ三十キロのところにある。有名な奥入瀬《おいらせ》の渓流からさらに下った辺りだ。

「なぜそんな遠いところで……ご自宅がそっちのほうにあるのですか？」

「いや、ご自宅は青森市内です」

「ということは、出先で突然、発作が起きたのでしょうか。となると、ますます病名を知りたくなりますねえ」

北口は黙ってしまった。よほど言いにくい病名なのだろうか。いったい何を隠しているのだろうか。

「とにかく、本間教授は四月二十二日に出先の十和田市で倒れ、病院に収容されて亡くなった――そういうことですね」

「亡くなったのは二十二日ですが、病院に収容されたのは二十日だそうです」

「あ、そうですか……」

その時、浅見はふと気がついた。

「だとすると、ちょうどお遍路《へんろ》さんが殺された頃と重なるのか……」

意味のないことかもしれないが、その符合が気になって、無意識に呟《つぶや》きを漏らした。

「お遍路さんですか？」

北口がこっちの顔を覗《のぞ》き込むような恰好をして、訊いた。

「いや、何でもありません」

浅見は苦笑して手を横に振ったが、いちど気にかかると、そのイメージはなかなか消えないのは、本人がよく知っている。

「それより、本間教授の死因というか、病名が気になりますね」

「祟りですよ、祟り」

不意に、女子学生の一人が、上擦《うわず》った甲高い声で言った。顔を上げた瞬間、肩まである黒髪がパッと散った。色白でキリッとした顔だちの女性だ。睨みつけるような目が、こっちを向いている。

北口が慌てて「神尾《かみお》、待てじゃ」と制止したが、間に合わなかった。

「本間先生はアラハバキの祟りで亡くなられたんです」

「ばがだことを言うんでね」

北口は津軽訛り丸出しで叱《しか》ったが、浅見は逆に中腰になって「どういうことですか？」と訊いた。

4

研究室は二人の教授と北口助手のデスクがあり、しかも小規模なゼミが行なわれることもあるらしく、かなり余裕のある広さだ。その空間に「神尾」と呼ばれた女子学生のひと言で、凍ったような緊張感が漲《みなぎ》った。

アラハバキの祟り——とは、まさに浅見が湊博之とやり合ってきたテーマの一つだ。あの傲岸不遜《ごうがんふそん》な湊でさえ「そういうこともありうる」という程度にしか言わなかった。それをいとも自信たっぷりに「本間先生はアラハバキの祟りで亡くなった」と断言するのだから、これは相当に思い込みの強い過激な思想の持ち主かもしれない。

北口に制止されたためか、神尾は元どおりに向きを変え、ノートに視線を落とした。本人も余計なことを口走ったと思っているのだろう。

「神尾さん、でしたか。僕は浅見といいます。よろしく」

浅見は神尾ともう一人の女子学生の正面の位置までテーブルを回り込んで、名刺を差し出した。二人とも手を出して受け取ろうとはしなかったので、構わず、テーブルの上に置いた。

「失礼ですが、あなたのお名前を聞かせていただけますか？」

名乗られたのに名乗り返さないのは失礼なのだが、そういう習慣に馴染《なじ》んでいないらしく、女子学生はしり込みして、北口の顔を窺《うかが》った。

「彼女は松田由美子《まつだゆみこ》です」

北口が代わって答え、松田はペコリと頭を下げた。神尾のほうはやや痩《や》せ型で、いかにも神経が細かそうなのに対して、彼女は大柄で、プクッと膨れたような体形と顔だちに愛嬌《あいきょう》がある。目鼻だちははっきりしているのだから、あれでもう少し締まったら、魅力的な女性になるだろうな――と、浅見は余計なことを思った。

「あなたもアラハバキの祟りを信じるクチですか?」

浅見に訊かれて、松田由美子はびっくりしたように目と口を大きく開けた。

「わたすはよく分からねえす」

はっきりした青森弁で言った。もっとも、津軽訛りなのか南部訛りなのかは、浅見には判別できない。

「神尾さんはアラハバキについては詳しいのでしょうか?」

「……………」

神尾は無言で、ノートと睨めっこしたままだ。

「じつは、本間先生が亡くなったのはアラハバキの祟りだと、あなたと同じことを言った人がおりましてね」

とたんに「えっ?」と、神尾の視線が浅見に向けられた。大きく、漆黒《しっこく》の瞳《ひとみ》に見据えられて、浅見はわれにもなくドキリとした。雪国の女性は色白――というが、彼女はその典型のように、それこそ雪のように白くつややかな肌をしている。浅見に見返されて、その頰《ほお》をかすかに染め、俯《うつむ》いた。

「そう言ったのは黒石の人ですが、その人の周辺では、いくつかそういう例があるのだそうです。とくに、最近亡くなった大工の棟梁《とうりょう》の死因は、建築現場の材木が倒れてきた――というもので、ベテランの大工さんには考えられないようなミスだといいます。じつは、その大工さんというのは、昔湊博之氏の屋敷の改築工事をした人で……あ、湊氏のことはご存じですよね」

神尾も松田も頷《うなず》いた。

「湊氏が『都賀留三郡史』を発見した経緯を知った時、そんなものは天井裏になかったと言い、それが偽書説の根拠の一つとなったという、その大工さんなのです。じつは、僕は湊氏ご本人に会って、直接ご本人の口からアラハバキの祟りについて聞きました」

「えっ……」

神尾はもちろん、松田も北口も浅見の顔に視線を集めた。

「湊氏によると、アラハバキ神の祟りは、祟られる本人に責任があるのであって、アラハバキ神自体のせいではないそうですよ。本間先生が亡くなられたのも、アラハバキ神に楯突くことによって生じたストレスが原因だろうと言ってました」

「それはあれですか」と、北口が言った。

「湊氏自身が言ったのですか」

「ええ、そうです」

「信じられないなあ。湊氏がそんなことを言うかなあ……」

「というと、湊氏は何て言いそうですか」

「そりゃもちろん、アラハバキの祟りはあると言うでしょう」

「ところが現実には、いま僕が言ったようなことでした。ただ、ありうるかもしれないという言い方もしてましたが、非常に消極的な口調でしたね。アラハバキの大本であるところの、八荒神社の宮司さんがそう言うのだから、やっぱり祟りはないと思っていいんじゃありませんか」

「うーん……」

北口は唸《うな》ったきり反論はしなかったが、浅見が言ったことを丸々信じたわけではなさそうだ。まして神尾は面白くないのだろう、仏頂面をして、そっぽを向いている。

その時になって、浅見は神尾の前に積まれた資料の山の中に「十三湊《とさみなと》」の文字があるのに気がついた。まさに浅見がこれから赴《おもむ》こうとしているところだ。

「あ、あなたは十三湊を研究しているんですか?」

「違いますよ」

神尾はツンとして答えた。どういう答え方にせよ、反応してくれたのは嬉しい。

「卒論で安藤氏のことを調べているのです」

安藤、あるいは安東氏は、確かに十三湊と切っても切れない関係だ。安藤氏の一族には十三湊周辺一帯の領主である「下国《しものくに》安藤氏」と、その親《しん》戚《せき》筋の出羽《でわ》秋田湊の「湊安藤氏」があり、とくに下国安藤氏は十四世紀頃、十三湊の水軍を率いて勢力を誇示した。

「安藤氏のことを調べると、どうしても『都賀留三郡史』にぶつかるのではありませんか」

浅見は知識のあることを、いくぶんひけらかしぎみに言ったのだが、神尾はいとも呆気《あっけ》なく「そうですよ。これがそうですけど」と、テーブルの上にある史料本を無造作に、こっちに少し押し出した。そんなことは青森県の人間にとっては常識でしかない――と言いたげだ。

史料本は「教科書判」とでもいうのか、変則的な大判の書物で、上中下三巻に分かれている。多少の差はあるが、どれも分厚く堂々たる風格だ。表紙は同じデザイン――たぶん十三湖が日本海に開けた部分と思われる場所の空撮写真を使っていて、それ以外、タイトルは何も印刷されていない。背表紙に、やや行書体に崩した書き文字で『みちのくのあけぼの』と読めた。

『都賀留三郡史』と言ったのに対して「これがそうです」と神尾の言った意味が、浅見には理解できなかった。

「ちょっと拝見」

浅見はその中の一冊を手に取って「あっ……」と驚いた。背表紙の『みちのくのあけぼの』の表題の下に、なんと明朝体の活字で小さく『市浦村史資料編・都賀留三郡史』と印刷されている。

急いで表紙を開いた。トビラにも『みちのくのあけぼの　**市浦村史資料編上巻**　都賀留三郡史』と印刷されている。すでにそのことは知っていたとはいえ、この目で現実に『都賀留三郡史』がこういう形で『市浦村史』と結びついているのを見ると、想像以上にショッキングだった。

「なるほど、まさにこれは、市浦村の村史そのものなんですね？」

「そうですけど」

神尾は当然のことのように言い、北口助手も松田も呆《あき》れたような顔を見交わした。

「あれ？　それじゃあんたは、そのことを知らねかっただか？」

それまで標準語だった北口が、津軽弁に訛った口調で言った。明らかに軽蔑《けいべつ》の念のこもった言い方だ。

「いや、昨日泊まった、黒石の宿のご亭主から聞いてはいましたが、村史の付録のようなものかと思っていました。僕がこれまで見てきたのは、原本から内容を引用した論文や解説書ばかりで、原本そのものは手にしたことがないのですが、こんな分厚いのが三冊もあるとは知りませんでした。これが『都賀留三郡史』の正体でしたか」

「そうですよ、それが『都賀留三郡史』ですよ。正確に言うと、原本を活字に起こした出版物ということですが」

「いや、もちろんそうでしょうけど、それにしたって、これを市浦村は『村史』として刊行しちゃったんですか。それは問題じゃないのかなあ。あのご亭主が憤慨するのも、もっともですね……」

言いながら、浅見はページをめくった。トビラのあとには数ページにわたって、出土品や人骨、発掘風景、遺跡などのグラビア写真が掲げられ、そのあとに村長の「発行のことば」が掲載されている。それを読めば、どう見ても「史実」として刊行されたものと受け取れる。

その点については、さすがに北口も問題ありと感じているのか、「一応、村史の中の資料編ですけどね」と、やや引いたような、弁護する姿勢を見せた。

「しかし、資料編だろうと何であろうと、こんなものを、行政が発行する公式の歴史資料にするとは……」

「あんた、こんなものとは何ですか」

北口はムッとして唇を尖《とが》らせた。かりにも青森県地方の貴重な歴史資料を貶《けな》されては、黙っていられないのだろう。しかし、それに対しては、浅見のほうも反発しないわけにはいかなかった。

「だって、『都賀留三郡史』は偽書の疑いがある、かなり眉唾《まゆつば》な代物なのでしょう。それを役所が刊行してしまえば、史書としての信憑性をバックアップすることになるじゃありませんか。少なくとも、一般国民の歴史観を混乱させる結果を招くことになるでしょう。現にこの『発行のことば』にも、〔日本の歴史そのものが一変するような一大反響を全国いや世界中にまきおこすことになりかねないものなのである〕と書いてあります。実際、ある時期——いや現在もなお、『都賀留三郡史』を巡って学界の一部では大論争がつづいていますよ。学者の中にはこれを『偽書』ではなく『正史』

とする意見を持つ人がかなり存在するくらいです。もちろん言論出版の自由は憲法で保障されていますが、しかし公費を使って行政機関が刊行していい性質のものではないと思います。もしこれが『村史』のような、いわば公文書としてでなく、一般的な出版物として世に出たとすると、はたしてこんなにも大反響を招いたかどうかも疑問です。単なる創作、フィクションとして刊行されたら、娯楽読み物として受け取られたかもしれない。それを村とはいえ官庁のお墨付きで世に示すとなれば、善良で素直な国民の中には、本気で史実として受け入れる人も多いでしょうし、事実、強い影響を与えていると考えられますよ。そういう意味から言うと、市浦村当局の責任は重大だと思うのですけどねえ」

浅見はほとんど公憤のようなものに駆られて、早口で喋りまくった。

「発行のことば」の最後には〔さらに重大なことは、吾々の祖先はいかに生きてきたか、そのすばらしい業績は混乱せる日本の本当のあるべき姿を政策や哲学に示唆《しさ》することの極めて多いことを信じて発刊のご挨拶とする〕と書かれている。これが市浦村村長の「ことば」である。

まさにその効果や影響がどのような性質のものであるかを弁《わきま》えた上での、いわば「確信犯」的な意図を持ったものであることが、ここにははっきり示されているのだ。それにしても村長は、この「史書」こそが日本の政策や哲学を混乱させる存在になることには、思いを致さなかったのだろうか。

5

しかし、喋っている途中で、浅見は少し言い過ぎたかな――と反省もしていた。何しろここは『都賀留三郡史』の金城湯池《きんじょうとうち》というべき「津軽」なのである。そこに現れた余所者《よそもの》が、ひょっとすると地元のバイブルかもしれない「史実」を悪《あ》しざまに言っているのだから、失礼な話だ。

現に北口は反論はしなかったものの、不愉快そうな態度をあからさまに示している。ほかの二人の女性もたぶん、同じ気持ちなのか、見るからに面白くなさそうだ。これは大いによろしくない状況だ。何も青森まで喧嘩を売りに来たわけではないのだ。

「ちょっと伺いますが」と、浅見は一転、語調を和《やわ》らげて言った。

「本間教授は確か、『都賀留三郡史』を偽書とする側の論者だったのでしたね？」

「ああ、そうでした」

「しかし北口さんは『都賀留三郡史』を支持する側なのですか？」

「いや、必ずしもそういうわけではないすけどね」

奥歯にものが挟まったような言い方は、半ば以上、肯定的な立場であることを語っているように受け取れた。

「お二人はどうなのでしょう？」

大テーブルの向こうの女性二人を等分に眺めて、訊いた。

「わたすは分かんねえす」

松田は即座に答えた。体育会系なのか、ぶっきらぼうだが、はっきりしている。もしかすると興味もないのかもしれない。それに較べると神尾のほうは屈折した印象で、答えるまでに間があった。

「私は信じますよ」

「ほう、それじゃ、その問題で本間先生と意見が対立していたわけですか。何か話し合ったことはあるのですか？」

「いや、そんたらことはできねえすよ。先生に異論を言うなんて、恐れ多いことは」

北口はとんでもない——とばかりに手を横に振った。まだ二十代後半か、という若さからいって、彼の言うとおりなのだろう。ならば、神尾については訊くまでもない。

「同じこの研究室にいらっしゃる、三戸教授はどうなんでしょう。肯定派ですか、否定派ですか?」

「どっちかといえば肯定派ではないですかねえ。よく分からないすけど」

「しかし、『都賀留三郡史』のような、津軽の——いや、日本の古代史を根底から覆すような大きなテーマについて、まったく話し合わなかったとは考えられませんが」

「それは、ときどきは話しておられましたよ。だけどそれは、ほとんど本間先生が一方的に主張されるだけで、三戸先生はあまり反論も同調もしないで、聞き役に回っているような感じでした」

「本間先生はおいくつでしたか?」

「確か、四十三歳です」

「三戸先生は?」

「五十七か八だと思いますが」

「ずいぶん年齢差があるんですね」

「本間先生は東大卒のエリートでしたから、教授になられたのも早かったのです」

「そんなに早いと、やっかむ人もいたのじゃないでしょうか」

「それはまあ……え?　いや、そんなことはないですよ」

北口は慌てて打ち消した。それから壁の時計にわざとらしく視線を送って、「そろそろ仕事にかかりたいのですが」と言った。

「すみません、つい長居をしてしまいました。ところで、本間先生が亡くなられた十和田市の病院と、先生のご自宅の住所を教えていただけませんか」

「えっ、お宅へ行くのですか？　それは事務局で聞いてください。病院の住所もその時に聞いてみてくれませんか」

「分かりました。ではこれで」

浅見は二人の女性にも礼を言って研究室を出た。事務局へ寄ると、病院の住所は教えてくれたが、予想どおり自宅のほうは拒否された。ほかにも調べる方法はいくらでもあるのだから、便宜を図ってくれてもよさそうに思うが、そうもいかないのだろう。

キャンパスの敷地のはずれにある駐車場へ向かっていると、「浅見さん」と背後から声がかかった。振り向くと、思いがけなく、神尾という女子学生が追ってきた。さっきは淡いブルーのセーター姿だったのだが、紺色のジャケットを着ている。フレアのあるベージュ色のスカートが風をはらんで、形よく伸びた脚が眩しいほどに白い。

神尾は立ち止まった浅見にすぐに追いついた。スピードを緩めて、並んで歩きながら、「ちょっと訊きたいことがあるのですが、いいですか」と言った。

「ええ、もちろんいいですよ。だけど、その前に、よかったらあなたのフルネームを教えてくれませんか」

「ああ、私は神尾容子《ようこ》です。美容院の容って書きます」

「珍しいですね」

「あら、そうでしょうか。よくありそうな名前だと思いますが」

「いや、そうでなく、『容』の字を説明するのに美容院と言ったのがです。ふつうは容貌《ようぼう》の容だとか、容姿端麗の容だとか言いそうな気がしますけどね」

「だけど、容姿端麗だなんて、自分の口から言うのはおかしいでしょう。催促しているみたいじゃないですか」

「えっ……」

浅見は神尾容子の顔を覗き込んで、二人とも同時に笑いだした。

「驚いたなあ。さっき、研究室にいた時のあなたは、ちょっと怖い感じがしたけど、いまはガラッと変わりましたね」

「あれは浅見さんにも責任があります」

「え？　どうして僕が」

「だって、浅見さんは外部の人でしょう。それに本間先生が亡くなったことを、興味本位に取材に来たって思ったから、敵みたいに見えたんです。でもそうじゃないことが分かってきて、引っ込みがつかなくて、困りました」

気が強くて、真っ正直な女性だ——と、浅見は苦笑した。駐車場に着いて、浅見は訊いた。

「どうしますか、お宅へ帰るのなら、車で送りますが」

「あ、いいんです。これから部活に出なければならないから」

「部活は何をやってるんですか？」

「何だと思いますか？」

「スポーツですか？」

「そうです」

「じゃあ、弓道でしょう」

浅見は弓を引く恰好をして見せた。

「当たりです。その恰好はちょっと違いますけど」

容子は笑って、「でも、どうして分かったんですか」と首を傾《かし》げた。さっきは研究室で卒論に勤《いそ》しんでいたから、たぶん二十一か二のはずだが、そういうポーズを取ると、まだ少女の面影がある。

「色が白いからです。弓道なら日焼けしませんね。それに面ずれがないから剣道ではないし、襟元にタコがないから柔道でもない。脚が細いから卓球でもないでしょう。そうやって消去すれば、弓道しか残らない」

「すっごい……たったこれだけの短い時間のうちに、そんなにいろいろ考えたんですか。頭がいいんですね」

「ははは、面と向かって頭がいいと褒《ほ》められたのは、子供の頃、教材のセールスマンに言われて以来だなあ。それより、僕に何か話があるんじゃなかったですか?」

「あ、そうなんです……」

容子は急に表情を引き締めた。しかし、周囲を見回しながら、どうしたものか逡巡《しゅんじゅん》している様子だ。近くには学生の姿もないのだが、よほど話しにくいことにちがいない。

「もし時間があるなら、少しその辺をドライブしませんか」

誘ってみた。

「そうですね、そうします」

すぐに決断して、浅見が助手席のドアを開けてやると、躊躇《ちゅうちょ》なく乗った。

6

神尾容子は車が走りだすとすぐ、口を開いた。

「さっき、浅見さんはお遍路さんの事件のことを言ってましたよね」

「ああそう、そうでしたね。本間先生が亡くなられた話の時でしたか、ちょっと連想したものだから。そのことがどうかしたんですか?」

「そのお遍路さんですけど、私、見たんですよ」

「えっ、どこで? いつ?」

浅見は反射的に、新郷村のピラミッドを連想したが、彼女の答えは違った。

「八戸《はちのへ》です。八戸の蕪島《かぶしま》です。大学に戻る二日前だから、四月十七日かしら」

「えーと、蕪島というと、確かウミネコの島でしたね」

「そうです。実家のすぐ近くにあります」

「ああ、神尾さんは八戸の人ですか」

「ええ、いらっしゃったこと、あります？」

「いや、まだですが、ちょっとはずれる感じのところにあるでしょう。なかなか行きにくいんですよね」

「でも、そういうはずれたところに私は住んでいるのです」

「あ、失礼、そういう意味で言ったのではなく、津軽へ行くルートからはずれているっていう意味ですから」


あまり弁解にならない弁解をした。

「それはともかくとして、その蕪島で、殺されたお遍路さんを見たのですか。しかし、お遍路さんなんて、何人もいるのに、どうしてその人だと分かったのですか？」

「お遍路さんはそんなにいませんよ。とくに蕪島では初めて見ました」

「顔を憶《おぼ》えていたのですか？」

「いいえ、顔ははっきり見ていません」

「それじゃ……」

「でも間違いなく、あのお遍路さんです」

「待てよ……殺されたお遍路さんの写真は、新聞やテレビにも出なかったんじゃなかったですかね」

「ええ、たぶん」

「それなのに同一人物だとは、ちょっと判断できそうにないけれど」

「でも間違いないんです」

「ははは……」

浅見は思わず笑ってしまった。強情というのとは違う、駄々っ子のようなひたむきさがおかしい。もっとも、これで相手が美人でなかったら、頭にきているかもしれない。

「まあいいでしょう。かりにそのお遍路さんが、あなたの見たのと同一人物だとして、それがどうかしたのですか？　たとえば、お遍路さんを殺した犯人に心当たりがあるとかですね」

「ぜんぜんありませんよ、そんなの。ただ、ちょっと気にかかることがあったのです」

「ほう……」

何となく車を走らせているうちに、三内丸山《さんないまるやま》遺跡前に出てしまった。浅見はハンドルを切って、遺跡見学者のための駐車場に入って行った。

「せっかくだから、三内丸山を見学して行きたいのですが、付き合ってくれますか？」

「ええ、いいですけど」

容子はチラッと腕時計に目をやって、了解した。弓道の部活の時間まで、まだいくらか余裕があるらしい。

さすがに青森でもっとも人気のある観光スポットの一つだけに、ウィークデーだが、けっこう人出はある。駐車場から石段を上がって施設棟を抜け、背後の発掘現場に入る。三内丸山遺跡は縄文時代の遺跡としては最大級のもので、とくに大型の「掘っ立て柱住居跡」が見ものだ。竪穴《たてあな》式住居や高床倉庫跡も復元されていて、ここにかなりの規模の集落が営まれていたことがひと目で分かる。これだけの遺跡が、青森市街の一角といってもいいようなこの岡《おか》に残っていたのは奇跡のようだ。

容子は何度も来て見飽きているらしいが、浅見は見るもの見るもの興味が尽きない。ところが、復元された住居跡の中に、焼け跡状態のものがあった。確かに、縄文時代だって火事はあっただろうし、これも「復元」の一つなのかもしれないが、何も焼け跡まで造って見せることはないと思って、そのことを言うと、容子に笑われた。

「これは違いますよ、このあいだ、放火されたんです」

「えっ、放火？……」

浅見は驚いた。

「何のために放火なんか……それで、犯人は捕まったんですか？」

「まだみたいですよ。どうせ面白半分のいたずらだと思うけど、ひどいことをする人がいるもんですねえ」

「単純ないたずらですかね。それとも、何かの目的があったのかもしれませんよ」

「目的って？」

「たとえば、この施設に反対する人が、いやがらせでやっているとか」

「え？　どういうことですか？」

「だって、ここには県のスポーツ施設か何かを建てる計画があったのでしょう？　それが中止になって損をした人もいるんじゃないですかね。それとも、学術的な理由があるのかもしれない。青森には縄文時代の文化なんかなかった——などと思っていた人がいたとすれば、立場がなくなりますからね。それとも単に、観光客が増えて、付近の住民の生活環境が悪くなったとか、消防士が自分の出番を作りたいから火をつけたとか……」

「呆れた、呆れた……」

容子は本当に呆れてものも言えない——という顔で立ち止まった。

「浅見さんて次から次へ、よくそんなことを思いつきますね。すっごい人間不信な性格なんですか？」

「ははは、そういうわけじゃありませんよ。そんな奇人変人を見るような目で見ないでくれませんか。僕はただ、事件の背景にはいろいろな可能性があると言いたいだけです。それは本間教授が亡くなった事件についても同じことが言えます。警察はいったいどう考えているのか、それを知りたいですね」

「えっ、そこからいきなり本間先生の事件のほうに飛ぶんですか？」

「それは一例ですよ。たとえば、この放火事件だって、ことによると本間教授の事件と関連性があるかもしれない。同じ考古学の世界で繋がっていますからね。それと、お遍路さんの事件と関連する可能性だって、ないわけではない」

「まさか……」

「いや、分かりませんよ。なぜなら、本間教授の事件とお遍路さんの事件とは、ほぼ相前後して発生しているからです。それに、場所もごく近いのじゃないかな。だからあなたが言いだしたお遍路さんの話に、大いに関心があるのですが、もっと詳しく話してくれませんか」

「話すって、何を話せばいいんですか？」

「いったい、そのお遍路さんの何が気になったか——です。単にお遍路さんを見ただけではないのでしょう？　新郷村でお遍路さんが殺されたニュースに触れただけで、すぐに蕪島で目撃したお遍路さんと結び付けて考えたのには、何か特別な理由があったからではないのですか？」

「驚いた……」

神尾容子は本当に驚いた表情を見せた。

「浅見さんて、ふつうじゃないわ」

「ははは、またそんな化け物でも見るような目をする……ふつうに考えれば分かることですよ。と言うからには、何かあったんですね？」

「ええ、じつは、蕪島で会ったお遍路さんが気になったのは、その時、お遍路さんが変な唄《うた》を歌っていたからなんです」

「変な唄？　どういう？」

「こういう唄です。『なにわより　じゅうさんまいり　じゅうさんり　もらいにのぼる　ちえもさまざま』っていうんです。ちょっとメロディは曖昧ですけど」

容子は節をつけて歌った。

「難波より　十三参り　十三里　貰いに登る　知恵もさまざま――ですか」

浅見の頭の中では、きちんと整理されて歌詞になった。

「難波というんだから、大阪か関西方面の童歌か、御詠歌か何かみたいですね。十三参りというのは、初宮詣とか、お宮参りとか、七五三とか、元服とか、そういう通過儀礼の一つじゃないのかな。僕は知りませんが。しかし、それが気になったというのは、どうしてですか？」

「これも変なことなんですけど、その唄、どこかで聴いたことがあるんです。子供の頃っていうか、もしかするともっと前……母のおなかの中でかもしれません。こんなの、変ですよね」

容子は照れたように笑った。

7

神尾容子は笑っているが、じつは内心にはかなり屈託したものがあるのを、浅見は感じた。どこの誰とも知れぬお遍路さんが歌う唄に、自分の遠い記憶が重なるというのは、確かにちょっと気にかかるだろう。いや、それ以上に気持ちが悪いかもしれない。

そのことを容子は誰かに訴えたかったにちがいない。

「お母さんのおなかの中はともかくとして、背中で、子守歌代わりに聞いたということはあるかもしれませんね」

浅見は水を向けてみた。

「そう思うでしょう。私もそう思って、母に訊いたんですけど、母は『知らない』って言うんです。八戸辺りでは歌われない唄であることは間違いないみたいです。ただ……」

容子は何か言いかけて、口を閉ざした。あまり他人には言いたくない、何か特別な思いがあるらしい。浅見は根気よく、彼女の口が開くのを待った。

容子は時計を見て「あ、いけない」と慌てた素振りを見せた。

「部活に遅れそうだから、そろそろ送っていただけますか」

言葉の途中で、まるで浅見の質問を避けるように歩きだしている。浅見のほうもあえて催促することはしないつもりだ。

車が動きだしてからも、容子は黙りこくっている。明らかに、言うべきか言わざるべきかで迷っている様子だ。

「デジャビュっていうのがあるでしょう」

浅見は世間話のように言った。

「既視感とか既視体験とかいうやつだけど、僕はそれを何度か体験したんです」

とたんに容子が（えっ——）という反応を示したのを、浅見は目の端で感じた。やはり彼女の胸の内にも、それと同じ思いが蟠《わだかま》っているのだろう。

「その中に、どこども知れぬ、西洋風の四角く区切られたような中庭の風景というのがありましてね。何年か前、たまたま慶應病院へ行くことがあって、病棟で囲まれたような中庭を通ることがあったんですよ。そうしたらまさにデジャビュに遭遇した。びっくりしましたね、あっ、この風景見たことがある——って思ったのだから。もちろん、それまで一度だって来た覚えはない。それなのに明らかに記憶があるんですね。背筋にゾーッとくるものを感じました」

「じゃあ、デジャビュって、ほんとにあるんですね」

容子は助手席で肩をすぼめるようにして、深刻そうな声を出した。

「私のも、それなのかなあ……」

「それはどうか分かりませんよ」

浅見は少し笑いを含んだ言い方をした。

「じつはね、後で母親に聞いて知ったことだけれど、僕は慶應病院で生まれたのだそうです。だから赤ん坊の時、産室の窓から中庭の風景を見ていた可能性があるんですね。そのかすかな記憶が、生まれたばかりの脳細胞に刻み込まれていたのかもしれない」

「えっ、そうなんですか……」

「タネ明かしをしてしまうと、なーんだと思うでしょう。『幽霊の正体見たり枯れ尾花』っていうやつですね。といっても、赤ん坊時代の記憶が浮上するというのも、ちょっとした驚きだと思いませんか」

「ということは、私の場合も赤ん坊の頃の記憶っていうことですか？」

「さあ、それはお母さんに確かめるしかないでしょうね」

「それなんですけど……母は何となく、まともな答えを避けているような感じがするんですよね。何かを隠しているみたいな」

ついさっき、何か言いかけて逡巡を見せた理由がこれだったにちがいない。

「ふーん、どうしてそう思うんですか」

「何となく……っていうだけじゃ、説明になりませんよね」

容子は自嘲《じちょう》するように小さく笑った。

「でも、やっぱり何となくとしか言いようがないんですよね……。それに、小っちゃい頃の私は、よっぽど言うことをきかない子だったみたいで、写真がほんとに少ないんですもの」

「今のあなたからは、そんな子だったとはとても想像がつきませんね、ははは」

青森中央大学の駐車場に入った。

「浅見さんは『都賀留三郡史』を偽書だとする意見を変える気はないのですか？」

車が停止してから、容子はふたたびその話題を持ち出した。

「ええ、僕はそう信じていますよ。むしろ、『都賀留三郡史』問題で学界が真面目《まじめ》くさって議論を戦わしていることのほうがおかしいと思っています」

「じゃあ、そう主張しながら十三湊へ取材に行くんですか」

「あえて主張はしないけれど、もし訊かれればそう答えます」

浅見は車を出て、紳士らしく振る舞って助手席のドアを開けた。それまで容子は降りることを忘れていたらしく、ハッと気づいて慌てて降り立った。そこで別れの挨拶をするかと思ったら、容子は当然のように、すぐに歩きだした。

「本間先生の住所、分かりました？」

「いや、事務局では教えてくれませんでしたよ」

浅見もつられて歩きながら答えた。

「でしょう、私は知ってますから、教えて上げますね」

バッグから手帳を出して、アドレスを書き込み、そのページを切り取ってくれた。

「本間先生も『都賀留三郡史』を攻撃する主張をやめなかった人でしょう。その先生があいう亡くなり方をしたんですから、浅見さんも気をつけないと」

「あははは、僕なんか、本間先生と並べて言われるような存在じゃないですよ」

キャンパスの中を横切った反対側に、倉庫のような木造の建物が見えた。

「あれが弓道部の部室です。古くて汚いでしょう」

「いや、どこの大学もあんなものじゃないのかなあ」

浅見は儀礼的にそう言ったが、確かに粗末な建物ではあった。すでに練習が始まっているらしく、学生の姿は見えないが、建物の中からヒュッと射られた矢が目の前を横切って飛んで、「矢道」と呼ばれる空き地を越え、的場に突き刺さった。

「うちの部は予算がなくて、あの的場も、最近になってようやく屋根を修理したんです。それまでは雨の日はランニングだけだったんですけどね。そうだ、浅見さん、ちょっと見学して行きませんか」

容子は思いついたように言った。

「僕みたいな部外者が、ノコノコ入って行ってもいいのかな」

「いいんですよ。見学者がいたほうが張り合いがあるし」

袖《そで》を引っ張らんばかりに誘われて、浅見もついその気になった。

建物に入ると狭い土間の向こうに下足箱があって、スニーカーやサンダルが無造作に突っ込んである。青春の臭《にお》いが漂ってきそうな光景だ。

容子がスリッパを揃《そろ》えてくれた。散らばっている中からいちばんきれいなのを選んだつもりらしいが、どれも五十歩百歩で、トイレ用のスリッパよりも汚い。

土間を上がったところのドアを開けると、その向こうが五十畳分ほどの板の間になっている。的場に面した開口部は広く、四人が並んで弓を構えることができそうだ。板の間の後背部には、雛壇《ひなだん》のように一段上がった畳敷きのスペースがあって、そこがロッカールームであり、休息の場所としても使われているようだ。棚にはトロフィーが、壁には賞状の額がいくつも並んでいる。

部員は十人程度が集まっていた。二人が入って行くといっせいに視線を集中させた。

「東京から来た雑誌社のルポライター、浅見さんです」

容子が紹介すると、口々に「こんにちは」と挨拶した。「おすっ」と言うのかと思っていただけに、ちょっと意外に思いながら、浅見も挨拶を返した。

容子は不精髭《ぶしょうひげ》の男に「主将、取材していただいてもいいわよね」と声をかけた。部長は「あ、どうぞ」と応じた。壁の名札を見ると神尾容子は「副主将」であった。部員は全部で二十人ほどいて、そのうち女性は七人である。最上級生の女性副主将はさしずめ女王といったところか。

通常は板の間にじかに坐るものらしいが、浅見にはディレクターズチェアをあてがってくれた。容子は「ちょっと失礼します」と奥の更衣室と思われるドアに消えた。

その間に部員が代わる代わる矢を射った。それぞれしっかりした姿勢に見えるのだが、射った矢は的に当たるよりはずれるほうが多く、「安土《あづち》」と呼ばれる土手の土に刺さったり、刺さりもせずに弾《はじ》かれたりする矢もある。手元の矢がなくなると下級生が走って行って拾い集めてくる。

「浅見さんもやってみますか」

いつの間に戻ったのか、背後から容子が言った。ジャージ姿に着替え、胸当てをつけている。

「ははは、できませんよ、見ているだけで難しそうです」

「でも、体験取材なんでしょう？　だったら実技に挑戦すべきです」

浅見本人はそんなことを言った覚えはないのだが、容子にけしかけられると、ルポライターという触れ込みの手前、引っ込みがつかないことになった。仕方なく、なるべく軽そうな弓を選んでもらって、射場に出て行った。

足の位置や構えは、ついさっきまで、何人もの演技を見学しているから、見よう見まねで再現する自信はある。いったん弓矢を頭上に掲げるようにしてから、両手を左右に広げる要領で弓弦《ゆづる》を引き絞る。矢が目の高さまで下りたところで的を見定め、放物線を描くことを計算し、いくぶん角度を上に向けて弦を放した。

矢は思ったより勢いよく飛んで行って、なんと的に命中した。それも金的に近いところだったから、部員たちから「おーっ」という喚声が上がり、拍手が沸いた。

「浅見さん、やったことがないみたいに言ってましたけど、ほんとは違うんでしょう？」

容子は懐疑的な目をしたが、当の浅見がいちばん驚いている。

「ほんとにありませんよ。ビギナーズラックっていうやつですかね。もう一回やるとボロが出るから、これでやめます」

「そんなこと言わないで」と勧められたが、浅見は部員たちに挨拶して、さっさと退却する姿勢を示した。容子も諦《あきら》めて入り口まで送ってきた。

「じゃあ、失礼します。もうお会いできないのかもしれませんね」

寂しそうな顔をしている。

「そんなことはない。僕はきっとまた現れますよ」

浅見は笑顔で断言してみせた。お世辞でも強がりでもなく、本当にそうなりそうな予感を抱いていた。

「思い出したらでいいですけど、この携帯に電話してください」

容子はあらかじめ用意してあったと思われる、数字を書いた紙片を差し出した。

「ありがとう、必ず電話します」

受け取る時に触れた指が温かかった。

第五章　津軽三十三観音

1

黒石温泉郷に大工の山下義和を訪ねる午後八時まで、時間は有り余るほどあった。浅見は青森市立図書館に寄って、さっきの神尾容子に聞かされた「唄」の意味を調べてみることにした。

いずれにしてもあの唄は宗教的な意味合いのあるものにちがいない――という見当はつく。とりあえず『日本宗教辞典』という書物を借りだした。

思ったとおり、索引に「十三詣《まい》り」の項目が載っていた。いくつものページに分散して出ていて、宗教的行事というより、すでに民俗として普遍化しているもののようだ。その中から「十三詣り」を詳細に説明している文章を拾いだした。

〔十三詣り――京都法輪寺《ほうりんじ》、茨城県東海村村松虚空蔵堂《こくぞうどう》、会津柳津円蔵寺《やないづえんぞうじ》など、主に近畿、南東北地方の虚空蔵寺院に十三歳になった男女が、旧の三月十三日を中心に厄落《やくおと》し、開運、智慧《ちえ》授けのために参る。

女子にとっては初潮期でもあり、地域の成人儀礼が智慧増進、開運、十三に関係深い虚空蔵寺院に収斂《しゅうれん》されたと考えられる。

この日、女子は四つ身から本裁《ほんだ》ちの着物を着る。京都での西陣との結びつきをみると、この行事の伝播《でんぱ》には織物業が関係していると考えられる。

美作《みまさか》、備前北部ではこの年になると智慧もらいといい、正月十三日に津山市の万福寺、英田《あいだ》町の長福寺の虚空蔵様に行く風習がある。詣ると一生金に不自由しないといわれる。美作の山村部では男子が十三歳になると大山《だいせん》に詣る信仰もあった。

同じ十三祝いが京都などの町場と農村では、成立・内容に差異がある。一時的に十三詣りが盛行した山形県米沢地方では、飯豊山《いいでさん》や出羽《でわ》三山への成人登拝習俗の衰微段階で、会津円蔵寺や福島市黒岩虚空蔵堂へ参詣《さんけい》する寺院行事として収束されてゆき、登山における苦行性もうすれていった。〕

宗教に無縁の浅見にはかなり理解しにくい内容だが、例の「唄」の意味を解くカギはいくつか発見できた。

難波より
十三詣り
十三里
もらいにのぼる
智慧もさまざま

あの唄はきっと、このように表記されるのだ。

〔近畿や南東北の虚空蔵寺院〕といい〔京都法輪寺〕を挙げているほどだから、難波＝大阪地方にはその風習があるのだろう。法輪寺がどの辺りにあるのか知らないが、難波から十三里＝約五十キロほどのところだと計算が合う。〔智慧もらい〕が参詣の目的というのも唄の意味と合致する。

「難波」と歌ってはいるけれど、難波だけに限ったわけではなく、虚空蔵菩薩《ぼさつ》信仰のあるところでは、ごくふつうに歌われているのかもしれない。その唄を赤ん坊時代の神尾容子が何回か聞き、記憶していた可能性は十分考えられる。

そのことはともかくとして、浅見はこの唄が虚空蔵菩薩信仰に関係があるという点に驚いた。例の「お遍路さん」が泊まった南郷村の民宿は、まさに「福一満虚空蔵菩薩」の鎮座する集落だったのだ。

ということは、あのお遍路さんは虚空蔵菩薩を巡る遍路旅をつづけていたのかもしれない。その遍路の最後に「福一満虚空蔵菩薩」に参詣して奇禍に遭ったのだとすると、理屈は合う。

浅見は急に気になって、図書館から五戸署の浅《あさ》子《こ》刑事課長に電話してみた。

「やあ、浅見さん、いま十三湊だが？」

「いえ、まだ青森市と黒石市辺りをウロウロしています」

「ふーん、なしてまだ？」

「いろいろ事情があるのですが、それはともかく……亡くなったお遍路さんが階上《はしかみ》の観音様をお参りしたことはご存じですよね。その前にどこを通ってきたか把握していますか？」

「いや、それだばまだ調べがついてねがったけど」

「僕は思うのですが、階上の前に八戸を通りますよね。だとすると、ウミネコで有名な蕪島は見物したのではないでしょうか」

「うーん、蕪島が……したばって、民宿のおばさんは蕪島のことは何も言わねがったな。お遍路さんが蕪島みたいなとごさ行ぐもんだべがなァ。だいたい、南郷村の虚空蔵菩薩さんさお参りしたのもよぐ分がんねえですな」

浅子はしきりに不思議がっている。

「虚空蔵菩薩巡りのお遍路さんじゃないのでしょうか？」

浅見が言うと、浅子は笑った。

「そったらもんはねえですよ。青森県に虚空蔵菩薩さんがなんぼあるが知らねですが、巡るほどはねべ。そもそも、被害者が民宿のおばさんに話したところだば、彼女は『津軽三十三カ所』ば巡礼してきたというごどだ。『津軽』つうくれだから、蕪島も南郷村もぜんぜん関係ねえべな。問題は南郷村の民宿ば出た後だな。そごから先、どこばどう歩いたか、誰さ会ったか。それが問題だね。警察はその方針で捜査ば進めつつあります」

電話を切ってから、浅見はあらためて「津軽三十三カ所」の場所を調べ、リストのコピーを取った。それによると「三十三カ所」の東端は青森市浅虫《あさむし》温泉の「夢宅寺《むたくじ》」までで、そこから先は「南部」と一線を画すように、空白部分になっている。当然の話だが、浅子の言うとおり、確かに「津軽」だけの巡礼コースなのだ。

「津軽三十三カ所」は第一番弘前《ひろさき》市の「久渡寺《くどじ》」から始まって、北へ北へと上ってゆく。「三十三カ所」の最も北にあるのは東津軽郡三厩《みんまや》村の「義経寺《ぎけいじ》」で、名前からいうと源義経＝ジンギスカン説の伝承でもありそうな寺だ。三厩は津軽半島の最北竜飛崎《たっぴざき》のある村で、青函トンネルはここが起点である。

そこから南へ下ってくると、小泊《こどまり》村の「海満寺《かいまんじ》」、市浦《しうら》村の「春日内《はるひない》観音堂」というのがある。市浦村は十三湊のある村だから、お遍路さんが「十三湊を回ってきた」というのは納得できる。

ところが彼女は南郷村の虚空蔵菩薩に参詣している。しかもその前には、どうやら蕪島へ寄っているらしい。いずれも「津軽」ではなく「南部」に深く入り込んだ地域である。「津軽三十三カ所」巡りのお遍路さんが、南部にやって来た理由も分からないが、それ以上に、蕪島や南郷村の「福一満虚空蔵菩薩」に詣《もう》でた理由が理解できない。

そもそも、「津軽三十三カ所」はいずれも観音を祀《まつ》った寺ばかりで、虚空蔵菩薩というのはない。図書館でのにわか仕込みで、ついさっき知ったばかりだが、虚空蔵菩薩信仰というのは、観音信仰とはまったく異質のもののようだ。

お遍路さんというイメージからは、信仰篤《あつ》い善男善女を想像するが、考えてみると人それぞれ、重い悩みを背負って、巡礼の旅をつづけているのである。彼女にも何か、ひたすら贖罪《しょくざい》の旅をしなければならない事情があったのだろう。

（いったい、どのような罪を犯すと、人は巡礼の旅に出ようと思うのかな――）

浅見はぼんやりと、お遍路さんの「動機」に思いを馳《は》せた。観光を兼ねたような、バスで行く団体旅行の「巡礼の旅」もあるが、それとはまったく違う。歩いて三十三カ所のお寺を巡る旅である。やはりそうしないではいられない、切実な動機があったと考えるべきだろう。

殺されたお遍路さんは愛知県の人だということだ。愛知県の人がなぜ津軽へ？――という疑問もある。

単に三十三カ所を参詣するだけでなく、蕪島から南郷村へ行き、虚空蔵菩薩に参詣して新郷村へ向かった。そのことにも何か意味があるのだろうか。

これまでの捜査は、南郷村から死体発見現場である新郷村のピラミッドへ至るルート上にばかり注目していたはずだし、浅子も電話でそのように言っていた。しかし、それ以前の、蕪島の参詣や虚空蔵菩薩への参詣に意味がなかったか、事件との関わりはなかったかという点にも目を向けるべきかもしれない。

2

図書館の閉館時間に追い出されるように、浅見は車に戻り黒石へ向かった。まだ三時間も余裕があるが、とにかく山下家の近くまで行って、身の振り方を考えることにした。

山下家の前に着いたのは、まだ六時過ぎだった。陽の長い季節だから、山間《やまあい》の温泉場もまだ明るい。浅見はどこか食事のできるところはないかと、ゆっくり車を走らせた。

山下家から少し坂を下った左手に「津軽三十三観音」の文字を見て、思わずブレーキを踏んだ。無意識のうちにそういう文字に反応する体質になっている。

石碑に「津軽三十三観音霊場　二七番袋」とある。「袋」はこの集落の地名だ。山下家の住所も「黒石市袋字富岡」である。

お遍路の女性もこの地を歩いたのだ。浅見は今回の旅で何度目か、背中に「ゾクッ」とくるものを感じた。

車を出て、石碑の前に立った。石碑には観音様の像と、その下に「いまのよは……」で始まる和歌のようなものが刻まれているが、風化ではっきりしない。

石碑の奥には朱塗りの鳥居が建っている。観音様に鳥居?——と思ったが、例の三十三カ所のリストの「袋観音堂」の項目のところに「白山姫神社」と併記されている。神仏混淆《こんこう》だから両方を祀ってあるのだろう。

鳥居を潜《くぐ》って行くと境内にはイチョウの巨木が豊かな葉を茂らせている。その先の鳥居の脇に狛《こま》犬《いぬ》があった。よく見ると「イヌ」ではなく明らかに「ウマ」だ。「狛犬」ならぬ「狛駒《こまこま》」ということになる。

観音堂は見当たらない。近くで境内の清掃をしている六十歳ぐらいの、温泉宿の仲居さん風のおばさんに訊くと、正面の山を登ったところにあるのだそうだ。黒々とした杉山である。確かに参道はつづいているが、この時間帯になってからだと、ちょっと入り込んでゆく勇気は、浅見にはない。

「この観音様には、お遍路さんが来ることもあるのでしょうか?」

おばさんに訊いてみた。

「ありますよ、大勢見えます」

おばさんは意外なほど、津軽訛《なま》りのない言葉遣いであった。第一印象どおり、どこかの温泉宿で働く、客商売に慣れている人らしい。

「独りで歩いているお遍路さんはどうでしょうか？」

「そうですねえ、めったにないけれど、たまにはおいでになりますね。ひと月ばかし前にも、愛知県のほうから見えたという人がいましたけど」

「えっ、愛知県？……」

浅見は驚いた。

「そのお遍路さんと、何か、話されたのですか」

「ええ、お独りだったもんで、お声をおかけしました。そこの休憩所でお茶を差し上げたりして」

「独り旅をしている理由なんかは聞きませんでしたか？」

「そんなことはお聞きしませんけど」

おばさんは不躾《ぶしつけ》な質問に苦笑した。

「でも、お独りでお寂しくはないですかって、言いました」

「それで？」

「そしたら、『寂しいのが人生です』っておっしゃってました」

「寂しいのが人生——ですか」

浅見は視線を転じて、「狛駒」のあいだを抜けてゆく参道の行方を眺めた。そこをトコトコと登ってゆく、遍路姿の女性が忽然《こつぜん》と浮かび上がるような気がした。

「そのお遍路さんですが、ここからどっちのほうへ行くとか、そういうことは言ってませんでしたか」

「浅虫温泉の夢宅寺さんにお参りして、八戸のほうへ行くっておっしゃってました」

「最後に南郷村の虚空蔵菩薩に参詣するとは言いませんでしたか」

「えっ……」

おばさんはびっくりして、箒《ほうき》を持つ手を止め、浅見の顔をしげしげと見た。

「どうして?……」

なぜそんなことを知っているのか——と、にわかに警戒する気配を見せた。

「やはりそうだったんですね」

浅見は沈痛な表情を作った。

「あなたはたぶん、ご存じないのかもしれませんが、このあいだ新郷村で殺人事件があったのです。殺されたのは独り旅のお遍路さんでした」

「えーっ……そしたら、ここにお参りになったあの……」

おばさんは箒を胸の前で抱きしめて、肩を竦《すく》めた。

「そうだと思います。そのお遍路さんだったのでしょう。八戸の蕪島へも行っていますし、もしそのあと、虚空蔵菩薩に参詣する予定があると言っていたのだとすると、まず百パーセント間違いありません。どうですか、そうは言ってませんでしたか?」

「はあ、そうおっしゃってました」

「その事件は新聞でも報じられていますが、ご存じなかったですか」

「はあ、ちっとも知りませんでしたけど。だけど、どうして……」

「警察では強盗ではないかというセンで捜査を進めているようです」

「強盗って、そんな……いくら強盗でも、お遍路さんを襲ったりするもんですかねえ」

「近頃の強盗はマナーを知りませんから」

ふざけたつもりはなかったが、考えてみるとおかしなことを言ったかもしれない。おばさんは呆《あき》れた目で浅見を見つめた。

「三十三観音巡りの最後に、虚空蔵菩薩にお参りするというのは、少し変わってますね。何か理由を言っていませんでしたか」

「同じことを、私も申しました。そうしたら確か、子供のために詣でていますって言われたと思いますけど」

「なるほど……」

何がなるほどか分からないが、何となくその答えで納得できそうな気がした。厄落し、開運、智慧授け——だそうだから、子供のために詣でてもべつに不思議はない。

車に戻って、自動車電話で神尾容子の携帯に電話した。部活もこの時間なら終わっているだろう。十回近くコール音を聞いて、ようやく容子が出た。

「ごめんなさい、お待たせして。車を運転していたもんですから」

「あ、こっちこそ申し訳ない」

浅見はあれから図書館で「十三詣り」について調べたことを話した。十三歳の年に虚空蔵菩薩にお参りする風習があること。開運、智慧授け、ことに女子の場合は着物が子供用から大人用のものに変わることから、織物業との結びつきがあるらしいこと。

「親戚か近くのお宅が、織物業者ということはありませんか。そこで歌われているのを、何となく聞いていたとか」

「さあ、ぜんぜん思い当たりませんけど。でも、訊いてみます」

電話を切って、浅見は本格的に食事のできる場所を探すことにした。小さな温泉場で、レストランのようなものはなさそうだ。いったん国道に出て、少し黒石市街の方向へ戻ったところのドライブインに入った。

なんとか時間をつぶし、午後八時少し前になって、山下家へ向かった。「袋観音堂」の境内は真っ暗闇の中に沈んでいた。

八時を過ぎていたが、まだ山下は帰宅していなかった。陽気そうな奥さんが、「迷惑《めやぐ》かけますなあ」としきりに詫《わ》びる。ひと回りしてきますと言うと、「もう戻るど思うはんで、へば上がって待ってけれじゃ」と言ってくれた。浅見は恐縮しながら、厚意に甘えることにした。北国特有の風除室《ふうじょしつ》に大工道具がきちんと整頓《せいとん》されている。広い土間のある玄関を入ってすぐのところが板の間で、リビング兼応接間兼食堂のように使っているようだ。食事はすでに済んでいて、中学生と小学生らしい男の兄弟が、奥へつづくドアを細めに開けて、物珍しそうに覗《のぞ》いた。

山下はなかなか帰ってこなかった。三十分、五十分と時間が経《た》って、ついに九時を回ったところで、さすがの浅見も諦めた。これ以上のんびりしていると、宿を探すのが難しくなる。最悪、昨日の宿に泊めてもらえばいいのだが、とっくに十三湊へ向かっていることになっているだけに、いささか面はゆい。

「いずれまたお邪魔します」

腰を上げた浅見に、奥さんのほうもほっとしたように、「ほんとに迷惑《めやぐ》かけますねえ」と謝りながら、笑顔を見せていた。

3

神社の前を通り過ぎる時、男が疲れた足どりで坂を登ってくるのとすれ違った。フラフラしている様子を見ると、酔っぱらっているのかもしれない。本人にはまだ会ったこともないし、薄暗がりの中でぼんやりとしか分からないが、何となく大工の山下義和ではないかと、浅見は思った。

急いで道路脇に車を寄せ、ドアを出た。振り向くと、「山下」が建物の中に入って行くところだった。

神社の前に車を置いたまま、浅見は山下家に戻った。チャイムを鳴らして、「先程の浅見です」と名乗ると、ロックをはずして、奥さんが浮かない顔で現れた。

「あら、何だべ？」

「いまそこですれ違いました。ご主人、お戻りですね」

「はあ？……」

奥さんは怪訝《けげん》そうに首を傾げた。

「まんだだばって」

「えっ？　確かいま、お宅に入って行かれましたが」

「んだんだべが？　へば、裏さ回ったんだべが」

「いや、このドアから玄関に入られました」

「そったらこどねえべな。帰ってきたら、すぐ分かることだはんで」

「しかし確かに……あ、何かお仕事をしているんじゃありませんか。ほら、音が聞こえますよ」

浅見はドアに首を突っ込んで、土間の奥の作業場を覗いた。そっちのほうから「トントン、トントン」と木槌《きづち》でも使うような音が聞こえてくる。

「誰《だ》もいねばって」

奥さんは迷惑そうに言い、それでも浅見が覗きやすいように体を寄せた。

「それに、何《な》も聞けねえな」

確かに、土間の奥の暗がりには誰もいないし、音もやんだ。

「いや、確かに聞こえていたのですがね」

首をひねった時、また音が聞こえた。「トントントン、トントントン」と単調な響きだ。

「ほら、やっぱり聞こえますよ」

浅見は勢い込んだが、しかし、音だけで人の姿は見えない。

「おかしいな……」

ふいに冷たく不気味なものが背筋をスーッと走った。

（まさか、幽霊？——）

その恐怖に感染したように、奥さんも怯《おび》えたように身を反《そ》らせて、「お客さん、お客さん……」と言った。すぐ目の前にいるのに、その声がやけに遠く聞こえる。

ドアを叩く「トントン」という音と、宿のおかみさんが「お客さん、お客さん……」と呼ぶ声で目が覚めた。

時計を見ると、午前八時をとっくに回っていた。宿には昨夜、「明日は朝の九時に出発する予定——」と伝えてある。

「はいはい、いま起きます」

怒鳴り返しておいて、大急ぎで身支度を整えた。昨夜も客は浅見ひとりだけだった。宿の夫婦は親切で、夜中に着いた風来坊みたいな客にいやな顔も見せず、風呂を沸かし直してくれたし、朝食の用意もしてくれている。味噌汁《みそしる》の香りが漂ってきた。

自分だけのための食膳について、浅見は急に、さっき見た夢の情景を思い出した。妙に現実感の伴ったいやな夢だった。

こんな夢を見るのは、青森に来てからというもの、連続して変死事件に付き合ってきたせいにちがいない。それとも、浅見の潜在意識の中のどこかに、山下の死を予感するものがあって、それが夢の形で現れたのだろうか。

浅見は宗教も含めて、オカルトだとか迷信のたぐいはいっさい、信用しない主義だが、それにもかかわらず、幽霊やお化けが苦手な体質である。

以前、同じ青森県の恐山《おそれざん》を訪れて、麓《ふもと》の旅館に泊まった時、夢とも現《うつつ》とも知れず、夜中に「亡霊」の訪れを体験した（『恐山殺人事件』参照）。それがなんと正夢で、夢に見た「亡霊」の告げたとおりのことが起こった。そんなこともあるから、浅見はしだいに深刻な気分になった。これで夢の「お告げ」どおり、山下が殺されでもしていたら——などと想像するだけで、身の毛がよだつ。

だいたい、東北地方は怪談ばなしの似合う土地柄だ。岩手県の遠野《とおの》地方などは怪談の宝庫みたいなものだが、東北のどの土地へ行っても、不思議な言い伝えや、怪しげな話に出くわす。鬼の話、雪女郎、オシラサマ、ナマハゲ、イタコ、八百比丘尼《びくに》……そうそう、例の新郷村のピラミッドだってキリストの墓だって、相当に怪しい話だが、まことしやかに語る人がいて、それをまた、まことしやかに伝える人がいるのだ。

冬の暮らしの長い山間だからこそ生まれたロマン——と言うとかっこいいけれど、そこにはどことなく、体制からはずれた人々の悲哀のようなものが感じられる。「鬼」などは明らかに体制に反抗する勢力の象徴だ。前九年の役の安倍一族を鬼に擬したことはその典型的な例と言っていい。

そういう土地柄の延長線上にあるものと考えれば、『都賀留三郡史《つがるさんぐんし》』の「史実」を、それこそまことしやかに流布しえたのも納得できる。日向族《ひゅうがぞく》に敗れた長髄彦《ながすねひこ》が、逃れ逃れて津軽に住み着き、王朝を築き上げていた——などという、常識で考えれば荒唐無稽《こうとうむけい》でしかないことも、すんなり受け入れられてしまったのだろう。

大和《やまと》王朝の時代から、東北の奥地は征服者に痛めつけられてきた歴史がある。蝦夷《えぞ》と呼ばれたアイヌ族は追われ追われて北海道へ逼塞《ひっそく》し、さらに侵略された。平泉の奥州《おうしゅう》藤原氏も、源義経とともに滅亡したし、戊辰《ぼしん》戦争では会津がひどい弾圧を受けた。それ以降も、東北地方は政治、経済、文化のあらゆる面で「陽の当たらぬ場所」にあった。

津軽の最北・十三湊に安藤氏という豪族が一大勢力を築き、中央から一目置かれた存在だった歴史や、そのはるか昔には長髄彦を祖とする「もう一つの日本」がこの地にあったとする歴史は、真実かどうか以前に、鬱々《うつうつ》としてたのしむことのなかった人々にとって、自分たちのアイデンティティを探る、大きな夢物語であることには間違いない。そういう土壌だからこそ、『都賀留三郡史』のような異端の種子も容易に育つのだろう。

夢の生々しさが気になって、出掛けに帳場脇《わき》の公衆電話で山下家に電話してみたが、ベルが虚《むな》しく鳴るばかりで応答はなかった。考えてみると、ふつうの人は仕事や学校に出ている時間だ。

山下のことは気掛かりだったが、本来の目的である十三湊への旅が二日遅れている。山下を訪問するのは、ひとまずそっちの予定をこなしてからにすることにした。もっとも、そう決めたのは、浅見の臆病《おくびょう》が本当の理由かもしれない。ただの夢にすぎないのだが、真相を確かめるのが恐ろしい気分であったことは否《いな》めない。

4

黒石から東北自動車道で青森まで行き、そこから東北へ、陸奥《むつ》湾を右に見ながら蟹田《かにた》を目指す。以前、太宰治にまつわる奇妙な事件に遭遇した時もこの道を辿った。(『津軽殺人事件』参照)。その時はこの地方独特と思える奇妙な葬列に出合ったのだが、沿道の風景はその頃とほとんど変わっていない。

　蟹田町で左折して西へ、津軽半島を横切って行く「やまなみライン」は、かつては曲がりくねった峠道に悩まされたものだが、いまはトンネルも完成して、快適なドライブコースになっていた。

　蟹田からはほんの三十分ほどで十三湖に突き当たる。右折してしばらくは湖を左手に見下ろす道がつづく。湖面は穏やかな陽射しを受けて、さざ波がキラキラ輝いている。カイツブリだろうか、小さな水鳥が点々と湖面に遊び、沖合遠くにはシジミをとる舟が浮かぶ。

　十三湖は岩木川の河口にあり、日本海と直接繋がった汽水湖で、良質のヤマトシジミの産地として知られている。市浦《しうら》村はこの十三湖全体を抱える村だ。

「市浦」という地名は、元々は弘前藩にあった四つの浦の一つであるところから、当初は「四浦」と命名されるはずだったのが、「四」は「死」に通じるとして「市」を当てた。かつては平地のほとんどを十三湖が占めていて、県内で唯一、稲田がなかった。それを十三湖の約三分の一を干拓して豊かな田圃《たんぼ》が生まれ、いまは稲作とシジミ漁と観光収入がこの村の財政を支えている。それ以外にも何か産業があるのだろうか、村の佇《たたず》まいを見ると、道路はよく整備されているし、裕福そうな印象を受ける。

　昼前に市浦村役場に着いた。緑濃い森を背景にして、特産の青森ヒバの木をふんだんに使った庁舎が建つ。ほとんどの部分が平屋だが、広い敷地をゆったりと使った美しい建築だ。浅見は車を出ると、深呼吸して庁舎へ向かった。今回は市浦村史を攻撃する「取材」になりそうだ。それなりに腹を据えてかからないといけない。

　商工観光課の職員に、「『都賀留三郡史』について、お話をお聞きしたいのですが」と用件を告げると、まるで予定していたように「それでしたら、教育委員会のほうさ行ってください」と、地図まで書いてくれた。学術的というより、いまや社会的な論争の様相を呈しているだけに、『都賀留三郡史』に関する取材は、多方面からやって来るにちがいない。役場の対応の仕方もマニュアル化されているのだろう。

教育委員会は役場から三百メートルほど離れたところにある。役場の庁舎は美麗だったが、こっちのほうは、かつて小学校か何かだったような、少し老朽化した木造の二階建てで、空調設備もあまりよくなさそうだ。夏はともかく冬の厳しい寒さには、ちょっと辛いかもしれない。

玄関でスリッパに履き替える。そういう仕組みも、小学校だった当時の慣習を踏襲しているのか――と、勝手な連想に繋がった。受付の女性に用向きを伝えると、応接室に通された。応接室といっても、事務室とつづいているような部屋で、あいだにドアがないから双方の会話は筒抜け状態だ。

相手をしてくれたのは大山浩幸《おおやまひろゆき》という教育委員会教育次長の肩書のある、小太りで眼鏡をかけた、気さくで陽気な大学教授――といった風貌《ふうぼう》の紳士だった。すでに役場の職員から連絡があったらしく、こっちの用向きを承知している様子だ。いきなり「『都賀留三郡史』とは、一線を画しておりますので」と断りを入れられた。

「その上で、お話を聞きましょう」

表情は柔らかだが、やや紋切り型口調だ。ほとんど津軽訛りを感じさせないところをみると、もともと中央の出身なのか、それとも学生時代に長く東京に住んでいた経験の持ち主なのだろう。

「一線を画すというのは、『都賀留三郡史』は偽書であるというスタンスに立つという意味なのでしょうか」

浅見は一応、鋭く迫ったが、大山は鷹揚《おうよう》に手を振って、はぐらかした。

「いや、その偽書論争そのものとも無縁な立場だということです」

「しかし、たとえ別冊とはいえ、市浦村史の資料編として刊行したことは事実ですから、無縁では済まされないと思いますが」

「失礼だが、浅見さんは当村の村史をご覧になりましたか」

「村史の本編そのものは見ていませんが、資料編である『みちのくのあけぼの』は見ました」

正直言うと、つい昨日、青森中央大学の研究室でお目にかかったばかりで、中身を精読してもいないのだから、厳しく詮索《せんさく》されると、ボロが出そうだ。しかし大山はそれ以上は追及せずに、立って行って分厚い書物を持ってきた。

「これが村史です」

上下二巻に分かれ、背表紙には確かに「市浦村史」と印刷されている。『みちのくのあけぼの』とは異質のものらしい。

「拝見します」と、浅見は第一巻を開いて、すぐにその相違がはっきりした。まず冒頭の「発刊のことば」を書いた村長の名前が違っていた。刊行年も『みちのくのあけぼの』のほうは昭和五十（一九七五）年だったのが、これは五十九年になっている。

村長の「発刊のことば」につづいて、教育長の「発刊にあたって」があり、さらに編纂《へんさん》委員の「『市浦村史』発刊について」の挨拶《あいさつ》文が掲載されている。どれもが『みちのくのあけぼの』を意識しながら、それとは別の視点に立脚した「新しい村史」であることを強調、もしくは暗示した文章であった。

そのことから、浅見は『みちのくのあけぼの』刊行以来、内外からこの村に寄せられたであろう反響——というより、むしろ弾劾《だんがい》というべき抗議のものすごさを想像できた。新版の村史の序文の中に、そのことを示す次のような記述もある。

〔『みちのくのあけぼの』(市浦村史資料編)からは多くの書版が内容を引用して出まわり、その推理はさまざまに人々の話題となり、当村がにわかに旭光《きょっこう》をあびた〕

実物の『みちのくのあけぼの』を青森中央大学の研究室で手にするまで、浅見が『都賀留三郡史』に触れたのは、まさにそこに言うところの「多くの書版」の中でだ。実物はなかなか入手しにくく、ごく稀《まれ》に、古書店で一万数千円で売っているらしいという噂《うわさ》を聞いた程度だった。その代わり、『みちのくのあけぼの』から引用して解釈を加えた形の出版物はかなりの数にのぼっている。かつての邪馬台国《やまたいこく》論争のケースと同様、『都賀留三郡史』の論争に関わる出版物は、出せば売れる状態だったにちがいない。

浅見が調べたのはその中の五、六冊にすぎないけれど、いずれもここ七、八年のあいだに刊行されたものばかりである。ところが、いま見た『市浦村史』は昭和五十九年の刊行だから、いまから十九年も前の刊行だ。その時点ですでに腰が引けたような「発刊のことば」を掲げている。

そのことは、昭和五十年に『みちのくのあけぼの』が刊行されて間もなく、内外の猛反発が始まっていて、それに恐れをなした恰好《かっこう》で、『都賀留三郡史』の「偽書」的要素をトーンダウンさせた新版『市浦村史』の編纂が行なわれたと推測させる。

それにもかかわらず、このところの『都賀留三郡史』騒動である。各方面から叩かれ、いったん鳴りを潜めていた『都賀留三郡史』擁護論は、新版『市浦村史』が発刊された後になってから、かえって勢いを取り戻したということのようだ。

どうしてそんなことになったのかは、浅見が参考にした書物の一つ、『日本史が危ない！』（安本美典・原田実・原正壽共著）で、マスメディアが興味本位に取り上げたのと、一部の思想家や評論家などが後押ししたことによるもの――と指摘しているが、おそらくそのとおりだと思う。まったく、テレビの視聴率稼ぎを目的とした、面白半分の取り上げ方は、善良な視聴者をスポイルする。大げさに言えば、国家を過《あやま》つ悪《あ》しき傾向だ。

しかし大山の口ぶりや、新版『市浦村史』の編纂方針をかいま見ると、当の市浦村では、どうやら『都賀留三郡史』騒動の沈静化を図っているらしい。新版『市浦村史』の「発刊について」の中の文章に、〔今回『都賀留三郡史』を基礎としない一般資料の視野に取材を求め――〕とあるのも、『都賀留三郡史』を村史資料として採用したことへの反省が込められていると見た。

「どうなんですか、早い話、あれはなかったことにしたい――というのが、村当局としての本音なのでしょうか？」

浅見は少し意地悪な質問をぶつけた。

「うーん、それについても、村としてはあくまでも一線を画すという回答をするほかありませんなあ」

「こちらではすでにそういう醒《さ》めた考え方をしたとしても、巷《ちまた》ではいまだに『都賀留三郡史』の真偽が論争の対象になっています。その点はどうお考えですか？」

「そう言われても当惑するばかり――というのが、正直なところでありまして」

大山は苦笑して、「少しこの辺りをご案内しましょう」と腰を浮かせた。逃げ腰というのではなく、ここでは話しにくいこともあるのだろう。浅見もそう察したから、「それは助かります」と応じた。

5

浅見のソアラを見ると、大山は「これで東京から来たのですか」と、いささか呆れ顔であった。「いい車ですなあ」と羨《うらや》ましそうな顔を見せたが、案内には自分の４ＷＤ車を使うことにした。

どこへ行くとも告げないまま、田園の中の道を十分ほど走って、集落のはずれの鬱蒼《うっそう》とした森の前で停《と》まった。そこから先は細い荒れた道を徒歩で行くことになる。

森の奥に奇妙な形をした鳥居が見えた。稲荷《いなり》社にあるような朱塗りのふつうの鳥居の上に、さらに三角形の屋根をつけた小さな鳥居が載っている。「二重鳥居」とでもいうのだろうか。たったそれだけのことでも、何やら異端の神を祀っているような雰囲気を醸しだしている。

「珍しいでしょう。たぶん日本中に一つか二つしかありません」

大山は自慢げに言った。

「ここは山王坊《さんのうぼう》といいましてね、延暦二年というから、西暦七八三年の創建と伝えられているものです。その後、一一三三年には近江の日吉《ひえ》神社を勧請《かんじょう》して、往時は『十三《とさ》の千坊《せんぼう》』と言われたほどの隆盛ぶりだったそうです。朝鮮や唐から高僧を招いて開祖とした寺も少なくなかったといいます。寺々や日吉神社のほかにも、荒磯神社や荒覇《あらは》吐《ばき》神社なども建ち並んでいたことが、先年行なわれた発掘調査で、ほぼ明らかになりました」

「アラハバキ、ですか」

浅見は撒《ま》き餌《え》に飛びつくイワシのように、目を剝《む》いた。

「そう言われていますが」

「アラハバキといえば、『都賀留三郡史』の湊氏もアラハバキ神を祀る神社の神職を務めていますね」

「つまり、それゆえに、ここの荒覇吐神社も眉唾《まゆつば》ものだと言いたいのですか。しかし津軽ではアラハバキ神信仰は、それほど珍しいものではないのですよ」

「確か、アラハバキ神はその名のとおり、荒々しい神だと聞きましたが」

「そのようですね。私はあまり詳しくはないですが」

「このあいだ亡くなった、青森中央大学の本間教授の死因は、アラハバキ神の祟《たた》りによるものだとする説があります」

「ははは、まさか……」

大山は一笑に付した。

参道を行くと、ヒバの巨木が天空高く枝葉を茂らせる、鬱蒼とした森の中に入った。小さな鳥居を潜った正面の一段高いところに、社殿らしきものがある。格子造りの外壁はところどころ朱塗りが剝《は》げ、すっかり荒れ果てた様子だが、脚に幾重にも桁《けた》を渡した床下は高く、横長のかなり壮大な建造物だ。ただし人の気配はない。これだけの規模の社殿がありながら、人っ子ひとりいない空間というのも、ちょっと不気味だ。

「先年、行なわれた発掘調査で、この辺り一帯には、堂塔伽藍《がらん》が建ち並んでいたことが分かっています。東北髄一の法場だったのでしょうなあ。しかし、南部の軍勢に蹂躙《じゅうりん》され、焼き払われた。このすぐ近くに福島城というのがありましてね。そこは十五世紀に栄えた安藤氏の城だったのですが、それよりはるかに遡《さかのぼ》って長髄彦の一族が落ち延びてきて、ここに城を築いたのが最初だとも言われています。言うなれば、中央政府に対抗する勢力の象徴的な史跡というわけです」

その時、浅見は急に寒けに襲われた。気温は二十度を超えていたはずだが、神殿の方角から吹き下ろしてくる風は尋常とは思えないほど冷たかった。

浅見が身震いするのを見て、大山はニヤリと片《かた》頬《ほお》を歪《ゆが》めるように笑って、「何か感じるでしょう」と言った。

「はあ、ひんやりするものを感じました。ここは気温が低いのでしょうか」

「いや、それは浅見さんが霊感の持ち主である証拠ですよ。何十人に一人か何百人に一人か、よく分からないけど、ある種の感性に恵まれた人がここに立つと、異様なものの気配を感じるそうです」

「大山さんもその一人ですか?」

「いや、残念ながら私は何も感じません。そういう繊細な感性は持ち合わせていないってことでしょう。とにかくここはふつうじゃないみたいですよ。かつて、この地で焼き討ちに遭い、惨殺された山王坊の高僧たちの怨霊《おんりょう》が漂っているという説と、滅亡した安藤氏一族の祟りがあるという説もあります」

大山がこの場所に連れてきた意図が、浅見にも少し分かるような気がしてきた。

「『都賀留三郡史』は、そういう東北の人々の恨みつらみの積み重なった土壌から生まれたと言えるのでしょうか」

浅見は水を向けてみた。

「そのとおりです」

大山はゆっくりと頷《うなず》いた。

「どこの国の場合も、ほとんどが同じかもしれませんが、被征服者側の歴史は抹殺《まっさつ》されてしまう。古代史は大和朝廷が作った『記紀』を正史として、東北——みちのくには、ろくな政治体制も文化もなかったかのごとくに思われてきました。ところがじつは、三内丸山遺跡に代表されるような社会や文化が、縄文時代からここにはあった。となれば、大和政権に抹殺された歴史もあったにちがいない。そういう発想に立てば、『都賀留三郡史』を『史実』とする考え方も、当然生まれてきます。実際には、残念ながらずさんな記述や、明らかに我田引水的な内容があるために、史料としての市民権は与えられないけれど、中央一極集中である現在の歴史を見直すきっかけになったという点で、立派に功績を果たしたと思っていますよ」

「分かります」

浅見は大山の熱弁に、小さく一礼して応《こた》えた。それを聞いただけで、結論を得たような気分だった。『都賀留三郡史』に対して抱いていた疑問も、ほとんど義憤と言っていいようなものも、氷解していった。これをもって『都賀留三郡史』追究の旅も終わった——と思った。あとは「旅と歴史」にどういうリポートを書くのかだけが難問として残るだけである。

6

大山はそこから周辺をグルッと回ってくれた。福島城跡に立つと、十三湖が一望できる。紺碧《こんぺき》の日本海と大地との境に、津軽半島西海岸があざやかな弧を描いて、先のほうは霞《かす》んでいる。岩木山の端正な山影が霞《かすみ》の中にシルエットを浮かべていた。

福島城跡からよりもさらに眺望がよいという、中世の山城《やまじろ》・唐川《からかわ》城跡へ向かう道すがら、浅見は「春日内観音堂」の石碑を見つけた。津軽三十三カ所の第十七番がここだった。

「すみません、ちょっと停めてください」

車を降りて、境内に入って行った。

「浅見さんは信仰があるのですか?」

大山は不思議そうに訊いた。考えてみると山王坊でも参拝をしなかったのである。

「いえ、そういうわけじゃありませんが、津軽三十三カ所を回っていたお遍路さんを知っているものですから」

黒石の「袋観音堂」と同様、石碑に和歌が刻まれていて、ここのは判読できた。

〔野をもすぎ　山路に向う　雨の空　いのれば晴るる　峰の曇りも〕

巡礼者は、こういう和歌の文言を心に刻みながら、野末の道をひたすら歩きつづけるのであろう。

「浅見さんのお知り合いは、ここに来たのですか?」

「たぶん……」

浅見の脳裏にはこの堂に祈りを捧《ささ》げ、さらに次の観音堂を目指して行った伊藤由衣《いとうゆい》という女性の姿が浮かんだ。

黒石からここまで、浅見は車を飛ばしてきたが、距離にするとおよそ六、七十キロか、もっとあるのか。浅見の感覚としては、とてものこと歩く距離ではない。しかし彼女はそこからさらに遍路の旅をつづけ、最後は八戸の蕪島、そして南郷村の虚空蔵菩薩に詣でている。

その旅の果てに奇禍に遭い、無残にも殺された。これが信仰に対する報酬だとしたら、まったく神も仏もない話だ。

三十三観音はこのあと、北隣の小泊村に十八番海満寺というのがある。そこから最北の十九番三厩村義経寺を経て、東海岸の今別《いまべつ》町へ向かう。今別には二十番と二十一番、二つの観音堂があり、二十二番は青森市に飛ぶ。気の遠くなるような道のりだ。

「この村には、お遍路さんが泊まるような宿はあるのでしょうか？」

「ああ、近くに宿がありますよ。東谷秀子《ひがしだにひでこ》さんというおばさんが一人で経営しているのだが、道路に看板を出してもいないので、民宿と言っていいのかどうか、たまたまお遍路さんが立ち寄るところを見かけて、私も初めて宿があることを知ったのですがね」

「ちょっと行ってみませんか」

「はあ……大した宿じゃないですが」

大山は気が進まない顔で歩きだした。

観音堂のすぐ裏手にある、ふつうの農家のような小さな古びた家だ。猫の額くらいの畑に何種類かの野菜が生えている。軒先の小さな看板に「お宿　東谷」と書いてあるが、大山が言ったように、ここに来るまで「民宿」を示す看板もなかった。観音堂にお参りに来る人以外、知る人ぞ知るといったところか。

人の気配を感じたのか、戸口から初老のおばさんが現れた。野良仕事に出るところだったのか、男物のようなジャンパーにズボン姿だ。大山が「こんちは」と陽気に声をかけたが、おばさんはあまり歓迎する様子ではない。「なんだべ？」という顔をした。

「このあいだ、お遍路さんが来て泊まらなかったかね？」

「お遍路さんだば、ときどき泊まるっけが、いつのことだべ？」

「四月の初め頃だと思います」

大山の脇から浅見が言った。おばさんは見慣れない顔をジロリと一瞥《いちべつ》して、「四月の初めだら、七日に一人泊まったがな。灌仏会《かんぶつえ》の前の晩だで、憶えてるだ」と言った。その十四日後に事件が起きたことになる。

「そのお遍路さんは伊藤さんではありませんでし

たか？　伊藤由衣さん」

「ん？　なして知っとるだ？」

「やはりそうでしたか。それで、警察は事情聴取に来たのでしょうか？」

「警察？　なして警察だが？」

「それじゃ、ひょっとすると東谷さんはご存じないのですね」

新郷村で伊藤由衣が殺された事件のことを言うと、おばさんは「えーっ」とびっくりした。まったくの初耳で、新聞記事も読んでいなかったらしい。むろん警察の聞き込み捜査も来ていないということだ。その点は大山も同様で、話を脇で聞いていて、驚いた顔をしている。

「なんたらひでえごとする……」と、おばさんは怒りと恐怖で体を震わせた。

「あんな可哀相なひとを殺すなんて、鬼みてえに血も涙もねえだかね」

まるでそこに憎《に》っくき犯人がいるように、ものすごい形相であらぬ一点を睨《にら》みつけて言った。

「伊藤さんはお子さんのために、お遍路さんをしていたのだそうですね」

「んだ、んだ、可哀相なこんだ」

「こちらに泊まった時、何か事件のことを予感させるようなことはありませんでしたか」

「さあなあ、どうだったか……ああ、そういえばあったかもしんね。電話で何か揉《も》めであったみてえだな」

「ほうっ……」

浅見は思わず前かがみになった。「どんなふうに揉めていたのですか？」

「はっきりは憶えてねけど、行ぐどが行がねどがしゃべってあったんでねべか」

「どこへ行くと言ってました？」

「さあ、そごまんでだば分がねばって、どうしてもウミネコを見に行ぐどがしゃべってあっただな」

「あ、それはたぶん、八戸の蕪島のウミネコのことですよ。じゃあ、八戸へ行くかどうかで揉めていたんですね」

「んだべかな」

八戸へ寄り道することをご亭主に話して、反対された——という状況が想像できるが、それ以上のことを訊いても、おばさんはただ「分がんねぇな」としか答えない。それどころか、話しているうちにどんどん気持ちが昂《たかぶ》るらしく、「可哀相なごどして」と、繰り返し繰り返しうわ言のように呟《つぶや》き、表情がこわばってくるのが分かった。ことによるとヒステリーの気があるのかもしれない。ついには浅見も諦めた。

放心状態のおばさんを残して車に戻ると、大山が呆れたように言った。

「驚きましたねえ、浅見さんの知り合いというのは、その殺されたお遍路さんだったのですか。というと、ここには事件のことを調べに来たのですか?」

「いや、そういうわけではありません。たまたま新郷村のピラミッドを見に行って、その事件のことを知っただけです。しかし、行く先々でどういうわけか、そのお遍路さんの足跡にぶつかりまして、なんだか放っておけない気分になってきました」

「はあ、そういうもんですかなあ」

大山は感心したような、呆れたような顔を見せていた。

時刻は十二時を少し回った。

「もしよかったら、昼食をご一緒しませんか。じつは、こちらに来たらぜひシジミラーメンを食べたいと思っていたのです」

「ああ、それだったら旨《うま》い店があるから、案内しますよ」

　十三湖と日本海のあいだの松林の中を行く道を通って、長い橋を渡る。対岸の集落は、中世の頃に十三湊の巨大都市が栄えたという伝説のあるところだ。大山の解説によると、その都市は津波によっていっきに消滅したという伝説があったのだが、平成五（一九九三）年の発掘調査の結果、都市のあったことは立証されたものの、「津波説」は根拠のないことと分かった。「十三湊がなぜ崩壊したのかは、いまもまだ謎《なぞ》とされているのです」と、大山は残念そうに語った。

第六章　疑惑の接点

1

十三湖の湖畔に、シジミラーメンの店は何軒かありそうだが、大山はその中のもっとも大きな店に入った。湖岸に面した、堂々とした造りの店である。広い駐車場にはバスを含めて何台もの車が停まっていて、この店の評判のよさを裏打ちしているようだ。

この店のメインは名物のシジミラーメンだが、メニューは高いのと安いのと二つある。違いを訊《き》くと、高いほうは良質のシジミを沢山、使っているという。「高い」といっても驚くほどではない。浅見はもちろん高いほうを注文した。

名物に旨《うま》い物なしというが、シジミラーメンはガイドブックなどによる知識で想像していたのより、はるかに旨かった。見たこともないような大型のシジミがたっぷり入っているのも感動的だ。食いしん坊の浅見は、食べ物がいいと、その土地への評価がぐんと上がる。

以前、甲府では甲州名物の「ホウトウ」、会津では有名な「喜多方《きたかた》ラーメン」の店に入った時、ひどい代物に出くわした。その話を「旅と歴史」に書いたところ、地元の読者から、それぞれ「たいへん残念、本当はおいしいのです」と、抗議の手紙をもらった。

藤田編集長は、この手の抗議に弱いから、「浅見ちゃん、お手柔らかに頼むよ」などと言ったが、浅見は「それは違うでしょう」と反発した。

確かに、ホウトウも喜多方ラーメンも旨いはずである。たまたま浅見が入った店の営業姿勢が悪かったのであって、それを全体に敷衍《ふえん》するのは当たっていないかもしれないが、浅見の体験もまた事実であることに変わりはない。

たかが食い物のことだが、されど食い物でもある。通りすがりやイチゲンの旅行者相手だから、その場かぎりの手抜きをしても構わない——というのでは情けない。ホウトウやラーメンなどの安価な料理にさえ、丹精を込める気持ちは尊い。それがそのまま、地域の文化や人間性を推し量るモノサシにもなりうるだろう。

むしろ、イチゲンの客だからと蔑《ないがし》ろにするような、不届きな店を放置しておくほうがおかしい。観光業やサービス業に関わる人は、日々の営みをおろそかにしてはいけない。当事者である店ばかりでなく、そういう地域特性のような「名物」を観光資源の一つとしてアピールする地域や行政の共通の課題である。旅行者の率直な感情を頂門《ちょうもん》の一針《いっしん》として、改善へのきっかけにするべきだ——という主張を頑固に貫いた。とどのつまり、藤田はうんざりして、「分かった、分かった」と背中を見せたものだ。

案内してくれた大山に感想を訊かれ、浅見はシジミラーメンの旨さを讃《たた》え、ついでにそのホウトウと喜多方ラーメンのエピソードを紹介した。

「こんな庶民的な食べ物の味の良《よ》し悪《あ》しで、旅全体の印象が良くも悪くもなるのですから、恐ろしいものです」

「なるほどねえ……」

大山は藤田と違って感心してくれたが、最後には、「それにしても、シジミラーメンに感動する浅見さんは、まったく安上がりな人ですなあ」と笑った。

「正直言いますと、私は浅見さんに対して警戒心を抱いていました」

笑顔から厳粛《げんしゅく》な表情になって言った。

「例の『都賀留三郡史』を巡る騒動は、ちっぽけな市浦村には荷が重すぎたもんで、外から取材に見える人たちに対しては、完全武装してかからねばなんねえ、みたいな気分があるのでした。われわれの世界では、万事につけ根回しやら様子伺《うかが》いが常識になっているのですが、しかし、浅見さんにはそんな余計な斟酌《しんしゃく》はまったく不要みたいです。こんなふうに短い時間だけでも付き合ってみると、あなたはじつに率直なお人柄ですな。こういう言い方をするのは失礼かもしれませんが、浅見さんは取材される側の立場を考えてくれる。マスコミが興味本位でやって来るのとはえらい違いです。『都賀留三郡史』問題に限らず、今後ともよろしくお付き合いのほどお願いします」

あらたまって頭を下げられ、浅見は慌《あわ》てた。

「僕はそんな立派な人間じゃありませんよ。世間では浅見家の出来損ないと噂《うわさ》されるような落ちこぼれなんです」

「それはご謙遜《けんそん》というものでしょう。まあとにかく、今後、何か新事実のようなものが出た時には、いの一番で浅見さんにご連絡するようにします」

「えっ、ほんとですか。それはありがたいですねえ」

浅見は思わず意気込んだ声を出した。大山が「新事実」と言うくらいだから、『都賀留三郡史』問題の背景には、まだ何か、公表されていないカラクリがあるにちがいない。

大山とは教育委員会の駐車場で別れた。

ソアラをしばらく走らせたところで、浅見は車を停め、自動車電話で自宅に電話を入れてみた。原則として、日に二回は連絡するように——というのが、お手伝いの須美子《すみこ》の懇願だが、現実には日に二回どころか、三日間も音沙汰《おとさた》なしの場合が珍しくない。

「ああ、坊っちゃま……」

須美子は一瞬、絶句して、「やっと摑《つか》まりました」と、恨めしそうに言った。

「何かあったの？」

「何かあったじゃありませんよ。青森の神尾さんとおっしゃる方から、三度もお電話がありました。至急、ご連絡くださいとのことです。そういうこともありますから、これからはときどき……」

まだ文句が続きそうだったが、浅見は「了解」と電話を切った。すぐに神尾容子に電話してみたが、携帯の電源を切っているか、電波の届かないところにいるというメッセージだった。たぶん大学の教室にでもいるにちがいない。

（何があったのかな？——）

あれこれ想像を巡らせたが、思いつくことはなかった。三度も電話があって、しかも至急というのだから、何か急ぎの用事であることは間違いない。車を走らせながら、そのことがずっと頭にこびりついていた。

市浦から黒石へ向かう道は、青々とした田圃《たんぼ》の中を行く。前方に岩木山の秀麗な姿を眺めながらの快適なドライブだった。途中、斜陽館の金木町《かなぎ》や五所川原市《ごしょがわら》など、以前、太宰治にまつわる事件に関わった時の舞台を通る。そういえば、青森への旅はいつも何かの事件がらみだったような気がする。

まだ陽《ひ》の高いうちに黒石市内に入った。ガソリンスタンドに寄って、そこからもう一度、神尾容子に電話した。今度はすぐに相手が出た。よほど待ちくたびれたのか、「ああ、浅見さん……」と、容子も須美子と同じように、ため息まじりのような声である。

「何度も電話してくれたようですが、何か、変わったことでもありましたか」

「ちょっと気になることがあったんです。ほら、浅見さんが確かめてみろって言ったじゃないですか。私の家の親戚《しんせき》か近くの家に、織物業者がなかったかどうかっていうこと。あれを母に訊いてみたんです。そしたら、ちょっと変なんですよね」

「ほう……」

どう変なのか、つづきを待ったが、容子は無言になった。トンネルにでも入って、電話が切れたのか——と思われるほどの空白が流れた。「もしもし」と、浅見が声をかけると、「はい」と返事があった。

「変て、どう変なのですか?」

「うーん……どうって訊かれると、説明しにくいんですけど。それまでは暇そうにしゃべっていたくせに、その話を持ち出したとたん急に、いまちょっと手が離せないからとか言って、電話を切っちゃったんです」

「はあ……」

それだけでは判断のしようがない。直接、母親の話を聞いていない浅見には、その時の「変な」ニュアンスは伝わらない。

「つまり、お母さんには何か心当たりがあるらしいということですか」

「そうなんですよ」

「しかし、その件については、あまり話したくないみたいな、ですか?」

「ええ、そんな感じです。やっぱり何か隠しているのかなあ……だけど、もし心当たりがあったとしても、べつに隠すようなことじゃないでしょう」

「さあ、それはどうか分かりませんよ。たとえば神尾さんのお宅が、何かその織物業者に不義理をしているとか、あるいはその逆かもしれない」

「要するに、その相手のことは思い出したくもないってことですか？」

「まあ、そうでしょうね」

「そうかなあ……」

「もう少し上手に、それとなく聞き出してみたらどうですか」

「そうですね……でも、どっちでもいいようなことですけど」

「ははは、それはそのとおりですが、そう言いながらも、はっきりさせないと、たぶんあなたの気が済まないんじゃないかな」

「驚いた、そのとおりなんです。歯の隙間《すきま》に何かが挟まったみたいで、気分が晴れないっていうか……だけど、浅見さんって、何でも分かっちゃう人ですね」

「ははは、それは僕自身がそういう性格だからですよ。気になりだすと、トコトン調べてみないと気が済まない」

「じゃあ、私たちって気が合うかもしれませんね」

他愛のないことだけれど、容子はそれで気をよくしたのか、もう一度確かめてみると言って、電話を切った。

2

この時刻だと、大工職人である山下義和はまだ留守かな——と思いながら、ともかく訪ねてみることにした。黒石から十和田湖へ向かう国道102号のバイパスから岐《わか》れて谷川を渡り、旧道の坂を登ったところに山下家はある。

津軽三十三カ所の袋観音を過ぎて、山下家が見えてきた時、浅見はなんだか様子がおかしいことに気がついた。山下家の前にパトカーが停まり、近所の人らしい老若男女が十人ばかり、玄関を覗《のぞ》き込むようにしている。制服の警察官の姿も見えた。

　不吉な予感に怯《おび》えながら、浅見は少し手前で車を停め、人だかりに近づいた。

「何かあったのですか?」

　いちばん後ろにいる女性に声をかけた。

「義和さんが殺されたんだと」

「えっ、山下さんが殺された?……」

　女性はその声を聞いてから振り返り、相手が見知らぬ男であることに気がついた。恐ろしげな顔になって、慌てて脇にいるご亭主らしい男の陰に逃げた。男は胡散臭《うさんくさ》そうな目で浅見を見た。

　浅見は野次馬をかき分けるようにして、玄関に近づいた。「殺人事件」というわりには、例の黄色と黒のだんだらのテープが張られているわけでもないから、事件現場はここではないのだろう。しかし闖入《ちんにゅう》者を見て、二人いる張り番の警察官が手を挙げて制止した。

「だめだめ、立ち入り禁止です。あんた、どなたさんですか?」

「東京の雑誌社の者ですが」

　浅見は「旅と歴史」の名刺を出した。

「だめですよマスコミは。したばって早いな、東京からもう来たんだか?　地元のマスコミもまだ来てねえっつうのによ」

「いや、この事件ではなくてですね、ちょっと別件の取材で、昨日も山下さんを訪ねてきているのですが」

「んだか、それだば、ちょっと待っとってください」

　警察官の一人が中へ入って、間もなく私服の若い刑事を伴って出てきた。

「おたく、昨日もここさ来たんだか?」

　浅見の名刺をヒラヒラさせながら、透かすような目つきで言った。

「ええ、残念ながらお留守でしたが」

「そせば、中さ入ってください」

刑事に従って玄関に入った。目の前の板の間に、精根つき果てたようにへたり込んだ山下夫人の姿があった。左右には怯えた表情の少年たちが、母親を支えるように、縋《すが》るように寄り添っている。

向かいあって年配の刑事がいる様子から察すると、たったいま「事件」のあったことが告げられ、最初の事情聴取が行なわれているところだったのかもしれない。夫人はぼんやりした視線をゆっくり新しい客に向けて、しばらくしてから「あっ、この人だじゃ!」と叫んだ。

二人の刑事が、驚いて浅見を見つめた。

「昨日、何回も来た、見だごとねえ人つうのはこの人だじゃ」

夫人は浅見を指さして言った。

「いや、何回といっても、二回ですが」

浅見は言いながら、夢の中の訪問は数えないのだろうな――などと思っていた。それにしても、恐れていたとおり、あれは正夢になりそうな気配だ。

(いや、待てよ。これも夢のつづきかもしれない――)

誰にも分からないように、右手で左手の甲をつねってみた。痛かった。

「二回も三回もって、わざわざ東京から何しに来たんだが?」

年配のほうの刑事が、この稼業特有の、探るような目でこっちを見た。

「ある事件の周辺を調べていて、山下さんにも取材したかったのです」

「ある事件というと、何だべが?」

「それはちょっと……」

被害者の家族もいるし、こんな場所で簡単に話せるようなことではなかったので、言葉を濁したのだが、その曖昧《あいまい》な様子はがぜん、刑事の心証を悪くしたらしい。

「あんた、そごで待っとってくれ」

年配の刑事は無線でどこかと連絡を取っていたが、間もなく、四十代半ばかという歳恰好《としかっこう》の私服の男が玄関に入ってきた。

「課長、この人です」

刑事が浅見を指さして言った。

「あ、あんた、昨日うちの署のほうさ来てましたな」

浅見のほうは記憶にない顔だが、「課長」と呼ばれた男はひと目見て、そう言った。昨日、浅見は五戸署の浅子警部の紹介で、黒石署の次長に会ったばかりだ。浅子から浅見の素性を聞いているのは、比較的、慇懃《いんぎん》な物腰で応対してくれた。

それをどこかで見ていて、礼を失するような扱いはできないと判断したのだろう。

「自分は黒石署の輪島《わじま》です」

一応、折り目正しく出した名刺には「刑事課長警部」の肩書があった。浅見は「旅と歴史」の名刺を渡した。

「雑誌の取材だそうだけど、山下さんとどういう関係ですか?」

「それをご説明すると、いささか長くなりますから、どこか場所を変えませんか」

「そうですな……」

輪島刑事課長はグルッと周囲を見回して、「そしたら、車の中にしますか」と言い、部下に「奥さんのご都合がよければ、すぐに出発しろ」と命じ、背中を向けて玄関を出て行った。ということは、事件現場はどこか遠隔地で、夫人と二人の息子は身元の確認のために駆けつけるのだろう。

刑事課長と浅見が出てくるのを見て、野次馬は左右に道を開けた。衆人環視の中でパトカーに乗り込むのは、知らない人が見たら、容疑者の連行と思われかねない。おまけに、ちょうど報道関係者が到着して薄暗くなった中で闇雲《やみくも》にフラッシュを焚《た》いた。まさか、そんなことはないと思うけれど、この写真がそのまま朝刊の紙面に掲載されでもしたら――と考えると、浅見は穏やかな気分ではいられない。

パトカーの少し先に白っぽい覆面パトカーが停まっていて、運転役の警察官がドアを開けた。輪島刑事課長に促されて先に車に入ると、すぐに「じつはですね」と、浅見のほうからことの次第を説明した。

山下の師匠筋に当たる谷内洋蔵の「事故死」に疑惑を抱いて、黒石署を訪れたのだが、次長の見解――というか、警察の判断は、あくまでも「単純な事故死」であったこと。それで念のために、山下の口から、当時の事情を確かめようとしたのだが、二度とも不在だったこと。

「その矢先に山下さんが殺害されたというので、びっくりしました」

浅見はせいぜい素人《しろうと》っぽい言い方をしてみせた。

「表の人たちから殺人事件であることを聞いたのですが、事故とか自殺の可能性はなかったのですか。死因は何だったのですか」

「仕方ねえなあ……」

輪島刑事課長は苦笑した。

「うちの署の者が奥さんに、ついうっかり、だんなさんが刺されて亡くなった――と口を滑らせたのを、誰かが聞いていただな。公式にはまだ、詳しいことはどこにも発表してねえです」

「というと、事件はついいましがた発生したばかりですか」

「そういうことですな。警察に一報が入ったのは、一時間前です」

「なるほど、通報は一時間前ですが、事件そのものは昨夜のうちに起きていたとか」

「ん？……」

図星だったのか、輪島刑事課長は面白くない顔を見せ、頷《うなず》いた。もっとも、予想が的中したからといって、浅見のほうも気分がいいわけではない。むしろ昨夜の悪夢を引きずっているようで、薄気味が悪い。

「現場はどこですか？」

「岩崎《いわさき》村……といっても、あんたは知らねえでしょう」

「確か日本海に面した、青森県の西のはずれではなかったですか」

うろ憶《おぼ》えの地図を思い浮かべて言った。

「ほう、よく知ってますな」

「ええ、場所ぐらいはなんとか。しかしどういうところなのかは知りません」

「十二湖《じゅうにこ》で有名だばってな」

「十二湖……十三湖じゃないのですか？」

「十三湖は市浦村といって、県のずっと北のほうです。岩崎村は十二湖。有名な青池《あおいけ》がある」

「有名」が二つ続いたが、浅見はそのどちらも知識がなかった。あっちこっち駆け巡って、ずいぶん地理には詳しいつもりでいるけれど、日本には知られざる「名所」がまだいくらでもあるということだ。

「じゃあ、その十二湖で死んでいたのでしょうか」

当てずっぽうに言ってみたが、今度ははずれた。

「いや、サンタランドさ行ぐ橋の下で、遺体で発見された。ただし、殺害の犯行現場がそこかどうかは分からないよ」

「サンタランド……」

また聞いたことのない名称が出た。

「それも知らねんだが。サンタクロースで有名だんだばってな」

ジョークかと思ったが、真面目《まじめ》くさった顔である。地元の人間にはそれで通じるのかもしれない。サンタクロースにちなんだテーマパークのようなものがあるのだろうか。

その時、山下家の中から夫人と、それを囲むようにした警察官たちが出てきた。また報道カメラのフラッシュが光り、野次馬は一行のために道を開いた。

夫人をパトカーに乗せておいて、刑事の一人が輪島課長に「出発します」と報告しに来た。身元確認のために岩崎村の所轄へ向かうのだろう。

「うん、気をつけて行け」

思わず浅見が腰を上げかけると、「あんたはまだ、こごさいでもらわねば、困るな」と言った。

3

青森県西津軽郡岩崎村——は県の南西端、秋田県と境を接する場所にある。深浦《ふかうら》町、鰺ケ沢《あじがさわ》町、西目屋《にしめや》村、それに秋田県北部の町村とともに、「白神《しらかみ》山地」を共有している。その名の由来である白神岳は岩崎村域内にある。
白神山地は約十三万ヘクタールにおよぶ山岳地帯で、このうち、自然環境がとくに優れているおよそ一万七千ヘクタールが世界自然遺産に登録された。標高千メートル前後の稜線《りょうせん》が幾重にも連なり、きわめて起伏に富んだ地形をしている。それぞれの地形に応じて、ブナを主とするさまざまな植物群落が見られる。ブナ林はおよそ八千年前に成立したと考えられている（岩崎村村勢要覧より）。

浅見は知らなかったが、岩崎村にある「十二湖」は津軽国定公園として有名な観光地である。大崩《おおくずれ》という、その名のとおり地滑りによって奇怪な山容が生まれた山の頂から眺めると、十二の湖が一望できるところから命名された。

会津・裏磐梯《うらばんだい》の五色沼《ごしきぬま》と似た印象があるが、十二湖のうちとくに「青池」というのがよく知られている。池畔に立って見下ろすと、湖面がブルーに染まって見える。この色がなんとも不可思議な神秘的な青で、オーバーな言い方をすると、この世のものとは思えない。

ところが、湖水を汲《く》み上げてみても、無色透明。成分や含有物も特別なものが検出されることはない、ただの水。それなのに、なぜ青く発色するのか、過去に幾度となく化学者や生物学者が調査しても、この現象の解明に至っていないそうだ。

輪島刑事課長が言っていたもう一つの名所「サンタランド」は平成八（一九九六）年の夏に、村が資金のおよそ半分を負担する、いわゆる第三セクター方式による経営でオープンした。浅見が想像したとおり、一種のテーマパークである。

これも岩崎村村勢要覧によると、平成二（一九九〇）年に北欧フィンランドのラヌア郡と姉妹都市提携を締結、その時点からサンタランドの建設計画はスタートした。三十六ヘクタールの敷地内に、サンタクロースに関連したさまざまな施設が点在する。十七棟の宿泊用ログハウス、二棟の集合宿泊施設をはじめ、レストラン、イベントホール、交流センター、トナカイ牧場、そして日本で唯一のサンタクロース郵便局などがあり、メイン施設「サンタハウス」では、フィンランドからの「サンタグッズ」の展示販売が行なわれている。

このサンタランドはまったくの山の中に、森を切り開いて建設された。海岸線に沿って走る国道101号から分岐し、サンタランドへのアクセスとなる道はよく整備され、途中には谷を渡る長い橋も造られた。

山下義和の死体は、そのサンタランドへ行く美しい橋の下で発見された。発見者は皮肉にも、サンタランドへ遊びに行く観光客であった。橋の上からブナの原生林を撮影しようとして、たまたま真下の茂みに視線を落とした時、緑の葉陰に埋もれそうになっている人間らしきものに気がついた。もし発見が遅れれば、死体はそのまま濃密な森林の中に隠されてしまったにちがいない。山下にとっては幸運だったし、犯人にとっては不幸な偶然といえる。

所轄署である鰺ヶ沢警察署から捜査員と、最寄りの各消防署からはレスキュー隊が出動して、救出作業を行なったが、すでに死後かなりの時間を経過していた。死因は胸部の刺し傷による失血死と思われるが、転落時に受けたと見られる打撲痕や擦り傷に生活反応があることから、それまで生きていた可能性もあるという。いずれにしても、犯人が刃物で刺して、被害者を橋の上から転落させたことは間違いない。

身元はジャンパーのポケットに入っていた運転免許証等で、すぐに明らかになった。ほかに剝《む》き出しの一万円札など、三万数千円の所持金がそのままだった。そのことから、犯人がそれらを奪う暇もなく、被害者は橋から転落したか、あるいは刺された被害者が犯人から逃れようとして、自ら転落したか、それとも犯行は盗み目的ではなかったと考えることもできる。

警察は傷害致死と殺人死体遺棄の両面で、捜査を進めることになった。

現場には山下がいつも乗っているワゴン車がな

かったことから、犯人は山下の車に同乗して現場に来て、犯行後、その車で逃走したか、あるいはどこか他の場所で犯行におよんだ後、半死の状態の被害者を車で現場まで運んだものと考えられる。

以上が山下夫人の身元確認までに、警察が認定した事実関係である。

山下義和の妻・初美《はつみ》は、変わり果てた夫と対面して、もう一度、腰を抜かした。もちろん本人であることを確認している。

初美の話によると、山下は前日の朝、ふつうに家を出て、仕事先へ向かったという。もっとも、その日は現在進行中の建築現場ではなく、次の仕事先との打ち合わせに行くと言っていたそうだ。

その行く先がどこなのか、初美には知らされていなかった。いや、初美だけでなく、仕事関係の仲間や、下職の連中も何も聞いていなかったというのである。

山下は黒石市内の保育園の改築工事に雇われ大工として携わっていた。この日はその工事現場がコンクリートを打ち込んだばかりで、いわゆる「養生」という工程の休日だった。その休みを利用して、仕事の打ち合わせに行くと、初美にはそう言って出掛けて、そのままひと晩帰ってこなかったのである。

事実、山下を棟梁《とうりょう》に据えて、新築工事を計画している工務店があるにはあった。しかしその日に打ち合わせの予定はなかった。そのことから、山下が本当に仕事の打ち合わせに行ったのかどうかが疑問になった。何か人には言えない目的があったのではないか——というのである。とくに夫人には内緒にしておきたかったとなると、女性関係のことを憶測したくなる。

山下義和はことし四十八歳、妻の初美は五十一歳。一緒になったのが十五年前というから、早い結婚ではなかった。山下は無骨な性格で、女性にもてるというタイプではない——と初美本人が言っている。仕事ぶりは律儀だが、どちらかというと小心なほうだったのではないかと見られる。

中学を卒業してすぐ、棟梁の谷内洋蔵の下で働くようになり、谷内の片腕と言っていいほど、谷内工務店の中では最も腕の立つ大工に成長した。谷内も山下を頼りにしていて、将来は谷内の跡を継ぐことになるもの——と目されていたし、山下本人も、密《ひそ》かにその期待を抱いていたかもしれない。初美が山下と結婚した背景には、そういった将来性を見込んだという事情もあったようだ。

しかし、十年前に東京から谷内の長男・洋昭が戻ってきて、その頃から山下の将来への期待がグラつき始めた気配がある。洋昭は大学の相撲《すもう》部を辞めてから本格的に建築の勉強を始め、卒業を二年延ばすほどの熱意をもって父親の跡継ぎを目指した。

近代的な感覚の設計とデザインに意欲を燃やす洋昭と、古いタイプの大工仕事を身につけた山下とでは、何かにつけてそりの合わない面があったことは否定できない。谷内洋蔵が死んだ後、山下が工務店を辞めたのは、棟梁の死に責任を取ったと言うよりも、その理由のほうが強かったのかもしれない。

4

結局、浅見は輪島刑事課長と一緒に、黒石署へ行く事になった。サイレンこそ鳴らさないものの、赤色灯をクルクル回しながら行くパトカーの後にソアラで従うのは、さながら連行されるようで、あまり気分のいいものではない。

殺人事件とはいえ、発生したのが遠い鰺ヶ沢署管内であるだけに、黒石署内は閑散としたものだった。捜査本部が置かれるのは鯵ヶ沢署、当方はせいぜい捜査協力をする程度のこと――と踏んでいる。

ただし、当面の「参考人」に対しては、それなりに尋問する義務がある。それに、浅見光彦なる人物は、事件の背景について何やら情報通でもあるらしい。となると、ルポライターという職業に敬意と警戒は要するにしても、警察としてはそう簡単には「無罪放免」するわけにはいかないだろう。

浅見は覚悟を決めた――というより、自ら進んで渦中に身を投じることにした。事件の真相に迫るためには、素人の調査には限界がある。専門的な知識や情報網を持つ警察にやってもらったほうが効率がいい。

連行してきたものの、輪島課長のほうには確たる方針があるわけではない。「参考人」を前にして、何から訊けばいいのか、たぶん当惑ぎみにちがいない。とりあえず――といった感じで、浅見を刑事課に連れ込んで、無骨な刑事がお茶を淹《い》れてくれた。

「輪島課長は、山下さんのかつての親方であった、谷内さんが亡くなった事故のことはご存じなのですか?」

浅見のほうから切り出した。

「そのことなら聞いてますよ。まあ単純な事故で、事件性はなかったくれえしか、詳しいことは知らねえけどね」

「ひょっとすると、今度の山下さんの事件は、谷内洋蔵さんが死んだ事件と何らかの関係があるとは考えられませんか」

「さあねえ、いまの段階では何とも言えねえが、関係はねえんでねえべかなあ。谷内さんの事故が山下さんの過失によるものだったとか、そういうことでもねえかぎり、何の動機もねえべ。それともあんた、何かそう考える根拠でもあるんだか？」

輪島課長は探る目つきになった。

「あるかどうか、その前提には谷内さんの事故死が、じつは殺人事件だったかどうかという問題を解決しなければなりませんが」

「いや、その話だば、このあいだ、うちの次長さ話したそうだばって、あれはすでに解決済みだ。一応、谷内さん本人の不注意による事故ということになっています。妙な噂がねえわけではねかったけどね」

「アラハバキの祟《たた》りという説ですか」

「ふーん、あんた、そったらだことも知ってるだか」

「ええ、僕の今回の本来の取材目的はアラハバキのことや、『都賀留三郡史』のことにあるのです。ご存じですか、『都賀留三郡史』は？」

「ああ、その話だば新聞にも出たし、テレビでも放送されたんでねかったかな。津軽の人間だら、知らねえ者はねえべ。自分もちょっとくれえは知ってますよ。偽書だとか本物だとか、論争しているんでねべか」

「そのとおりです。じつは僕は今回、その取材の途中で事件に遭遇しました。『都賀留三郡史』が発見された八荒《はっこう》神社の湊宮司のお宅の、出入りの大工さんだったのが『事故死』した谷内さんなのです。その八荒神社の祭神はアラハバキでして」

浅見は『都賀留三郡史』発見にまつわるエピソードを話した。膨大な量の古文書が天井裏から落ちてきたという部分を、かつて湊家の普請《ふしん》に行った谷内洋蔵が「そんなものはなかったはずだ」と否定したことである。

「谷内さんはそのことを世間に言いふらしたために、アラハバキの祟りを受けたという、もっぱらの噂があるのです」

「ははは、話としては面白いが、われわれ警察はそういう、迷信みてえな作り話には関心がねえもんでしてね」

「もちろん、祟りうんぬんは迷信ですが、犯行の動機にはなりえます」

「ん？　動機とは？」

「折角の大発見を嘘つき呼ばわりされたのでは、面白くないでしょう。神様は祟らなかったとしても、生身の人間は怒ります」

「ということは、浅見さん、あんた、『都賀留三郡史』の発見者である湊宮司のことを言っているのかね」

「ええ、湊さんにとっては大迷惑だったことは確かです」

「それはそうだが、だからと言って、湊宮司の怒りがあの事故に関係があるみてえな言い方は、問題発言だ。そったらことを憶測記事で書いたら、えらいことになるよ」

「もちろん、記事にする気などありません。しかし、真相がどういうものだったかは知りたいですね」

「たとえ湊宮司が憤慨していたとしても、谷内さんが死んだ事故は、あくまでも事故であることに変わりはねえべ」

「あらためて確認させていただきますが、谷内さんの事故の状況については、山下義和さんの証言に基づくものだけで、それ以外にはなかったのでしたね？」

「さあなあ、自分は詳しいことは知らねえけど……どうだったかね、野田《のだ》君よ」

輪島課長は、この署に長いらしい古手の刑事に声をかけた。

「はあ、そうでした。山下さん以外、現場には誰も人はいねかったのでした」

「そういうことですよ、浅見さん」

「その証言の裏付けはきちんとできたのでしょうか」

浅見は直接、野田刑事に訊いた。

「それはまあ、きちんとしたもんです」

ケチをつけられてはたまらない——とばかりに、野田は口を尖《とが》らせた。

「しかし、事件の原因について、僕が聞いただけでも、立てかけてあった材木が倒れてきたという説と、上から落ちてきたという二つの説がありました」

「それだば、倒れてきたというのが正しいですよ」

「実況見分は材木がどこからどのように倒れてきたのか、あるいは落ちてきたのか、方向や角度などについて科学的に分析したのでしょうか」

「もちろん、すべてちゃんとやりましたよ。鑑識も出動したし、お医者さんも来たし、万事遺漏《いろう》のないようにやっております」

「つまり、谷内さんの頭の傷などから、材木の倒れてきた方角を割り出したというわけですね」

「そういうことです」

「直接の死因は何だったのですか？」

「確か、頭蓋骨《ずがいこつ》陥没骨折による脳の損傷……みてえなことでねかったべか」

「どの辺りをやられたのですか？」

「詳しいことは分かんねけど、この辺りでねかったかな」

野田刑事は左側頭部の、やや上辺りに、斜めに手を当てた。

「いくぶん横殴りだったのですか」

「そう聞いてるけど。とっさに避けようとして頭を傾けたんでねえべかな」

「ちょっと不思議なのですが、事故があった時、山下さんは親方の谷内さんを助けようとはしなかったのですかねえ」

「まさか、ほったらかしにしてはおかねかったべ。すぐに材木をどけて、谷内さんを助け起こしたと言ってました」

「そうでしょうねえ。とっさのこととは言っても、よほど冷酷な人間でもないかぎり、応急処置を講じるのがふつうです。実際にはどうしたのですか?」

「すぐに人を呼んで、救急車を呼ぶように頼んだようです」

「なるほど……それで、パトカーと救急車とでは、どちらが先に現場に到着したのですか?」

「そりゃもちろん救急車です。一一〇番したのは現場に駆けつけた消防の人でした。すぐに病院へ運び手当てしたが、意識が戻らねえまま亡くなったそうです」

「では、警察の実況見分は、被害者がすでに救急車で運び出された後に行なわれたということですね。谷内さんがどのように倒れていたか、確認はできなかったわけです。そんなことでは事故の科学的な分析が可能だったとは思えませんが」

「しかし、それについては、山下さんの詳細な説明があったですからね」

「それが正確な事実であったという証明はできなかったと思いますが」

「まあ、そう言ってしまえばそう言うことになりますけどね。われわれとしては、その証言を信じるしかねかったのだし、山下さんが嘘をついているとは考えられねべし。嘘をつかねばなんねえ理由がねんだ」

「いや、嘘かどうかは分かりませんが、思い違いをしていた可能性もあります。それに万一、殺人事件だったとすれば、誰かが死体を動かしたかもしれません」

「殺人事件て、あんた……」

野田は輪島課長に救いを求めるような視線を向けた。

「浅見さん、そういう穏やかでねえことを言ってもらっては困るんだがねえ」

輪島は苦い顔をして窘《たしな》めた。

「いや、もちろん山下さんが犯人だとか、そういうことは言ってません。それに外でこんな話はしませんので、ご安心ください。しかし、山下さん殺害の動機を探るためには、そこから話を始めるべきだと思うのですが」

「というと、山下さん殺害の動機は何だと思うんです?」

「いろいろあるのでしょうけれど、谷内さんの『事故』の本当の原因を知っているのが、山下さんだけというのも、動機の一つになりうることは間違いないでしょう」

「つまり、あんたは、谷内さんの事故は何者かが故意に起こしたものであって、山下さんは口封じのために殺害されたと言いたいわけだんだが?」

「そうです。あくまでも可能性の問題ではありますが、可能性がある以上は、捜査を続行なさるべきだと思います」

輪島刑事課長はしばらくのあいだ、部下の野田刑事と顔を見合わせていたが、やがて笑いだした。

「ははは……いや、参ったじゃ。山下さんの事件の参考人としてあんたに来てもらったのに、反対にわれわれの捜査が不備であったと批判されてしまったんだか。こうなったら、とことん調べねば、警察の面子《メンツ》が立たねえつうこったな」

「そうですよ、調べるべきですよ」

「分かった分かった。んだばまず、あんたのことから調べさせてもらうべかな」

輪島は面白そうに顔を突き出した。

「僕のことなんか調べたって、意味ありませんよ」

「んでねんだ。あんたはいろいろ知りすぎている。なしてそこまで知っておるのか、なしてそうまで事件を複雑にしたいのか。湊宮司に何か恨みでもあんでねえか……とか、そういった関係も聞いてみてえな」

（やれやれ——）と、浅見はお手上げのポーズを作ってみせた。警察の見当違いには慣れっこのつもりだが、またまた厄介《やっかい》なことになりそうだ。

5

冗談でなく、輪島刑事課長自らのお声掛かりで、浅見光彦に対する取り調べは本格的に始まってしまった。取調室に連れ込まれ、野田ともう一人のコンビが、住所氏名の確認から尋問した。その時になって、野田が部長刑事であることを知った。

野田は刑事課の部屋にいる時とはうって変わって、尋問口調で高飛車に喋る。青森県に来た目的、交通機関、宿泊場所、出会った人間のことなどいろいろ訊かれた。五戸署の浅子警部に照会してくれれば分かりますと言ったのだが、生憎《あいにく》、浅子は外出中だったらしい。しかし間もなく、その浅子と連絡が取れて、「被疑者」の身元がばれた。


輪島課長がふっ飛んできて、「いま聞いたんですが、あんた、浅見さんは、警察庁の浅見刑事局長さんのお身内だそうですな」と言った。

「そうだばそうとおっしゃってもらわねえば困るんです。とんだ失礼をしてしまって」

それまで居丈高《いたけだか》に尋問をつづけていた二人の捜査員は、目を白黒させていた。

身元が確かなものであることが分かって、輪島はあらためて浅見の話に耳を傾ける姿勢になった。どこまで本気で取り組んでくれるものかは保証できないが、それでも谷内洋蔵の「事故死」に関するデータは、そっくり見せてもらうことができた。

谷内は事故後、すぐに病院に搬送され、緊急の開頭手術が行なわれたものの、間もなく死亡が確認されている。手術はそのまま、死因を特定する解剖になった。医師の検案書を確認した結果、谷内の頭部にあった打撲痕と損傷は、山下が証言した材木が倒れてきた方向と、その時の谷内のいた位置や角度などがほぼ符合することを示したという。

「これを見るかぎり、まあ、何も問題はねえと思いますがね」

輪島課長は言ったが、浅見はいぜん納得できない。

「そうですね、山下さんの証言が真実であるとすれば、ですが」

「しかし、山下さんに谷内さん殺害の動機があるとは考えられねえでしょう」

その点、警察と浅見の認識は、どこまで行っても平行線を辿《たど》っている。

「谷内さんが亡くなった後、山下さんは谷内工務店を辞めて独立しているのですが、その理由は何だったのでしょうか?」

浅見は訊いた。

「ああ、その件だばついさっき、奥さんに聞いています。一応、親方の事故死の責任を取ったということになってるんだばって、山下さんには、その当時、仕事上の悩みつうか、不安があったそうです」

「どういう不安ですか?」

「山下さんとしては、親方の谷内さんから、ゆくゆくは谷内工務店を任すと言い渡されていたのだばって、谷内さんの息子さんが東京から帰ってきて、親父《おやじ》さんの跡継ぎになる気配が濃厚になってまった。山下さんはどっちかといえば昔風の大工さんだもんで、近代的な建築を学んできた息子さんとは考え方も違うし、将来への希望もねえし、見切りをつけたんでねえべか」

「独立してもやっていける自信はあったのでしょうね」

「んだな、あったんだべな。谷内工務店に勤めておった時から、山下さんの腕に対する取引先の信用があって、ご指名で仕事を頼まれていたし、辞めると決まってからもあっちこっちからお声がかかっていたみてえですよ。この分だば、工務店を立ち上げても大丈夫だと張り切っていた矢先だったはんで、奥さんはショックだべなあ」

「山下さんと付き合いのあった、お得意さんや取引先のリストはありますか」

「いや、それはまだ見でねえけんど、奥さんが鰺ヶ沢署から戻ってきたら、すぐに調べてみます。もっとも、捜査本部は鰺ヶ沢署に設置されるので、向こうの刑事が調べるでしょう。われわれとしては、応援するぐれえのことしかできねえのです」

いずれにしても、山下夫人が帰宅しなければ話も聞けない。浅見はひとまず黒石署を辞去して、例の市内の旅館に投宿することにした。相変わらず暇そうな宿で、浅見が入って行くと、おかみさんがびっくりした顔で「忘れ物でもしたんだかね？」と訊いた。

「いえ、もうひと晩、泊めていただこうと思ってきました。お部屋、ありますか」

「ははは、あるなんてもんでねえだ。毎日ガラガラだべさ」

暇なわりにいっこうに屈託がない。声を聞きつけてご亭主も現れ、歓迎してくれた。帳場の脇の部屋に連れ込んで「まあどうぞ」と、独りで飲んでいたビールを勧める。

「それで、あんだ、『都賀留三郡史』のほうの調べはどうであったがね？」

「ご主人に言われたとおり、偽書の臭《にお》いが強いようです。市浦村では、『都賀留三郡史』を参考史料とした当時の村史から、その部分をトーンダウンさせたものに改訂していました」

「んだべ、それが正しい」

「ただし、本家本元の八荒神社の湊宮司は、『記紀』のほうこそ偽書だというような、かなり強気の発言でしたが」

「それはまあ、あの人はそう言わねばなんねべな。金儲《かねもう》けの手段を失うことになるだもんな。んだけんど学界は、地元津軽の先生方でさえ、すでに『都賀留三郡史』に偽書の烙印《らくいん》を押しただよ」

必ずしもそうとは言えない。青森中央大学の北口助手はまだ『都賀留三郡史』を信奉しているらしいし、その上の三戸教授もいくぶん、『都賀留三郡史』に肩入れしている気配だった。しかし浅見は、ご亭主の意見に水を差すようなことは、あえて言わなかった。

「金儲けというと、『都賀留三郡史』の本の印税や講演会や、それにドキュメンタリー番組への出演とか、そういったことですか？」

「いやいや、そったらだもんではねんだ。あんた知らねがっただか？　『都賀留三郡史』の『発見』以来、湊宮司は神社の境内だの裏山だのから古代の遺物なるものを発掘しては、物好きな連中に売りつけておるんだじゃ。代表的なのは遮光器土偶《しゃこうきどぐう》というやつだ」

「えっ、あそこから遮光器土偶が出土したのですか？」

浅見は驚いた。遮光器土偶というのは、目を雪の反射から守るためと思われる、左右に細長い切れ込みのある眼鏡様のものをつけた土偶で、最初に亀ヶ岡《かめがおか》遺跡から発掘されたことから、縄文期のものと推測される。

亀ヶ岡遺跡は縄文時代の遺跡とみられるもので、十六世紀頃にはすでにその存在が知られていた。近代に入ってからは、三内丸山《さんないまるやま》よりはるかに早く、明治から大正、昭和初期にかけて発掘調査が進められ、明治十九（一八八六）年に遮光器土偶が出土して、国の重要文化財に指定された。

湊宮司はそれをアラハバキ神と関連づけているのだが、その遮光器土偶が八荒神社の境内から出土したというのも初耳だし、それを好事家《こうずか》に売りつけているというのは、もしそれが事実だとすると、社会的な問題になりそうな気がする。

「そったものが出るはずねえべ」

ご亭主は、せせら笑うように言った。

「みんな偽物ばっかしだ。津軽の人間はお人好《よ》しがよげいだもんで、コロッと騙《だま》されでまるだ。以前、青森で博覧会を開催するにあだって、県会議員の某氏が湊氏宅に『何か博覧会のマスコットになるようなもんはねえか』と相談しに行ったら、その遮光器土偶を出してきた。これは安藤氏の時代に発掘された縄文人の遺跡から見つかった、コケシの原型だと称して、古びた由緒書まで添えてあったんだど。某氏はびっくり仰天、大喜びで博覧会に出品した。とごろが後でよぐよぐ調べてみだっきゃ、その由緒書なるものは障子紙に書かれたもんだと分かった。おまけに、遮光器土偶の底さ小さぐ『ジパング』と印字されてらってすんだはんで、笑ってまる」

浅見はまるで自分の無知までが笑われたような気分で、呆気《あっけ》に取られてご亭主の饒舌《じょうぜつ》に聞きほれた。

「それだけでねえ。安倍頼時《あべのよりとき》の骨というイカサマ騒ぎがあった」

安倍頼時というのは、前九年の役で源頼義に敗れ、鳥海柵《とのみのさく》（岩手県金ケ崎《かねがさき》町付近）で戦死した安倍一族の英雄である。その安倍頼時の遺骨が八荒神社に眠っていると称して、湊博之はその一部を安倍一族発祥の地である岩手県衣川《ころもがわ》村に寄贈した。

衣川村では大いに感激して、「郷土の英雄鎮魂碑」を建立した。その除幕式の模様はマスコミが取材して、新聞やテレビで報道された。

「これが当時の新聞記事だね」

ご亭主がとり出したスクラップブックに、「鎮魂碑納骨式」を報じる新聞記事の切り抜きがあった。

〔納骨式は八荒神社に残る古文書を基に、往時を再現、民俗資料館からの五百メートルあまりを村民有志およそ五十名が平安時代の装束をまとい、手に手に松明《たいまつ》を掲げるなど、古式にのっとった葬儀行列でしめやかに行なわれた。〕

「この新聞記事ば、たまたま安倍氏直系の子孫の一人が目にしたごどから、話がとんでもねえ方向さ向がうごどになっただ」

安倍氏の子孫は山口県が選挙区の政治家で、一千年近い昔の先祖の遺骨が、なぜはるか遠い青森県の神社にあったのか——という、素朴な疑問を抱いた。しかも、いま頃になってとつぜん現れたというのも妙な話である。

そこで専門家に調べてもらったところ、なんと、その「遺骨」なるものは、クジラの骨であることが判明した。

「つまり、真っ赤な嘘で固められた話だったじわけだね」

「驚きましたねえ……」

浅見は心底から言った。

「それにしても、『遺骨』を寄贈して、湊氏のほうにはどういうメリットがあったのでしょう？」

「あの人はマスコミに名前が出るのが好きなんだ。それで箔《はく》ばつけて、金儲けのネタにしたかったんでねべか。そればっかしでねえ。納骨式に際して、協賛金が相当額集まったんだばって、直後、その金が行方不明になったという話が伝わっているんだよ」

「湊氏がネコババしたのですか？」

「さあ、確かなごとは分がんね。村の人がたは表沙汰にはしねえ方針で、事件を収めてしまっただ。昔からそうやって悪事さ目ェつぶってばかしいるもんで、悪人がのさばるだよ。湊の奥さんが自殺した時も、誰も何も言わねかったしな」

「えっ？　自殺ですか？」

「ああ、五十年ばかり前になるけんどな。んだども、なして死んだかはっきりしね。湊が若い巫女《みこ》さんに手ェ出したのが原因だのは分かっていただがな」

こういう話題は浅見のもっとも苦手とするところだ。

「そういうことはともかくとして、そんなでっち上げが、よくまかり通ったものですね」

「したはんで、さっきも言ったべ、津軽の人間はお人好しばがしだって。いや、津軽ばがしでねえ、東北人はみんなお人好しだな。それど、反骨心のある郷土の英雄というのに弱い。中央政府に圧迫されっぱなしで生きてきた歴史から、そういう精神的風土が培《つちか》われたんだじゃ。それでいで、出るクイは打たれるみてえに、中央で成功しかけると足を引っ張るやつもいるだはんで、よぐ分がんねな」

ご亭主は「あはは」と、少し空疎な感じで笑った。

6

宿のご亭主の話が事実なら、湊博之という人物は、希代の詐欺師ということになる。谷内洋蔵の「事故死」が殺人事件だとすると、湊には詐欺の裏側を暴露する谷内の口封じという犯行動機がある。

しかし、それだからといって湊の犯行と結び付けるのは難しい。「事故」は白昼、しかも普請場周辺に山下義和などがいる中で発生した。たまたま谷内の近くに人目がなくなるタイミングを見計らった犯行だとしても、その前後、その付近で誰かに目撃されない保証はないだろう。

やはり証言者が山下義和ただ一人という点が、もっともひっかかるところであった。警察は山下の証言をほとんど鵜呑《うの》みにして、あっさり事故として片づけたふしがある。医師の解剖所見などと照らし合わせたと言っていたが、はたしてどこまで精密な調査だったか疑わしい。

翌朝、まだ寝床にいる浅見を、おかみさんが呼びに来た。「警察署から電話だっきゃ」と言い、「なんか悪いことでもしたんだか?」と、不安そうに言った。

「いや、その逆ですよ。警察に協力しているのです」

浅見は笑ったが、おかみさんは気掛かりな表情を消さなかった。

電話は輪島刑事課長からで、「山下さんの奥さんが帰ってきて、例の、浅見さんが言ってた取引先の名簿ほか、資料を借りてきました」と言っている。

「今日の午前中に鰺ヶ沢署のほうに持って行かれることになっているので、もし見るのであればその前に見てもらわねば困る」

「分かりました、すぐに行きます」

浅見は朝飯をかっこんで、あわただしく黒石署へ向かった。

山下義和自身も几帳面《きちょうめん》な性格だったそうだが、取引先の名簿は夫人が記入していたものだった。以前、診療所の事務をやっていたというだけあって、きちんとしたものだ。

まだ谷内工務店を辞めてそう日が経《た》っていないのだが、名簿にはそれ以前からの仕事なども含めて、広い範囲での付き合いがあったことを思わせる相手先が記載されている。谷内工務店はもちろん、黒石市内の工務店にはほとんど顔を繋《つな》いでいたらしい。独立して新しい出発を開始しようという意気込みのほどが感じられる名簿だった。

大工に限らず、土木や建築関係の職人は、大手ディベロッパーをはじめ、中小の工務店にコネを持っていて、事業がある時に招集をかけられる。いわゆる職能集団のチーフが「親方」で、かつては山下は親方の谷内に丸抱えされていた。

山下ほどのベテランになれば、大工の棟梁として采配《さいはい》をふるうこともできる。彼が声をかければ、大工職人はもちろん、左官や屋根職人も集まってくる。名簿にはそういう人脈の名前も並んでいる。

明らかにお得意さん――クライアントと思われる個人名や社名もあった。官公庁、学校、保育園などもお得意さんなのだろうか。その中に問題の「八荒神社・湊博之」の名があった。それも、順序やボールペンの筆跡の新しさからいって、比較的最近になって記入されたと思われる。

谷内工務店がかつて、湊家に出入りしていたことは、谷内洋蔵が天井裏の修理などをしていたということから明らかだ。しかし、谷内が例の『都賀留三郡史』騒動で、湊博之を「嘘つき」呼ばわりして以来、当然、絶交状態に締め出されたはずだ。それにもかかわらず、山下が湊と付き合いがあったというのは、ごく最近になって、双方のあいだで関係修復が行なわれていたのだろうか。

浅見はじっくり資料を検討したいと申し出て、すべてのコピーを取ってもらった。

名簿とは別に、大学ノートに記入した日誌様のものが数冊ある。これもまた夫人の手で書き込まれたもので、山下夫婦が結婚して間もなくから記入が始まっている。まさに将来を見据えた賢夫人といえる。作業現場のこと、仕事仲間の左官や土木関係の業者名など、こと細かに書いてある。

そして四月十三日のところにきて、浅見はギヨッとした。〔八荒神社様　社務所改築工事受注〕とあった。

四月十三日といえば、谷内洋蔵が事故死する半月も前のことだ。もちろん山下は谷内工務店の社員で、単独で仕事の契約などできる立場ではなかった。しかもその六日後の記述には〔山村病院様病室棟新築工事受注〕と書かれていた。NHKの『その時歴史が動いた』風に言うと、谷内の事故まで、あと十日のことである。ともあれ、谷内工務店を退職した後も、大きな工事が約束されていたことが分かる。

まだある。五月六日には〔湊様よりお電話で、観音堂改修工事受注〕とあった。この不景気の折、たてつづけに仕事が舞い込み、いわゆる未着手事業が山積みになっていたことは、ずいぶん心強かったにちがいない。

さらに、八荒神社社務所の改築工事は翌五月七日に始まる予定になっている。

（あれ？――）と浅見は首をひねった。浅見が神社を訪問したのは五月九日で、その時には、工事らしい気配はなかった。工事現場でよく見かける足場などが組んである様子も、どこにも見られなかった。まだ準備段階で、実際の工事にはかかっていなかったのだろうか。

そして、現実にはその日の夜、山下義和は殺害されたのである。

浅見は輪島刑事課長のデスクに行って、この「発見」を示した。とりわけ、退職以前の四月十三日の段階で仕事を「受注」していたことと、しかもそれが八荒神社からの仕事であることに、輪島も驚いた。

「どういうことですかなあ……」

浅見の顔色を窺《うかが》うようにしながら、低い声で呟《つぶや》いた。素人探偵の持ち込んだ仮説が、どうやら無視できなくなったらしい。

第七章　乱れた心電図

1

輪島刑事課長としては、山下義和の事件を対岸の火災視してはいられないことに気がついたのだろう。事件が発生した現場は鰺ケ沢《あじがさわ》署の管轄だが、その山下殺害の動機が、所轄で起きた谷内洋蔵の死と関連している可能性があるという。

もしそれが事実だとすると、谷内の死をあっさり「事故死」扱いで済ませた責任が生じかねない。

山下家の大学ノートには「四月十三日　八荒《はっこう》神社様　社務所改築工事受注」「四月十九日　山村病院様　病室棟新築工事受注」「五月六日　湊様よりお電話で、観音堂改修工事受注」と、山下夫人の踊るような筆跡で記されている。

しかし五月七日には工事が始まるはずだった八荒神社社務所の改築は、五月九日に浅見が湊宮司を訪ねた際、まったくその気配も見られなかった。

「四月十三日に受注したのを、五月七日に着工するというのは、常識的に言って、間隔が空きすぎているのではないでしょうか。しかもその時点でもまだ工事は始まっていなかったのですが、これは変ですよね」

浅見は輪島を立てるように言った。

「そうですなあ、大工仕事の段取りがどうなっているのか、詳しいことは知らないが、一カ月近くも空けるのは、ちょっと問題がもしんねですな」

「もっとも、四月十三日の時点ではまだ、山下さんは谷内工務店の社員だったのですから、すぐに仕事に取りかかるわけにはいかなかった事情は分かります」

「んですな、業務上背任罪に問われかねねもんな」

「おそらく山下さんとしては、八荒神社の社務所を改築する仕事が確定して、いよいよ作業が始まるという直前に辞めて独立するつもりだったのでしょう」

となると、山下が辞めた理由とされた「谷内洋蔵の死」は、やはり本当の理由ではなかったことになる。独立への願望はそのかなり以前から、谷内の息子が東京から引き揚げてきて、将来に希望を失った頃、山下の胸に芽生えていた。八荒神社からの受注はいわば独立への引き金になったということだ。

「逆に言えば、それがなければ、辞める決心はつかなかったでしょうね。退職はしたものの、次の仕事がないのでは困りますから」

「その点、八荒神社の仕事が決まっていたのは、心強かったべな」

神社社務所の改築工事となると、工期も予算も並のものではない。それ以上に、『都賀留三郡史《つがるさんぐんし》』でその名を知らない者がいないほどの八荒神社・湊宮司がクライアントなら、そのコネで顧客も増えるだろうし、独立しても十分、やっていける自信が持てたにちがいない。

「現に、八荒神社ばかりでなく、山村病院というところからも病室棟の新築工事を受注しています」

「そうですな。この不況の折、景気のいい話だっきゃな」

「そして棟梁《とうりょう》の谷内洋蔵さんが奇怪な死に方をして、山下さんはその責任を取った形で職を辞しました。これは何となく予定どおりの筋書きだったような気がするのですが」

「うーん、つまりあれだがね、谷内さんの死は予定されていたってことだべが」

「予定された事故死というのがありえない以上、それは殺人事件だったことになりませんか」

「うーん……」

輪島課長はしきりに唸《うな》るだけになってしまった。殺人事件であるとは、立場上どうしても認めにくい。

「谷内さん殺害は、おそらく工事発注の前提として約束された必須《ひっす》条件だったにちがいありませんよ」

浅見は逆に、谷内の死を殺人事件以外の何物でもないと決めつけている。

「ところが、その約束が実行されたにもかかわらず、実際には八荒神社の工事は始まらなかったのです。湊宮司からの注文は、空《から》約束に終わりそうな気配だったのではないでしょうか。退職と同時に工事に入るつもりの山下さんは、さぞかしいらいらしたはずですよ。何しろ生活がかかっているのですからね。どうなっているのかと、湊宮司をせっついたであろうことは想像に難くありません」

話していると、その時の山下の苛立《いらだ》ちと、自分の犯した罪に対する恐怖がひしひしと迫ってくるような気がする。

「山下家の日誌によれば、さらに今度は八荒神社の観音堂の改修工事の発注が入りました。社務所の工事を棚ざらしにした状態のままです。いかにも安易な発注で、社務所の工事を引き延ばすための口実として、山下さんの目先を逸《そ》らすのが目的という印象です。山下さんも当然、それは感じたでしょうね。湊宮司の虚言癖というか、詐欺師的性格から出る場当たり的な生き方に、ようやく気がついたにちがいありません」

「ちょっと待ってくれねですか」

輪島は悲鳴のような声を出した。

「浅見さんの言い方だと、谷内さんの『事故死』も、山下さん殺害も、どうでも湊宮司の犯行であると決まったように聞こえてしまうのだばってね」

「いいえ、そう聞こえるのではなく、僕はそう言っているのです。課長だってそうお思いになるでしょう？」

「えっ、いや、それはまだいちがいには言えねんでねべか。谷内さんが死んだのは、ただの事故でねがったという根拠もねえし、山下さん殺害に至っては、何の判断材料もわれわれにはねんだはんでね」

「しかし、山下さんが湊宮司から大きな仕事の発注を受けていたことは確かです。それはお認めになるのでしょう？」

「それはまあ、認めるけんどね」

「山下さんにとって、その仕事があるとないとでは、生きるか死ぬかの問題であったことも事実です。山下さんにしてみれば、切羽詰まった状態だったでしょう。その約束を湊宮司が反故《ほご》にしようとしていたことはどうですか？」

「まあ、それも事実だべな」

不承不承頷《うなず》いたが、輪島はふいに妙案を思いついたという顔になった。

「だばって浅見さん、山下さんは湊宮司のところばかりでねく、病院の新築工事も請け負っているでねえですか。湊宮司のところがだめでも、仕事はあったわけだ」

「なるほど。その仕事が確かなものであったなら、おっしゃるとおり、山下さんにも救いはあったことになります。しかし、それも眉唾《まゆつば》な話じゃなかったかと思いますよ。念のために問い合わせてみませんか……あれ、だけど山村病院の連絡先は名簿に書かれていませんね。調べていただくことは可能ですか？」

「んだな、そうすべ」

輪島はすぐに席を立って行った。自らＮＴＴの電話番号案内で調べ、さらに山村病院に問い合わせたらしい。しばらくして戻ってきた顔は、ほとんど仏頂面になっていた。

「どうも妙な話でしてな。山村病院の院長さんに、近々病棟の新築計画がありますかと訊《き》いてみたところ、そういう話はねがったそうです。しかも、何日だか前に、黒石《くろいし》の何とかいう大工さんからも、設計がどうなっているとか、見積もりだとか、そういう問い合わせがあって、おかしなことをぬかすなと怒鳴りつけてやったというのですよ。だいたい、山村病院というのは、青森市にある病院だったのですよ。何もわざわざ黒石の大工さんさ頼むはずがねのです」

「やっぱり……」


予想どおりとはいえ、その時の山下のショックを考えると、あまり喜ぶ気分ではなかった。

「これでもう、山下さんは猛烈な不安と不信感に襲われたでしょうね。しかも自分は長いあいだ世話になった谷内さんの殺害に手を貸したという、すでに引き返せないところまで……」

「いや、それはまだ事件であるがどうか、確定したわけではねえです」

「だめですよ、そんな退嬰《たいえい》的なことをおっしゃっては。あれは事故を装った殺人事件であると断定してください。そうでないと、ちっとも前に進みませんよ」

「そう言われてもねえ……」

「とにかく、湊宮司のノラリクラリとした態度は山下さんにとって我慢の限界だったにちがいありませんよ」

「それだば、山下さんが湊宮司を殺害するほうへ行ってしまうんでねべが」

「あるいは、そう言って脅したかもしれませんが、それはともかくとして、湊氏に対する山下さんの切り札は『谷内の死の真相を暴露する』だったはずです。それだけでも湊宮司には厄介《やっかい》だったでしょうね。谷内さん殺害の犯人が湊氏だったのか、湊氏は教唆《きょうさ》だけで、実行犯は山下さんだったのか、真相はまだ分かりませんが、どっちにしても、もしその事実が明るみに出ればむろん、湊氏は重大な罪に問われるし、これまで培《つちか》った名声も『都賀留三郡史』の信憑性《しんぴょうせい》も失われます」

「それでもって山下さんを殺した、ですか」

「動機としてはそれで十分だと思いますが、それ以上に、湊宮司は身の危険を感じたことでしょう。何しろ相手はすでに人一人を殺しているのですから、自暴自棄になれば何をするか分かりません。そこで選んだ方策は、殺される前に殺す……」

「うーん……せば、とにがく湊宮司のアリバイから探ってみますか。鰺ヶ沢署のほうさも一応、知らせておきます」

輪島刑事課長はようやく重い腰を上げる決心がついたようだ。

2

山下義和の事件のほうは、とにかく鰺ヶ沢署の捜査状況がはっきりするまでは、素人《しろうと》の浅見が手を出す余地はない。湊宮司のアリバイを確かめるにしても、そっちは輪島に任せておいて、浅見は青森中央大学の本間教授が死んだ十和田《とわだ》市へ向かった。

黒石市から十和田市は真東の方角に当たる。国道３９４号を行き、途中から国道１０３号に変わる。八甲田山の裾《すそ》を抜け峠を越える道は、ドライブ気分を楽しむならともかく、目的のある身にはいささかハードだ。

それでも新緑の八甲田は美しい。奥入瀬《おいらせ》渓谷沿いの緩やかな坂を下って間もなく、十和田市内に入った。

早朝から黒石署に叩《たた》き起こされたお陰で、時間はたっぷりある。昼前には十和田市に着いた。

十和田市は昭和三十一年までは「三本木《さんぼんぎ》」という市名だった。三本木農業高校は甲子園の野球でお馴染《なじ》みの学校である。地誌を繙《ひもと》くまで、浅見にはそれ以外、大した知識はなかったのだが、五千円札の肖像で有名なあの新渡戸《にとべ》稲造《いなぞう》の祖父・伝《つとう》が三本木を開拓したことで知られる。

地誌によると、この地方は五戸《ごのへ》と七戸《しちのへ》の狭間《はざま》のような位置にあり、産業が乏しい土地柄だった。東北に恒常的に襲ってくる冷害などの飢饉《ききん》の被害は、この辺りではとくにすさまじく、天明の大飢饉の際には百九十軒のうち百六十軒までが「死に潰《つぶ》れた」という表現で記録されている。

この付近は南部駒《なんぶごま》の産地として知られ、戦前は軍用馬が多く飼育された。市内の至るところに馬の彫刻やオブジェが展示してある。

城下町でも門前町でもない、何もない平野に町づくりが進められたから、碁盤《ごばん》の目のように条里が整っていて、非常に美しい。

ナビゲーションに従って走っていて、道路が広いのに驚いた。とくに官庁街の約一・一キロあるメインストリートの桜並木がすばらしく、さすがに盛りは過ぎたけれど、散り残りの花がちらほら目を楽しませてくれた。この道は「駒街道」と呼ばれ、日本の道百選と新・日本百景にも選ばれている。

市立中央病院はその桜通りに面している。受付の女性に「旅と歴史」の肩書のある名刺を出して、

「青森中央大学の本間信也教授のことで少々お訊きしたいことがある」と言うと、当惑げに眉をひそめた。

「あの、マスコミの方はお断りするように言われているのですけど」

「あ、いや、マスコミといっても、記事にするわけではありません。本間先生の研究のことで大学の研究室のほうに伺って、こちらの病院で亡くなられたと知ったものですから、そのご最期の様子などをお聞きできればありがたいという……」

精一杯、折り目正しく言った。女性はなおも名刺と浅見の顔を見較べていたが、怪しい人間ではないと判断したのか、とにかく院内電話でどこかに連絡している。

「まもなくお昼休みになりますので、手が空き次第、本間さんを担当された先生がお会いするそうです」

そういえば時計は正午を告げようとしている。朝が早かっただけに、急に空腹感を覚えたが、贅沢《ぜいたく》は言ってられない。医師が会ってくれるだけでも望外と言うべきである。

担当医は三十代半ばかというくらい、意外なほど若い医師だった。浅見より少し背は低いが、髪をきちんと七三に分けて、白衣を着ていなければ商社マンかと見紛《みまが》うような愛想のいい男だ。名刺をヒラヒラさせながら近づいてきて、「浅見さんと言うと、名探偵の浅見さんですね」と言った。

これには浅見もうろたえた。

「いえ、僕はその、その名刺にあるとおり、雑誌のルポライターでして……」

「分かってます。ルポライターとは仮の姿、その実体は……というやつでしょう」

医師は笑みを浮かべたまま、あらためて名刺を出して「戸来《へらい》といいます」と名乗った。名刺には

「循環器内科主任　戸来好道《よしみち》」とあった。

「戸来さんとおっしゃると、新郷《しんごう》村のご出身ですか？」

「ははは、ご存じでしたか、例のヘブライの伝説を」

「はあ、このあいだ新郷村を訪ねて、キリストの墓などを見てきました」

「ははは、あれはなかなか面白いでしょう。まあ、真偽のほどはともかくですな。私自身は新郷村の出ではないですが、先祖はあそこらしいですよ」

戸来は言って、「ちょっと出ましょう。すぐそこに、なかなか旨《うま》い蕎麦《そば》を食わせる店があるのです」と歩きだした。

「戸来さんは、言葉にまったく訛《なま》りがありませんね」

「そうですか、地元の人間と話す時には、けっこう訛りますけどね。高校から東京に行ったもんだから、標準語に毒されました」

標準語に毒されるという言い方が面白い。必要以上に訛りを矯正して、すっかりローカル色を喪失するほうが、むしろ間違っているという意識があるのだろう。その点、大阪人は逞《たくま》しくて、訛りを恥じるどころか、これが本来の標準語だと言わんばかりに喋りまくる。いまやお笑いの世界は関西弁が席巻《せっけん》しているくらいだ。

戸来自慢の蕎麦屋はあまり大きくなく、店構えもごくふつうの佇《たたず》まいだった。戸来は馴染みらしく、店のおばさんに「おやじさん、ちゃんと塩断ちしてるんだが」と話しかけ、「東京から来たお客さんだ。ざるを二枚ずつ頼みます」と注文した。

「浅見さんのことは前からミステリー小説を読んで、知っていましたよ。うちの女房なんか熱烈なファンでしてね。とくに『遺骨』っていう本で医者のモラルのことを追及していたでしょう。あれは身につまされる思いでした。しかし浅見さんの活躍は胸のすくようですねえ」

例の軽井沢の推理作家が、浅見の事件簿を小説に仕立てては、けっこう読まれているらしい。『遺骨』はその中で医療問題——ことに脳死と臓器移植が問題になった事件に関わった時のものだ。確かに話としては興味深いものがあるけれど、思いがけないところで、医師に面と向かって世辞を言われ、浅見は恐縮して冷や汗が出た。

自慢しただけあって、蕎麦は確かに旨い。戸来も浅見も、つづけざまに、二枚目のざる蕎麦に取りかかった。

「本間さんのことで、何か取材をしているのですか？　それとも事件ですか？」

しばらく咀嚼《そしゃく》に専念しながら、戸来は上目遣いに訊いた。これまでは好意的に接していたのが、初めて警戒心を見せた。守秘義務のある医師としては、たとえ好意を抱く相手であっても、職業意識だけはしっかり弁《わきま》えているのだろう。

「あ、じつは、それをお聞きしたくて伺ったのです」

浅見は箸《はし》を置いて、居住まいを正した。

「本間教授は病死となっているそうですが、直接の死因は何だったのでしょうか？」

「病死……でしょうね」

戸来は素っ気ない答え方をして、「おかしな噂《うわさ》を立てる人もいるみたいですがね」とつづけた。

「それはつまり、アラハバキ神の祟《たた》りであるとか、ですか」

「そう、あなたもお聞きになったのですか」

「アラハバキ神の本家本元である、八荒神社の湊宮司に会って、そういう話を聞きました。あれはアラハバキ神に逆らったことから発生したストレスによるもので、それを祟りと言えば言えないこともないというようなことをおっしゃってました」

「そうなんですよ、噂の発信源は湊宮司だから困っています」

「本当の死因は何ですか?」

浅見はあらためて訊いた。

「ストレスがあったことは事実でしょうね。もっとも、病気のかなりの部分はストレスが原因で発症するケースが多いのです。胃や十二指腸の潰瘍《かいよう》などはその典型的な例ですが、心臓病も、何らかの理由による強迫観念が原因になることが少なくありません」

「本間教授の場合はどうだったのですか」

「青森市の病院のほうに問い合わせたところ、本間さんは心臓に欠陥があって、定期的に検査を受けていたことが分かりました。欠陥といっても不整脈が起こる程度で、それほど重篤《じゅうとく》なものではありませんが」

「不整脈は病気としては、大したことはないのですか」

「大したことがあるかないかは、いちがいには言えないのです。浅見さんは不整脈についての知識はありますか?」

「いえ、恥ずかしながら、まったくありません。ただ、いつだったか皇族の方がスカッシュをやっている時に、不整脈に襲われて急死されたという出来事がありましたから、重大な病気だと思っていましたが」

「あの場合は心室細動《しんしつさいどう》という、不整脈の中でももっとも危険な症状が出たもので、ごく特殊な例と言っていいでしょう」

「あ、不整脈にもいろいろあるのですか」

「ははは、もちろんですよ」

戸来医師はルポライターの無知に、少し呆《あき》れた様子だが、浅見としてはこの際、恥をしのんで質問した。

「そもそも、不整脈とはどういう現象なのですか?」

「そうですな……」

戸来は面倒な相手に、少し辟易《へきえき》したのか、天井に視線を移してしばらく考えてから、諦《あきら》めたように言った。

「それを説明するには、心臓の動きのメカニズムから解説しなければなりませんが、いいですか?」

「はい、僕のほうは時間はいくらでもありますから、先生のほうさえよければ、ぜひお聞きしたいですね」

「では二十分間だけ、レクチャーしましょう」

戸来は時計を確かめてから、笑いながら話し出した。

3

「心臓は毎分六十回から百回、一日約十万回も規則正しく収縮と弛緩《しかん》を繰り返している器官です。心筋には収縮を司《つかさど》る作業心筋と、収縮を自ら作り出してその興奮を伝える刺激伝導系と呼ばれる特殊心筋があります」

戸来医師はメモ帳に心臓の絵を描いて、右心房、左心房、右心室、左心室といった名称を書き込んだ。

「右心房に自動的に興奮を発生する細胞が集まる洞結節があり、そこから毎分六十から百回の興奮が発生し、房室結節からヒス束、右脚、左脚、プルキンエ線維などの洞結節回路を経て作業心筋に命令を送るわけです」

喋りとほぼ同時に、猛烈なスピードで専門用語を書くのだが、文字を見ればなんとか理解できる程度で、理数系が苦手の浅見には気が遠くなりそうな内容だ。

「このように洞結節からの興奮が規則正しく生じ、刺激伝導系を正常に伝わる状況を正常洞調律といいます。心電図では心房と心室それぞれの電気的興奮波が記録されます。心室筋の電気的興奮につづいて機械的な収縮が生じ、血液が大動脈に送り出され、これが脈として触れるわけです。不整脈というのは、この正常洞調律以外のすべての心臓の調律のことです。これにはいくつかのタイプがあります。『期外収縮』というのは正常洞調律より早めに電気的興奮と収縮が出現して、脈が一拍休んだりするもので、健康な人でも半分以上に発生することがありますが、直ちに生命に危険は生じません。『心房細動』あるいは『心室細動』と呼ばれるものは、心房や心室の至るところで不規則な電気的興奮が生じる不整脈で、通常は直接死に至るというわけではありませんが、その数が毎分三百六十回から六百回にも達するようなものはきわめて危険です。さっき浅見さんが言われた、皇族が亡くなったのは、おそらく『心室細動』というやつで、これは恐ろしい。心房細動はまだしも、心室細動のほうは脳に血液が送られない状態に陥《おちい》り、失神や、最悪の場合脳死に繋《つな》がります。不整脈の種類にはほかにも『心房粗動』や『発作性頻拍』などいろいろありますが、原理的にはいま説明したようなものと思っていいでしょう。先天性のものを除けば、原因の多くは極度のストレスによるケースが一般的と言えます。本間さんの場合も、セミナーの始まる直前という緊張状態から、強いストレスがあったと考えていいでしょう」

戸来医師は「ふーっ」と一息ついて、冷めた蕎麦湯を飲んだが、浅見も同じ動作を付き合った。

「どうですか、分かりました?」

「はあ、なんとか……ところで、本間教授はこのうちのどれに当たるのですか？」

「本間さんのケースはきわめて珍しいものでしょうね。おそらく心室細動と考えられるが、劇的な発作に襲われ、直後、およそ二十秒間、心停止している。ホルター心電図の記録からは、そう読み取れます」

「は？　ホルター心電図といいますと？」

「あ、それは二十四時間の心臓の鼓動をテープに記録したものです。日常生活で携行していただいて、不整脈の起こり具合を記録するわけですね」

「なるほど……」

浅見は何気なく頷いて、（？――）と気がついた。

「日常生活で携行するというと、その日、本間教授はそのホルター心電図の装置を身に着けていたのですか？」

「そうですそうです。日頃から軽度の不整脈――さっきご説明した期外収縮の気味があったということで、たまたまその日が病院から指示された記録日だったのですね。朝のうちに病院に寄って、装着してもらっています。記録の開始時間が午前九時過ぎでした」

「それは戸来先生が装着したのですか？」

「いやいや、うちの病院ではないですよ。こちらへ来る前に、掛かりつけの病院で装着してもらったものです」

「というと、青森市の病院ですか」

「でしょうね」

「それで、病院に運び込まれたのは、何時頃だったのですか？」

「確か午後二時半頃じゃなかったですかね。そうそう、ここで蕎麦を食って、病院に戻ってしばらく経ってました」

「発作が起きた場所はどこだったのでしょう

か?」

「文化センターです。ここから二百メートルばかり国道4号のほうへ向かって、右折した辺りです。三時から市が主催するセミナーの講師を務める予定になっていたのだそうです」

「三時からセミナーですか」

「多少、早めですね。準備か何かがあったのじゃないですかね」

「それはそうなのですが、かりにそうだとしても、朝九時に青森を出発したのが、いかにも早すぎます。青森から十和田市までは二時間も掛からないでしょう。どこかに立ち寄ったということでしょうか」

「ああ、そうかもしれませんね」

「そのホルター心電図というのを、拝見できませんか」

「それはまあ、場合によってはお見せしてもいいですが、しかし、心電図を見てもどこに立ち寄ったかは分かりませんよ」

戸来が真面目《まじめ》くさった顔で言うので、浅見は苦笑した。

「それは構いません。ただ、亡くなるまでの心理の動きを考察することは可能かもしれないと思いまして」

「なるほど、それはすばらしい。さすが名探偵ですね」

「いや、そんな立派なもんじゃありません。ただの思いつきです」

「いやいやご謙遜《けんそん》でしょう。分かりました。それじゃ急ぎましょうか」

午後の回診時間が迫っていた。戸来と浅見は足早に病院へ戻った。

戸来は自分の部屋に戻ると、ホルター心電図の記録装置なるものを見せてくれた。小型のテープレコーダーのようなものを腰のベルトなどに着用して、そこから数本の端子を出して心臓の周辺に密着させる仕組みだ。

「なるほど、これなら動き回っても邪魔になりませんね」

浅見は感心した。医学に限らず、科学は進歩するものだ。自分の知らないことがいかに多いかを思い知らされる。

「私は回診に向かいますので、そのあいだにこれを見ておいてください」

戸来は緑色のファイルケースに入った本間信也のホルター心電図をテーブルの上に置いて、部屋を出て行った。

ホルター心電図の正式名称は「長時間心電図記録解析結果報告書」というものだ。タテ二十数センチの記録紙がえんえんと続いているのを、折り畳んだものである。〔患者情報・氏名　本間信也、年齢　四十三歳、性別　男、記録開始時間　四月二十日　九時八分〕となっている。

記録は上下二段に心臓の収縮と弛緩を示す曲線がグラフに描かれたものだ。一見した印象では、どこがどう違うのかと思える単調なグラフである。しかし、子細に見ると、一つ一つの鼓動が微妙に違うことが分かる。

途中を省略して、最後の部分を広げた。単調に続いていた曲線が突如乱れ、震度六の地震を記録したような激しく細かいギザギザの折れ線グラフになり、その直後しばらく一直線状になって、それから微弱に大きく小さく不規則に乱れていた。発作が起きた時刻は十四時十九分――であった。

病院に運び込まれてからは、すぐに心電図の記録装置は外されたらしく、グラフの線は乱れた状態からプツンと切れている。

死亡したのは二日後のことだが、実際には心停止した時点で脳死状態になって、ついに蘇生《そせい》することはなかったのだろう。

浅見はふたたびグラフの最初のページに戻って、今度は一枚一枚、丹念に目を通していった。何でもない単調なグラフの一コマ一コマが、本間信也という人物の「生の証《あかし》」のように見えて、厳粛な気分になる。戸来の話によると、心臓は一日に十万回も鼓動を刻むのだそうだ。一年間には三千六百万回、一生となると——と考えて、浅見はなんだか空恐ろしくなった。何十億回という単調なリズムを刻みつづけて、故障が滅多に起きないポンプなど、絶対にありえないだろう。

そう考えると、こういう肉体を授けた神の存在を信じたくなる気持ちも、理解できるような気がしてくる。新郷村のキリストの墓も、アラハバキ伝説も、『都賀留三郡史』も、まんざら、荒唐無稽《こうとうむけい》なでたらめとばかりは言えないのかもしれない。

ゆっくりと開いた六枚目のグラフのところで、浅見の手が停《と》まった。そこに素人目にも明らかな「不整脈」が記録されていた。最期の時ほどではないが、大きく激しく揺れる曲線グラフである。

時刻は十一時三十六分——。

この時、本間は軽い発作に見舞われたということだ。なぜその発作が起きたのかを想像した。発作を誘発したストレスがあったのだろうか?

4

戸来医師が戻ってきたのは、それからかなり経ってからだった。

「まだ回診の途中ですが、あまり長くお待たせするのは申し訳ないので、つづきはまたいつかということにしませんか」

「分かりました、わざわざありがとうございます。

僕のほうこそ、お忙しい中を長々とお付き合いいただいて恐縮です」

浅見は礼を言って、「一つだけお訊きしたいのですが」と、本間のホルター心電図に現れた、午前十一時三十六分の不整脈を示して訊いた。

「この不整脈は素人目にはかなり強い発作のように見えるのですが、実際はどうなのでしょうか?」

「ああ、それですね。確かにその部分は私も気になりました。その程度で直ちに生命の危険を暗示するものとは言えませんが、ご本人としては、胸苦しい気分であったことは考えられます。不整脈が訪れる時は、クッというような感じで胸のつかえを覚えるのですが、この部分は連続して不整脈が発生したことを示しているので、本間さんはおそらく、相当な不安感を抱かれたのではないでしょうか。ただし、ここの乱れはその後三十秒ほどで回復していて、問題の発作が訪れるまでは、平静を保っています」

「さっきのお話ですと、不整脈の直接の原因はストレスだということでしたが、どういうストレスが想像できますか?」

「いや、そこまではいくらなんでも分かりませんねえ」

戸来は苦笑した。

「ただ言えることは、ここに至るまでのところでは、ごく平坦《へいたん》にリズムを刻んでいますから、運動などの肉体的な要因によるものではないと考えていいでしょう」

「というと、何か精神的なショックを受けた可能性があるわけですね」

「それもいちがいには言えませんが、最初に大きく波形が乱れて、その後もしばらく乱れていることのパターンから推測すると、そういう解釈もできないわけではありません」

戸来は慎重な言い方で、浅見の考えを肯定した。

浅見はあらためて礼を言い、病院を出た。ひょっとすると、本間の死の前兆であったかもしれないこの不整脈を引き起こしたストレスの正体が何だったのか、猛烈な興味が湧《わ》いていた。

十和田署を訪ねて、一階の窓口で刑事課への取材を申し入れた。「旅と歴史」というマイナーな雑誌でも、とりあえずマスコミだと思ってくれたのか、刑事が一人、応対に現れた。浅見は単刀直入に、本間信也の変死について訊きたいと言った。

「変死?」

若い刑事は、びっくりして訊き返した。

「本間さんは変死ではねぐ、病死だったけども」

「はあ、そのことは聞きましたが、文化センターで突然倒れ、救急車で搬送された状況からいって、少なくとも一応は警察がタッチしたはずです。その結果、病死と判断した、その根拠を知りたいのです」

「根拠といっても、それはお医者さんが判断したんでねべか。確か心臓マヒか何かだと思ったけどな」

戸来医師は「心室細動だろう」と言っていたのだが、若い刑事にとって、心臓病といえば十把《じっぱ》ひとからげで心臓マヒという認識なのかもしれない。

「では、医師の診断だけで、解剖に付すこともしなかったのですね」

「そうですよ。本間さんはその日、たまたま何とかいう心臓の動きを記録する装置を着けて歩いていたので、心臓の発作だっていうことがすぐに分かったんでねべが」

「ホルター心電図ですね」

「はあ、そういう装置だかね。とにかくそれだから、病気によるものだことがはっきりしていだし、実際に亡くなったのは二日後で、事件性もないので、あえて解剖する必要もねがったんだね。それに家族からも、なるべくなら遺体を傷つけねでもらいたいっていう希望があったんでねがったべが」

「ご家族というと、奥さんですか」

「そうだべね。本間さんには奥さんと子供さんが二人いだったな」

「お気の毒に……」

浅見の胸に新たな怒りが湧いてきた。しかし刑事には単純な追悼《ついとう》の意味にしか聞こえなかったにちがいない。

「ところで」と、浅見は訊いた。

「本間さんは青森を九時過ぎ頃に出ているのですが、文化センターへ行くまでの足取りは分かっているのでしょうか？」

「さあ、どうだべか。警察はそこまでは把握してねえけどな」

「しかし文化センターに到着した時刻ぐらいは分かるのではありませんか」

「それは調べれば分かるけども」

「まったく調べなかったのですか」

「ああ、必要ねがったもんね」

要するに警察は何もしなかったのだ。事件性のない単なる病死と判断したのだから、当然といえば当然だが、浅見にはそれが取り返しのつかない手抜かりだったような気がしてならない。

車に戻ってカーナビの画面を眺めていて、十和田市から国道４号（奥州街道）を僅《わず》か十五キロ足らず行ったところに五戸署があることに気がついた。

画面を少し広域にすると、十和田市、南郷村、新郷村がすべて五戸町と結ばれていることが見えてきた。

だからといってどうというわけのものでもない。さっきの若い刑事にその話をすれば、「それがどうしたんだ?」と訊かれそうだ。

しかし、本間信也が十和田市民文化センターで倒れたのは四月二十日。その日の深夜から翌朝のあいだには例のお遍路の女性が殺されている。そしてさらにその翌日、本間は死んだ。

後に五戸署にあったタレコミの女性の話によると、その二十日の午後、「犯人たち」を目撃したということである。その情報自体はかなり感情的なもので、信憑性に欠けるが、タレコミの主もまたその日、新郷村や五戸町付近にいたことだけは確かだ。

それらの出来事が、頭の中で渦を巻いて絡まってくる。

(これは何だ?——)

「疑惑の渦」と呼ぶべきものの中心に、何やら得体の知れぬ不気味な影が潜んでいるような予感がする。


キリストの墓、アラハバキ、『都賀留三郡史』、そして、あのお遍路の女性が歌ったという「十三詣り十三里」の唄……こう並べてみると、まったくこの世のものとは思えない。しかし、人々の死はすべて事実なのである。浅見は頭をひと振りして現実に立ち返った。

さて、本間が最初の軽い発作に見舞われたのが午前十一時三十六分——彼はその時、どこにいたのだろう?

浅見は十和田市役所を訪ねた。市役所の庁舎は凹凸の多い、いかにも造形芸術的で不思議な建物だった。あの日のセミナーを主催したのは社会教育課で、課長補佐の肩書のある小林という男が応対した。白髪の目立つ、たぶん五十歳近い年配だが、不意の客にもかかわらず丁寧な物腰で、浅見の質問にもきちんと答えてくれた。

「本間先生が文化センターに見えたのは、午後一時過ぎ頃だったと思います」

　この歳恰好《としかっこう》の人には珍しく、イントネーションがやや違う以外は、ほとんど訛りを感じさせない。

「私はたまたま、会場の設営の状況を確認するためにセンターのほうに行っていて、先生をお迎えしました」

「その時の本間先生の様子ですが、どんな印象でしたか？」

「後でああいうことになったから言うわけではありませんが、玄関でお目にかかった第一印象では、ちょっとお疲れのご様子に見えましたね」

「玄関でお会いになって、それからどうなさったのでしょうか？」

「すぐに控室にご案内しました」

「その際に何か、本間先生とお話はしませんでしたか」

「そうですねえ、ご挨拶《あいさつ》をしたことと、セミナーの進行について、少し打ち合わせをしましたが……」

　記憶を探るように、天井に視線を這《は》わせたが、すぐには言葉は出てこない。

「お茶とか、お飲み物をお出ししたのでしょうか」

「それはもちろん、お出ししましたよ」

　小林の温厚な顔に、呆れたような表情が浮かんだ。

「すみません、妙な質問をしまして。ただ、お茶をお出ししたとなると、ご挨拶や打ち合わせだけとは思えないので、ほかにも何かお話し合いがあったかどうかをお聞きしたいのです」

「それはまあ、何か話しているとは思いますが、世間話みたいなもので、取り立てて言うほどのことはなかったですよ」

「たとえば、こんなに早くおいでいただきまして、ありがとうございますとか」

「ははは……」

小林は笑った。

「まるで見ておられたみたいですね。おっしゃるとおり、こんなに早くおいでいただきまして、どうも……と言いました。開演が午後三時でしたから、本当に早かったのです」

「それで、本間先生は何と？」

「えーと、確か、用事が予定より早く片づいたからとかおっしゃってました」

「というと、文化センターへ来る前に、どこかで用事を済ませて来られたのですね」

「そのようですね」

「どこで、何をとか、そういったことは話さなかったでしょうか」

「いえ、それは伺っておりません」

「ほかにどんな話題がありましたか？」

「いや、ですから、大したお話はなかったと……」

小林はやや苛立ちを見せたが、急に何かを思い出したのか、苦笑いを浮かべ、「そういえば」と言った。

「あなたはアラハバキ神を信じるか、と訊かれました」

「えっ？……」

思いがけない——というより、気持ちのどこかで予感していた言葉であった。

5

「浅見さんは東京の人だからご存じないかもしれませんが、アラハバキというのは、津軽地方や東北全域でわりと広く信仰されている神様です」

「ええ、そのことは僕も最近になって知りました。確か例の『都賀留三郡史』とも関係しているのでしたね」

「そうですそうです。じつは本間先生は『都賀留三郡史』を偽書だとする説を唱えておられた人でして、セミナーでも当然、その話をされるはずでした。したがってアラハバキ神のことも信じておられないと思っておったものですから、いきなりそう質問されて、ちょっと意外というか、どう答えればいいのか、困りました」

「なぜでしょう？　本間先生はなぜ急にそういう質問をしたのでしょう？」

「私もじつは同じ疑問を抱いたのですがね。こっちがお訊きする前に、本間先生のほうから、『妙なことがあったもので……』と言われました」

「妙なことといいますと？」

「そうお訊きすると、『何でもありません』と言って、それっきりでした」

「お話の感じですと、文化センターにみえる直前に、その『妙なこと』があったような気がするのですが」

「確かに、そういう印象でした」

「そしてその『妙なこと』とは、アラハバキ神と関係している……」

「そうでしょうなあ」

「何ですかねえ？」

「さあ、何でしょうかなあ」

二人ともしばらく、答えの見つかるあてもない疑惑に囚《とら》われた。

「その後、本間先生が発作に襲われるまでの経緯を聞かせていただけませんか」

「そうですねえ……先生はセミナーが始まるまで調べ物をしたいとおっしゃるので、私は控室を出て、いったん役所のほうに戻りました。それが午後一時半頃でしたか。その後、二時半頃になって、廊下で倒れている先生に職員が気づいて大騒ぎになったのですが、それまではたぶん、先生は控室からお出にならなかったと思います」

「というと、午後一時半頃に小林さんが引き揚げられてから二時半頃までのあいだ、どなたも本間先生とは会っていなかったのでしょうか？」

「ええ、私はその時、現場に居合わせなかったもので、詳しい状況は分かりませんが、その時点では、まだ会場係も手薄でして、先生のご様子に気を配る人員もいなかったのではないかと思います。調べ物をしたいとおっしゃっていたので、会場にいた者たちには、先生のお邪魔にならないようにと命じておきましたしね。いや、もちろん、先生のほうからお申し出があれば、誰かが対応することになっていましたが」

小林は手落ちがあったと思われるのを、気にする口ぶりになった。

「第一発見者の職員の方以外に、誰か周辺にいたということはありませんか」

「第一発見者……というと、何となく事件の発見者のように聞こえますが」

「あ、いえ、そういうわけではありません。最初に本間先生の異変に気づいた——という意味です。その方以外に、現場付近には誰もいなかったのでしょうか」

「いや、それはどうか分かりませんねえ。そもそも、控室前の廊下は、見通しの利《き》かない場所です。かりにその近くまで行った者がいたとしても、廊下の角を曲がらなければ気づかなかったと思いますよ」

「倒れてから発見されるまで、どれくらいの時間が経過していたか分かりませんか」

「お医者さんの診断では、心電図の記録……あ、その日は本間先生は自動的に心電図を記録する装置を装着していましてね」

「はい、そのことも聞いております。心電図には午後二時十九分に発作が起きたと記録されていたようです」

「そうですか、ご存じでしたか。いろいろお調べなのですな」

小林は上目遣いにチラッと浅見を見た。あらためて（この男、何者？——）と警戒心を抱いたのかもしれない。

「おそらく先生はその時刻に発作に襲われ、控室を出て助けを求めようとして倒れられたと思われます。職員が一一九番通報したのが二時二十五分頃ですから、実際に発見したのはそれより何分か前で、あまり時間が経っていなかったはずです」

「発見された時点では、本間先生はかなりの重症だったのでしょうか」

「職員が発見した時は、呼吸しておられなかったので、人工呼吸を施したそうです。それから、救急隊員の話や心電図を分析した結果によると、一時的に心臓が停まっていたみたいですな。私には詳しいことは分かりませんが、応急措置を講じて、心臓を動かしたものの、結局、脳死状態に陥って、回復しなかったのでしょう」

「心臓の発作はストレスによるケースが多いのだそうですが、その時間に、発作を起こすきっかけになるような、何か特別な出来事はありませんでしたか」

「いや、べつに何もありませんねえ。職員たちはほとんどがホールや玄関のほうに詰めていて、控室のほうで何かがあっても、気づかなかったかもしれませんが、少なくとも大きな物音だとか、そういうものを聞いた者は誰もいなかったようです」

「誰かが先生を訪ねてきたということもなかったのでしょうか」

「さあ、それは私には分かりかねます。警備室の職員がチェックしていますから、お訊きになってみてください」

言いながら、小林課長補佐は我慢できなくなったように訊いた。

「あの、浅見さんは何か、本間先生の死因に不審な点があるとでも？……」

「いいえ、そういうわけではなかったのですが、しかしいま、アラハバキ神のことを話していたとお聞きして、急に疑惑が湧いてきました。セミナーで『都賀留三郡史』やアラハバキ神を否定する話をしようとしておられた本間先生が、『妙なこと』という表現で、何やらアラハバキ神にまつわる出来事と遭遇したようなことを仄《ほの》めかした直後、心臓の発作に襲われたというのは、いささか気になります。アラハバキ神の信奉者からすると、まさに天罰が下ったというところでしょう」

「いや、冗談でなく」と、小林は寒そうに肩を竦《すく》めた。

「何人かの人から、そういう話は耳にしましたよ。アラハバキ神の祟りだとか呪《のろ》いだとかいった噂が流れたようです」

黒石の旅館のご亭主が同じことを言っていたから、この地方ではアラハバキ神信仰は、かなり浸透しているようだ。

その後、浅見は小林の了解を得て、市民文化センターの「現場」を見に行った。四百人を収容できるメインホールを備えた、堂々たる建物である。きょうは催し物がないらしく、ホール関連の施設は閑散としていた。

小林課長補佐から連絡があったと、警備の職員が控室まで案内してくれた。冷え冷えとした廊下の突き当たりを曲がった、奥まったところに、本間教授が使った控室がある。出演者の中ではもっとも重要な人物のために充てられるものらしい。

　案内だけして、その場を立ち去ろうとする職員を引き止めて、浅見は訊いた。

「その日、本間先生を訪ねてきた人はいませんでしたか?」

「おりましたよ」

　職員はあっさり答えた。

「えっ、いたのですか。誰ですか?」

「いや、名前までは聞きませんでしたが、女の人でしたじゃ」

「それは何時頃でしたか」

「確か一時半頃か、もうちょっと後でながったかと思いまし」

「それで、帰ったのはいつ頃ですか」

「さあ、すぐに帰ったんでないべか。ずっと見ていたわけではないので、はっきりしたことは分がらないども」

「本間先生が倒れた時は、その女性はいたのですか?」

「いや、いながったですよ。先生が発作で倒れられた直後に、たまたま通りかかった社会教育課の人が気づいて、大声で呼んだので、私も現場さ駆けつけましたども、この控室付近には誰もいながったな」

　あらためて廊下と控室の位置関係を見直したが、警備職員の詰めている事務室からは見通しが悪い。逆に言えば、内部に精通していなければ、ここに控室があることも察知できそうにない位置である。

　控室からはドアを開けて五歩も行けば廊下の角を出はずれる。本間はそこへ辿《たど》り着く前に倒れたということだ。そこは真《ま》っ直《す》ぐな廊下のほとんどの位置から死角になっている。幸運にも職員に発見されたからまだしも、発見が遅れていれば、そのままこの場所で絶命していただろう。

「廊下に人はいなかったとしても、控室の中はどうだったのでしょう?」

「いながったでしよ」

「覗《のぞ》いて見たのですか?」

「というより、ドアが開いでいて、室内が見えてましたがら」

「しかし、物陰とかロッカーの中に隠れていたとすると、分からなかったのじゃありませんか?」

「は? なんでまた、そったらふうに隠れていなければなんないのだべ?」

逆に訊かれた。確かに彼の言うとおり、事件でもないのに、なぜ隠れる必要があるのか、浅見は説明に窮した。

6

「セミナー当日の来場者は、何人ぐらいだったのですか?」

浅見は気を取り直して、訊いた。

「たぶん最終的には三百人程度だったと思いまし。早い人だば二時頃からホールのロビーで並んでいました。二時半の開場直前に、本間先生が急病で、セミナーは中止になったど発表した時には、ほぼ百人程度が列を作っていたんでないでべが」

「こういう、どちらかといえばお堅いイベントにしては、お客さんの数がずいぶん多いのですね」

「本間先生は人気がありましたがら」

「どういう点で……つまり、人気の秘密は何だったのですか?」

「それはもちろん、アラハバキ信仰に真っ向から立ち向かう姿勢だべせ。あの日、先生に頼まれて、お話しになる内容をコピーしておいたものがありまし」

職員は事務室に行って、本間がセミナーのために用意したリポートのコピーを持ってきた。

「虚妄の産物・都賀留三郡史」というタイトルがついている。副題に「偽史に利用された荒覇吐神」とあった。表題を見ただけで、いかにも攻撃的で過激だ。

「アラハバキ神は地元青森では、広く信仰を集めていると聞きましたが」

「信じている人も多いかもしれないけど、信じていない人もいるわけでし。私なんかもあったら迷信は信じないクチでし。『都賀留三郡史』なんか、ものすごいでたらめだべ。それを理路整然とやっつける、本間先生の論文を読むだけで気分がいいんだじゃ」

「ということは、逆に言うと、アラハバキ神や『都賀留三郡史』を信じる側の人にとっては、憎んでも憎みきれない存在……不倶戴天《ふぐたいてん》の敵ではありませんか」

「それは、まあ、確かにそうかもしれないでしね」

いったい何が言いたいのか？——と、職員は疑惑の目を向けた。

「本間先生を訪ねてきた女性ですが、何か気になるような様子はなかったですか？」

「気になるって、美人だったとか、そういうことでしか？」

「ええ、まあ、それもそうですが、挙動に不審な点があるとかです」

浅見は苦笑しながら言った。

「いや、挙動不審かどうかは知りませんよ。真っ赤なジャケットを着ていだのと、美人だったことは確かだども な」

五十歳はとっくに超えていそうな職員だが、その瞬間はかなり若返ったような目の輝きを見せた。

浅見は彼に礼を言って、持ち場に戻ってもらい、しばらくは廊下や控室、それに舞台に通じるドアなどを確かめて歩いた。舞台はかなり広く、照明はもちろん、いろいろな設備も完備しているらしい。ホールの床は緩い傾斜になっていて、客席のつくりもけっこう上等なものに見える。

本間信也のセミナーに三百人もの聴衆が詰めかけるというのは、浅見には不思議に思えた。『都賀留三郡史』がいくら話題の焦点になっているからといって、一般の市民にとっては無関係のことだ。あまり日常生活に役立つ話ではない。しかし、職員に言わせると「論文を読むだけで気分がいい」らしい。

市民文化センターを出て車に戻ってから、浅見も本間の「リポート」にざっと目を通してみたが、確かに、湊宮司とそれを支援する学者、グループを完膚《かんぷ》なきまでに叩きのめすような辛辣な論旨だ。

このリポートは四月二十五日に弘前で開かれる学会で発表する予定だった論文の、草稿といったところだろうか。十和田市でのセミナーは学会へ向けての小手調べといったおもむきがあったのかもしれない。

つまり、本間教授としては本邦初公開だった。その発表直前に、雄図虚《むな》しく挫折《ざせつ》した。湊らに幸運だったのは、リポートが公開されなかったことだ。本間の死に対して、『都賀留三郡史』の信奉者はもちろん、アラハバキ信者は快哉《かいさい》を叫んだにちがいない。すぐに「アラハバキ神の祟り」などという噂が流布《るふ》されたのも、意図的なものを感じさせる。

所詮《しょせん》は信仰者と信じない者たちとのギャップということだろうか。浅見は「不倶戴天」の敵という言い方をしたけれど、本当の話、それほどにアラハバキ信仰には激しく、好戦的な教養があるのかもしれない。

その成立過程から考えて、アラハバキ神は中央政権の「天津神《あまつかみ》」に対する「地の神」のもっとも過激な存在といっていい。「まつろわぬ」者たちの大義そのものといえる。そのアラハバキ信者にとっては、本間のような人物は許しがたかったはずだ。

とはいえ、それは一般論であって、いくら許しがたいからといって、宗教上の理由だけで殺人を犯すとは考えにくい。やはりそこには政治的あるいは経済的な利害得失が絡んでいるはずだ。そうなると、どうしても八荒神社の湊宮司が第一に思い浮かぶ。

ただし、それはあくまでも本間信也の死を殺人事件であるとする、浅見のいわば思い込みから発している。単なる病死を不審死だと主張するだけでは、警察はもちろん、誰もまともに取り合ってはくれないだろう。

本間は病院に収容され、医師の診断を受けながら、死に至った。少なくとも外見上は病死で、何ら疑うべき要素はないかのように思える。しかも、その日はホルター心電図の装置を装着していて、心臓の動きを逐一記録していた。本間は職員に発見されるまで——いや、病院に収容され、二日後に死が確認されるまで「生きていた」のだ。

要するに事件性のあることを示すものは何もないのだから、これでは警察が介入する理由はない。

それにもかかわらず、浅見は本間の死を殺人によるものとしか考えられなかった。何かからくりがあるにちがいない——と、ひたすらそう思えてならない。

(その女とは、何者だろう？——)

浅見は妙に気になった。職員が「美人」と言ったせいではない。「事件」直前に本間を訪ねてきたその女性こそが、意識のある本間と最後に会った人物なのだ。ひょっとすると本間の発作を引き起こすストレスの原因が、その女性だったかもしれない。

浅見はふたたび車を出て、警備職員のいる事務室に走った。

「さっきおっしゃった、真っ赤なジャケットの女性ですが、もう一度顔を見れば、分かりますか?」

いきなり訊いたので、職員は驚いたが、すぐに
「ええ、分かりましよ」と答えた。

「あれだけの美女を忘れっこないでしょ」

「その女性のことは、警察には話したのですか?」

「いや、話してないでしょ。何で警察なんかさに言わねばならないのでし?」

心外そうに口を尖《とが》らせた。

まったく、本間信也の「事件」は完全な病死であるとして、何の問題もなく封印されてしまったのだ。いくら浅見が躍起《やっき》になってみても、突破口を見つけないかぎり、いまさら引っ繰り返しようがない。

不整脈、ホルター心電図、ストレス、心臓発作——。

これ以上はなく「病死」のカルテが書けそうな設定ではないか。まあ、あえて問題視するとすれば、せいぜいストレスがどのようなものであったか——くらいのものだ。

午前十一時三十六分の小さなストレス。そして午後二時十九分の決定的なストレス。本間教授を襲ったこの二つのストレスとは、いったいどのようなものだったのだろう。

それにしても、ホルター心電図の装置を装着していたその日に、悲劇的な発作に見舞われるとは、不思議な巡り合わせではある。第一、セミナーの当日を選んで心電図を取ることもなさそうなものを——と、急に気になった。

浅見は十和田市立中央病院に電話して戸来医師

を呼んでもらい、あの日、ホルター心電図を装着した、本間信也の掛かりつけの病院がどこか、調べてもらえないか、と訊いた。

戸来は「ちょっと待ってください」と、電話を保留にして、誰かに訊きに行った。

「分かりました。青森市の山村病院です」

「山村病院……」

どこかで聞いたことのある名前だった。

第八章　赤い服の女

1

記憶の片隅にひっかかっているような名前だが、すぐには思い出せない。「山村病院」などという平凡な名称の病院は、いくらでもありそうだ。それよりも、戸来医師が病院名を知らなかったことが気になった。

「山村病院に、本間さんの病状のことについて問い合わせたのは、戸来先生ではなかったのですね？」

浅見は訊いてみた。

「そう、私ではなく、収容する段階で救急センターのほうが問い合わせて、カルテをファックスしてもらっています」

「山村病院というのは、いい病院なのでしょうか？」

「ははは、いい病院とはどのような病院を言うのか、定義にもよりますが、個人経営の病院としてはまずまずなのではありませんか。私の立場からは、その程度のことしか言えませんねえ」

口ぶりから察すると、有名ではないし、あまり良質な病院でもないらしい。

もっといろいろ聞きたいことがあるようで心残りだったが、忙しい戸来医師を電話口に呼び出しただけでも気が咎《とが》める。浅見は丁重に礼を言って電話を切った。

まだ陽は高い。爽《さわ》やかなドライブ日和《びより》だというのに、社会の暗部に顔を突っ込んでいるようで、自己嫌悪を覚えそうだ。

浅見は気をとりなおして、ふたたび自動車電話を握り、五戸署《ごのへしょ》の番号をプッシュした。

浅子刑事課長は在籍していた。挨拶《あいさつ》を交わすと、浅見が何も言わないうちに、「取り立てて浅見さんさ報告するんたことはねえですな。捜査はさっぱり進展してないじゃ」と先手を打った。

「お遍路《へんろ》さんの女性——伊藤由衣さんといいましたか、彼女が殺されたあの事件がらみと思われる、例の目撃情報の主や目撃された連中のことは、その後判明したのでしょうか」

「いや、鋭意捜査中と言いたいところだがね、あれっきり音沙汰《おとさた》なしだはんで……とごろで、浅見さんはもう東京だが?」

「いえ、すぐ隣の十和田市に来てます」

「なんだ、それだったらこっちさ寄ってくださいよ」

「ありがとうございます。そうさせていただきます」

警察にも自分を歓迎してくれる人間がいることが、浅見は嬉《うれ》しかった。

国道4号——かつての奥州街道を快適に走って、二十分後には五戸署に着いた。地方の道は信号も少なく、東京人の感覚では想像もできないほど距離感が異なる。東京では五キロ走るのに首都高速でも一時間近くかかることさえある。

五戸署の玄関先の貼《は》り紙の「新郷村殺人事件捜査本部」の文字が、雨風に晒《さら》されて滲《にじ》んでいるのが、なんとも侘《わび》しい雰囲気を醸《かも》しだしていた。

捜査本部があるわりには、建物の外にも一階のフロアにも報道関係者はおろか、捜査員の姿も見えない。捜査本部のある会議室を覗こうかと思ったが、うるさ型の吉北警部に会いたくなかった。刑事課の部屋もガランとして、浅子課長ともう一人、デスク担当の制服の巡査しか在席していない。

「あれからずっと青森さいたんだが」

浅子は煙草《たばこ》を勧めながら訊いた。浅見はこのところ禁煙しているが、付き合いのつもりで久しぶりに吸った煙草は旨かった。

「そうなんです。僕もこんなに長くいるつもりはなかったのですが」

考えてみると、東京を出てから五日目になる。出費は乏《とぼ》しい取材費をはるかにオーバーしているし、原稿もあまり進んでいない。東京のおふくろさんと藤田編集長の苛立《いらだ》つ顔が目に浮かぶようだが、行きがかり上、このまま引き揚げるわけにもいかない。

「妙な事件に遭遇しまして」

「そんだそうですなあ」

サンタランドの近くで、大工の山下義和が殺された事件のことは、浅子も知っていた。サンタランドのある岩崎村は、五戸町から十和田湖を挟んで真西にあたる日本海側にある。むろん五戸署は管轄外だから、直接的に関わることはないのだが、その事件の容疑で浅見が黒石署にしょっぴかれ、尋問されたのを「救出」してくれたのは、やはり浅子だったのだ。

「黒石署がら問い合わせがきて、浅見さんのことば被疑者呼ばわりしていたもんで、びっくりしましたじゃ。浅見刑事局長の弟さんだと教えたら、今度は向こうがびっくりしたけどね」

「ほんとにありがとうございました。お陰で助かりました。じつはその事件に関連して周辺を調べているうちに、あれからいろいろ分かったことがありまして」

山下の勤め先だった工務店の社長が「事故死」していたことと、大学の教授が急死していたことを話した。

「へえーっ、それらのどっちも殺人事件の疑いがあるじということだが。そせば、なんだか浅見さんの行く先々で事件が待っているみてだな」

浅子は冗談で言っているのだが、浅見にしてみると笑ってばかりではいられない気分だ。まったく、自分の行くところで、どうしてこんなに事件が発生するのか憂鬱《ゆううつ》になる。アラハバキの祟りどころか、ひょっとすると、浅見の事件簿を渇望している、悪名高い軽井沢の推理作家の呪いかもしれない——などと思えてくる。

「二人とも、すでに警察が事故死と病死ということで処理しているので、僕なんかがいまさら蒸し返しても、どうなるというものでもなさそうですが、その二人にはアラハバキ神の祟りで亡くなったと言われているという共通点があるのです」

「ほうっ、アラハバキとはまた、禍々《まがまが》しいものが登場したな」

浅子は笑いながら、ふと思い出したように言った。

「そうへれば、似だような話ば最近、聞いだじゃ。開演予定時間の直前に、講師の先生が倒れで急に中止になったっていうんだが、浅見さんが言ったのは、まさがその先生のことじゃながべな」

「えっ……」

浅見は驚いた。ひょっとすると、謎だった「午前十一時三十六分」の、本間の所在が分かるかもしれない。

「それはいつのことですか？」

「半月が三週間が、それくらい前のことだったと思うけども ね。その話ば聞いたのは、うぢの親戚《しんせき》筋にあたる寺の和尚《おしょう》がらです。何だったらもう一度聞いてみますが」

浅子はすぐに電話で問い合わせた。

会話の途中で浅見を振り返り、送話口を押さえて、「その先生というのは青森中央大学の本間さんといいますか?」と確かめた。

「そうです、そうです」

やはり本間教授のことだったか――と、浅見はいっぺんに緊張した。浅子は浅見に向けて「了解」と頷《うなず》いてから、しばらく「うん、うん」と話し込んでいる。

「本間教授と和尚とは、だいぶ前からの知り合いだはんで、その日は十和田市の市民文化センターで行なわれる講演会の前に寺ば表敬訪問してくれたのだそんです」

電話を切って、浅子は言った。

「寺は倉石《くらいし》村さあるんだばって、わざわざ足を延ばしてくれたんだな」

倉石村は五戸町のすぐ隣、新郷村へ行く途中にある。

「その時は元気そうだったはんで、あとでそれから間もなく倒れだと聞いて、びっくりしたみたいだ。したばって、本間教授が亡くなったのはそれから二日後だはんで、確か心臓の発作ではないがと言ってだな」

「ええ、そのとおりです」

「んだば事件性はないんじゃねべが?」

「公式的にはそうなっていますが、本間さんはアラハバキ神を否定する論者の代表格で、本間さんが亡くなったのはアラハバキ神の祟りだと言う人もいるのでして」

「ははは、そりゃ、言うのはその人の勝手だべ。まさが、呪い殺されたなんて言わねんでくだせえよ」

「呪いはともかく、怨恨《えんこん》関係はあります」

浅見がどこまでも真剣な顔をしているので、浅子も笑いを収めた。

「怨恨関係っていうと?」

「アラハバキ神の信奉者にとっては、本間さんは不倶戴天の敵ですから」

「つまり、殺しの動機はあるということだべか。んだばってな……」

「世界中で起きている紛争や内乱や戦争の原因は、大半が宗教的な対立だと言われていますよ」

「それはまあ、そんだけどもね。したばたって、状況から言って、殺しっていうことはないいんじゃねがな」

　万事が証拠主義・現実主義をもって旨とする警察官の判断は、仮説と飛躍と柔軟性ばかりの浅見とは対照的に冷静だ。

「ところで、本間さんがお寺を訪ねたのは、その日の何時頃だったか、もう一度訊いていただけませんか」

「ほうっ、よっぽど何が気にかがるごとがあるんだな」

　浅子は受話器を取りかけて、

「そんだ、それより浅見さん、どうせなら寺さ行って、直接、和尚さ事情聴取してみたらどうだべな？　自分はいまはちょっとここを動けないはんで、そせば電話しておぐがら」

「あ、それはありがとうございます。事情聴取というほど大げさなものではないですが、できればお会いしたいですね。ぜひ紹介してください」

　そう言いながら、浅見はもう腰を浮かしていた。

2

　浅子の親戚筋の寺は倉石村の西のはずれ近くにあった。五戸署からは国道454号を車で十五分、そこからあと少し走ると、例の「キリストの墓」と「ピラミッド」のある新郷村域になる。

　右手に倉石村交流センターの大きな駐車場がある。その道を一・五キロほど行ったところ——と教わった。この辺りはなだらかな起伏のある盆地のようなところで、二筋の川が合流する肥沃《ひよく》な土地である。田圃《たんぼ》のほかにニンジンやヤマノイモの畑が広がり、遠くにはウシの放牧場もあるのどかな風景だ。

寺は「儒童寺《じゅどうじ》」という曹洞宗《そうとうしゅう》の禅寺で、本堂はそれほど大きくも古くもないが、境内の由緒書に天正四（一五七六）年の開基とある。戦国時代の終わり頃だ。

浅子刑事課長からすでに連絡があったらしく、車のエンジン音を聞きつけたのか、浅見が庫裏《くり》に近づくのを白衣を着た住職が玄関先に出迎えた。禅寺の住職というので、何となく老僧を想像していたのだが、それよりはるかに若い、まだ四十代かと思える恰幅《かっぷく》のいい僧侶《そうりょ》である。

「浅子賢榮《けんえい》です。従兄《いとこ》がお世話になっているそうで」

住職と刑事課長は従兄弟《いとこ》同士の関係のようだ。そういえばどことなく顔だちが似ているが、勤行《ごんぎょう》で鍛えたバリトンのいい声で、訛りも刑事課長ほどはきつくない。

奥の座敷に通され、挨拶もそこそこに、浅見は訊いた。

「早速ですが、先月の二十日、本間信也教授がこちらを訪ねられたそうですね」

「そうでした。べつにさしたる用事はないのだが、しばらくぶりに顔を見たがったと言っておりました。見た目には元気そうだったが、それから何時間か後に倒れて、そのまま意識が戻ることがなかったそうです。人間のいのちは儚《はかな》いものです」

浅子住職は合掌、瞑目《めいもく》して小さく頭を下げた。

「ご住職と本間さんとは、どういうお知り合いですか？」

「高校の時に歴史研究サークルという部活で一緒

でした。彼は秀才で、学年でただ一人、東大へ行きました。世渡りの下手《へた》な性格のせいか、青森の大学なんかに燻《くすぶ》っておりましたが、本来なら中央で活躍してもらいたい人材でした」

「アラハバキ神信仰に対して、真っ向から否定的だったようですが」

「そうでした。あの日も十和田市でその講演をやる予定だったのです。以前、同窓会で会った時に、あまり地元で波風を立てないほうがいいのではないかと、忠告めいたことを言ったんですが、かえって怒られましたよ。そういう無関心、無干渉の姿勢が邪教を跋扈《ばっこ》させる原因だとね」

「邪教とは手厳しいですね」

「そんですね。こと学問に関しては妥協を許さない激しいところがありました。しかし、いまになってみると、確かに本間の言うことが正しかったと、私も思います。もし彼のようなピュアな反対論者がいなかったならば、アラハバキ信仰はもっと勢力を伸ばしたでしょうな。いや、もとより信仰は自由ですから、アラハバキ神を信じる人がいてもいっこうに構わない。しかし、それによって歴史を弄《もてあそ》び、真実までも歪《ゆが》めてしまうようなことが起きる危険性があってはならない。まして私欲を満たす目的が付随するのは許しがたいと。そのことを本間は力説していましたよ。実際、そうなるおそれは十分ありました。あの怪しげな『都賀留三郡史』でさえも、マスコミばかりか、中央の著名な学者たちが担ぎ上げ、正史のごとくに持て囃《はや》したのですがらね」

　それだけに、本間に対する風当たりは強かったということだろう。怨恨が殺意に繋がった可能性は確かにありそうだ。

「本間さんが見えたのは、何時頃だったのでしょう？」

「さあ、何時だったかな……そうそう、昼少し前ですな」

「十一時半頃ですか」

「いや、もうちょっと後でしょう。食事をしながら、『都賀留三郡史』の講演のことでちょっと話ば訊きたいと言っていたのだが、急に用事ができたとかで、キャンセルしました」

「用事とは何だったのでしょうか」

「さあ……用事は口実で、じつは気が変わったのではないですかな。何となく、心ここにあらざるような、落ち着かない様子でしたよ」

「こちらまで足を運びながら、せっかくのご住職との約束をキャンセルするというのは妙ですね。本間さんの様子に、何か気になるようなことはありませんでしたか」

「そうですなあ、あまり長くいたわけではないので……ああ、そういえば、いやなものを見たとか言ってましたな」

「えっ……」と、浅見は心臓が高鳴った。本間信也のホルター心電図に表れた「十一時三十六分の不整脈」が出たのは、ちょうどその頃だ。いまの自分の心臓と同じように、本間もショックを受けたにちがいない。

「いやなものとは、何でしょう？」

「私もそう訊いたが、大したものではないと笑ってました。しかし、いかにも無理に笑ったようで、じつは相当に不愉快だったのじゃないかと思いましたよ。それで何があったのかと少ししつこく訊いたら、あまり気乗りのしない顔で話したのですがね。国道のこちら側に、倉石村交流センターというのがありましたべ。そこの近くで、チンピラ風の男どもが女性を囲んでからがっていたというのです」

「それじゃ当然、正義派の本間さんとしては彼らを制止したのでしょうね」

「いや、私もそう言ったのだが、本間は苦笑いして、何もしなかったと言いましたよ」

「それは意外ですね」

「まったくです。それで、ふだんから『義を見てせざるは勇なきなり』などと言っているおまえらしくないな、怖かったのかと文句を言ってやりました。すると、怖かったわけじゃないが、それには事情があると言いましてね」

「なるほど……」

浅見はゆっくりと頷いた。それが浅子住職の目にはいかにも得心したという顔に見えたのだろう。

「なんだか、浅見さんにはその事情が何なのか、分かっているみたいですね」

「ええ、漠然とですが、分かるような気がします」

「ふーん、どう分かるのです？」

「おそらく、その女性は本間さんの知り合いだったのでしょう」

「ほうっ……驚きましたなあ」

住職は口をすぼめて、浅見の顔をまじまじと見つめた。

「あなたの言ったとおり、その女性は本間の知人だったそうですよ。けども浅見さん、どうして分かったのですか？」

「何も関係のない女性だったなら、躊躇《ちゅうちょ》なく制止に入ったはずです。もちろん顔見知りだったとしても、ふつうならそうしたでしょう。しかしそうでないケースもありえます」

「そうでないとは、どういうケースが考えられますかな？」

住職は試すような目をした。

「そうですねえ……一つは、その女性と一緒にいるところを第三者に見られたくない場合でしょうか。まあ、常識的に言って、不倫関係などが想定されますが、しかし、不倫そのものが、本間さんの性格からは考えにくいですね」

「確かに。それで、一つというと、ほかにもあるのですな」

「ええ、もう一つ考えられるのは、一緒にはいたくない女性だった……という場合です」

「すばらしい！」

住職はのけ反《ぞ》りぎみに、バリトンで感嘆の声を発した。

「まさに浅見さんが言ったとおりですよ。本間は『顔を合わせたくない女』という言い方をしておりましたが。それにしても浅見さんには驚かされますなあ、まるで見ていたようだ。どうしてそんなことが分かるのか、一つご教示願えませんか」

「いえ、教えるなんて……ほかに考えようがないだけです」

浅見は謙遜《けんそん》ではなく、本音を言った。

「それより、本間さんの話のつづきをお願いします。結局、その女性はどうなったのですか？　チンピラの手から脱出できたのでしょうか？」

「結論から言うと脱出したそうです。もともとチンピラもそれほど悪質ではなかったのかもしれないし、何しろ真っ昼間ですからな。傍観者がいてはやりにくかったのでしょう。本間もいくら嫌いだからといって放置してはおけないと思い、車から出ようとした時にはもう、女性は解放されて車に乗って立ち去ったということです」

「あ、車だったのですか」

だとすると付近の住人ではなさそうだ。

本間の心電図があの程度の小さな不整脈で治まったのは、その騒ぎも小さかったからなのだろう。本格的に騒動に巻き込まれていたら、グラフは乱れに乱れていたはずだ。

「その女性の素性については、何かお聞きになりましたか？」

「いや、一応訊いてはみましたが、本間は言いませんでした。話したくもなかったのでしょうかな」

よほど嫌いな相手だったということか。

3

儒童寺を辞去して、浅見は交流センターへ行ってみた。交流センターは道路脇に広い駐車場を設け、その先の一段高い敷地に日本建築風の平屋がある。高速道路のサービスエリアより、建物の敷地面積はかなり広そうだ。看板の案内によると、「倉石温泉」が併設されているらしい。

建物の中は「温泉棟」と「交流ホール」とに仕切られていて、ホールの側には倉石村の特産品などが展示販売されている。農産物はリンゴ、ヤマノイモ、ニンニクなどが主な産物のようだ。「倉石牛」というのに人気があるらしく、観光バスで来たグループのお客が、カウンターで予約の手続きをしていた。いまの時期でこうだから、ゴールデンウィークや夏休み期間中などは、かなり混雑するにちがいない。

本間がここに来た四月二十日はどうだったのだろう。その日はウィークデーで、まだ桜の時期には早く、人出もさほどではなかったはずだ。

ひとしきりつづいた客の喧騒《けんそう》が遠のいて、カウンターの女性がほっとしたような目をこっちに向けた。それを汐《しお》に浅見は彼女に近づいた。買い物客と思ったのか、女性は会釈して「いらっしゃいませ」と言った。ブルーの制服を着て、あまり化粧っ気のない、素朴で明るそうな女性だ。

「ちょっとお聞きしますが、先月の二十日のお昼頃、そこの駐車場付近で何か揉《も》め事がありませんでしたか？」

女性は「えっ」と、怯《ひる》んだように半歩、後ずさりした。(手応《てごた》えあり――)と浅見は思った。

「すみません、とつぜん妙なことを訊いて。じつは僕の知り合いがたまたま車で通りかかり、若い男数人が女性をからかっているような光景を目撃したのですが、その後、あの女性はどうなったか、気になって仕方がないというのです。無事だったかどうか、訊いてみてくれと頼まれました」

「ああ、それでしたら無事でしたよ」

「そうでしたか、それならよかった。相手の男どもはすごくガラの悪そうな連中だったそうですね」

「ええ、ヤクザっぽかったですね」

彼女の目の中に、鋭い憎しみの色が宿ったのを、浅見は見逃さなかった。

「ということは、あなたもその光景を見ていたのですね」

「ええ、偶然ですけど」

「その時、あなたはどこにいたのですか? ここからでは駐車場は見えないように思いますが」

一段低くなっている駐車場は、この位置からだと、ごく一部しか見えない。

「私も駐車場にいました。その日はオフだったので、友人と一緒にドライブしてて、その途中、ここに立ち寄ったところだったんですよ。そしたらなんか、酔っぱらいみたいな男の人たちが女の人を囲んで、いやがらせみたいなことをしてるので、車から出られなくなって、遠くからずっと見てましたけど」

「誰も助ける人はいなかったのですか」

「ええ、誰もいませんでした。私たちは怖《おっかな》かったし、向こうのほうにも車が停《と》まってて、男の人が乗っているみたいに見えたんですけど、すぐには出てきませんでした」

その車の主が、おそらく本間教授だったにちがいない。

「その絡まれていた女性というのは、どんな人でしたか？」

「私よりはたぶん年上だと思うんですけど、すっごくしっかりした感じでした。男四人を相手に負けていないって感じで、身構えて何か言い返しているみたいでしたよ」

「あなたより年上というと、二十五、六歳ですか？」

浅見がかなり無理してそう言うと、「えっ？　ははは……」と嬉しそうに笑った。

「残念ですけど、十歳ぐらい違いますよ。真っ赤なスーツを着て、派手な感じでしたけど、そんなに若くはなかったと思います」

「赤いスーツ……」

浅見はドキリとしたが、さり気なく装って訊いた。

「それからどうなったのですか？」

「女の人は空手か何かやってる人だったのじゃないですか。一人の男が近づいたと思ったとたん、あっと言う間に弾《はじ》き飛ばされちゃったんです。男たちは結局、それ以上は手出しができなかったみたいですね。女の人は近くに停めてあった車に乗って、ゆうゆうと立ち去りましたよ。ただ、その時になって気がついたんですけど、その車にはもう一人、人が乗っていたんですよね」

「えっ、同乗者がいたのに、助けようとはしなかったのですね。ひどい男だな」

「いえ、乗っていたのは男の人じゃなかったみたいですよ」

「女性ですか」

「たぶん……それに、はっきり見えなかったんですけど、お年寄りっぽかったですね。後で思うと、男たちが絡むのをやめたのは、その人が何か声をかけたせいもあったのかも分かりません。ただ、ちょこっと気になることがあるんですけど……」

女性は急に言いよどんで、憂鬱そうな顔になった。それ以上は話したくないのか、何となくソワソワした様子に見えた。

（なぜだろう？——）

その気になったことと、憂鬱そうな表情の原因を浅見は不審に思ったが、その時、新規のお客が数人、ホールに入ってきた。女性は救われたように「いらっしゃいませ」と、その客のほうへ向かった。

浅見は仕方なく、建物を出て駐車場に戻った。ソアラにもぐり込んだが、エンジンをかける気にはなれない。ぼんやりと交流センターの建物を眺めながら、儒童寺の住職の話といまの女性の話を繋ぎ合わせて、あれこれ思い巡らせた。

女性が見た〔赤いスーツ〕が、十和田市民文化センターの職員が言っていた〔赤いジャケット〕とダブった。二人が目撃した女性は同一人物だったのではないだろうか。スーツなのかジャケットなのかは、どちらかの記憶違いの可能性がある。

それと、赤いスーツの女性の同乗者のことが気にかかった。さっきの女性が急に言いよどんだのはなぜなのだろう？

それはそれとして、浅見が浅子刑事課長に語った、ピラミッドでビールの空き缶を投げた男どもが、別の場所でも傍若無人の態度をとっていたのではないか——という「予言」がどうやら的中しそうだ。そう思った瞬間、浅見は「あっ」と気がついた。

転がり出るように車を離れ、ふたたび交流センターへ駆け上がった。

団体客の買い物はまだ終わっていない。浅見はいらいらを嚙《か》みしめるようにして、ホールの中を、動物園のクマよろしく行ったり来たりして待ちつづけた。

ようやく客が引いて、ポッカリと空間のできたカウンターの前へ行った。女性は正直に（またか——）というように眉を寄せて、浅見を迎えた。

「さっき、あなたは、その日はオフだったと言いましたね？」

浅見は逸《はや》る気持ちを抑えながら、できるだけゆっくりと喋《しゃべ》った。しかし女性の目には、この見知らぬ男の異様なほどの意気込みが感じられるのか、またスッと半歩退《ひ》いて、「ええ」と頷いた。

「そのあと、お友達と向かったのは、新郷村のピラミッドじゃありませんか？」

「えっ……ええ、そうですけども……」

女性の顔に驚愕《きょうがく》の表情が広がった。

「そこでまた、さっきの男どもに会ったのですね？」

「……」

もはや声を失ったらしい。表情は驚愕から恐怖へと変化した。救いを求める目を、遠くにいる上司のほうへ向けた。

「あ、ごめんなさい、脅かすつもりはありませんから、安心してください」

浅見は辛《かろ》うじて笑顔を見せ、「僕はこういう者です」と名刺を渡した。

「じつは、五戸署の浅子さんという刑事課長さんと知り合いでして。あ、そうそう、浅子さんはこの儒童寺の住職さんの従兄ですけど、ご存じですか？」

女性はコクリと頷いた。多少は安心してもらえたようだ。

「ズバリお訊きしますが、あのあと、五戸署にお遍路さんが殺された事件のことで通報の電話を入れたのは、あなたですね？」

　せっかく溶けかかった緊張と恐怖が、またしても女性を襲ったらしい。女性はこれまで以上に身を硬くして、顔色は氷のように青ざめた。もちろん言葉を発するどころではないにちがいない。もはや確かめるまでもなく、彼女こそがタレコミの主だったのだ。

「そんなに緊張しないでください。僕はあなたの正義感に感心しているのですから」

　浅見のほうは、ようやくほっとして、心の底から笑顔が生まれた。

「そこで、ついでにもう一つお訊きしたいことがあるのです」

　唇を湿らせて言った。

4

「その時、赤い服の女性の車に同乗していたもう一人の女性ですが、その女の人は白っぽい服装をしていたのではありませんか？　たとえば、殺されたお遍路さんが着ていたのと同じ、巡礼姿のような」

「…………」

　カウンターの女性はこわばった顔で、抵抗を諦めたように、黙って頷いた。

「いくつぐらいの女性に見えましたか？」

「分かりませんけど、たぶん五十から六十歳ぐらいだと思います」

　謎のいくつかが、これで氷解した。「その日」、彼女はお遍路さん姿の女性を目撃していたのだ。お遍路さんが殺された事件が発生したニュースを見て、当然、その時の情景を連想したのだろう。

「あなたが……」

言いかけて、浅見はまだ彼女の名前を聞いていないことに気づいた。

「そうそう、もし差し支えなかったら、お名前を教えていただけませんか」

女性は少し躊躇《ためら》ってから、客からは名刺をもらっていることを思い出したのか、気の進まない様子を見せながら、「松内博子《まつうちひろこ》といいますけど」と名乗った。

「松内さんが五戸署の浅子警部のところに電話を入れた時、お遍路さんを殺害したと思われる男たちのことは話したそうですが、一緒にいた赤い服の女性のことはおっしゃらなかったのでしたね」

「えっ？……」

松内博子は驚いて目を丸くした。

「じゃあ、やっぱり、その人も殺されたんだべか？」

「えっ、いや、そうではありませんが」

今度は浅見が驚いて、苦笑した。

「やっぱりということは、松内さんは、ひょっとすると赤い服の女性も殺されたのではないかと思ったのですね？」

「いいえ、そこまでは……へでも、もしかしたらとは思いました。お遍路さんと一緒にいたんですから」

「なるほど……しかし、その時あなたが見た車の中の女性は、間違いなくお遍路さんだったのですか？」

「それは間違いないですよ。白い着物で、襟元に何か文字が書いてありました。私はどっちかというと遠視で、たとえ車の中でも、見間違えることはないです」

「しかし、かりにお遍路さんだったとしても殺されたお遍路さんと同一人物だったかどうかは分かりません。それに、その時の男たちがお遍路さん殺害の犯人だった可能性も、かなり低いと思いますよ」

「そうですよね、私もそう思ったんです。そだがら、警察さ電話したのを後悔しました。その時は頭さカーッと血が昇ったみたいに、あの男たちにちがいないって思って、それで警察さ電話してしまったんだけど、後で考えてみると、間違いかもしれない、もしかして、私の電話のせいで無実の罪で死刑にでもなったらどうするべって……それで、二度と警察には電話しなかったんです。あの、これって、問題になるんですか?」

松内博子は不安げに声を震わせながら、早口で喋った。

「ははは、大丈夫、心配することはありませんよ。警察に通報したのは正しかったし、その後、電話するのをやめた気持ちもよく分かります。というわけで、僕もそのことを警察に伝えるような真似《まね》はしませんから、安心してください」

浅見は慰めを言ったが、それでも彼女の不安が解消されることはなさそうだ。浅見にしても、その約束が守れるかどうか、自信があるわけではなかった。「捜査」の進展具合によっては、警察に届け出る義務が生じる可能性は十分ある。しかし、ぎりぎりのところまでは彼女を巻き込まないで済ます気持ちは偽りのものではない。

「たぶん、事件には関係ないと思いますが、念のために、男たちの車と女性の車の特徴を教えてください」

「男たちの車はダークグリーンの、たぶんパジェロだったと思います。女性の車のほうは白っぽい普通の乗用車でした。はっきりした車種は分かりませんけど」

いまの段階では、それ以上の収穫は望めそうにない。浅見は交流センターを出て、駐車場のソアラに戻った。窓を開け、リクライニングシートを倒して、ぼんやりと天井を眺めながら思案に耽《ふけ》った。五月の風はいくぶん冷気を感じさせて、疲れぎみの頭を冷やすにはちょうどいい。

松内博子の話から、ピラミッドに現れた傍若無人の男どもの所業は分かったが、彼女自身が「警察に電話したのを後悔した」と言っているように、伊藤由衣の事件と直接、関係があるとも思えない。

問題は赤い服の女性の車に同乗していたのが、はたして伊藤由衣だったかどうかということである。こっちのほうは、松内博子には慰めの意味もあって否定的な言い方をしたものの、お遍路姿の女性はまず間違いなく伊藤由衣だと思っていい。

伊藤由衣が南郷村を出て新郷村のピラミッド付近まで、徒歩で行ったとするのは、時間的にも無理だし、また警察の調べにも、途中を目撃した情報がまったく出てこないという点から言っても、不自然だった。生前にせよ死後にせよ、車で運ばれたと考えれば納得がゆく。だとすると、赤い服の女性こそが、伊藤由衣の事件と重要な関わりがある人間ということになる。

いったい、赤い服の女性とは何者なのだろう？　十和田市民文化センターに本間教授を訪ねた「赤いジャケットの女」と同一人物なのだろうか？――もし同一人物だったとなると、なぜそこにお遍路の伊藤由衣が絡んでいるのか、また新たな疑問が生じてくる。

赤い服の女性と同一人物かどうかはともかく、本間信也教授の死に関わりがあったと思われる「赤いジャケットの女」が何者なのか、その素性については、漠然とではあるけれど、心当たりがないわけではない。むろん湊宮司を訪ねた時に会った八荒《はっこう》神社の巫女《みこ》だ。「赤いジャケット」というのが、あの赤い袴《はかま》を連想させるせいでもある。

本間の死が殺害されたものだとすれば、動機を抱く人物として、第一番目に湊博之《ひろゆき》宮司が挙げられる。ただし、殺意があったからといって湊自身が動けば、いの一番に疑われるのだから、本人が本間を襲うことはまずないと思っていい。

その場合、「代理人」を務めそうな人物といえば、あの時、湊の傍《そば》にいた若い神職か、それとも巫女。とりわけ「赤いジャケットの女」が巫女であった可能性は強い。

とはいえ、本間の死はすでに「病死」として決着がついている。これからそれを蒸し返して、殺人事件として立件するのはかなり難しいだろう。第一、赤いジャケットの女がどうやって本間を殺害しようとしていたのかも分からない。本間は急死ではあったが、必ずしも不審死ではなかったのだ。十和田市立中央病院の戸来医師も心室細動によって死亡したものと言っていた。

「赤いジャケットの女」から、「赤い服の女性」を連想していて、浅見はついさっき、交流センターの松内博子が話したことを思い出した。

彼女が駐車場で目撃した「事件」では、女性に絡んでいた男たちの一人が、あっという間に倒されたという話だ。「空手か何かやっているのでは」と言っていたが、ひょっとするとそれはスタンガンを使ったのではないか——と思った。

浅見はもちろん使ったことも使われたこともないが、以前、ある事件を追いかける過程で調べる必要があって、スタンガンの威力が相当なものだと知った。

言うまでもなく、スタンガンは暴漢に襲われた時など、相手の体に押し当てて、高圧の電流を発生させ撃退する装置だが、スタンガンには五万ボルトから八十万ボルトまで、いろいろな機種がある。一般に護身用として市販されているものは、せいぜい八万ボルト以下で、このレベルだと、相手を驚かせ、怯ませる程度だが、それでも一瞬にして相手の戦闘意欲を削《そ》ぐそうだ。

八万ボルト以上の機種では、やや厚手の服の上からでも、相手が尻餅《しりもち》をついたり、膝《ひざ》をつくほどの効果を見せる。これが十五万ボルト以上となると、「ガーン」と殴《なぐ》られたようなショックを受け、場合によっては失神することもあるそうだ。まして三十万ボルト、五十万ボルトレベルでは、ほとんど全員が失神し、二、三十分以上意識がもうろう状態となり、それ以降も歩くことさえできないほどになる。その衝撃のわりには、ほとんど痕跡《こんせき》は残らないらしい。

どのレベルの機種でも危険を伴うので、使用する個所は胸部や頭、顔、首などを避けるよう指示されている。とっさの場合に反撃する場所を選んでいられるかどうか疑問だが、そのことは逆に言うと、急所に当てて使用すれば、かなり危険な状態に陥らせることができるという意味でもある。

浅見は自動車電話で十和田市立中央病院の戸来に問い合わせた。「スタンガンによって、相手を死亡させることはできるか？」という質問に、戸来は「さあねえ……」としばらく考え込んだ。医者としては軽々しいことは言えないのだろう。

「私自身は扱ったことはないですが、以前、スタンガンの使用によって急性心不全を起こし、死亡に至ったというケースがあるという話を聞きました。ただ、その人は心臓に欠陥があったということなので、一般的にそうだとは言い切れませんが」

「本間信也さんの場合はどうでしょうか。本間さんはホルター心電図の装置を着用していたのですから、当然、心臓に何らかの欠陥を持っていたと考えられますが」

「ほうっ……」

戸来医師は、軽い電気ショックを受けたような声を出した。

「つまり、浅見さんが言いたいのは、本間さんは自然死ではなく、殺害されたのではないかという意味ですか」

「ええ、あくまでも仮説ですが、もしスタンガンにそういう威力があるなら、その疑いはあると思います」

「うーん、それはどうかなあ……」

戸来は言葉に詰まった。もしそれが事実だとすると、診察した病院側の責任を問われかねない。戸来はそのことを恐れたのかもしれない。

「スタンガンを着衣の上から使用した場合、皮膚等に痕跡は残らないのでしょうか」

「うーん、どうですかねえ……残らないと思うけれど、かりに残ったとしても、あらかじめその認識があって精密に調べたのならともかく、一目で気がつくような痕跡は残らないのじゃないですかなあ」

戸来は明言を避けているが、これで本間がスタンガンの攻撃によって心臓発作を起こし死亡した可能性はあることが確信できた。

といっても、いまとなってはそれを確かめるすべもない。

5

「これも仮定の話ですが」

浅見はそう前置きして、言った。

「もしあの時、本間さんに心臓の欠陥があることを知らなければ、もっと精密な検査が行われていたのではないでしょうか」

「うーん……」

戸来医師はまた唸《うな》った。

「そうですなあ、確かにそれはあったかもしれませんね。救急隊の報告やホルター心電図の装置を着用していたことから、最初に診察をした時点で、心臓の発作によって倒れたという認識がありましたから、それに基づいた措置を講じました。まさか浅見さんが言うような、たとえばスタンガンが使用されたなどとは考えもしなかったし、現場の状況も、そんなことを考える時間的な余裕はなかったでしょう」

「死因がスタンガンによる可能性はあるのですね？」

「そうですなあ、何とも言えないが、所見では、一時的に心停止があって、血流が止まったことにより、軽微の脳死状態が発生したと考えられました。その後、心臓の動きは物理的な治療によって辛うじて回復したものの、脳のダメージは回復せず、それが結果的に死に繋がったわけで、これは通常の心筋梗塞《しんきんこうそく》などの症例と変わらないものです」

「もし、ホルター心電図の装置を着けていなければ、診察に当たっての気構えも違っていたとお考えですか？」

「それは否定しません。ただし、その結果、たとえばスタンガンの痕跡を発見できたかどうかは別問題ですがね」

戸来としては、医師の立場として、やはりその点だけは譲れないのだろう。浅見は礼を言って電話を切った。

もし本間の死がスタンガンの使用によるものだとすれば、かなり強力なものを使用したにしても、死に至らしめるほどの効果を発揮したことからいって、本間信也が心臓に何らかの欠陥があったことは、おそらく間違いないのだろう。犯人はそのことを知っていたと考えられる。

それにしても、もしその時、ホルター心電図の装置を着けていなければ、救急隊員も戸来医師も、その予見を抱かずに診察をし、あるいは遺体を解剖して、心臓付近の皮膚や筋肉に何らかの異変があったことを発見していたかもしれない。

あの日、本間が心電図の装置を着用していたことには、ひょっとすると、本来の目的とは別に、重大な意味があったのではないだろうか——。

浅見の疑惑は急速に大きくなった。かりにこの疑惑が当たっているとすると、本間を診療していた病院が、「事件」にひと役買っていたことになる。

（山村病院——）

浅見はその病院名を思い浮かべて、愕然《がくぜん》とした。十和田市民文化センターで戸来医師に電話した時は、漠然とどこかで聞いたような名前——と思ったのだが、それは聞いたどころか、見てもいる名称だった。「山村病院」は黒石市の大工・山下義和の顧客リストに、発注者として名前が記載されていた。

なぜこんなことにも気づかなかったのだろう——と、自分でも呆れたが、青森市と黒石市の距離感が記憶の再生を阻《はば》んだのかもしれない。黒石市の西のはずれ近くにある工務店が、青森市まで「販路」を広げているとは考えにくかった。そのことに気がついたいまでも、まさかその「山村病院」だとは、にわかには信じられない気分だ。

そこまで考えて、浅見はふと（待てよ——）と思った。山村病院はおそらく湊宮司のシンパなのだ。しかしそのことを、本間信也が知らなかったとは考えにくい。それにもかかわらず本間が山村病院で受診しているのは、診療以外の目的があったのではないか。山村病院を通じて、湊の本性を嗅《か》ぎ取ろうとしていたことは十分ありうる。そういう本間の意図は逆に、山村病院を通じて湊側にも察知されたかもしれない。湊の殺意が急速に高まったのは、論文の発表を恐れたのと同時に、本間のそうした動きに怒ったためとも考えられる。そうして本間の「受診」を逆用して、ホルター心電図を着用させるという奇策を考え出した。かりに山村病院側にも何かしら後ろめたいことがあるなら、湊の提案に乗って犯行の片棒を担いだにちがいない。そうだ、八荒神社と山村病院は物心両面で補完しあう関係にあったのだ。

その繋がりを知っている棟梁の谷内《やち》は、本間が山村病院にかかっていたことと、急死したこととの相関関係に疑惑を抱き、その話を弟子の山下に漏らした。谷内はよもや山下に裏切られるとは思いもしなかったにちがいない。それを受けて山下は早速、湊にご注進に及んだはずだ。彼もまた湊に裏切られることに気づくよしもなかったのだろう。

いまとなっては谷内の「事故」の真相を確かめるのは難しいが、山下の単独犯行であるとは考えられない。少なくとも背後に湊のマインドコントロールがあった可能性はある。山下にしてみれば、谷内の情報を伝え、「事故」を実行することで忠誠心を示した——というより、むしろ湊や山村病院に貸しを作り、工事の受注を確約させたつもりでいたかもしれない。確かにそれは湊と山村病院にとって相当なプレッシャーになったことだろう。

山下が谷内の「事故死」の責任を取って工務店を辞めたのは、ずいぶん潔い態度に思えたが、その背景には八荒神社や山村病院など、大口の工事を受注しているという安心感があったはずだ。それがあるから、湊の意思に従って「事故死」を演出した可能性が強い。

ところが実際には、そのどちらもが約定を履行してもらえなかった。となると、すでに谷内工務店を辞めてしまった山下にとって、死活問題といっていい大打撃だったにちがいない。湊の煽動《せんどう》と策謀に踊らされて、屋根に登ったのはいいがハシゴをはずされた恰好だ。追い詰められた山下が湊らに約束を履行するよう迫り、挙げ句の果て、自棄的に暴走しようとして、湊に逆に消されたという構図は目に見えるようだ。

浅見の頭の中に、事件の図式がどんどん組み上がってゆく。

事件の中心にいるのは、言うまでもなく八荒神社宮司の湊博之であり、事件の「動機」は湊が発見し主張していた『都賀留三郡史』の信憑性《しんぴょうせい》を守ることにある。

本間信也も谷内洋蔵も、湊宮司と『都賀留三郡史』の嘘を告発しようとして、死んだ。本間は学会で『都賀留三郡史』を批判する演説をぶつ直前に死んだ。谷内は本間の死に疑問を抱き、独自に調べようとしていた矢先の死であった。

山下義和も結果的には湊に反旗を翻《ひるがえ》して殺された。本間と谷内の場合は病死、あるいは事故死を装ってはいるが、山下だけは唯一、はっきり殺されている。彼はまた、事件の真相を知る人物というより事件に関与した当事者の一人でもあったから、偽装工作を施す余裕もなく、口封じのために殺害されたとも考えられる。

どの事件についても、殺人の実行犯が湊本人だったとは考えにくい。老齢でもあるし、きわめて目立つ存在だからだ。

本間の場合は「赤いジャケットの女」が犯人であることは、ほぼ間違いない。

谷内の「事故死」の真相はまだ不明だが、山下が関係している可能性は高い。

その山下を岩崎村まで運び殺害したのは、「赤いジャケットの女」か、湊の弟子である若い神職か、二人の共犯か。ことによると、浅見がまだ知らない第三、第四の人物が介在しているかもしれない。

湊という人物には、アラハバキ神を背景にしたカリスマ性があり、『都賀留三郡史』の信奉者の中には、狂信的に湊の意のままに動く者も少なくないだろう。

宗教の怖いのは、それを絶対視した者が、自分たちと異なる思想や文化を「悪《あ》しきもの」として排除しようとすることだ。山下も信者の一人だったとすれば、湊宮司やアラハバキ神を誹謗《ひぼう》する谷内を事故死に見せかけて殺す工作を行なったか、少なくともその工作に手を貸したとしても、それほど不思議ではない。

こうして考えてくると、事件の輪の中にはどうしても組み込めないのが「お遍路さん」の伊藤由衣である。

湊宮司や『都賀留三郡史』を巡る一連の事件と、「お遍路さん殺し」の事件とは、まったく関係がないのか――と思えるのだが、それでは「赤い服の女性」と「お遍路さん」の繋がりはどう説明すればいいのか、道筋が分からなくなる。松内博子に言ったように、じつはあの「赤い服の女性」も「お遍路さん」も、八荒神社の巫女や伊藤由衣ではなかったのかもしれない――と、折角積み上げた推理が後退してしまいそうだ。

（事件の謎を解くカギは、ひょっとするとお遍路さんなのかもしれない――）

これまで脇役のように軽く見ていた「お遍路さん」が、急に舞台の真ん中に躍り出たような感じになった。考えてみると、浅見が青森に来て最初に出くわしたのが、あの「新郷村殺人事件」だったのだ。

側に、不気味な余韻を感じさせる歌詞である。

新郷村のキリストの墓といいピラミッドといい、いずれも『都賀留三郡史《し》』と同工異曲のまやかしと言えないこともない。強いて関連づけるとすれば、その点だが、それだけですべての事件を括《くく》りにして、ほんの通りすがりのような「お遍路さん」まで引っ張り込むのには、相当な無理がある。

いったいあの「お遍路さん」とは、どういう存在で、この事件ストーリーの中でどういう役割を担っていたのだろう？——

そう思った時、浅見の脳裏に、神尾容子が聞いたという奇妙な唄が蘇《よみがえ》った。

なにわより　じゅうさんまいり　じゅうさんり
もらいにのぼる　ちえもさまざま

虚空蔵菩薩《こくぞうぼさつ》信仰にまつわる祈りの唄と分かっていても、どことなく哀調を帯びた、そしてその裏

第九章　事件の構図

1

時計の針は四時を回ろうとしていた。初夏の日は長いが、うかうかしていると、また宿を決めないうちに日が暮れそうだ。浅見はようやく身を起こし、ソアラのエンジンをかけ五戸署へ向かった。

浅子刑事課長は相変わらず浮かない顔で、席を温めていた。署内の雰囲気からも、捜査本部の動きが停滞していることが分かる。

「どんでした？」

浅見の顔を見るなり、浅子は立ち上がって訊《き》いてきた。従弟《いとこ》の儒童寺《じゅどうじ》住職を紹介した成果を気にしていたようだ。

「お陰さまで、いろいろなことが分かりました」

「ほうっ、何が分かったのです？」

「本間信也さんの死は、やはり殺人事件の疑いが強そうです」

浅見は本間の死が、スタンガンによる心臓発作ではないかと推理した話を披露した。

「はあ、なるほどねえ……」

浅子は一応、相槌《あいづち》は打ったものの、そっちの事件は十和田署の管轄だけにあまり身が入らない様子だった。

「じつは、本間さんが倒れる直前、十和田市民文化センターの控室に本間さんを訪ねてきた女性がいたのです。警備の職員によると『赤いジャケットを着ていた』のだそうですが、さっき倉石村へ行って、その女性とよく似た印象の、赤いスーツを着た女性が運転する車に、白いお遍路さん姿の女性がいるのを目撃したという話を聞きました」

「えっ、ほんとですか？　そのお遍路さんがうちの事件のガイシャですか？」

浅子はがぜん、身を乗り出した。

「いや、いまの時点では同一人物かどうかははっきりしませんが、その可能性は大きいと思います。お遍路さんの伊藤由衣さんが、南郷村から新郷村まで、どうやって行ったのか分かっていないこと。それにその途中を目撃したという情報がほとんど無いに等しいことから言っても、伊藤さんが車で移動したのは、まず間違いないでしょう」

「それはまあそんだけど……それで、浅見さんが話ば聞いたという、その目撃者は誰なんだべか？　まさか私の従弟の和尚じゃないべな？」

「違いますよ。ただ、儒童寺の住職さんのお話だと、本間さんも『いやなものを見た』と言っていたので、どうやら同じ場面を見ていたようです」

「同じ場面て……浅見さんにその話ばしたのは、和尚ではね、別の目撃者というわけですな。いったいそれは誰なんだべか？」

「いまはちょっと、目撃者が誰かを話すわけにはいきません」

「なぜだべ？　しゃべってもらわねば困りますよ。警察としても早速、事情聴取をしなければならね」

「だめです。警察には告げ口しない約束で聞き出したのですから、情報源は教えられないのです。知りたいことがあれば僕がその人から聞きます。といっても、いまのところは、これ以上のことは何もありませんが」

「それだば困る、困りますなあ。なんぼ刑事局長の弟さんでも、警察としては特別扱いはできませんよ」

浅子は不満そうに腕組みをして、そっくりかえって浅見を睨《にら》んだ。まるで刑事と被疑者の関係を思わせるようなポーズだ。

「その代わりと言ってはなんですが、浅子さんに提案があります」

「ふーん、何だべか?」

「その赤い服を着た女性については、僕なりに心当たりがあるのです」

「えっ、浅見さんの知り合いですか?」

「いや、知り合いというわけではありませんが、たぶん彼女ではないか——という程度の心当たりです」

「まあ、えがべ。で、その女性というのはどこの誰だべ?」

「黒石市にある八荒神社で、巫女《みこ》さんをやっている女性です」

「八荒神社ぜば、例の湊氏——『都賀留三郡史』の湊氏が宮司を務める神社でないですか?」

「そうですそうです。ご存じでしたか」

「そりゃ知ってますよ。青森県人だばたいていの人間が知っているんじゃねべが。したばって、新聞やテレビでときどき目にする程度の知識だばってね。そうですか、つまり浅見さんは、アラハバキ神を否定していた本間氏の事件さ、湊宮司が関係しているのではねえべがと言いたいのですな?まあ確かに、湊氏さとっては不倶戴天《ふぐたいてん》の敵みたいなもんだはんで、本間氏さ殺意を抱くことはあったかもしれねが、んだばって、浅見さんがしゃべるように本当に殺人事件だったのかどんだか分からないんだべ。ましてお遍路さん殺害まで関係があるというのはどんだべがな」

「関係があるかどうかは知りません。僕はただ、お遍路さんを車に乗せていたその赤い服の女性が、本間さんを訪ねた女性と同一人物である可能性が強いから、ぜひとも調べたほうがいいと提案しているだけです」

「調べるというと、アリバイですか」

「そうですね、とりあえずその日の行動を確かめるだけでもいいと思いますが、しかし、素人の僕が捜査方法にまで生意気な口を挟むつもりはありません」

「いや、すでにもう、十分以上に口を挟んでいますよ」

浅子は皮肉たっぷりに言って、ニヤリと笑った。

「これが浅見さんでながったら、相手にもしないところだばって、われわれも偉そうなことはしゃべらいね。事件から三週間にもなろうというのに、まるで手掛かりが摑《つか》めてねえんだはんでね。いまだばもう、不確かな情報でも尊重しますよ」

「不確か」と言われて、浅見は苦笑したが、何はともあれ、こっちの意見を聞いてもらえるなら満足すべきだ。

「その赤い服の女性は四月二十日の午前十一時半頃、倉石村にいました。それは本間さんにも目撃されていると考えられます。それから午後一時半頃、十和田市民文化センターに現れた赤いジャケットの女性も同一人物と思われます。その時刻の前後、八荒神社の巫女さんがどこで何をしていたかを、ぜひ調べていただきたいのです。それと、ご参考までに、その目撃者の話によると、赤い服の女性は白っぽい車に乗っていたそうです」

「分がりました。捜査主任の吉北さんがどうしゃべるか分がんねばって、一応、進言してみますじゃ。浅見さんからの情報だとしゃべれば、あの人は尊重するべがら。もし乗り気にならなかったら自分のほうで出掛けて行きますよ」

「よろしくお願いします」

浅見はペコリと頭を下げてから言った。

「ついでにもう一つお願いがあるのですが。伊藤由衣さんに関するデータを教えてくれませんか」

「それはまあ、教えないこともないけど、聞いてどうするつもりだが？」

「できれば自宅を訪ねてみたいと思っています」

「自宅って、ガイシャは愛知県の人だよ。そったどごまで行くつもりだんだが？」

「そのつもりです」

「えーっ、本気だが？」

浅子は（物好きな——）と言いたそうに、大げさな身ぶりで背を反《そ》らせた。

「何か知りたいのであれば、わざわざそったら遠くまで行かなくても、だいたいのことは警察のほうで把握しているがら。差し支えない範囲で教えて上げてもいいんだけどね」

「そうですか……じゃあお訊きしますが、伊藤さん宅の家業は何でしたか？」

「いや、家業って、ご主人は会社員だね。蒲郡《がまごおり》市にある煎餅《せんべい》会社で、経理課長をやっているじ話です」

「由衣さんが伊藤家に嫁いでくる前の、生家の職業は分かりませんか」

「それは知らねばって、そったらだことが事件に関係あるんだが？」

「さあ、それは調べてみないと何とも言えませんが……関係ないですかねえ」

「関係ないでしょう。あったらだ通り魔みてんだ事件ですからな」

「単なる通り魔だったのですかねえ」

浅見は首を傾げてみせた。

2

「そせば、単なる通り魔ではねえと言うのだが？」

「ええ、違うと思いますよ」

「うーん……」

浅子刑事課長は浅見の思案顔を眺めていたが、気遣わしげに眉《まゆ》をひそめた。

「浅見さん、もし何か知ってることがあるのなら、洗いざらいしゃべってくれねべか。いや、いまの話に出た、赤い服の女の目撃者はともかくとしてですよ、それ以外にまだ、自分にはしゃべっていない事実が相当あると思うな。本間教授の死のことだとか、八荒神社の宮司の話だとか、どこまで広がってゆくのか知らねえけんど、浅見さんの頭の中にあることを聞かしてもらわねえば、自分としても事件の全体像がさっぱり摑めねえもんな。それさ、本間教授も八荒神社も、五戸署管内ではねえし、本腰を入れるとなると当然、県警レベルの合同捜査ということになるな。それについて説明を求められた場合、何も分かんねえでは通らねえのですよ。それとも、自分さはしゃべれねえ事情でもあるんだべか?」

「いえ、そんな事情はありません」

浅見は苦笑した。

「ただ、正直なところ、僕にもまだ何がどうなっているのか、はっきりした目処《めど》がついていないのです。赤い服の女性が八荒神社の巫女さんではないかなどというのも、じつはついさっき思いついただけで、こんなことを浅子さんに頼んでいいものかどうか、ぜんぜん自信がありません」

「それでも何でも、しゃべってくれたほうがいいですな。何もかもがはっきりしてしまってからでは、警察の出る幕はねえことになってまるでねえですか。思いつきであろうと、不確かであろうと、それは構わねえです。浅見さんが摑んでいる事実と、浅見さんの推理していることだけでも教えてもらえれば、あとはわれわれが足で稼ぐがら」

浅子の言うとおりではあった。何もかもを素人がやり果《おお》せるはずはない。いずれどこかで、警察の捜査権を行使しなければならないのは分かっている。早い話、八荒神社へ行って巫女さんのアリバイを調べることなども、浅見にできるはずもないのだ。

ひょっとすると、浅見には警察に対する不信感のようなものがあるのかもしれない。兄が刑事局長であるにしては妙な話だが、これまで、何度となく警察に苦い思いを味わわされてきた実体験を通じて、無意識に警察の介入を避けたがる性格が身についてきたことは否定できない。

やむをえないことと言ってしまえばそれまでだが、警察の権威主義、秘密主義には不愉快を通り越して空恐ろしいものを感じることがある。警察内部での不祥事はもちろん、警察官の犯罪すらひた隠しにしようとする。さらには、警察組織自体が法に触れるような行為を犯す場合さえある。たとえば疑わしい相手に対する電話の盗聴などは、確信犯的に行なってきた。それが発覚して問題になると、捜査上必要と認められる場合の盗聴は適法である——とするように法整備を行なったり、逆に個人情報保護の名目で、体制側の情報や政治家のスキャンダルにバリアを設けるような法律を新設してしまう。

これで為政者が警察を恣意《しい》的に操作できるシステムが整備されれば、警察国家と等しいことになりかねない。

しかし、そういう悲観的な考え方を離れれば、警察への協力は市民の義務なのだし、まして浅見の場合は刑事局長という警察トップの身内である以上、普通人以上にその義務を果たすべき立場にある。

「分かりました」

浅見は、刑事の追及に観念した容疑者のように、頭を下げた。

「これまで何日間か青森を旅してきたあいだに遭遇した事件と、それにまつわるいろいろな出来事についてお話ししましょう。そこから僕なりに事件の全体像を推理して、事件ストーリーのようなものを考えてみたので、それも聞いてください」

「んだが、しゃべる気になってくれたすか。そしたらちょっと待ってくれねべか。吉北警部にも一緒に聞いてもらったほうがいい。自分から間接的にしゃべるより、浅見さんがしゃべったほうが説得力がありますはんで」

浅子はあたふたと部屋を出て行って、しばらく待たせてから「会議室さ行くべ」と呼びに来た。

浅見としては軽い気分で臨んだつもりなのだが、会議室には吉北警部をはじめとする県警のスタッフと、五戸署の刑事が数人ずつ、長テーブルをコの字形に連ねた両サイドに坐《すわ》って待ち受けていた。初めて五戸署を訪ねた時に応対してくれた警部補の顔も見える。正面のホワイトボードを背にしたテーブルの中央に、ポツンと一つ椅子《いす》が空いているのは、浅見のために用意したものだった。若い刑事がみんなの前にお茶を配っている。どうやら長期戦の様相を呈してきたらしい。

(えらいことになったな——)

ドアのところで、浅見はたじろいだ。

刑事たちはいっせいに立ち上がって浅見を迎えた。彼らのほとんどは親の仇《かたき》に出会ったような緊張しきった表情だが、吉北は「やあやあ、どうも、ご苦労さまなことで」と愛想がいい。もっとも、彼の場合は浅見の背後にいる刑事局長どのへ向けての愛想だから、本心はあてにならない。吉北ばかりでなく、刑事たちの誰もが、大なり小なり(素人に何が分かる——)ぐらいな気持ちを抱いているのかもしれない。

とにかく、浅見はボードの前に坐らされ、捜査本部の面々に、思いがけないレクチャーを始めることになった。

初めて顔を合わせる刑事たちもいるので、一応自己紹介をしてから、「えー……」と、天井のあらぬところに視線を向けて、話の道筋を探りながら、浅見は青森の旅で出会ったあれこれに思いを馳《は》せた。

「僕が今回、青森県にお邪魔したのは、『都賀留三郡史』という書物にまつわる真贋《しんがん》論争を取材することが、本来の目的でした。ところが、新郷村のピラミッドで起きたお遍路さん殺害の事件に巻き込まれて以来、行く先々で、次々と奇妙な事件めいた出来事に遭遇してゆくことになりました」

話し始めると、ピラミッドへ行く山道で浅子刑事課長と出会った日のことが、ずいぶん遠いことのように脳裏に浮かんだ。

「そうなったそもそものきっかけは、こちらの五戸署で足止めを食って、タイムロスした結果、予定外の黒石市で宿を取る羽目になったことにあったと言ってもいいかもしれません。ところがそのお陰というべきか、その夜に宿のご亭主から『都賀留三郡史』がインチキであるという話を聞かされました。ご亭主によれば、『都賀留三郡史』を発見したという八荒神社宮司の湊博之氏の言うことは、すべて嘘《うそ》っぱちであるというのです。いまも申し上げたとおり、僕の本来の目的はあくまでも『都賀留三郡史』の取材でしたから、この思いがけない出会いはまさにラッキーだったわけです」

浅見はホワイトボードに「都賀留三郡史」「八荒神社」「湊博之」と、関係する固有名詞を書き並べた。

「こちらの捜査本部のみなさんにとっては、ほとんど関係がないような話に思われるかもしれませんが、ここに書く名前はどれもキーワードになりますから、ぜひ記憶に留《とど》めておいてください」

浅見はその点を強調した。これから事件の謎《なぞ》を追って話が進むにつれ、固有名詞はどんどん増えてゆくはずだ。

「宿のご亭主が『インチキ』『嘘っぱち』と断定した背景には、かつて八荒神社に出入りしていた工務店主・谷内洋蔵という人が存在しました。湊宮司は自宅の改修工事の際、天井裏から膨大な古文書が落ちてきたと、『都賀留三郡史』発見の経緯を語っているのですが、その作業を若い頃実際に手がけた谷内さんは、天井裏にはそのようなものはまったくなかったと証言したのです。『都賀留三郡史』問題が学会を二分する論争を巻き起こし、青森県ばかりか日本の歴史の根源を揺るがすような大騒動になるのを見て、ついに黙っていられなくなったというわけです。その後、谷内さんは会う人ごとにその話をして、やがて青森中央大学の本間信也教授と接触しました」

浅見はホワイトボードに「谷内洋蔵」に続けて「本間信也」の名前をつけ加えた。

「本間教授は湊氏や『都賀留三郡史』にとっては天敵といっていいような硬派の反対論者です。これまで、『都賀留三郡史』を偽書だとしながらも、絶対的な決め手のなかった反対論者グループにとって、谷内さんの体験談が湊氏を追い込む有力な武器になったのは言うまでもありません。本間教授は谷内さんを生き証人として、折から開催される予定の学会でその事実を公表、『都賀留三郡史』の息の根を止め、湊氏の地位を失墜させるキャンペーンを展開しようとしました。ところがその矢先、本間教授が死亡するという、思わぬ事件が勃《ぼっ》発《ぱっ》したのです」

それまで退屈そうにしていた、居並ぶ刑事たちのあいだから、どよめきが起きた。人が死ぬような「事件」でもないと、彼らは反応しないということのようだ。

「本間教授はセミナーが行われる十和田市民文化センターの控室で心臓発作に襲われて倒れ、救急車で病院に運ばれたものの、意識不明のまま二日後に死亡が確認されました。死因は急性心不全でした。この事件は十和田署の扱いで『病死』として処理されました。実際には解剖も行なわれないまま、病院の診断をそのまま受理して、事件性はないものと見做《みな》したそうです」

「病死、ですか?」

とたんに、吉北がつまらなそうな声で言った。刑事たちの関心も潮が引くように、急速に消えてゆくのが分かる。

「直接の死因は心不全ですが、発作を引き起こした原因は何だったのかが問題です。その点についてはまた後で触れることにして、その後の推移を先にお話ししましょう」

浅見はひと息ついて、お茶を飲んだ。

3

「この本間教授の死から一週間後、谷内洋蔵さんが亡くなりました」

「ほうっ……」

吉北警部が声を漏らし、刑事たちも興味を回復したのか、揃《そろ》って背筋を伸ばした。

「それもまた病死だったということはないのでしょうな」

「病死ではありません。新築工事の現場で、材木が倒れてきた頭を直撃したというものです。事故の第一発見者は谷内さんの工務店の社員、山下義和という人物です。たまたま現場で作業に従事していましたから、ほとんど事故発生の状況を目撃していたと言ってもよさそうです。山下さんの証言があったために、警察も早い段階で事故死と断定したことになります」

「というと、事実はそうでなかったというわけですか」

「これはあくまでも宿のご亭主の話を参考にしているのですが、ご亭主は『あれはただの事故などではない』と言うのです」

「つまり、殺人事件であると」

「いえ、そうは言いませんでした。ご亭主はこう言ったのです。『あれはアラハバキ神の祟《たた》りだ』と」

吉北は「祟り？　ははは、それはいい」と失笑したが、刑事たち全員がそれに和したわけではなかった。浅見も驚いたのだが、この場に集まった八人の刑事の中の少なくとも三人は真顔のままでいた。それどころか、緊張して恐ろしげにさえ見える。明らかにアラハバキ神伝説に対して、一応の理解と敬意を抱いている様子に見える。

吉北もそれに気づいて、笑ってばかりはいられないと思ったのだろう、「そのアラハバキ神というのは、何です？」と訊いた。

浅見は吉北と、それ以外にもいるアラハバキ神を知らない刑事たちのために、最近になって仕込んだばかりの知識を披露した。その名から連想されるとおり、津軽人の怨念《おんねん》を象徴するような「荒ぶる神」である。

「八荒神社は、そのアラハバキ神を祀《まつ》る神社で、アラハバキ神と『都賀留三郡史』は切っても切れない関係にあります。湊博之氏は、いわばアラハバキ神信仰のリーダー的存在なのです」

「なるほど、つまり、谷内洋蔵さんは八荒神社と湊氏に楯突《たてつ》いたばかりに、アラハバキ神の祟りを受けて死んだというわけですか。ん？　となると、その前の本間教授の死も祟りによるものと言いそうなもんですな」

「おっしゃるとおりです」

浅見は大きく頷《うなず》いた。

「宿のご亭主は同じように主張しました。本間教授も谷内さんもアラハバキ神の祟りによって死んだ——と」

「なるほどねえ、そういうのを信じる人間がいるってわけですか。しかし、警察はそんな迷信で捜査の手を緩めたりはしませんぞ。十和田署が本間教授の死を病死としたのも、黒石署が谷内さんの死を事故死と判断したのにも、過誤はなかったと思いますがね。それとも浅見さんは何か、問題点があるという新証拠でも見つけたのですか？」

「そのことはひとまず置いておいて、次の事件についてお話ししておきましょう」

「えっ、まだあるのですか？」

「ええ、谷内さんの『事故死』から十日後、五月九日のことですが、山下義和さんが殺害されました」

「あっ、それは岩崎村の事件ではないですかな？」

さすがに、吉北は気がついた。

「確か、サンタランド付近の橋の下で、他殺死体が発見されたのでしたね。そうか、その事件の被害者が谷内さんのところの社員でしたか。ということは、浅見さんはその事件が前の二人の死と関係があると？」

「たぶん」

「その根拠は何です？」

「山下さんが谷内さんの『事故死』の真相を知っていたからでしょうね」

「つまり、その口を塞《ふさ》ぐために殺されたというのですか」

浅見は頷いた。

「山下さんは谷内さんの『事故死』の責任を取る形で退職しているのですが、本当の理由は、谷内さんの息子さんが東京から戻ってきて、本来なら山下さんが谷内工務店の後継者であるはずだった将来に、不安を感じたことにあったようです。さらに調べてみると、辞めた時点ですでに工事の注文を二件、受けていることが分かりました。つまり、それがあったからこそ、後顧《こうこ》の憂いなく退職できたと考えられます」

「なるほど、あらかじめ仕事を確保しておいたというわけですか。なかなか手回しがいいが、そういうことは珍しくないのでしょうな」

「ええ、これまで付き合いのあったお得意さんを、言葉は悪いけれど、横取りするというのは、社員が独立して会社を興す場合にはよくあることですね。山下さんもその点は抜かりなかった。ただし問題はその工事の発注元です。発注者がどこだったかと言いますと、二件のうち一つは、驚いたことに八荒神社の湊宮司でした。工事の内容は社務所を改築するというものです」

「しかし、それもよくあるケースでしょう。ことに湊宮司にしてみれば、自分に楯突いた谷内さんから山下さんに乗り換えても当然と言えますな」

「ところが、その工事は実施されなかったのです。つまり湊氏は契約を履行しなかったというわけです。これには山下さんは困った、というより怒ったでしょうね。すでに長年勤めた谷内工務店を辞めて、職を失った状況ですから、工事がなければ死活問題です。工事に掛からせてくれるよう、何度もせっついた挙げ句、騙《だま》されたことを知ります。しかも、湊氏の口利きでもう一つあった契約も、じつはカラ手形に過ぎなかったと分かって、もはや我慢の限度を越えたにちがいありません」

「うーん……それで、要するに浅見さんは何が言いたいのです？」

「すでにお分かりかと思いますが、湊氏が山下さんに工事を発注したのは、谷内さんの死について、山下さんが『事故死』であると証言する、それとの交換条件だった疑いがあるということです」

「それはじつは事故ではなく、殺人事件だったというのですな」

「そうです」

「その場合、犯人は誰です？　湊氏ですか、それとも山下さん？」

「殺人が誰によって行なわれたのか、それは僕には分かりません。湊氏なのか、山下さんなのか、それとも第三の人物なのか。それはそれこそ、今後の警察による捜査にお任せするしかありません。ただ、誰が犯人であったにせよ、動機は湊氏にあり、湊氏が実行犯でなかったとしても、少なくとも教唆《きょうさ》を行なったことは確かです。いずれにしても、山下さんが湊氏に対して、工事の契約を履行しなければ、谷内さんの殺害の真相を暴露すると迫ったことは間違いないでしょう。そうしてその挙げ句、山下さんも消されることになったと考えられます」

「しかしその前にですよ、そんな交換条件みたいなものが、殺人という重罪を犯す契約として、はたして成立しますかねえ。山下さんが谷内さん殺害そのものを請け負ったのか、それとも単に『事故死』を偽装し虚偽の証言を行なう役割だけを引き受けたのか、どっちにしても、それだけの重大犯罪が、工事の契約を交換条件になされたというのは、どうも説得力に欠けるような気がしますがねえ。神社の改築・改修工事なんて、予算も高が知れているでしょう」

「山下さんがどう考えたかは推測するしかありま

せんが、将来に不安を抱いていた山下さんとしては、いまが転機だと信じたのではないでしょうか。それに見積もりの覚書を見ましたが、金額は一億を上回っていたようです。それだけではありません。さっき二つの工事の発注を受けていたと言いましたが、もう一つ契約していた工事のほうが、はるかに金額が大きかったのです。そっちのほうは青森市にある山村病院という、個人経営の病院の病棟新築工事でしたが、概算で四、五億だったはずです」

「へえーっ、この不況の折から、景気のいい話ですなあ」

「いや、どうせ実行する気がないのですからね、いくらでもでかい金額を出せますよ」

「あ、そうかそうか。ははは、こっちまで詐欺《さぎ》に遭いそうですな」

吉北警部は笑ったが、浅見の嘆かわしそうな視線に気づいて、慌てて真顔に戻って、言った。

「しかし、その山村病院としてはですよ、湊氏とどれほど親しい関係にあったとしても、知らぬ間に勝手にダミーみたいに工事の発注契約なんか出されたのでは、面白くなかったでしょうな」

「まったく知らなかったとは思えません。山下さんだって、発注の話があった時点で先方に出掛けて行くか、あるいは電話で、工事の規模や内容について確認は取るでしょう。そうでなければ、たとえ概算にせよ、見積もりが出せませんからね。その時点では適当に話しの辻褄《つじつま》を合わせておいて、いざとなったら知らん顔をしたのだと思います」

「それが事実だとすると、その病院も湊氏とグルだったということになりますか」

「間違いなくグルです。なぜそう断言できるかというと、本間氏が倒れたその日、本間さんにホルター心電図の装置を着けさせていたのが、その山村病院だったからです」

「えっ、えっ？　心電図って、それはどういうことですか？」

浅見はホルター心電図の解説をした。胸部の端末をつけたテープレコーダー状のものを二十四時間装着して、一日を通して心拍を記録するというものだが、浅見はもちろん、ここにいる全員がその経験はまだなかった。

4

「しかし、その何とかいう心電図の検査は、ごく一般的に行なわれているものではないのですか？　それが山村病院に犯意があったことの証拠にはならないでしょう」

吉北としては当然の疑問だ。

「そこが犯人側の巧妙なところだと、僕は思うのです。救急車で運ばれた人がホルター心電図の装置を装着していれば、医師は、心臓に何らかの欠陥がある患者で、その発作が起きたという先入観を抱くにちがいない。しかも、現に山村病院に問い合わせたところ、確かに本間教授には、日常的に不整脈があったという回答を得ています。よもや外部からのショックによって心不全が発生したとは思わなかったでしょう」

「というと、浅見さんは外部からショックが与えられたと言いたいわけですか？」

「ええ、おそらくかなり強力なスタンガンが使用されたのではないかと思います」

「なるほど、スタンガンねえ……」

たいていの警察官はスタンガンの威力そのものについての知識がある。電圧の高いスタンガンなら、心臓に欠陥のない者でもかなりのダメージを受けるだろう——。

「じつは、セミナー会場である十和田市民文化センターの通用口に詰めていた警備の職員によると、その日控室に、本間教授を訪問した女性がいたのです。その女性が目撃されてから約一時間後に、たまたま控室付近に行った社会教育課の職員が、本間教授の異変を発見しました。後に病院でホルター心電図をチェックして、本間教授が発作を起こした時刻は、その女性と会っている頃か、その直後であると断定しています。しかし、診察に当たった医師としては、スタンガンが使用されたところまでは、想像しなかったのでしょう」

「いや、それはそうでしょうなあ。べつに医師の対応を弁護するわけではないが、心臓発作がスタンガンによるものであるとは、ふつうは思いつきませんよ。あれは確か、ほとんど外見上の痕跡は残らないはずで、よほど精密に調べないかぎり、スタンガンを使用したことに気づきませんからな」


吉北は疑わしい目を浅見に向けた。

「それより、本当にスタンガンを使用したんですかなあ？」

「その件さついては、自分がさっき、浅見さんから概略を聴取しました」

浅子刑事課長が初めて口を開いた。

「その時、市民文化センターに現れた女性は赤い服ば着ていだのですが、それと同じような恰好をした女性が、その二時間ほど前、倉石村の交流センター駐車場で目撃されていだんだそうであります」

「ほうっ、その目撃者は？」

「それは浅見さんの口から聞いてもらいましょ」

浅子は「どうぞ」と手の先を向けて、浅見にゲタを預けた。

「残念ながら、守秘義務がありますから、いまのところは目撃者が誰であるか、お話しするわけにはいきません。ただし、赤い服の女性がおそらく、十和田市民文化センターに現れた女性と同一人物であることと、その女性がスタンガンを使用したであろうことだけは、ほぼ間違いないと思います」

浅見は倉石村交流センターの駐車場で起きたトラブルについて、浅子に話した説明を繰り返した。チンピラ風の男たちが赤い服の女性を取り囲んで、何やらいやがらせをしていたという情景である。

「かなりしつこく絡んでいたようですが、結末は呆気《あっけ》なく、女性が男の一人を弾き飛ばして、男たちが怯《ひる》んだ隙《すき》に、ゆうゆうと車で立ち去ったというものです。目撃者の話によると、空手か何か、護身術を使ったように見えたそうです」

「なるほど、それがじつは、スタンガンを使用したものだったというわけですか」

吉北は頷いた。得心がいったらしい。

「ところで、その光景を偶然、本間教授も目撃していたことが分かりました」

儒童寺の浅子住職が語ったことを、浅見は再現した。

「その時、本間教授は儒童寺のご住職に『いやなものを見た』と言い、また『顔を合わせたくない女』という表現をしていますから、その女性は本間教授にとって敵対関係にある人間だったと考えられます」

「その赤い服の女性が何者なのか、浅見さんには心当たりがあるのですか？」

「軽々しく断定できませんが、心当たりがないわけではありません」

「ふーん、何者です？」

「印象から言って、八荒神社の巫女さんではないかと推測しています」

ついに具体的な「犯人」像が出て、「おお……」

というどよめきが、刑事たちのあいだに起きた。しかし、その興奮が収まると、吉北警部は努めて冷静を装って、「しかし」と言いだした。

「せっかく浅見さんから解説していただいたが、本間教授の事件の谷内さんの事件も、それに山下さんの事件も、すべてここの管轄外の事件というわけですなあ。いや、浅見さんが推理したような事実があった可能性はきわめて大きいですよ。もちろん県警を通じてそれぞれの所轄に連絡し、必要があれば捜査協力をすることにはやぶさかではないですが、しかし直接われわれが扱うべき事件ではない」

「いえ、それが必ずしもそうとばかりは言えないのです」

浅見は吉北を制するように手を挙げた。

「ひょっとすると、というよりたぶん間違いなく、すべての事件がこの五戸署の捜査本部と何らかの関わりが生じてくるのではないかと思っています」

「ほう、それはまた、なぜです?」

「じつはですね……」

浅見は言いながら、視線を浅子刑事課長に向けた。ここから先はあなたの領分です——という意思表示だ。しかし、浅子は首を振って、浅見が話をつづけるよう、促した。

「先程お話しした、倉石村交流センターのトラブルの際、赤い服の女性が乗った車に、もう一人同乗者がいたのです」

「湊博之氏ですな」

吉北がすぐに言った。

「いえ違います、女性でした。目撃者の話によると、その女性は白ずくめの着物姿だったということです。そして、遠目ではっきりしなかったけれど、襟のところに何か字が書いてあったそうです」

「はあ……何ですか、それは？」

「白ずくめの着物で、襟に字が書いてあるというと、お遍路さんのコスチューム以外には思いつきません」

「えっ、お遍路さん？　というと、まさか新郷村殺人事件の被害者、伊藤由衣ではないでしょうな？」

「そのまさかだと思います。その日、ほかにもお遍路さんが存在した事実でもあればべつですが」

「いや、これまでの聞き込みで、そういったお遍路さんは目撃されていません」

「それなら、間違いなく伊藤由衣さんでしょう。伊藤さんの移動距離の不自然さは、彼女がある地点以降、車で移動したとすれば説明することができます」

「しかし、伊藤さんがなぜその赤い服の女の車に？……」

「それが謎です」

浅見は大きく頷いた。

「伊藤さんは徒歩で旅することに、巡礼の尊さがあると考えていたでしょうから、単純に親切心で乗せてもらったというだけではないはずです。何か必然的な理由があって、車に乗ったと考えるべきです。それが何なのか、まったく分かりません。まして、湊博之氏を中心に発生したいくつもの事件と、そのお遍路さんがなぜ、どのように関わっているのかが、まったく分かりません。ただ、少し気になるのは、伊藤さんの遍路旅で訪れた津軽三十三カ所のいくつかが、『都賀留三郡史』や事件関係者と奇妙に接点があることです。たとえば、第十七番札所の春日内《はるひない》観音堂は『都賀留三郡史』と縁の深い市浦村にあります。また第二十六番の黒石市法眼寺《ほうげんじ》は八荒神社のすぐ近くですし、第二十七番の袋観音堂は、殺された山下さんの住まいの隣のような場所です」

「そのことと事件とに何らかの関係があるのですか?」

「さあ……」

浅見はお手上げのポーズを作った。

第十章　母と子と

1

　愛知県宝飯郡御津町《ほいぐんみとちょう》は東名高速道路の豊川《とよかわ》インターを出て、およそ三十分。豊川市と蒲郡《がまごおり》市に挟まれ、三河湾の北東の角に面している。かつては風光明媚《めいび》で有名な海水浴場だったのだが、台風による高潮被害が出たため、無粋な護岸が建設され、波打ち際を遠くしてしまった。いまは往時の面影は見るべくもなく、浅見光彦の第一印象は、あまり特徴のない町——であった。

『続日本紀《しょくにほんぎ》』によると、大宝二（七〇二）年十月、持統上皇三河行幸の際、海路この付近に上陸したとあり、そのことから「御津」の地名が生まれたという。平坦《へいたん》な地形と温暖な気候に恵まれ、古くからひらけた土地だったのだろう。

　新郷《しんごう》村殺人事件の被害者・伊藤由衣の家は御津町西方《にしがた》地区にある。西方地区は町の中心部で役場や農協、郵便局、派出所などはこの付近に集中している。

　浅見は住所をインプットしておいたカーナビの指示どおりに来て、車を降りた。通りすがりの地元の人に「伊藤由衣さんのお宅」と訊《き》くとすぐに分かった。

　土曜日の午後だというのに、休んではいられないのか、弱々しく単調な機械音が聞こえてきた。道路沿いに塀を巡らせ、中央の門に「伊藤織物株式会社」の看板が出ている。門を入った左手に住居の建物、右手に工場が建っている。敷地は広く、建物もそれぞれかなり大きいが古く、活気が感じられない。由衣の夫・清三は「煎餅会社の経理課長」と聞いていたが、家業が織物工場であるのにサラリーマンをやっているくらいだから、あまり盛業とはいえないのだろう。

そのことはともかく伊藤由衣の家が織物の工場だったことに、浅見は胸を突かれる思いがした。例の「なにわより　じゅうさんまいり　じゅうさんり」の唄《うた》は織物業関係者のあいだで歌われることが多いと知ったからだ。

住居のほうを訪ねた。軒先に「伊藤清三」という木製の表札と、それに並んで白いプラスチック板に家族構成を示す名札が掛かっている。戸主の清三の左に「チヨ」「由衣」とあるだけだ。浅子に聞いたとおり、それ以外に家族はいないようだ。

ドアが開いていたので、中に首を突っ込んで「ごめんください」と声をかけた。外の明るさと屋内の暗さの落差に目が慣れるまで、時間がかかった。奥のほうで片づけ物をしているような人の気配があるのだが、聞こえないのか二度三度呼んでも応答はない。浅見は一歩、玄関に足を踏み入れて、少し声を張り上げてみた。

「はーい」と、間延びした女の声がして、かなりの年配の女性が前掛けで手を拭《ふ》きながら現れた。彼女が伊藤清三の母親・チヨなのだろう。見た目では、浅見の母親より一回りぐらいは年上の感じだ。見知らぬ客を見て「何か？」という目を向けた。

「失礼します、こちらは伊藤由衣さんのお宅でしょうか？」

「はい、そうですけど……」

老女の顔にたちまち警戒の色が浮かんだ。事件がらみで、刑事はもちろんだが、マスコミ関係者の取材も多かったにちがいない。浅見は丁重な姿勢を見せて「伊藤さんのお母さんですね。僕は浅見という者です」と名乗りながら名刺を出した。

「旅と歴史　ルポライター」の肩書がついている名刺だ。個人名だけでは信用してくれないおそれがある。

案の定、老婆は雑誌名を知っていたらしく「ああ、そうですか」と、いくぶん安心したように頷《うなず》いた。「旅と歴史」の性格からいって、事件記者ではないと思ったのだろう。

「じつは、由衣さんが事件に遭われた後、たまたま青森県に宗教関係の取材に行きまして、由衣さんがお泊まりになったのと同じ宿に泊まり、ご遺体が発見された新郷村のピラミッドにも立ち寄るという、不思議なご縁があった者です。新郷村にあるピラミッドのことはご存じですか？」

「はあ、今度のことで、警察の方から、由衣がそういうところの近くで見つかったと聞いて、初めて知りました」

「では、由衣さんがピラミッドへいらっしゃるようなお話は、それまで出ていなかったのですね」

「はい、ぜんぜん聞いたこともありませんでした」

「確か、津軽三十三カ所をお参りする、お遍路さんの旅でしたね」

「そうですけど」

「南郷村《なんごう》というところの虚空蔵菩薩《こくぞうぼさつ》さんにもお参りなさってましたが、そういう予定はあったのでしょうか」

「いいえ、聞いてません」

首を横に振ったが、一瞬、老女の瞳《ひとみ》に動揺の色が過《よぎ》ったような気がした。

「虚空蔵菩薩さんというのは、織物業界では特別な意味のある仏さんだそうですね」

「はあ、まあ……」

浅見はそこにこだわった。

「こういう唄があるのはご存じでしょうか。『難波より　十三詣り　十三里　もらいにのぼる　智慧もさまざま』というのですが」

神尾容子から聞いただけだから、メロディはほとんどいい加減なものだが、浅見は節をつけて歌った。老女は無表情に「はあ、まあ……」と、曖《あい》昧《まい》に頷いた。

「じつは、由衣さんがその唄を歌っていらっしゃるのを聞いたという人がいるのです。その場所がですね、八戸《はちのへ》市にある蕪島《かぶしま》という、ウミネコで有名なところの神社なのですが、そこにお参りするということはおっしゃっていましたか？」

「いえ、聞いてません」

老女の瞳に、最前のよりいっそう強い反応が表れた。

「それから、もう一カ所、黒石《くろいし》市にある八荒《はっこう》神社をご存じないですか。湊さんという人が宮司《ぐうじ》をしていますが」

「いえ、いいえ、知りません」

ほとんど狼狽《ろうばい》としか思えない、異常な否定の仕方だった。本来、嘘《うそ》のつけない好人物なのだろう。その様子からかえって嘘であることが見え透いてしまう。それにしても、なぜ嘘をつく必要があるのか、なぜそんなにうろたえなければならないのか、浅見の興味はいやが上にもかき立てられた。

「由衣さんが青森へ行ったのは、三十三カ所のお遍路以外に、何か別の目的があったのではありませんか？」

「私は何も知りません。あの、すみませんが帰ってくれませんか」

人のいい老女としては、精一杯の抵抗を見せている。これ以上責めるのは気の毒に思えてきたが、逆にそれだからこそ、真実を聞き出したい気持ちがつのった。

「そもそも、三十三カ所の巡礼に出掛けるにしても、なぜ津軽でなければならなかったのでしょうか？　そういう霊場巡りはほかにもいくらでもあるはずです。たとえば秩父《ちちぶ》三十四カ所や西国三十三カ所、四国八十八カ所ではいけなかったのでしょうか。それとも、津軽や青森県に何かご縁がおありなのでしょうか？」

浅見は立て続けに質問を発して、老女の反応を窺った。老女はいよいよ切羽詰まって、声も出ない様子だ。これはただごととは思えない——と、さらに問いかけようとした時、背後から「あんた、何をしてるんだ」と声がかかった。

振り向くと、中年のがっしりしたタイプの男が仁王立ちして、ものすごい形相でこっちを睨《にら》みつけている。

「あっ、伊藤さんのご主人ですね」

とっさに判断して言った。「浅見という者です」と名刺を出しかけるのを、「そんなもんはいらねえ」と払い退《の》けられた。

「由衣のことだったら、何も話すことはねえから、とっとと帰ってくれねえか」

「ほうっ……」

浅見は大仰に驚いて見せた。

「そんな風におっしゃると、なんだか事件の真相を知られるのは具合が悪いのではないかと思えてきますね」

「なにぃ……」

「当初、警察は単純な強盗目的か、通り魔による犯行と考えていたのですが、そういうことで決着してもらったほうが都合がよかったのでしょうか」

「……」

「しかし、残念ながら、すでにその警察も、真の犯行目的はそういう単純なものではなかったという疑いを強めていますよ。この事件は、きわめて根の深い背景のある、計画的な犯罪であるということです」

「そんなもん、あんたに何が分かる。いいかげんなことを言うな」

「いいかげんなことではありません。現に事件の直前、由衣さんが八荒神社の湊宮司の車に乗っているのを目撃したという人がいるのです」

未確認情報ではあったが、浅見はやや断定的な言い方をした。伊藤の表情には、彼の母親が見せたのとそっくりな驚愕《きょうがく》の色が浮かんだ。「八荒神社」も「湊宮司」の名も先刻承知であることを物語っている。ある程度、予測はしていたとはいうものの、自信があったわけではない。いわばカマをかけたと言ったほうが当たっている。それに対して伊藤が際立った反応を見せたことに、浅見はむしろ驚いた。

（いったい伊藤家の人々と湊宮司の接点は何なのだろう？——）

そう思いながら、抑えた説得口調で言葉を続けた。

「もしこのまま放置していれば、警察の捜査はどんどん進んでゆきます。マスコミは余計なことまで暴き立て、騒ぎ立てるでしょう。そうなる前に歯止めをかけなければならないのではありませんか」

伊藤の眼光が鈍った。視線を逸《そ》らし、母親と気持ちの探り合いをするように、目で信号を送っている。それから諦《あきら》めたように俯《うつむ》いて思案し、やがて顔を上げて言った。

「どうすればいいと、あんたは言いたいのですか？」

言葉が丁寧になった。

「はっきりしているのは、罪を犯した人間は罰せられなければならないということです。しかし、犯罪に関わっていない人たちまでがそのとばっちりを受けて、不名誉を被《こうむ》る必要はありません。この二つの点を前提にして、事件の真相を解明するべきだと思います」

　また、伊藤は同意を求める視線を母親に送った。背を向けている浅見にも、彼女の反応は感じ取れた。仕方がない——という消極的なものにせよ、逃げるわけにはいかないと判断したようだ。

「そしたら、えーと、ここで立ち話はなんなので、申し訳ないが、ちょっと上がってくれませんか」

　懇願に近い口調で言った。母親のほうも上がり框《がまち》に膝《ひざ》をついて、客を迎える姿勢になっている。

2

　建物は古く、どこもかしこも傷《いた》みがきているようだが、内部の至るところにある調度品類は立派なものが少なくない。いまは疲弊しているけれど、かつてはそれなりの素封家《そほうか》だったことを窺わせる。

　伊藤は「家が古くなってしまって、こんなところしか、使い物にならんもんで」と言い訳しながら、応接間というより仏間といったほうがよさそうな座敷に案内した。庭に臨む縁側に面して雪見障子のある部屋だ。

　十六畳の部屋で、正面に大きく立派な仏壇が設《しつら》えられている。浅見は遠くから手を合わせて仏壇に敬意を示した。座敷の真ん中に黒檀《こくたん》の座卓がある。上座を勧められたが固辞して、仏壇と向き合う場所に坐《すわ》った。

　仏壇には幾つもの位牌《いはい》が並び、その手前に黒枠の写真立てに納まった、まだ新しい女性の写真が飾られていた。その女性が伊藤由衣なのだろう。確か五十一歳と聞いているが、写真の顔はそれよりかなり若い時に撮られたもののようだ。かすかに笑みを浮かべた、美人と評していい顔の写真だ。

浅見は写真も見たことはないはずだが、何となくどこかで会ったことがあるような気がした。

あらためて名刺を交換した。「一色《いっしき》製菓株式会社　経理課長　伊藤清三」とある。伊藤は庭の方向を背に坐り、「何から話せばいいのでしょうかな」と言った。ここに至っても客がどれほどの知識を持っているものか、どこまで話していいものか、量《はか》りかねているのだろう。

母親が茶菓を運んできて、そのままテーブルから少し離れた位置に座を占めた。

「初めにお断りしておきますが」と浅見は言った。「僕は警察ではありませんので、真相が分かったからといって、何もかも明るみに出すつもりはありません。警察にしたって、犯人を処罰するに足るだけの事実関係さえ知ればいいはずです。そこへ至る、たとえば由衣さんの心の病のことまでオープンにする意思はないものと思っていただいて結構です」

由衣の「心の病」も、たぶんそういうことなのだろう——という憶測《おくそく》で言っているのだが、伊藤清三と彼の母親の顔に、(なぜそこまで知っているのか——)という、何度目かの驚きの色が広がった。

「こちらのお宅は、いまはご主人とお母さんのお二人だけなのですね」

「そうです」

「お子さんはいらっしゃらないのですか」

「おりません」

伊藤は憮然《ぶぜん》として答えた。

「由衣さんの巡礼は、お子さんのいらっしゃらないことと関係があるのでしょうか」

「そうですな……」

伊藤は母親にチラッと視線を送った。浅見はやや伊藤寄りに体を向けているので、母親がどういう表情で応じたかは、すばやく視野の右端に捉《とら》えなければならない。「心の病」を指摘した時から、母親には苦渋の色が見えていた。

「まあ、確かに、寂しかったということはあるかもしれんですな」

伊藤はようやく答え、「どうだろかね、お母さん」と同意を求めた。

「ああ、そうだわねえ、きっと」

母親は力なく言った。

その二人の短いやり取りを聞いていて、浅見は（あっ――）と思った。伊藤清三はこの家に婿入《むこい》りしたのではないかと気がついた。本当の親子にしては、どことなく遠慮のある物言いをしている。警察ならとっくに調べがついているようなことを知らずにいたのは、アマチュアの悲しいところだ。

「ご主人のお生まれはどちらですか？」

さり気なく、婿養子のことは既知であるような言い方をして、確かめた。

「私は尾張一宮《おわりいちのみや》の出です」

「ご結婚は、お見合いですね」

「ほう、よく分かりますな。もっとも、見合いというより、この家の親父《おやじ》さんに見込まれて、スカウトされたみたいなもんですが」

伊藤は苦笑しながら言った。

「由衣は一人娘で、親父さんにしてみれば跡継ぎが欲しかったのです。その頃はまだこの工場もそれなりに景気がよくて、自分の代で潰《つぶ》してしまうのは勿体《もったい》ないという気持ちだったのでしょうな」

「こんなことを言うのは、ずいぶん失礼だと承知の上で、あえてお訊きするのですが」

浅見は本当に言いにくそうに訊いた。

「伊藤さんご夫妻のあいだは、必ずしもしっくりいってなかったのではありませんか」

「まあ、確かに、家内がお遍路さんなんかに出掛けるくらいですからな。そう見られても仕方ないでしょう」

伊藤は自嘲《じちょう》するように、頬《ほお》を歪《ゆが》めた。

「正直言って、家内は望んで私と結婚したわけではなかったのです。親父さんに強く言われて、この家と工場を存続させるために、泣く泣く結婚した——という印象でした。その時は私も若かったもんで、家付き娘と結婚できて儲《もう》けもんだぐらいに、気楽なことしか思わなかった。こう言うのもなんだけど、由衣はなかなかの美人でしたしね。しかし、織物のほうはその後、さっぱりアカンようになって、私は勤めに出ることになったし、それからだんだん日にちが経《た》って、ほかにもいろいろ問題があることが分かりました」

「ほんとに、清三さんには申し訳ないことをしたねえ」

チヨが、いかにも恐縮しきったように頭を下げた。

「何を言ってるんだい、お母さん。私はそんなことはちっとも気にしてないよ。むしろ由衣のことが不憫《ふびん》でならない」

「そうだねえ、あの子も運のない子で、可哀相《かわいそう》だったねえ……」

義理の母と息子がたがいに慰めあっているあいだに挟まれて、浅見はしり込みしたくなるような、複雑な思いを持て余していた。どう見てもこの二人からは、善意だけしか感じ取れない。その善意の人々に対して、錐《きり》で穴をあけるような追及をするのは気の引ける作業だ。

しかし、伊藤が計らずも口にした「いろいろ問題」があったという、そのことに事件の遠因があるとすれば、それが何なのかを、どうしても知る必要があった。しかもそれは、きわめて「不運」であり「不憫」と言えるようなことらしいのだ。

「お二人のご結婚はいつだったのですか」

浅見は訊いた。

「えーと、十八年前かな。私が三十六、由衣が三十三歳の時ですから。まあ、二人ともバツイチ同士みたいなもんで、年貢の納めどきではあったのですよ」

照れたような苦笑いを浮かべた時、伊藤の携帯電話が鳴った。「工場の面倒も見にゃならんので、ちょっと失礼します。じきに戻ります」と言い置いて席を立った。

伊藤の気配が消えるのを待って、浅見はチヨに体の向きを変えて言った。

「これはお母さんだけにお話ししたほうがいいと思うのですが、じつは今回津軽を旅していて、黒石市の袋《ふくろ》観音堂というところに立ち寄った際、偶然、由衣さんに会ったという人から話を聞くことができました。由衣さんはその人にお遍路さんの目的を訊かれ、『子供のために詣《もう》でています』と答えたのだそうです。それでお訊きしますが、由衣さんのお子さんはどうされたのですか？」

チヨは不安そうに目を瞬《しばた》きながら、答えを模索している。その様子から、少なくとも伊藤由衣に子供がいたことは確信できた。しかも、亡くなったら亡くなったと即答しそうなものである。それを躊躇《ためら》うのは、取りも直さず、亡くなってはいないことを意味していると見るべきではないのか。

「清三さんは、そのこと、つまり、由衣さんにお子さんがいらっしゃることをご存じなのでしょうか？」

チヨはおずおずと頷いた。伊藤が「いろいろある」と言ったのは、そのことを指していたのだろう。それも、結婚する際には知らなくて、後になって知ったらしい。「バツイチ同士みたいなもの」とは、伊藤はバツイチだったが、由衣には戸籍上は婚姻の経歴がなかったという意味だったにちがいない。

「由衣さんのお子さんのお父さんはどなたですか?」

当然の質問としてそう言ったつもりだったが、チヨは「えっ?」と、身を引くようにして、浅見の顔をまじまじと見た。(あんた、知らないの?——)という表情だ。この客は何もかも知っていると思い込んでいたのが錯覚だと気づいて、狼狽している。

そのことに浅見は驚いた。由衣の子の父親が誰かなど、これまでの会話には登場していないはずだ。にもかかわらずチヨはなぜ知っていると思い込んだのだろう? それとも、彼女にそう思わせるようなことを、無意識のうちに言っていたのだろうか?

浅見は自分の頭の中を猛烈なスピードで探し回った。そうして(あっ——)と思いついた。話題にのぼった中で「父親」に該当しうる人物は、たった一人しかいなかった。

3

浅見は内心の動揺を抑え、ごくさり気ない口調で言った。

「正直なところ、僕はまさかという気がしているのです。あの人が由衣さんとそういう関係だったなどとは考えられない……というより、考えたくないですからね。しかし、やはりそうだったのですか」

いかにも「あの人」の名前を口にするのさえ不愉快——という言い方をした。それでチヨの信頼は取り戻したらしい。

「それにしても、なぜ?……という疑問は解決しません。由衣さんはなぜそんなことになったのですか？」

「あいつに誑《たぶら》かされたのですよ。そうに決まってます」

　チヨは思い切り顔をしかめ、苦いものを吐き出すように言った。あの人があいつに格下げになったことで、彼女の憎悪のほどが伝わってくる。浅見は否定も肯定もせずに、黙ってチヨの言うがままを聞くことにした。

「由衣はごくふつうの娘でした。一人っ子だったもんで、少し甘やかしたかもしれないけれど、人を疑ったりしない素直な性格で、誰からも好かれていました。短大も出て、しっかりした会社にお勤めして、あとはいいお婿さんが来てくれればと思っていましたのに、それがあんな風に変わってしまったのは、あいつのせいです」

　思い出すのもおぞましいのか、チヨはぶるぶると肩を震わせた。

「大学の時のお友達に誘われて、お盆休みの一週間、十三湊《とさみなと》とかいうところを見に青森へ行くと言って出掛けたのですけど、本当は騙《だま》されて、あいつのところへ連れて行かれたのです。お友達というのが、じつはその得体の知れない宗教の信者だったんですよ。宗教があんなにも恐ろしいもんだとは知りませんでした。聞いたことのない名前の、神様だか何だか知らないけれど」

「アラハバキ神ですね」

「そうそう、そういう恐ろしげな名前の神様でした。明けても暮れてもそのお化けみたいなものに取りつかれて、周りが見えなくなっちゃったんですから恐ろしい。そのうちに、その神様は津軽にいるから、そこにお仕えしなければならないなんて、おかしなことを言いだして、初めは会社が休みの時に行ってたのが、だんだん休みでなくても出掛けるようになって、これはただごとではないと気がついた時は、もう手遅れでした」

オウム真理教に代表されるカルト教団の信者たちが、マインドコントロールされ、一般常識では理解できないような行動に走った例は、過去にいくらでもある。それはもう、論理ではなく病理の範疇《はんちゅう》で語るしかないのだろう。

「それからというもの、由衣はあいつの言うことだけを信じて、親が何を言っても相手にしなくなりました。挙げ句の果てには、向こうへ行ったきりになってしまったんです。それまで、お若い娘さんたちが新興宗教に溺《おぼ》れて、親から離れてしまう話を聞いても、私らには関係のないことと思ってましたけど、うちの娘の身に起こるなんて、どうしてそんなことになったのか、いまでも信じられません」

「ご両親は、連れ戻しには行かなかったのですか」

「行きましたよ。お父さんが何度も行きました。でもだめでした。その時は素直に帰ってきても、すぐにまたいなくなってしまうんですから。まるで麻薬みたいに、幻覚症状が起きて、いても立ってもいられなくなるみたいでした。だからって縛りつけておくわけにもいきませんでしょう。そうしてとうとう、ああいうことになって……あれからもう、二十二、三年になりますか……」

チヨの言う「ああいうこと」がどういうことなのか、確かめるまでもなかった。セックスが絡まるようなそういう話は浅見が最も苦手とするところだ。

しかしチヨのほうは、いったん話しだした愚痴《ぐち》はとことん吐き出してしまわなければ気が済まないのか、「おなかが大きくなって帰ってきた時は、気が遠くなる思いでした」と、その時の精根つき果てた様子を再現するように肩を落とした。

「それでもって、お父さんが怒って、そんなに津軽がいいのだったら、津軽の人間になればいいって、首に縄をつけて引っ張るみたいにして青森へ連れて行って、向こうに置いてきちゃったんです」

ふっと話が途絶えて、まだつづくのかと思っていると、今度こそ本当に魂の脱《ぬ》け殻《がら》のように、ガックリとして、それっきり黙りこくっている。

「あの、それからどうなりましたか？」

浅見は遠慮がちに声をかけた。チヨはビクッとして、「何がです？」と言った。

「それからずっと、青森に行きっぱなしというわけではなかったのでしょう？」

「行きっぱなしでしたよ、二年ばかし。二年ばかし経って、突然、お父さんに連れられて、フラッと帰ってきました」

「お子さんも一緒ですか？」

「いいえ、由衣だけです」

「じゃあ、お子さんは？」

「知りません」

「知りませんて……あの、二年のあいだ、お母さんは一度も青森へは行かなかったのですか？」

つい、非難する口調になった。

「行きませんでした。だってあなた、お父さんがだめだって怒って、青森のどこにいるのかさえ、教えてくれなかったのですよ。帰ってきてからも、お父さんはもちろん、由衣に訊いてもただ泣くばかり。気がおかしくなっちゃったんでしょうねえ。私も何がどうなったのか、さっぱり……とにかく、こんな狭い町では近所で何を言われるか分かったものじゃないし、仕方なく、幡豆《はず》で漁師をしている私の叔母の家にあずかってもらったのです。そこに一年ばかしいたかしらねえ。由衣はなんとか気持ちも落ち着いたようで、この家に戻ってきて、家の手伝いやら工場の手伝いやらしながら、だんだんふつうの精神状態になったように見えました。それで、お父さんが清三さんを口説《くど》いて、お婿さんに来ていただきました。清三さんも、うすうすは事情を知ってたみたいだけど、ああいういい人だもんで、何も言わずに由衣をかわいがってくれました。それから七年後にお父さんが亡くなる時に、私だけに、初めて由衣の子が生きてるって、言い残したんです。青森の八戸というところにもらわれて行ったと……お父さんにしてみれば、憎いあいつの血を、この家に入れたくなかったのかもしれません」

「八戸……」

浅見はドキリとした。由衣が三十三カ所巡りのコースをはずれ、八戸の蕪島へ行った理由はそれだったのか。そう思うのと同時に、なぜか神尾容子の顔が浮かんだ。

「さっき僕が歌った『十三詣り十三里』の唄ですが、由衣さんもその唄をよく歌っていたのではありませんか?」

「はあ、歌ってました。その唄は昔、私が子守歌代わりにあの子に歌って聞かせていたのですけど、どういうわけか、お父さんが亡くなってから、由衣はときどきそれを思い出したように歌うようになったのです。津軽に置いてきたわが子を思い出すのでしょうかねえ。そのうちにまた様子がおかしくなってきて、ぼんやり考え込んでは、あの唄を歌っておりました。そうして八年ほど前、とうとうお遍路さんに行くと言いだして。私はそんな状態では、旅先で何が起こるか知れないから心配だって言ったのですけど、清三さんが止めなくてもいいと言って……それで仕方なく、せめてもの気休めに携帯電話を買ってやったのですけど、ちっとも連絡してきませんでした。それから十回ぐらいはお遍路さんに行ったかしら、いつも無事に戻ったので、安心していたら、やっぱりああいうことになりました」

ようやく、娘の一部始終を語り終えて、チヨは大仕事を果たしたように、どこかほっとした顔になっていた。年齢は八十歳近いのだろうけれど、ほんの一時間足らずのあいだに、さらに歳を重ねたように老け込んだ。

「もしかすると」と、浅見は言った。

「由衣さんも、赤ちゃんと一緒の時、その唄を歌って聞かせていたかもしれませんね」

「ああ、そうかもしれません」

「そんな風に引き裂かれたのでは、さぞかしお子さんに会いたかったでしょうねえ。ひょっとすると、津軽巡礼は、お子さんに会う目的があったのではないでしょうか」

「それはないと思いますよ。お父さんの話では、由衣はその子が生きているかどうか知らないようでしたから。だけど、由衣にしてみれば、子供の匂《にお》いのする津軽を歩いてみたかったのかもしれませんけどねえ」

チヨはしみじみとそう言って、仏壇の写真に手を合わせた。

「子供の匂いのする」という言い方に、浅見はなんともやりきれないものを感じてしまった。

第十一章　怪しい神社

1

浅見が伊藤由衣の家を訪ねた翌々日、五戸署の捜査本部から二人の刑事が八荒《はっこう》神社の社務所を訪れている。一人は県警捜査一課巡査部長の木村寛之《きむらひろゆき》、もう一人は五戸署刑事課巡査中川義一《なかがわよしかず》。二人とも津軽《つがる》の出身で、黒石市付近の地理にも詳しい。

応対には白い浄衣《じょうえ》に緋色《ひいろ》の袴《はかま》、髪を「間政《あいまさ》」と呼ぶ奉書で後ろに束ねた巫女《みこ》姿の女性が出て、社務所の中の小さな事務室のような部屋に案内した。

巫女は「池田睦子《いけだむつこ》」と名乗り、年齢は四十八歳だそうだが、それよりはかなり若く見える。それに瓜実顔《うりざねがお》のなかなかの美人だ。そうはいっても、二人の刑事は、巫女というからもっと若い清楚《せいそ》なイメージの女性を想像してきたのだが、拍子抜けした。

巫女に定年はないのだろうか。それとも、邪馬台国《やまたいこく》の卑弥呼《ひみこ》のように、呪術《じゅじゅつ》でも使う、本物の巫女なのだろうか――などと、そんな余計なことを考えてしまう。

「巫女さんは池田さん一人ですか？」

木村部長刑事がそれとなく訊いてみた。

「ええ、私一人ですよ。御祭礼の時や年末年始にはバイトの人をお願いしますけど、八荒神社には私以外に正規の巫女はおりません。こんなおばさんだばって、辞めるわけにもいかないのですよ。ほほほ……」

こっちの腹の中まで読んだように笑った。やはり、浅見が言っていたのはこの女性のことなのだろう。

「住所はどちらです？」

「この神社と同じです。社務所に部屋ば借りて住んでいます」

「いつ頃からこちらにお勤めですか？」

「ここさ来たのは三十六年ほど前、それまでは本籍地の北津軽郡市浦《しうら》村に住んでました」

「市浦ですか？」

思わず聞き返した。先日の浅見光彦の「レクチャー」に出た地名だ。

「そうですよ、十三湖《じゅうさんこ》のほとりです。いいところですよ」

池田睦子は艶然《えんぜん》と微笑《ほほえ》んで、若い中川刑事が、思わず視線を逸《そ》らしたほど濃艶な色気を見せた。

「あれで神様さ使える巫女さんとは思えねかったすよ」と、後に二人の捜査員は口を揃《そろ》えて報告している。

「池田さんは伊藤由衣さんという女性を知ってますか？」

「さあ、知らねばって。その人、どこのどういう人ですか？」

「いや、知らないのならそれでいいのです。ところで、四月二十日ですが、池田さんはどちらにおったんですか？」

「そんなこと、急に言われても分かりませんよ」

「まあ、そういわずに思い出してもらいてえのですけどな。四月二十日、金曜日です」

「金曜日だったら、たいていここさいます。その日もたぶんそうだったと思いますけど」

「一歩も外には出なかったんですか」

「ほほほ、一歩か二歩ぐらいは出てたんでないでしょうか。社務所と拝殿のあいだは歩きますし、境内の掃除をしたでしょうし」

睦子は笑ったが、目は笑っていない。

「つまり、神社の境内から外へは出てねえってことですな」

「そうです」

「間違いねえですか」

「間違いないですよ」

「おかしいですねえ、その日、とんでもねえところで、池田さんを見たっていう人がおるんだばってね」

「へえーっ、どこでですか？」

「倉石村と十和田市です」

「そった遠くさ行けるわけないでしょう。人違いですよ」

「人違いねえ……そしたら、その日、池田さんがここさおったということを証明してくれる人は、誰かおりますか？」

「そんなもの、何人もいますよ。宮司がそうだし、新谷《しんや》クンもいたし」

「宮司さんは湊博之さんでしたね。新谷さんというのは？」

「新谷高志《たかし》、権禰宜《ごんのねぎ》をしてます」

「お二人とも身内みたいなもんですな」

「まあそうですね。それだといけませんか」

「身内の証言は、法的にはあまり認めらいねのですが」

「だったら、参拝に見えた人が大勢います。ああ、もしかしたら御祓《おはら》いがあったかもしれない。ちょっと待ってください」

事務机から予定表を持ってきた。

「やっぱりそうですよ。四月二十日金曜日には、御祓いのご希望が二組入ってます。その方たちだけで十人以上いたし、参拝に見えた方も御神籤《おみくじ》を引いたり御札を渡したりしてるはんで、何人も顔を合わせていますよ」

二人の刑事は顔を見合わせた。これだけ自信たっぷり言うからには、彼女の言うとおりの事実があるのだろう。

「その御祓いですが、何時頃、時間はどれくらいかけたのですか?」

「午前中に一回と、午後に一回です。十時からと二時から、それぞれ四十分程度じゃなかったかと思いますよ。ほら見てください」

　突きつけられた予定表には、確かにその記述がある。それが事実ならアリバイは成立する。妖《よう》術《じゅつ》でも使って空を飛ぶかしないかぎりは、十和田市や倉石村までの往復など、できるはずはない。

「しかし」と、木村はなおも食い下がった。

「じつはですね、十和田市の市民文化センターに防犯カメラが備えつけてありましてね、そこにあなたが映されているのだが」

「へえーっ、それは不思議なことだわねえ。十和田市の市民文化センターなんて、行ったこともないですよ。第一、ここにいる私が、どうやって十和田のカメラに映されるもんかしらねえ。ほほほ……」

　完全にナメきった笑いである。だからといって、いまの段階ではそれを嘘《うそ》と決めつける論拠はない。正直なところ、防犯カメラの精度は必ずしもよくないのだ。木村も中川もビデオの映像を見てはいるものの、目の前の池田睦子がビデオの女性と同一人物であると、断定できる自信はなかった。

「だばって、さっきから聞いていると、十和田で何か事件があって、その事件に私が関係しているみたいな言い方ですけど、いったい何があったのですか?」

「じつはですな、その日、十和田市民文化センターというところで、本間という人が倒れて、二日後に亡くなったのです」

「へえーっ、それで?」

「池田さんは、青森中央大学の本間信也教授を知ってますか?」

「ああ、亡くなったのはその人ですか。本間信也さんならよく知ってますよ」

「どうして知ってるんです?」

「うちの宮司や、それにアラハバキ神の天敵みたいな人で、何かにつけ批判的なことを言ったり書いたりしてますから」

「会ったことはありますか?」

「ええ、一度か二度、会ったことがあります。この神社さも来ましたしね」

「この神社の天敵ということだと、仲は良くねがったんでねべか」

「もちろんですよ。それさあのひと、私さ色仕掛けで探りば入れようとしたはんで、こっぴどく肘《ひじ》鉄《てつ》を食らわしてやったんです」

「ふーん、ほんとですかね、そりゃ、反対でねがったんでねすか?」

刑事の意地悪な質問に、睦子はジロリと一瞥《いちべつ》を投げてから、のけ反《ぞ》るように「ケラケラ」と笑った。あえて否定しなかったのは、暗に認めたものと取ることもできる。しかし、それ以上は追及しようがなかった。

「いや、どうもありがとうございました。それと、宮司さんと、権禰宜の新谷さんでしたか、お二人はいま、どちらで?」

「宮司のお宅のほうにおりますよ。何だったら呼んできましょうか」

湊宮司と新谷権禰宜は池田睦子と入れ代わって、すぐにやって来た。二人とも池田から相手が刑事と聞いたせいか、愛想笑いを浮かべている。とくに湊は機嫌よさそうに刑事の労をねぎらった。

「本間教授が死んだことで来たのだそうですな。それはまあ、ご苦労なことで。何か池田にご不審な点があるんたなら、びしびし調べてやってください」

そう言って笑った。八十歳近い老人とは思えない、脂ぎった顔と張りのある声だ。

刑事は池田睦子の話のウラを取った。四月二十日、池田が神社にいたかどうか、御祓いの客が来たかどうか――といった点を確かめた。湊は「さあなあ……」と思い出せない様子だったが、新谷がそれに間違いないことを証言した。

新谷というのは、アラハバキ神の熱心な信者だったのが嵩《こう》じて、湊家に書生もどきに住み込むようになった人物だった。湊同様、池田睦子にとっては、れっきとした身内と言っていい。

「何だったら、御祓いをした方々に訊いてみたらどんだべな。どうせ、私ら身内の人間の話だけでは信用できねんたふうだはんで」

湊は見透かしたように言うと、新谷に命じてその時のお客の住所・氏名のメモを用意させた。二組の客のひと組は秋田県、もうひと組は茨城県のグループだ。

「ずいぶん遠くから来るのですね」

「そりゃ、アラハバキ神の信者は全国におりますからな」

湊は自慢げに言った。

「宮司さんは、伊藤由衣さんという女性をご存じですね?」

木村は方向転換をした。浅見が伝えて寄越した情報によると、伊藤由衣の母親は「あいつに誑《たぶら》かされた」という言い方で、湊宮司のことを悪しざまに罵《ののし》ったということだった。木村は知らないとは言わせない――という口調で、断定的に言ったのだが、湊はあっさり「いや」と首を横に振った。

「さあなあ、信者の中にそういう名前があったかもしんねぇが……誰がな、それは?」

歳《とし》のせいで惚《ぼ》けたということは考えられるが、表情を見るかぎり嘘をついているようには思えない。それ以上追及をするためには、ある程度の証拠固めが必要だ。

2

事情聴取はほとんど空振りに終わったというほかはない。ともあれ、二人の刑事はその結果を持ちかえって、その日の夕方、捜査会議で報告した。

会議に先立って、木村と中川は十和田市から借りてきた防犯カメラのビデオ映像を再確認したが、映っているのはやはり池田睦子のようでもあるし、別人のようでもある。化粧や髪形が違うのと、スーツ姿と白衣に緋袴という巫女姿とでは、受ける印象が違うせいかもしれない。

あとは十和田市民文化センターの警備の職員に面通しをするしかないが、その前にとりあえず、その日、御祓いを受けたという二つのグループに、その日、八荒神社に巫女がいたかどうか、その巫女が池田睦子だったかどうか、問い合わせることにした。

結果は芳《かんば》しいものではなかった。二つのグループの代表者は、ともにその日、巫女さんがいたと言い、そのうちの一人はご丁寧にも、御祓いの後、記念撮影したという写真を送って寄越した。拝殿をバックにして、湊宮司を真ん中に、五人のメンバーが並び、左端に巫女姿の池田睦子、右端に権禰宜の新谷が立っている写真だ。写真には撮影時の日にちが入っているし、ピントも合っているし、防犯カメラの映像とは比較にならないくらい鮮明だ。

写真の池田睦子は、二人の刑事が実際に会った時の妖艶《ようえん》なイメージとは違って、金ぴかの冠《かんむり》を被《かぶ》り、浄衣と緋袴の上に、「千早《ちはや》」と呼ぶ淡い模様の入った白い羽織のようなものをまとっている。これが巫女の正装なのだろう。職業的なすまし顔だが、確かに本人だ。二人の刑事はひと目見て、「間違いねえすな」と頷《うなず》きあった。

　となると、浅見光彦の推理は根底から覆ったことになる。十和田市民文化センターに現れた赤い服の女性が、八荒神社の巫女・池田睦子ではないということは、つまり倉石村のトラブルに巻き込まれた女性も別人ということを意味する。

「なんだ、あの素人探偵さんも、大したことねんじゃねえか」

　吉北警部はむしろ愉快そうに言った。他人の失敗を嬉《うれ》しがる性格の男だ。

　浅見が連絡してきた話によると、伊藤由衣は湊宮司に誑かされて妊娠し、その子供が八戸にいるということだが、吉北は「その話も眉唾《まゆつば》だべ」と言った。そんなふうに浅見が貶《けな》されると、浅見を推薦した浅子刑事課長の顔も丸潰《つぶ》れだ。吉北の狙《ねら》いはそっちのほうにあるのかもしれなかった。

　電話で浅子課長からの報告を聞いて、浅見は「そんなばかな……」と言ってしまった。これまでの経緯からいって、赤い服の女は八荒神社の巫女以外には考えられなかった。伊藤由衣が「誑かされた」相手も、湊宮司であると、彼女の母親・伊藤チヨは断言しているのだ。

　もっとも、それはあくまでも伝聞でしかないことも事実だ。チヨは夫からそう聞いているだけで、自ら津軽まで行ってその事実関係を確かめるどころか、由衣を問いただしたりもしていなかった。その伝聞の主である夫も由衣本人も死んでしまって、いまさら確かめようもない。

　しかし、たとえそうであっても、浅見は自分の直感と推理が間違っているとは思えなかった。電話の口調から、浅子が窮地に陥っている様子が伝わってくるだけに、浅見は責任を感じるとともに、隔靴掻痒《かっかそうよう》のようなもどかしさを覚えた。警察の捜査能力を疑うのもどうかと思うが、自分の目でビデオ映像や写真を確かめずにはいられない気分だ。

「旅と歴史」の原稿締め切りに追われていたが、浅見は矢も楯《たて》もたまらず、次の日、ソアラを駆って青森へ向かった。

五戸署に着いたのは夕刻近かった。前触れなしに浅見が現れたので、浅子は驚きながらも喜んだ。

「いやあ、まさか来てくれるとは思わねかったですよ。それどころか、嫌気がさして、こんな田舎の事件なんか、放り出してしまうんでねえかと思ってました」

よほど嬉しいのか、喋《しゃべ》りまくる浅子を急《せ》かせて、浅見はともかくビデオと写真を見せてもらった。

ビデオは白黒映像で不鮮明だが、写真のほうには確かに、浅見も会ったあの巫女が写っている。少なくとも法廷で証拠能力を比較することにでもなれば、問題なく写真が採用されるだろう。

「参拝客が嘘をつき、日時の焼き込みを細工するとか、虚偽の写真を捏造《ねつぞう》したとは考えられませんか」

「要するに参拝客も共犯関係だったということだべか？　うーん、まずないと思うばって、しかし一応は確かめてみますか」

浅子はそう言ってくれたが、浅見自身、それはないだろうと思った。

「こったらだことをしゃべると、浅見さんは気を悪くするかもしれんですが、捜査員の中には、浅見さんが言われた倉石村でのトラブルというのも、事実あったことだかどうか、タレコミの女性の目撃談なんつうのも疑問だなどとしゃべる者も出てきましてね」

つまり、伊藤由衣の事件に対する考え方そのものも、振り出しに戻ってしまったということのようだ。

それはそれとして、八荒神社以外での事件捜査はどの程度進展しているものなのか。

「山村病院のほうは当たっているのでしょうか？」

「いや、まず八荒神社の巫女さんから始めてみて、そこで挫折しちまったもんで、山村病院のほうは手つかずです。それに、そっちは本間教授の事件がらみですはんでね。うちの捜査本部とは直接の関係はねえというのが、吉北警部の見解なのです」

浅子課長の言葉を聞いて、浅見は失望感に襲われた。本間信也の「病死」、谷内洋蔵の「事故死」、山下義和の「刺殺事件」、伊藤由衣の「絞殺事件」はすべて繋《つな》がっている。しかもその接点が八荒神社の湊宮司であることもはっきりしている。それ以外には考えようがない。

そして五戸署の捜査本部が直ちに手をつけられるのは伊藤由衣の事件であり、そこにこそ、一連の事件全体への突破口があると浅見は捉えている。だのに、その入口のところで逡巡《しゅんじゅん》したり停滞しているのでは、話にならないではないか。

しかし、浅見が推理した「赤い服の女」が八荒神社の巫女では――というセンが崩れてしまったというのだから、浅見には文句をつけたり非難したりする資格はない。それにしても――と苛立《いらだ》ちはつのる。

「それにしても……」と浅見はその思いを口にした。

「本間教授がその時、赤い服の女を控室に入れたのはなぜなんですかね？　ずいぶん無防備のように思えますが」

「はあ、なんでですべなあ……まあ、知り合いだったということじゃないんだべか。少なくとも殺意を抱いた女だとは思わねかったのでしょうなあ。もっとも、吉北警部あたりにしゃべらせると、殺害行為そのものがあったのかなかったのか……と、そこから問題にしているみたいですがね」

「そこまで後退しちゃったのですか」

やれやれ——と浅見は頭を抱えた。殺害行為がなかったとすると、スタンガンもなかったことになる。倉石村の騒動で、男をいとも簡単にねじ伏せた「赤い服の女」の存在までが消えてしまいそうだ。

「伊藤由衣さんの母親の話によると、由衣さんが産んだ子が、八戸のほうにもらわれて行ったというのですが、そっちの筋を追ってみることはできますか?」

浅見は話題を変えた。

「それはどうですかなあ。聞き出すとしたら湊宮司を問い詰めるしかねばって、現時点では伊藤由衣さん自体を知らねと言ってるだで、そった事実はなかったと否定するべなあ。かりに事実があったとしても、調べるのはかなり難しそうだ。プライバシーに触れるんたことですはんでね。それに、そのことが事件に関係しているとは考えられんでしょう。とくに本間教授殺害なんかと繋がるようなことは、まったくねえんだはんで」

浅子は否定的だ。「放り出したい」心境になっているのは浅子自身かもしれない。

「伊藤由衣さんの子が生きているとすれば、二十一歳ぐらいですか……」

言いながら、浅見は神尾容子の面影を脳裏《のうり》に浮かべていた。「なにわより　じゅうさんまいりじゅうさんり……」の歌声が聞こえてきそうだ。

確かに、歳恰好だけから言うと神尾容子は合致する。

容子の話によると、その唄を覚えたのがいつなのか、どういう経路で頭にインプットされたのか、まったく記憶がないそうである。だとすると、精神活動が自立していない赤ん坊の頃、無意識のうちに刷り込まれていたということになる。そんな奇妙な唄を幼児期に刷り込まれていたというのは、そう滅多にある体験ではない。

浅見の空想は、どうしても、まだ若かった頃の伊藤由衣が赤ん坊を抱いて、子守歌代わりに「なにわより……」の唄を、無心に歌って聞かせている情景を思い描いてしまう。かといって、容子に「あなたは神尾家にもらわれた子か?」などと、訊けるはずもない。浅子の言うとおり、それこそプライバシーの侵害だ。

しかし、伊藤由衣が妊娠し、津軽のどこかで出産し、彼女の父親の話では、その子が八戸にもらわれた――ということは事実なのだ。そうして由衣本人は、二年ほど後、父親に連れられて愛知県御津《みと》町の実家に戻った。今際《いまわ》のきわに父親が嘘をつくとも思えないから、その子が生きているとすれば、やはり八戸にいるにちがいない。

八戸で育って、年齢が二十一歳ぐらいで、「なにわより」の唄を幼児期に刷り込まれている――といった条件をすべて備えた人物といえば、まさに神尾容子はぴったりではないか。

浅子の悲観的な顔を見ていると、そのことを話したくて、口まで出かかった。しかし、ここからは妄《みだ》りに侵してはならない領域だ。まして、彼女が伊藤由衣と湊宮司とのあいだにできた子――などというのは、まったく根拠のない臆測に過ぎないのである。

浅見は神尾容子の、どこかあどけなさの残る顔を思い浮かべながら、口から出そうな言葉をぐっと堪《こら》えて唇を噛んだ。その顔がいかにも悔しさを抑えているように見えたのか、浅子は気掛かりそうに眉をひそめていた。

3

ひとまず引き揚げて、今夜の宿を探すことにした。浅子は浅見の落胆ぶりを気にして、玄関まで送ってきた。「今夜はどごさ?」と訊かれ、浅見はまったく予定を組んでいないことを思い出した。

「黒石の例の旅館か青森市のホテルに泊まります」

「というと、明日はやっぱり八荒神社さ行きますか?」

「さあ、どうなりますか……」

正直言って、見通しが立たない。それと、浅見の気掛かりは別のところにあった。それは神尾容子からの連絡が途絶えていることである。

五月十日に電話で話した際、容子は織物業者のことを母親にもう一度確かめてみると言っていたのだが、それっきり、結果がどうだったのかを聞いていなかった。東京の自宅に電話がなかったか、浅見にしては珍しく、わりと頻繁に確認の電話を入れて、お手伝いの須美子を喜ばせているのだが、それからすでに五日を経過して、何の音沙汰《おとさた》もない。そのことも、神尾容子についての「疑惑」を増幅させる原因になっていた。

途中に土曜と日曜が挟まっているので、ひょっとしたら容子は八戸の実家に帰省して、母親とその話をしたのではないかという期待もあっただけに、なしのツブテ状態がもどかしい。催促がましい電話を入れるのを控えていたのだが、浅見は我慢の限度を越えた。

ソアラに戻って、自動車電話から容子の携帯に電話した。「電源を切っているか電波の届かないところ——」という女性のナレーションが聞こえてきた。まだ大学の教室にいるのかもしれない。

浅見はとりあえず車をスタートさせて青森方面へ向かうことにした。

国道4号を途中の天間林《てんまばやし》村から左折して、「みちのく道路」に入る。このバイパスができたお陰で、所要時間が小一時間短縮されたそうだ。日が暮れて、腹も空《す》いたが、ドライブインに立ち寄っているあいだに神尾容子からの電話が入るといけないので、車を降りられない。

こういう時にこそ、携帯電話のない不便さを感じるのだが、携帯電話厳禁——という浅見家の憲法を破るわけにいかない。

青森市の市街地に入る寸前、待望の電話が鳴った。浅見は車を道路脇《わき》に寄せて、受話器を握った。

「よお、浅見ちゃん、珍しく摑《つか》まったな」

何のことはない、「旅と歴史」の藤田編集長であった。

「自宅に電話したら、須美ちゃんが留守だって言うから、居留守でなきゃ車に乗っているんだろうと思って電話してみた。いまどこら辺りだい？」

「青森ですよ」

「ん？　そうじゃなくてさ、原稿の進み具合はどの辺りかって……えっ？　また青森へ行ってるの？」

「そうですよ、追加取材です。このあいだの出張で漏れたところがあって」

「ふーん、そう、真面目《まじめ》にやってるんだ。けっこうけっこう。しかし取材費の追加はないよ。せいぜい頑張ってね」

慌てたように電話を切った。それ以上話すと、取材費を請求されると思ったにちがいない。こっちも邪険に受話器を置いたとたん、またベルが鳴った。「はい」と、腹立ちまぎれのような声を出したら「神尾です」と、か細い声が聞こえた。

「あっ、神尾さん、ようやく摑まった」

言いながら、浅見は藤田と同じような口ぶりであることに気がさした。

「すみません、電話できなくて」

容子は謝った。声が小さくて元気がないのが気にかかる。

「いや、そんなことはいいんです。それよりこのあいだの件、どうなりました?」

「ええ、それがちょっと……」

「え? ちょっと、どうしたんですか?」

「電話ではちょっと……」

「じゃあ、これから会いませんか」

「えっ、いま東京じゃないんですか?」

「いや、青森にいますよ。さっき馬屋尻《まやじり》の交差点を曲がったから、もうちょっとで市内に入るところです。どこか待ち合わせ場所を決めてください。そこへ直行します。できたらレストランがいいな。まだ晩飯を食っていないのです。ファミレスでも何でもいい」

圧倒するようにまくし立てた。でないと、容子に逃げられそうな予感があった。

案の定、容子はしばらく躊躇《ためら》ってから、観念したように「分かりました」と言い、待ち合わせの場所にファミリーレストランを指定した。そこなら陰気臭くないし、何よりも駐車できるのがいい。

どこか、よほど近い場所にいたのか、浅見より先に容子は到着していた。やはり顔色があまりよくない。容子も食事をしていないというので、浅見はとんかつ定食を注文して、同じ物を——と思ったのだが、「いいえ、私はトーストとミルクで」と言った。

「なんだか病人の朝食みたいですね」

浅見は笑ったが、容子はかすかに微笑んだだけだ。本当に病人のように見える。

「何かあったのですね？」

浅見はようやく真顔に戻って、声をひそめるようにして訊いた。

「ええ……」と容子は頷き、間を置いて「このあいだの土曜日、八戸の実家に戻ってきたんですけど」と言った。

それからまた口を閉ざし、そのうちにミルクとトーストが運ばれ、間もなくとんかつ定食がやってきて、「とりあえず、食べましょうか」と会話は中断した。空腹の浅見は、自分でも行儀が悪いかな——と思うくらいガツガツと食べたが、気がつくと、容子はミルクを少し啜《すす》っただけで、トーストには手をつけていない。

「大丈夫ですか？」

さすがに心配になって、箸を使う手を止めた。心配は容子の食欲もさることながら、彼女が実家の母親に何を聞いてきたのかも気掛かりだ。とにかくとんかつ定食を平らげ、食後のコーヒーを頼んでおいてから、「さて」と、居住まいを正した。

「何があったのか、聞かせてください」

「このあいだ浅見さんに言われた、あの話をしたら、母が泣きだしたんです」

いきなりすごい話になった。小さな声だったが、浅見は思わず周囲を見回した。ちょうどコーヒーを運んできたので、話にストップをかけた。ウェートレスが行ってしまうと、コーヒーカップをテーブルの隅に押しやって、身を乗り出した。

「どうしたんですかね？」

「私にもわけが分かりません。それ以上、何も訊けなかったんです。なんか、とてつもない秘密があるんだって思って、それで、浅見さんにも言うべきかどうか迷いました。あんな母を見るのは初めてだし、訊かなければよかったかもしれません。

でも訊いてしまったのだから、もう取り返しがつきませんよね。いったいあれは何だったのか、日が経つにつれて不安になって……」

容子の目から、ふいに涙が溢《あふ》れ出た。ファミレスの健康的な明るさが、こういうシチュエーションには相応《ふさわ》しくない。まるで性悪の男が女を泣かしているような図に見えなくもない。浅見は「ここ、出ましょうか」と立ち上がった。

ソアラの助手席に容子を押し込んで、浅見は運転席に坐り、エンジンもかけず、しばらくは言葉も発しなかった。

「お母さんに訊いたのは、知り合いに織物業者がいないかどうかということですよね。それに対して、そんなふうに動揺するというのは、どういうことなのかなあ……」

「あの……」と、容子は決然とした感じで浅見に向き直った。

「もしかして、浅見さんにはその理由が分かっているんじゃないんですか？　だからあんなふうに、しつこいくらい母に確かめさせたんじゃないんですか？　もしそうなら、本当のことを教えてくれませんか」

まるで真剣で切りつけるような鋭さだ。

「驚いたなあ……」

それが浅見の実感だった。そこまで容子に見抜かれるとは思ってもみなかった。もはや彼女には隠しておけないと思った。

4

エンジンを切ったままの車は、若い女性と二人だけの世界としては狭すぎる。意味もなくハンドルに両手を置いて、フロントガラスの向こうにあるファミリーレストランの明かりを眺めながら、浅見はどうするべきか、態度を決めかねていた。

織物業者の話を持ち出しただけで泣きだすほど、容子の母親には秘密めいた過去があることは確かなようだ。こうなると、伊藤由衣の子がじつは容子ではないかという、ひょんなことから思いついた浅見の憶測が、正鵠《せいこく》を射《い》ている可能性が強くなった。

しかし、容子に出生の秘密があるなどという憶測をぶつけて、いい結果になるはずはない。かりにその憶測が事実だったとしても、いや、事実であればなおのこと、何も知らずに育った容子にとっては死にたくなるほどの悲劇に間違いない。

（そんなことになったらどうする――）

浅見は躊躇ったあげく、容子の質問をはぐらかすことに決めた。

「神尾さんは八荒神社を知ってますか」

「ええ、行ったことはありませんけど、もちろん名前は知っています。アラハバキ神を祀《まつ》っている神社でしょう？　研究室でときどき話題になっているのを耳にしていました」

「話題というと、誰がどういう話をしていたのですか？」

「本間教授と三戸《さんのへ》教授と、それに助手の北口さんも、わりとよく話してました。例の『都賀留三郡史』に関係した話の中に、八荒神社の湊宮司の名前が出て、本間先生が激しい口調で悪く言っていたことがあります」

「それに対して三戸教授は何て言ってました？」

「三戸先生は、あまりその話題には乗り気ではなかったみたいです。本当はアラハバキ神のことっていうか、『都賀留三郡史』のことを信じているのだけれど、本間先生に正面から逆らうのは面倒だから黙っていたのかもしれません。だから、本間先生が亡くなられた時は、口ではショックだとか、お悔やみみたいなことを言ってましたけど、内心はやっぱりアラハバキ神の祟《たた》りがあった――とか思ったのじゃないでしょうか。だけど、その八荒神社が私の母のことと、何か関係でもあるんですか?」

「いや、そうではないけれど……」

浅見は少し言いよどんで、

「本間教授が亡くなったのは、アラハバキ神の祟りだっていうのは、あなたもそう言っていたんじゃなかったかなあ?」

「えっ? ああ、だからァあの時も言ったように、本心からじゃないんです。アラハバキ神は、どっちかというと津軽の人が信仰しているわけでしょう。南部《なんぶ》は津軽と仲が悪いせいか、あまり信じている人はいません。私だって子供の頃から、アラハバキなんて聞いたこともなかったですから。でも、あの時は研究室には北口さんがいたし、後で三戸先生の耳にも入るに決まってるので、アラハバキ神のことも『都賀留三郡史』のことも悪く言うわけにいかなかっただけです」

「そう、それじゃ、お母さんもアラハバキ神を信じていたりはしないのですね」

「母ですか? 母に確かめたことなんかないですけど、信じているどころか、第一、アラハバキのこと自体、何も知らないんじゃないかしら」

「それで安心しました。もしかして、神尾さんのお宅がアラハバキ神の熱烈な信者だったらどうしようかと思ったのです」

「そんなことあるわけがありませんよ……だけど、それが何か?」

浅見のはぐらかし作戦にもかかわらず、いぜん、容子の疑念は解消していない。

「じつは、本間教授が亡くなったのは、冗談でなく八荒神社やアラハバキ神に関係があるような気がしているのです」

「えっ、じゃあ、ほんとに祟りだったんですか？」

「ははは、祟りということはないけれど、僕が十和田市の病院で聞いたところによると、本間教授には相当なストレスがあって、それが心臓の発作に繋がったことは事実だそうです。そのストレスの原因が『都賀留三郡史』にまつわる論争にあって、八荒神社の湊宮司の怨念《おんねん》が作用したのではないか——と、もっぱらの噂《うわさ》ですよ」

「そんな……そんなこと、浅見さんは信じているんですか？」

「まさか、怨念までは信じませんけどね。しかし、論争はあっただろうし、実際、会ってみると湊宮司という人物は、なかなかの迫力の持ち主です。あの宮司に対抗するには、かなりのエネルギーを消耗するだろうなと思いました」

「浅見さん……」

容子はきつい口調で言った。明らかに目の色が変わっている。

「浅見さんはもしかして、母と本間先生のあいだに何かあったと思っているんじゃありませんか？」

「えっ、どうして？」

「だって、私の母のことを訊いているのに、浅見さんはさっきからずっと、本間先生のことばかり話しているじゃないですか。母が泣きだしたのは、本間先生が亡くなったことと関係があるんですか？」

「とんでもない、僕はそんなこと、まったく想像もしていませんよ。第一、本間教授ともお母さんともお会いしたことすらないのですから……しかし、なるほど、そういう考え方もありますかねえ」

浅見は逆に、チャンス到来とばかり、容子の邪推に飛びついた。

「お母さんと本間教授はお知り合いだったのですか?」

「知り合いって……それはまあ、二度か三度は会ったことはありますけど、私がお世話になっている大学の先生として、ご挨拶《あいさつ》をした程度のことですよ。浅見さんが考えているような不純な関係じゃありません」

「参ったなあ、僕はそんなことは想像していませんけどね。しかしそうですか、お会いになったことはあるのですね。だとすると、本間教授の口からアラハバキ神の話が出た可能性はありますね」

「さあ、そんな学術的な話題が出たとは思えませんけどねえ。さっきも言ったように、母の口からアラハバキの話なんて、聞いたことがないんですから」

「しかし絶対にないとは言い切れないでしょう?」

「それは、絶対っていうことはないかもしれませんけど……だけど、もしそういう話題があったとして、何か関係があるんですか?」

「じつはですね、物の本によると、アラハバキ神は金属に関係する神だという説と、旅の神だという説、それにもう一つ、機織《はたお》りの神という説もあるのだそうです」

「えっ、ほんとに?」

「僕はにわか仕込みの生かじりでしかないけれど、アラビア半島辺りの言葉に、アラハバキの『ハバキ』の語源と考えられる『ハバク』というのがあって、その意味は『織る』『高度に技術的に織る』ということだと、その本には書かれていました。会話の中にそういう話が出ていたとすると、お母さんはあなたから織物業者のことを訊かれているうちに、ふいに本間教授のことを思い出して、悲しみに襲われたのかもしれませんね」

強引なこじつけのようだが、それなりに裏付けはある。今回、「旅と歴史」に依頼されて『都賀留三郡史』のリポートを書くため、浅見がいろいろ読み漁《あさ》った書物の中に、確かにそういう記述があった（榎本出雲・近江雅和共著『消された星信仰』彩流社刊）。そのこと自体は嘘ではないのだ。

真実味を湛《たた》えた浅見の表情を読んで、容子は不満そうに口を閉ざした。それ以上、この問題にこだわると、母親と本間教授との関係に、ありもしない疑惑を抱くことになりかねない——と思ったのかもしれない。

「一度、お母さんとお会いしたいな」

容子の退《ひ》いた様子を見て、浅見は攻勢に転じた。

「えっ、母にですか？　会ってどうするんですか？　無駄ですよ、母はほんとに世間知らずなんだから」

「ははは、あなたに世間知らずと言われる理由はないでしょう。少なくともあなたの倍ぐらいは生きていらっしゃるのだから」

「それはそうですけど、考え方なんか私より幼稚ですよ。見た目も幼稚ですけどね」

「つまりお若く見えるっていう意味ですか。あなたのお母さんなのだから、美人であることは間違いなさそうですが」

浅見のお世辞に、容子はようやく「ははは……」と声を立てて笑った。

「だめだめ、そんなことを言ったら母は気を悪くします。母は娘の私なんかより自分のほうがずっと美人だと思っているんですから。嘘じゃないですよ」

容子は「見ますか」と言って、財布兼用のカード入れから写真を抜き出した。名刺サイズより少し大きめの写真だ。そうやって他人に見せるくらいだから、容子自身を含め、よほどよく撮れているのだろう。

浅見はルームライトをつけて、光束の下で写真を眺めた。成人式の時に撮ったものらしく、両親に挟まれた着物姿の容子が写っている。生まれてこの方、そういう家族写真を持ち歩いた経験のない浅見には、くすぐったくなるような写真だ。

しかし、容子の母親の顔を見た途端、浅見の笑いは引っ込んだ。

「えっ、この方がお母さん？……」

思わず唾《つば》を呑《の》み込んで、絶句したような言い方になった。

「そうですけど、変ですか？」

「いや、変だなんて……あまりにも若くて、おきれいだから……」

浅見はしどろもどろに言った。

「ね、そう思うでしょう。ほんとに美人でしょう。不幸にして、私はたぶん父親のほうに似ちゃったんですよね」

「そんなことはない、あなただって十分すぎるくらいよく撮れてますよ。お父さんもハンサムじゃないですか」

よく考えると、あまりフォローになっていないことを口走って、それでもなんとか態勢を立て直したが、浅見の内心の動揺は鎮まらなかった。

（これはいったい、どういうことだ？　こんなことがあっていいのだろうか――）と心底から仰天した。

第十二章　悲しい写真

1

その夜は例の黒石の安旅籠《はたご》に泊まって、翌朝、浅見は十三湊《とさみなと》の市浦村へ向かった。

浅子刑事課長に確かめた市浦村の池田睦子《いけだむつこ》の本籍地には、いまは誰も住んでいない。荒れた休耕田の端の平坦《へいたん》な草むらの中に、半分朽《く》ちかけたような小さい鳥居と祠《ほこら》が建っている。そこが池田家の跡地だと、近所に住む老女が教えてくれた。もっとも、近所といってもいちばん近いその家でさえ二百メートルは離れている。池田家のことを訊《き》いたが、「さあなあ、何も分がらねな」と言った。

「あの家の人は余所《よそ》から来た者で、三十年以上も前に出て行ってしまったしな」

村の人たちとの付き合いも、ほとんどしない家だったらしいのだが、老女の言うことは曖昧《あいまい》で、さっぱり要領を得ない。知らないというより、池田家のことについては、何も話したくないように見える。

「あそこに建っている鳥居と祠は、どういう神様ですか？」

浅見としてはアラハバキ神という答えを期待したのだが、それも分からないらしい。池田家がいなくなって十数年経って、建物も朽ちてしまったので、村で取り壊した時に裏庭にあるのが発見された。そんなものがあることさえ、誰も知らなかったが、祟《たた》りを恐れてそのまま残しておいたのだそうだ。

ほかに二人、もう少し若い女性と男性にも訊いてみたが、こっちのほうはさらに不得要領な答えしか返ってこなかった。

浅見は教育委員会に次長の大山浩幸を訪ねた。突然の訪問だったにもかかわらず、大山は愛想よく対応してくれた。しかし浅見が「池田睦子」の名前を口にした途端、表情が一変した。誰もいない応接室であるにもかかわらず急に声をひそめ、辺りを見回しながら顔を寄せるようにして言った。

「池田睦子というと、八荒《はっこう》神社で巫女《みこ》さんをやっている池田さんのことですか？」

「ええそうです、ご存じですか」

「それはまあ、知っているっていうか……池田睦子さんは小学校の同級でした。途中からの転校生で、おまけにすごい美少女だったから、クラス中たいへんな騒ぎでしたよ」

大山は当時を思い出す目になった。

「私も子供だったもんで、詳しいことは知らなかったですが、お祖父《じい》さんとお祖母《ばあ》さんと三人暮らしでした。お母さんが青森市のほうで芸者さんをしているとか、父親は有名な映画スターだとかいう噂《うわさ》を聞いたことがあります。いや、あくまでも噂ですから、本当かどうかは分かりませんけどね。学校では孤高の存在で、誰も寄せつけないし、そもそも家のほうも近所付き合いをまったくしない主義のようでした。私はクラス委員をしていたもんで、わりと話す機会があったけれど、美人で頭がよくて、子供心にも近づきがたいものがありましたね。中学ぐらいになれば、もう少し何かあったかもしれないけれど、小学校を卒業する時に、お祖父さんとお祖母さんがあいついで亡くなって、村を出て行って、それっきりになってしまいました。ところがです……」

大山はいっそう声を抑えて続けた。

「私は大学を卒業した後、しばらくは研究室に残って、将来はそのまま大学で教鞭《きょうべん》を執るつもりでいました。講師からあと少しで助教授に昇格するというところまでいったのですが、その時にたまたま『都賀留三郡史』に出会いましてね、研究対象として大いに興味を惹《ひ》かれたところへ、市浦村に戻ってこないかという話がきた。なんだか運命的なものを感じて、この仕事に就くことにしたというわけです。それで、四年前に地元に帰ってきてすぐ、『都賀留三郡史』の実地検証みたいなことを始めました。先日もお話ししたように、『都賀留三郡史』なるものはまあ正直なところかなり眉唾《まゆつば》ものであることも分かってきて、興味は急速に冷えてゆくのですが、その研究の過程で、思いがけない人物に出会いました。それが八荒神社の巫女さん、つまり池田睦子さんだったのですよ。湊宮司《みなとぐうじ》に話を聞こうと思って神社を訪ねたら、そこに彼女がいた。三十二年ぶりの再会だったし、巫女さん姿という変わりようだったが、怖いほどの美貌《びぼう》と、それに目尻《めじり》の脇《わき》に黒子《ほくろ》があるのでひと目で分かりました。もっとも、先方は私が名乗るまでまったく気づいてくれませんでしたがね」

最後は苦笑いを浮かべて、大山の長い話がひとまず終わった。

「それで、池田さんとはその後、どうなのですか？」

「どうもこうも、進展はありませんよ。それから三度……いや、四度かな、勉強にかこつけて神社を訪問したのだが、ほとんど巫女さんとしてしか対応してくれませんでした。美しい顔を能面のようにして、冷たいものでしたね。湊宮司からそれとなく彼女のことを訊き出そうとしたのだが、体《てい》よくあしらわれるばかりで、教えてくれない。住居はあの神社内らしいのですが、家族のことだとか、三十数年間どこでどうしていたのかなど、まったく分からないままです。ただ、雰囲気として、湊氏とは、単なる宮司と巫女という関係ではないような気がしますけどね」

つまり男と女の関係という意味を言っているのだろう。黒石の旅館のご亭主も、それらしいことを言っていた。確かに単なる宮司と巫女というのではないかもしれないが、浅見の印象はそれとは別のものだった。

「八荒神社にはもう一人、権禰宜《ごんのねぎ》をしている若い神職がいますが、その人と池田さんの関係はどうなのでしょう?」

「いや、彼はただの使用人です。私の見るかぎりではですが、湊宮司にマインドコントロールされているのか、顎《あご》でこき使われているような印象でしたよ」

「マインドコントロールというと、オウム真理教の事件を連想しますね」

「えっ? いや、そういう意味じゃなくて、単に言われるままに動いているという……だからといって、まさか、地下鉄サリン事件みたいな事件を起こしそうだとか、そんなことではないですよ」

大山は慌てふためいて打ち消した。

「さっき、ここにお邪魔する前に池田家の跡地を見てきましたが、近所の人に訊いても、まったく雲を摑《つか》むような話でした。池田さんはお祖父さんとお祖母さんと三人暮らしだったとおっしゃいましたが、映画スターだとか芸者さんだとかいう、噂のご両親はまったく顔をみせなかったのでしょうか?」

「私は見たことも聞いたこともないし、たぶん誰も知らないと思いますよ。じつは、ここだけの話ですが、当時の市浦村の戸籍簿を調べてみたことがあるのです。ところが、池田睦子さんの家は祖父母と睦子さん以外に、睦子さんの母親の名前だけが記載されていたのです。しかも、転入した際に、本籍地が市浦村に移されていました」

「というと、未婚の母ということだったのですか?」

「おそらくそうでしょう」

「なるほど……そして、池田さんは小学校を卒業すると同時に、市浦村を出て行ったということですね」

「そうです。ちょうど卒業式があった日でしたよ。お祖父さんの具合が悪くなったとかで、謝恩会の途中に帰宅して、それっきりになりました。お祖母さんも体調が悪かったそうで、二人ともその時どこかの病院へ運ばれて、そこで亡くなったようだし、葬式もこの村ではなく、別のところでしたみたいです。戸籍簿にはお二人とも『死亡』で抹消されていました」

浅見は大山の話を聞きながら、祖父母が運ばれた入院先に、何となく山村病院を想定していた。

「それにしても、祖父母のお二人が亡くなった時の後始末や、池田睦子さんを引き取ったことから言って、どこかに誰か親族がいたことは間違いないのでしょうね」

浅見は訊いた。

「それはまあ、そうでしょうな。いまにして思うと、その辺りの事情を知っているのは八荒神社の湊宮司じゃないかという気がしますがね。これ以上の詳しいこととなると、あとは警察の手で調べるしかないでしょう」

そう言ってから、大山は急に不安を感じたようだ。

「浅見さんがそんなふうに調べているのは、何か、池田睦子さんの周辺で、事件でも起きているんですか?」

「いえ、そういうわけではありません。『都賀留三郡史』や八荒神社、それに湊氏の背景を調べてゆくと、あの巫女さんの存在も無視できなくなってきたのです。会ってみると、確かに気圧《けお》されるものがあります。どことなく神がかり的なものが感じられて、あの神社やアラハバキ信仰にとっては、かつてのシャーマン的な存在なのじゃないかと思えてきましてね」

「そう、そうでしょう、そう思うでしょう。絶対にあれはただ者ではないですよ」

大山は我が意を得たり——とばかりに、初めて大きな声を出した。

2

五戸署の浅子刑事課長は、池田睦子に焦点を絞って、あらためて調べてみたら——という浅見の提案に当惑げな声で応じた。電話の向こうのしかめっ面《つら》まで目に浮かぶようだ。

「八荒神社の巫女さんですか……しかし、吉北警部はそっちのほうの捜査は打ち切るっていう結論を出してまったはんでなあ。いまさらそれを引っ繰り返すのはどうも……」

「承知しています。ただ、池田睦子さんは本籍地が市浦村だと言っていたそうですが、調べてみたところ、市浦村には彼女が小学校の頃に本籍地を移しているのです。その時期になぜ転籍する必要があったのか、一応調べてみたほうがいいのではありませんか」

「えっ、本当ですか？　そったらだことまで浅見さんは調べたのですか？　うーん、もしそれが事実であれば、捜査は不十分だったことになってまりますな……よし、分かりました、吉北警部のほうさ伝えてみます」

がぜん張り切った口調になった。

「僕は黒石の旅館にもう一泊しますので、八荒神社の巫女さんを調べた帰りにでも、ちょっと寄って捜査結果を教えてくれませんか。それと、念のために、例の防犯カメラのコピー写真と、八荒神社の参拝客が撮った写真をもう一度見せてください」

「了解しました。たぶん明日の昼前には寄れると思うはんで、その時に渡しますよ」

　これで警察がふたたび八荒神社関係の捜査を再開するであろうことは間違いないが、はたしてどれだけの成果を挙げることができるかは疑問だ。あの湊宮司や池田巫女のしたたかさを、警察がうち崩せるような気がしないからである。もう一人の権禰宜の男にしたって、大山が言っていたようにマインドコントロールされているとしたら、口を割らせるのは相当難しそうだ。

　浅見には唯一、警察さえまだ察知していない「究極の」と言ってもいい切り札が残されている。おそらくそれは、犯人側にとっては決定的に不利な証拠になりうるものだとは思うけれど、しかしその切り札を使っていいものかどうか、まったく自信がなかった。人がどう思おうと不幸になろうと、そんなことはお構いなく、まっしぐらに正義を行なおうとするには、事件の背景に深く関わりすぎてしまったうらみのあることを、浅見はつくづく思った。

　前日もそうだったが、浅見がまた予約なしに現れたのを見て、旅館のおかみさんは挨拶《あいさつ》も忘れて、「まだ津軽さおっただかね」と笑いだした。しかしお客の消耗しきった様子に気づいて、心配そうに顔を覗《のぞ》き込んだ。

「たんげだ疲れていなさるようだけんど、大丈夫だかい？　そせば晩御飯はすき焼きか何か、精のつくもんにすべさ」

「大丈夫ですよ。しかしすき焼きはありがたいなあ」

約束どおり、夕食はご亭主とおかみさんと、三人ですき焼き鍋《なべ》を囲んだ。相変わらずお客のない旅館である。ご亭主はその後の「取材」の進展ぶりを聞きたがった。

「どんだばや？　大学の先生が死んだのと、谷内《やち》の棟梁《とうりょう》が死んだのと、それから棟梁の弟子まで殺されたっているんだはんで、これはただごとではねべ？　アラハバキの祟りどころではねぐて、やっぱし殺人事件が起きているんでねべか」

「あんだ、やたらなことはしゃべねほうがええだよ」

おかみさんが注意したが、止まらない。

「こん人だってそう思ってるだ。なや、浅見さん、んだべ？」

「確かに、ご主人の言うとおりだと思いますよ。アラハバキの祟りなどというものはありません。人間が人間を殺しているのです」

浅見が怖い顔で断言したので、おかみさんはいっそう怯《おび》えた。

その夜遅くまでと、翌朝目覚めてから、浅見は「旅と歴史」の原稿に精を出した。あとは浅子課長が朗報をもたらすことをひたすら願うしかない。

その浅子は十一時前にやって来た。しかし浅見が期待したような朗報とは程遠い。「あの女さだば手こずりますなあ……」と、ため息混じりに言った。

「市浦村に本籍地が移った経緯など、本人はまったく知らねかったんだそうです。戸籍簿なんか見たこともないと言っている。三十六年ばかし前に市浦村さ住んでいた頃、祖父さん祖母さんが死んで天涯孤独になったのを、八荒神社の湊宮司が引き取って育てた。中学を卒業してからはずっと八荒神社の巫女さんばやっちゅう。つまり湊宮司は育ての親みてんだもんで、感謝している――と、そんなことしか聞けなかったです」

「そうだったんですか、湊宮司に引き取られたんですか。市浦村に住んでいる時に祖父母が急病で亡くなったことは聞いていましたが……そうそう、その時、祖父母は誰がどこの病院に運んだのか、それについてはどうなのでしょう？」

「いや、それもまったく分からねえのだそうです。何しろ三十年以上前のことだはんで、何も憶《おぼ》えてねえというのですな。祖父さん祖母さんのこともよく知らねえし、気がついたら八荒神社に引き取られていた――みたいなことばかし言ってました」

「信じられませんねえ……」

浅見は首を振った。

「小学校を卒業して、中学生になった年のことでしょう。しかも頭のいい子だったというのに、何も憶えていないはずがないですよ。僕だってそのくらいの年のことは、かなり鮮明に憶えていますからね」

「しかし、いくら訊いても憶えてないの一点張りですから、どうしようもない」

「家族のことはどうなのですか。親兄弟の記憶もまったくないのですか」

浅見の質問に、浅子は首を横に振った。

「なんだかあの女は自分自身をマインドコントロールして、記憶喪失に陥っているんでないかと思ったくらいです」

「なるほど、そうかもしれませんね。かりに池田睦子さん本人としては、物心ついた時にはすでに『祖父母』の手で育てられていたとしても、しかし、湊宮司か誰か、少なくとも病院関係者に、池田さんの祖父母が亡くなった前後の事情を知っている人物が必ずいるはずです。その人たちは池田さんの出生の秘密も、本当の父親が誰なのか、消息も分かっているかもしれない。事実かどうかはともかくとして、市浦村の人たちでさえ、池田さんの父親は映画スターで母親は芸者さんだったと噂していたそうですからね」

「なるほどなあ……確かにそういう噂があっても不思議のねえ美人だもんねえ。ああ、そんだそんだ、頼まいていたっけな」

浅子は思い出して、ポケットから二葉の写真を出した。防犯カメラの映像はあまりはっきりしないが、八荒神社前で撮った写真のほうはかなり鮮明に撮れている。湊宮司を中心に据えて、中心付近に陣取った参拝客のグループにピントは合っているものの、左端にいる巫女も、逆の右端にいる権禰宜の男も姿形はよく分かる。日付もちゃんと入っていた。

浅見はその写真をじっと見つめた。被写体の人々の目は全員がこっちに注がれている中で、巫女の視線だけがあらぬ方角へ、おそらく焦点も定まらない目を向けている。いくぶんピントが甘いせいもあるのだろうけれど、浅見が会った時の、挑むような妖《あや》しい魅力を湛えた瞳は感じ取れなかった。

「池田さんの祖父母と言われる人たちが亡くなったのはどこの病院か、遺体はどこに埋葬されたかは調べられませんか」

「うーん、三十六年前のことですしなあ……んだばってまあ、青森県内のどこかであれば、なんとか調べがつくでしょう。死亡届も埋葬許可証もあるはずだし、病院といったたって、ゴマンとあるわけじゃねんだはんでな」

「僕の勘としては、青森市の山村病院ではないかと思うのですが」

「ふーん、またあの山村病院だが」

「池田睦子さんがその後、湊宮司に引き取られていることもあるし、その当時からすでに池田家と湊家は付き合いがあったと考えられます。その接点が山村病院だったかもしれません」

「なるほど、分がりました。浅見さんば信じてもうひと踏ん張りしますよ」

浅子が引き揚げて行った後、浅見は宿のおかみさんに天眼鏡を借りて、あらためて二葉の写真を眺めた。（間違いない——）と確信が深まるにつれて、だんだん悲しい気分も深まってゆくのを感じた。

3

浅子刑事課長は浅見に言われたとおり、山村病院を訪ねて、池田睦子の祖父母夫妻の死亡した昭和四十二（一九六七）年三月当時の入院者や死亡者について調べようとしたが、いずれも記録が現存していないことを理由に断られた。池田夫妻が山村病院の患者だったかどうかも、分からないという。当時の病院長は先代の山村勘一《かんいち》だったが、すでに故人となっており、現在は息子の史郎《しろう》が院長を務める。その頃はまだ東京の病院でインターンをしていた。当時のことはまったく分からないのだそうだ。

山村病院が創立されたのは戦前で、現院長で三代目だそうだ。内科、小児科、産婦人科を併設する、ベッド数五十という中規模の個人病院である。四十年近い昔とあって、その間には医師も看護師も数代にわたって入れ代わっており、往時を知る者は一人もいないという。

やむをえず、浅子は市浦村役場に問い合わせ、「昭和四十二年三月二十五日　池田喜一郎《きいちろう》（七十四歳）死亡」と、それから三日後の日付で「池田孝子《たかこ》（七十三歳）死亡」と届け出のあることを確認した。まるでご亭主の後を追うようにして夫人が亡くなっているわけだ。いずれも死因は病死で死亡診断書は浅見の想像どおり、青森市の山村病院から提出されている。署名医師は前院長の山村勘一だった。

池田家の本籍地は昭和四十年五月に転入した際、青森県北津軽郡市浦村に移設された。それ以前の本籍地は東京都台東区――のいわゆる「ドヤ街」と呼ばれた地名が記載されている。原籍地に問い合わせると、昭和二十年九月十一日、二人はそこで結婚・新戸籍を起こした。それ以前の戸籍は両名ともはっきりしない。一応、地番もほぼ同じ台東区内の住所にはなっているが、事実そうだったかどうかは確かめようがないそうだ。親兄弟姉妹のこと、再婚か初婚かも不明。戦災で役所が焼け、戸籍を焼失したために、そういうケースはいくらでもあった。

結婚・入籍の直後に、池田夫妻は「正子《まさこ》」という六歳の女児を養子にした。正子の両親が誰なのかについての記載はない。当時の社会情勢から想像すると、おそらくその女児は戦争孤児だったのだろう。終戦直後の東京には、戦災で家を焼かれ、家族全員が死亡したという孤児が焼け跡の街を彷徨《さまよ》っていた。その子を見かねて養い親になったのか、池田夫妻自身がわが子を失ったためなのか、いずれにしても戦後の混乱期のことだ、何があっても不思議のない時代だった。

それからどういう経緯を辿《たど》ったのかはともかく、池田一家は昭和二十二年に東京の本籍地から青森市に移住したと思われる。思われるというのは、青森市役所に問い合わせたところ、じつはその転入記録が三十年一月四日付になっていて、元の居住地の転出から八年も経過しているからだ。その間、どこに住んでいたのかは不明だし、むしろ、すでにそれ以前から当地に住んでいたことも考えられる。

転入と同じ日、正子の長女として睦子が誕生していることから、ことによると、それがあったために転入届を提出したのではないかという印象を与える。

八年も経過していては、原籍地の役所が発行した転出の書類がきちんと整っていたかどうかも疑わしい。もし整っていなければ、役所としてはそれなりに手続き上の不備を指摘しただろうし、文句の一つも言ったかもしれないが、とどのつまりは本籍地に確認の連絡を取る程度で、転入を受理するより仕方がなかっただろう。

その日がたまたま正月明けの仕事始めの日であることから、窓口がゴタゴタしていたことも考慮しなければならない。多少うがった見方をすれば、そういうタイミングで転入手続きを取った可能性もある。

そのことはともかく、女児を産んだ時、正子はまだ十六歳だった。それだけでも、正式な結婚ではないどころか、おそらくアクシデントのような事情があったことを推測させる。睦子は正子の「長女」だが、父親の欄は記入がない。いわゆる「私生児」だった。その理由はいろいろ想像できるけれど、いまとなっては正確なところは分からない。単に父親が認知しなかったのか、父親が不明な場合もあるだろう。

浅見が市浦村の大山に聞いた、睦子の母親が芸者をしていて、父親は映画スターだという噂も、事実は存外それに近いものだったのかもしれない。あるいは、母親は睦子を産み落として間もなく、愛人と一緒に出奔したきりになってしまったという噂もあったらしい。少なくとも睦子が市浦小学校に転校してきた時もそれ以降も、両親の姿を見た者はいなかったのだ。

祖父母夫妻が死んだ後、池田睦子は八荒神社の湊宮司に引き取られ、育てられた。睦子が十二歳、湊宮司が四十二、三歳の頃のことだ。湊と睦子は育ての親と子の関係だけなのか、それとも宮司と巫女の関係が優先しているのか、あるいはそれ以上の男と女の関係があるのだろうか……。その点については浅子は調べがつかなかったそうだ。「過去の記憶がない」と主張する睦子はもちろんだが、湊宮司は体調を崩していることを理由に、「面会謝絶」とつっぱねた。

「自分としては、睦子が湊に引き取られた際の状況を知りたかったのです。祖父母があいついで死亡したというのも、何となく疑わしいすべ。けんど令状があるわけでもねえはんで」

浅子は浮かない口ぶりで、徹底した捜査ができなかったことを弁解したが、その報告だけでも十分。浅見は自分が思い描いている事件の全貌《ぜんぼう》が、ジグソーパズルを埋めてゆくように、少しずつ正確に完成しつつあることを感じた。

残るは神尾容子にまつわる部分だ。しかしそこは最後の聖域でもあった。そこに足を踏み入れることは、容子のプライバシーを土足で踏みにじることに繋がりかねない。それは許されないと浅見は思う。浅子に何も話さないのは、その問題があるからだ。

今回の事件にかぎらず、あらゆる事件のほとんどの場合、当事者以外の事件の関係者たちは、事件には関わりたくなく、一刻も早く事件から解放されたいと願うだろう。たとえ被害者の遺族であっても、その悪夢のような出来事は、それこそ夢であって欲しいと思うにちがいない。殺された伊藤由衣の母親も夫もそうだった。由衣の無念はさることながら、いまさら古傷に触れられたくないという気持ちのほうが勝っていたようだ。

とはいえ、ジグソーパズルを完成させ、事件を解決に導くためには、神尾家の秘密を避けては通れないことも分かっている。

浅見はついに意を決して、神尾和子《かずこ》に会うことにした。

容子に電話して「八戸《はちのへ》にウミネコを見に行きます」と告げた。当然のことのように、容子は「私も行きたい」と言ったが、大学をサボるわけにはいかない。土曜日まで待って欲しいと言うのを、東京に戻らなければならないという理由で振り切った。彼女の都合がつかない点も浅見は計算に入れている。

「だったら、母に案内をさせます」

浅見は何も言ってないのに、容子のほうからそう言って、しぶしぶ諦《あきら》めた。容子を騙《だま》すようで気の毒だが、それも浅見の予想どおりの展開だった。

4

八戸駅の駅前広場は混雑していたが、神尾和子の顔はひと目で見分けがついた。浅見のほうから声をかけて挨拶を交わした。容子が自慢げに話したとおりの美人だった。身長も容子と同じくらいだろうか。

「本当に容子の言ったとおりですわね」

容子が何を吹き込んだのか、和子は眩《まぶ》しそうな目で浅見を見て、笑った。

早速、浅見の車で蕪島《かぶしま》へ向かった。ウィークデーだが、団体のバスツアーも来ているらしく、けっこうな人出だ。島の頂上にある神社まで長い石段を上がるのに、行き交う人波で肩が触れ合わんばかりである。神社に参拝して、山頂を一巡するとウミネコの営巣《えいそう》する岩場が見られる。いまは子育ての時季なのか、岩に群がるウミネコの数は多いらしい。上空には代わる代わる飛び立つウミネコが、絶え間なく飛翔《ひしょう》している。

浅見の真意を知るよしもない和子は、郷土の自慢であるウミネコの解説を、楽しげに話した。天気もよく、紺青《こんじょう》の空と海と、それを背景に舞う白いウミネコはすばらしい光景だった。

蕪島の頂上は狭く、ウミネコを見ながらゆっくり足を運んでも、神社を一周するのに、ものの五分とかからない。浅見と和子は石段を下り始めた。

「この石段で、容子さんはお遍路《へんろ》さんに会ったのだそうですね」

浅見はさり気なく言った。とたんに和子は「えっ」と緊張した反応を示した。

「お遍路さんが妙な唄《うた》を歌っていて、それに何となく聞き覚えがあるような気がしたと、容子さんから聞きました。『なにわより　じゅうさんまいり　じゅうさんり』という奇妙な歌詞なのですが、お母さんはご存じないのだそうですね」

「ええ、知りません」

顔を背《そむ》けるようにして答えた。脇見をして足を踏みはずされなければいい、と浅見が危惧《きぐ》したほどだ。

「じつは僕はそういうものに異常に興味を惹かれるタチでして、少し調べてみたのです。この唄は虚空蔵菩薩《こくぞうぼさつ》を信仰する人々によって歌われるもので、虚空蔵菩薩というのはとくに織物関係の業者の信仰を集めているそうです。信者は子供が十三歳になると虚空蔵菩薩に参詣《さんけい》して、子供の成長と一家の繁栄を願います。それにしても、どうしてそんな唄を知っているのか、容子さんも不思議でならないとおっしゃってました」

「はあ、そうですか……」

　和子は心ここにあらざるように、上の空の返事をするだけで、足の運びを急ぐ。

「そこまでは容子さんからお聞きになっていると思いますが、僕の悪い癖《くせ》は、さらにその先がどうなっているのか、子供じみた好奇心を捨ててしまえないところです」

　石段の最後の一段を下りきって、東へ向かう。和子は浅見の言葉から逃れるように、足早になっている。浅見は対照的にのんびり歩いた。しかし心臓のほうはとてものこと、のんびりというわけにはいかない。ポーカーで下手《へた》くそなプレーヤーがロイヤルストレートフラッシュを抱えた時のように、自分の胸の鼓動に怯えていた。

「あらかじめお断りしておきますが、僕は警察とは一線を画して事件のことを調べています。それから、そのことによって何かを得しようとかいう、邪《よこしま》な気持ちはまったくありません。ただ一つ、容子さんが不幸な目に遭わないことを望むのみです」

「警察」「事件」という単語に、和子はそのつど肩を震わせた。

　車を停《と》めた場所には、すぐに着いた。浅見は当然のようにドアを開けたが、和子はしり込みして、救いを求めるような目を背後に向けた。

「どうぞお乗りください。もしあなたが望まないのなら、僕はあえてこれ以上のことは話さないつもりです。ただし警察が着々と捜査を進めてゆくことは間違いありません。その結果、いろいろなことが明るみに出てくると思います。そうなる前に、決着をつけてしまいたいのです」

「決着とは、どういうことですか？」

「それをお聞きになりたければ、どうぞ車に乗ってください。ここは人通りが多くて、立ち話には適しません」

なかばジョークのように笑顔を見せながら言うと、和子もようやく覚悟を決めたのか、助手席に足を踏み入れた。浅見は車をスタートさせ、市内とは逆方向、南へ向かう道を走らせた。古い漁師町の佇《たたず》まいが残る、鄙《ひな》びた町並みである。

「あらためてもう一度言いますが、僕には邪な気持ちはこれっぽっちもありません。それとあなたが事件には直接の関わりがないことも信じています。そのことを急に信じろと言われても、納得できないかもしれませんが、信じていただくほかはないのです。僕も信じますから、あなたも信じてください。そうでないと、たぶんあなたは何も答える気になれないでしょう」

言い終えてから、しばらく沈黙の時間が流れた。和子はシートベルトを両手でしがみつくように握り締めている。

「あの、浅見さんは、何をどのくらい、ご存じなのですか？」

オズオズと、探るような訊き方をした。

「そうですね、たとえば……四月二十日に、あなたが黒石の八荒神社で巫女さんの代役を務めたこととか、です」

「えっ……」

和子は驚き、何か反論しようと模索する目を宙に彷徨《さまよ》わせたが、結局、思いつくことはなかったようだ。

「代役を頼んだのは池田睦子さんですか、それとも湊宮司のほうでしたか？」

「………」

「僕を信じて話してください」

叱《しか》るような強い口調で言うと、和子はビクッとして、口を開いた。

「睦子さんです」

ファーストネームで答えたことに、二人の関係の距離感が表れた。

「その時、代役を依頼する理由をお聞きになりましたか？」

「信者の団体客が参詣に来るのに、急に都合がつかなくなったので、代わりを務めてほしいと言ってきました。私は巫女さんの経験なんてないので、無理だと言ったら、ただ立っているだけでいいからと……」

「強引ですね。いつもそうなんですか？」

「いつもって……ですから、そんなことは初めてです」

「八荒神社へ行ったのは、何年ぶりだったのですか？」

「神社へ行ったのは、もうかれこれ十年ぶりぐらいじゃないかと思いますけど」

「じゃあ、池田睦子さんとは、外でお会いになっていたのですね？」

「ええ、会う時はたいていレストランとか喫茶店とかでした。でも、ずいぶん長いこと会っていませんでした」

「その時もレストランで会って、巫女さんの代役を頼みたいと言われたのですね。変だとは思いませんでしたか？」

「それはもちろん思いましたよ。代わりの人なら誰かアルバイトを頼めばいいのに。そう言うと、『あなたでなきゃだめなの』と言われました」

「その理由はもちろん分かってましたね」

「ええ、まあ……」

「池田さんは、自分にそっくりなあなたを代役に欲しかった。つまり、信者のみなさんと記念写真を撮るための替え玉として利用したのですね」

　核心に触れることを一気に言った。

　和子は黙って頷いた。

5

「池田さんとあなたは、どういうご関係なのですか?」

「知り合いです」

「どういうお知り合いですか?　いつ、どこで知り合ったのですか?」

「結婚してから、初めて八荒神社へ行った時に会って、その時からの知り合いです」

「えっ?　容子さんの話によると、確かあなたは、八荒神社もアラハバキ神も信じていないということでしたが」

「ええ、私は信じていませんけど、主人の祖父が信仰していていて、安産のお参りに行くように勧められて、断れなくて……それで、御祓《おはら》いしていただいて帰ろうとすると、巫女さんに呼び止められました。その時、ひと目見てドキッとするくらい似てるなって思いましたけど、巫女さん――睦子さんのほうもびっくりしたのだそうです。それから社務所のお座敷に案内されて、鏡の前で見較べて、本当にそっくりなのにあらためて驚きました」

「いや、僕もこうしてお目にかかって、本当によく似ていらっしゃるのに驚きました。池田さんの目尻に黒子《ほくろ》がある以外、遠目にはほとんど見分けがつかないでしょうね。もしもあなたが池田さんのように派手なお化粧をすれば、よくよく見較べても分からないかもしれない。実際、その時の参拝客たちは、いつもの巫女さんだと信じていたそうです」

「そう、ですか……」

「ひょっとすると、お二人には血の繋がりがあるのではありませんか?」

「私もそんなことを想像しました。あまりにも似ていましたからね。でも、うちは代々南部《なんぶ》ですし、睦子さんは津軽ですから、実際には何もないのですか。先祖を辿れば、どこかで繋がっているのかもいるのかもしれませんけど」

「それ以来の知人ということになりますか」

「ええ、そうですね。でも、このことは誰にも言ったことがありません。私の両親はアラハバキのような怪しげな神様は嫌いで、それで主人の家とも、あまりしっくりいっていないのです。主人の家は古くから津軽に住み着いて、祖父の代まではアラハバキ神のかなり熱心な信者だったみたいです。その祖父も亡くなりましたけど」

「あ、それじゃ、神尾さんのお宅はご主人がお婿《むこ》さんで入ったのですか?」

「ええ、そうです。うちは私が一人っ子でしたから。でも、主人とは学生時代に知り合って、一応、恋愛結婚でした」


和子は場違いに照れて、笑った。浅見は雰囲気がダレるのを拒むように言った。

「ところで、池田さんが巫女さんの代役を必要とした本当の理由ですが、その時は分からなかったとしても、後になって何か思い当たることがありましたか?」

「いえ……」

自信なさげに首を横に振った。

「その日の午後、十和田《とわだ》市の市民文化センターで、本間信也さんが女性の訪問者に襲撃され失神したまま、ほとんど脳死状態で、二日後の四月二十二日に亡くなったのですが」

「……」

「それから、お遍路姿の伊藤由衣さんが白っぽい乗用車に乗った女性に拉致《らち》され、その夜のうちに殺害されています」

「ああ……」

和子は失神しそうな声を漏らして、背もたれにのけぞってから、気持ちを奮い立たせるように姿勢を正して言った。

「それは新聞やテレビのニュースで知っていますけど、そのことと私と、どういう関係があるのですか？」

「もちろん、直接の関係はありません。しかし、あなたはそのどちらの犯行にも、替え玉として犯人のアリバイを証明するために活躍する役割を果たしたのです」

「犯人て……じゃあ、睦子さんが犯人だっていうことですか？」

「いまのところ犯人と言える段階ではありませんが、いずれはっきりします。それと、警察が追及してゆけば、あなたが代役を務め、アリバイ工作に加担したことは間違いなく明るみに出るでしょう」

「でも、それは私のあずかり知らないことだわ」

「たとえそうであっても、捜査の過程でいずれは浮かび上がってくるし、裁判になれば、当然のこととして証言台に立たなければならなくなるでしょう。そうして、容子さんの出生の秘密にも触れられます」

「秘密って……あなた、いったい何をご存じなの？」

浅見は進行方向から視線をはずさないが、和子の必死の眼差《まなざ》しを左頬《ほお》に感じた。

「このあいだ、愛知県御津《みと》町の伊藤さんのお宅を訪ねてきました」

世間話のような軽い口調だったのだが、和子を怯えさせるには十分すぎたらしい。「ああ……」とため息を漏らして、いっぺんで全身から力が抜けたように、けだるそうな姿勢になった。

「どうですか。もっと詳しくお話ししないと、何があったのか、本当のことを話してはいただけないのでしょうか」

「いえ」と和子は首を振った。「それ以上はおっしゃらないでください。何があったのか、ありのままをお話しします」

車は八戸の市街地を抜けて、海岸沿いの道を南下しつつあった。道路脇に少し海に向かって張り出したスペースがあるところで、浅見は車を停めた。

「睦子さんから、会いたいと連絡があったのは四月十八日のことです。八戸まで来て、浅見さんがおっしゃったとおり、巫女のアルバイトを務めてくれって。ずいぶん長いこと会ってなかったのに、とつぜんの頼みでしたから、最初、私は断ったのですけど、どうしても引き受けてくれないと困ると、少し脅すような言い方をしました。それで仕方なしに引き受けることになったのです。それから、簡単な巫女の役割を説明してくれて、四月二十日にそのとおりに代役を務めました。午前十時頃と午後二時頃にやって来たグループの参拝客を相手に巫女さんらしい真似事《まねごと》で応対して神事を済ませ、最後に記念写真を撮りました。終わったのは三時前だったと思います。私は三時過ぎには神社を出て、真っ直ぐ自宅に戻りました、それだけです」

「記念写真を撮ったのは参拝客の注文だったのですか?」

「いえ、湊宮司のほうから勧めてそうしたのです。ふだんはそんなサービスめいたことはしないはずなので、お客さんたちは大喜びでした」

（なるほど――）と浅見は思った。明らかな作為が感じ取れる。

「池田さんはあなたに代役を頼む時、脅すような言い方をしたとおっしゃいましたが、もし引き受なかったら、どうするつもりだったのでしょうか」

「ですから、それはあなたが言ったように、容子に本当のことを教えると……」

「容子さんがあなたの実子ではないということですか？」

「えっ、違いますよ。なんてことを言うんですか。容子は私の子です」

和子は目を吊《つ》り上げて大声を出した。「伊藤さんのお宅で何を聞いてこられたか知りませんけど、そのことはもう、とっくに決着がついていますよ。山村病院が赤ちゃんの取り違えがあった事実を認め、伊藤さん側も納得しました。それまでの期間の養育費もちゃんとお支払いしましたよ。それなのにまだそんなことを言っているんですか？　だいたいあのひと――伊藤由衣さんには子供を育てる能力がなかったんですから……」

「分かりました」

浅見は辟易《へきえき》したように、和子の剣幕を遮《さえぎ》った。

「そうすると、容子さんは山村病院で誕生したわけですね。それにしてもなぜ八戸の病院でなく、わざわざ青森市の山村病院を選んだのですか？」

「主人の祖父がそうしろと、なかば強引に決めてしまったんです。山村病院は八荒神社と親交があって、その関係で主人の祖父とも懇意にしていたみたいです。祖父の話によると、山村病院は経済的な理由などで困っている人を助ける、いい病院だということでした。たまたま同じ時期に伊藤さんも臨月を迎えていて、出産も私とほぼ一緒でした。そして、あの不幸な取り違えが起きたんです」

「あなたのお子さんと伊藤さんのお子さんを取り違えたのですね」

「ええ、そうです。でも、後で思うと、過失ではなく、誰かが仕組んだとしか考えられない出来事でした」

「伊藤さんの赤ちゃんですが、父親は誰だったのか、ご存じありませんか？」

「知りません……ただ、看護師さんから噂話みたいにチラッと耳にしただけですけど、湊宮司じゃないかって」

「ほうっ……看護師さんがそう言っていたのですか」

「でも、その看護師さんは、それから間もなく辞めさせられちゃいましたよ」

和子はまるで浅見の意図を察知したように言った。

「その時に生まれた、伊藤さんのお子さんはどうなったのですか？」

「亡くなりました。体に障害のある子で、生まれて間もなくだそうです。その時は私の子が亡くなったと伝えられました。ところが、睦子さんがこっそり教えてくれたんです。『あなたの赤ちゃんは生きているかもしれない』って。さっき言った、仕組まれた出来事というのは、そんなことがあったからです。もしかすると伊藤さんか湊宮司が仕組んだのかもしれません。私はいったんは諦めたのですけど、どうしても納得ができなくて、何度も何度も調べ直すように言って、やっと血液型が一致することを確かめてもらいました」

四種類の血液型の一つが一致したからといって、それだけで親子関係を認定できるかどうか、二十年以上も前にＤＮＡ鑑定が確立されていたかどうか、浅見に知識はない。赤ん坊の取り違えが本当にあったという、具体的な証拠を問いただすか否かで迷ったが、これ以上和子を刺激するのは酷かもしれない。

「でも」と、和子は言葉を繋いだ。「私の子であることははっきりしましたけど、容子が私の手元に来るまで、それから一年半もかかりました」

「えっ、どうしてそんなに？」

「伊藤さん——由衣さんが容子を攫《さら》って、身を潜めてしまったんです。実際は八荒神社に隠れていて、そのことは湊宮司も池田さんも知っていたはずなのですけど。山村院長先生も、悪いようにはしない、赤ちゃんはいずれ伊藤さんから取り返してやるとおっしゃるのでじっと我慢して待ちました。警察や裁判沙汰にするのはいやでしたし。示談金がかかると言われましたけど、それは養育費代わりだと思うことにしたのです」

「容子さんの頭に刻み込まれた『じゅうさんまいり』の唄は、その一年半のあいだ、伊藤さんから子守歌のように聴かされつづけたというわけですか」

「ええそうです、たぶん。伊藤さんは最後まで赤ちゃんを手放すのを拒んでいたそうです。それを睦子さんが騙すようにして奪い取って、伊藤さんのお父さんが私のところに赤ちゃんを連れてきてくれました。役所には事情を説明して、一年半遅れの出生届を出しました」

「なるほど……」

これまで目の前にかかっていたモヤモヤが晴れて、いろいろなことが見えてきた。愛児を奪われた伊藤由衣が、もともと不安定だった精神状態に、さらに異常をきたしたのがなぜなのかもよく分かる。

6

「ところで、池田さんが強引に、なかば脅迫するようにあなたに代役を押しつけたのは、いったい何をするつもりだったのか、もうお分かりですね？」

「ええ……でもその時は分かりませんでした。本当です。ただ、その後になって、本間先生が亡くなったり、お遍路さんの伊藤さんが殺される事件があったりして、何か恐ろしいことが起こったんだって思いました」

「そのとおりです。恐ろしいことが起きたのです。しかも、結果的にあなたがその事件で一役を買うことになった。警察の調べに対して、池田さんはその日、神社で参拝客の相手をして記念写真に収まったと述べました。実際、警察はその写真を確認しています。ただし、その写真の巫女さんには目尻の黒子がありませんでしたが」

「じゃあ、警察はそのことに気づいたんですか？」

「いや、残念ながらと言うべきか、幸いにと言うべきか、警察はそこまで気づいていません。あの写真のあなたは、少し横を向いていましたし、本間教授が襲われたと見られる、十和田市民文化センターの防犯カメラに残された女性の顔は、あまり鮮明ではありませんでしたしね」

「あの、本間先生は心臓の発作で亡くなられたとお聞きしましたけど」

「警察の発表はそうです。病院の診断書にもそう書かれています。一説によるとアラハバキ神の祟りだという噂もあったようですが。しかし、僕が調べたかぎりでは、心臓発作を起こした本当の原因は、訪問した女性——池田睦子さんにスタンガンを押しつけられたことによるショックに間違いありません」

「やっぱり……」

　和子は放心したように首を振った。

「だけど、睦子さんはなぜ本間先生を？」

「池田さんというより、湊宮司の意思でしょう。湊氏にとって、本間教授は不倶戴天《ふぐたいてん》の敵でした。教授が論文を発表するのを放置しておけば、宗教家としてばかりでなく、自分の全存在まで否定されかねないと恐れたのでしょうね。本間さん殺害の目的の一つは、その論文を奪い取ることにあったと思います」

「本間先生はそんな過激な論文を発表することになっていたのですか？　私には信じられませんけど」

「それは分かりません。ひょっとすると湊氏の妄想にすぎなかったのかもしれない。アラハバキ神の祟りを主張する当の湊氏自身が、アラハバキ神の幻影に怯えたように、およそ短絡的としか思えないような犯行を繰り返しているのです」

「じゃあ、伊藤さんまでが、そんな理由で殺されたのですか？　伊藤さんは私にとっては忘れられない辛《つら》い記憶のある人ですけど、湊さんにとって恐ろしい存在だったなんて、そんなことがあるのでしょうか？」

「伊藤さんがなぜ殺されたのか、その動機はまだはっきりしていません。アラハバキ関連とは違う理由があったのかもしれません。しかしそれ以外の被害者は、すべてアラハバキ神信仰や『都賀留三郡史』にとっての天敵のような人々でした」

「えっ……というと、本間先生や伊藤さん以外にも、殺された人がいるんですか？」

「そうですよ。黒石市の大工さん――八荒神社から発見されたと湊氏が主張する『都賀留三郡史』など、もともとありはしなかった、嘘っぱちだと暴露した人が謀殺され、その謀殺に加担したと思われる、もう一人の大工さんが殺されました」

「それを、みんなあの宮司さんが？」

「間違いないでしょうね。もちろん湊氏本人が自ら手を下したわけではないでしょうけれど、池田睦子さんや、もう一人いる権禰宜の男性が、湊氏にマインドコントロールされているように動いたと思います。僕も湊氏に会いましたが、あの人はほとんど神懸《が》かり的です。最初は虚言から始まったにしても、いまはもう『都賀留三郡史』もアラハバキ神も真実だと信じ込んでいます。自分で自分自身をマインドコントロールしたような状態かもしれません。そうでもなければ、あれほど滔々《とうとう》と自説を披瀝《ひれき》できませんよ。しかし、その一方では迫りくる老いを恐れていることも感じ取れました。だから、本間さんの攻撃に過剰反応したように、歯向かう者を片っ端から消してしまわずにはいられないほどの強迫観念に駆られるのでしょう」

和子は恐ろしげに肩を竦《すく》めた。

「これから、どうなるのでしょう？」

「明確なことは言えません。警察の手が事件の本筋に伸びる前に、犯人たちが裁かれるのが、もっとも望ましいのですが」

「裁かれるって、警察以外に、誰が裁くのですか？浅見さんですか？」

「まさか……」と浅見は笑った。

「じゃあ、誰が？」

「裁くのは、もちろん神でしょうね」

むろんジョークのつもりだが、浅見は何となくそういう神の存在を信じたかった。それに、神以外に、この厄介《やっかい》な状況を打破して、無事に決着をつけることのできる者など、ありえないような気がしていた。

和子を彼女の家の近くまで送り届けた。近くまではずだったが、実際はかなり手前で「ここで降ろしてください」と言った。近所の目を恐れたのかもしれない。状況に何か変化があったら連絡することにして、とりあえず別れた。

あまり気の進まない心理状態で、浅見は車を五戸署の方角へ向けて走らせた。浅子にいろいろ訊かれたらどう答えるべきか、気持ちが定まらない。

事件を解決するだけなら、神尾和子から聞いた話を、浅子に洗いざらいぶちまけるのがもっとも手っとり早い。後は警察に任せて、さっさと引き揚げれば、これほど簡単で気楽なことはない。そうしたからといって、神尾母娘《おやこ》に法的な意味での実害が及ぶわけでもなかろう。むしろ、事情を知ってしまった浅見が口を閉ざしていることのほうが、犯人秘匿《ひとく》の罪に問われかねない。しかし、警察への通報はしない約束だ。いや約束以前に、浅見の美意識が許さない。

とはいえ、どうすればいいのか、うまい知恵があるわけでもなかった。

とにかく相手は情理を尽くせばわかってくれるというほど、単純な連中ではないのだ。湊宮司も池田睦子も、それにおそらく権禰宜の男も、とてものこと、ふつうの精神状態とは思えない。彼らには罪を犯したという意識はないだろうし、まして自首するような殊勝さは金輪際、望めそうにない。かつてオウム真理教の信者たちが、常人としては想像もつかない、狂気そのもののような犯罪に走ったのと、それは酷似している。

これまで扱ったどんな事件よりも厄介な問題を抱えた事件と言っていい。しかし、それにもかかわらず、浅見の意識のどこかには、いずれ何かが起きて、制裁が行なわれるような予感があった。神尾和子に「神が裁く」と言ったのは、単なる冗談や気休めではなく、そういう予感を抱いたからだ。

(いったい、何が起こりうるというのだろう?——)

自分でも説明のつかない何かを感じるのだが、その予感の正体を見極めようとしても、何も見えてこない。しかし、根拠もなしに予感だけが発生するはずもないのは、これまでの経験からも言えることだ。何かある、何かある――と頭の中のどこかに、置き去りにした「何か」がひっかかっている不快感が、ずーっと続いていた。

（何かを見落としている――）

これまで辿ってきた津軽路のどこかに、無意識のうちに見捨ててきた何かがあるとでもいうのだろうか。

乗り物酔いでもしたような、モヤモヤした思いを抱きながら車を走らせた。五戸への分岐点で、ふと、このまま真っ直ぐ行けば南郷村《なんごう》か――と思った。今回の事件の出発点が南郷村だった。福一満虚空蔵菩薩の脇の民宿に泊まったことから、「お遍路さん殺害事件」に関わることになった。ずいぶん遠い昔の出来事のような気がするのだが、まだ十日しか経っていない。グルッと一回りして、振り出しに戻ったような気分だ。

そう思った時、浅見は愕然《がくぜん》と気がついた。

（あれは何だったのか？――）と思った。

虚空蔵菩薩の山の麓《ふもと》に車を停めて、自動車電話のプッシュボタンを叩《たた》いた。

「はい、伊藤でございますが」

丁寧な老女の声が聞こえた。

「先日お邪魔した浅見です」

「ああ、はいはい、その節は失礼を致しました。何のお構いも致しませんで……」

長い挨拶になりそうなのを、浅見は遮るように言った。

「ちょっとお訊きしたいのですが、由衣さんが亡くなる前、津軽からそちらにお電話していますね？」

「は？　いいえ、電話も何もありませんでしたけど」

「あ、失礼、ひょっとするとご主人の清三さんのほうに電話なさったのかもしれません。八戸にウミネコを見に行くとか、そういったお話を……」

「いいええ、清三さんのほうにも私のほうにも、何も言ってきませんでした。もし何か言ってきていれば、浅見さんがお見えになった時に申し上げております。あの子はご承知のように心配な子ですので、何かあったらいけないと思って携帯電話を持たせたのですが、こちらから電話してもまったく電源を入れてない状態ばかりでした。そんなわけで連絡がないのはいつものことでしたから、心配もしてなかったんですけど、それが、あんなことになってしまって……」

三河訛《みかわなま》りのあるゆったりした喋《しゃべ》り方のせいで苛《いら》立《だ》つわけでもないのに、浅見の胸の内は不吉な予感で波立った。

第十三章　荒ぶる神のごとく

1

五戸署へ行く方針を急遽《きゅうきょ》変えて、浅見は南郷インターから東北自動車道に入った。時刻は午後四時を回っていたが、初夏の日は長い。日暮れ前には市浦村に着くだろう。

しかしその思惑は甘かった。青森市域に入った頃からちょうど勤め帰りのラッシュとぶつかった。高速道を下りたとたん、渋滞が始まった。東京近辺とは較《くら》べ物にならないが、それでもかなりの渋滞である。郊外を出はずれて、ようやく車の流れがスムーズになったものの、目指す市浦村に着くはるか手前で、とっぷりとたそがれた。

ただでさえ地理不案内の土地である上に、春日《はるひ》内《ない》観音堂周辺は真っ暗な森の中のような場所だ。背後にあるはずの民宿を探し当てるのにも時間がかかった。しかも、ようやく発見した建物の窓に灯はなかった。これでは見つからなかったわけである。

隣近所にでも出掛けているのだろうかと、周囲を見渡しても闇《やみ》が広がるばかりだ。元の道に出て、村の中心部の方角へ向かってしばらく走り、ようやく明かりの灯《とも》る民家に行き着いた。もっとも近い隣家でも、直線距離で五百メートルは離れている。あの時は気づかなかったのだが、こうしてみると、あの民宿は村はずれの一軒家だったことが分かる。

玄関先で声をかけたが、なかなか応答がない。テレビの音らしきものも聞こえ、家の中に人の気配はするのだが、こんな時間に前触れもなく、見知らぬ男が訪れたのを警戒しているのかもしれない。

「夜分恐れ入ります。教育委員会の大山さんの知り合いの者ですが」

　大山の名前を出すと、ようやくドアを開けてくれた。どちらも七十歳はとっくに過ぎたと思える夫婦が土間に並んで、胡散臭《うさんくさ》そうな目をこっちに向けている。ふと気がつくと、亭主の手には杖代《つえ》わりのように太い木刀が握られていた。まるで敵意剝《む》き出しだ。

「観音堂の裏の民宿を訪ねたのですが、お留守のようで、こちらのお宅にでも来ておいでかと……」

　そう言ったとたん、夫婦は顔を見合わせ、世にもおぞましいことでも聞いたように、首を思い切り横に振った。

「わの家は、あっこの家のことはなんも知らねえんだ」

「えっ、ご存じないのですか？　民宿をやっているおばさんがいましたが」

「知らねもんは知らねんだよ。分かったら帰ってけろ」

「大山さんの話ですと、ときどきお遍路《へんろ》さんの姿を見るそうですね」

「あの人は市浦にはずっといねがったはんで、なも知らねんだ。あっこは民宿なんかでねえし、村で付き合ってる者は誰《だ》もいね。わの家では名前もはっきり知らね。これ以上話すことだっきゃねんだはんでさっさと帰ってけれてば。んでねば警察ば呼ぶだ」

　取り付く島もない剣幕だ。先日、池田家の消息を尋ねて、池田家のあった近所で聞き込みをした時に受けた冷淡な仕打ちよりも、いちだんと厳しい。余所者《よそもの》に対する拒否反応にしても凄《すさ》まじい敵意だ。あの「民宿」のおばさんと地元民とのあいだには、何かよほど相容《あいい》れないものがあったにちがいない。それでもなんとか大山の家の場所だけは聞きだして、浅見は退散することになった。

大山の家は村の中心部、役場からそう遠くないところだった。不意の客であるにもかかわらず、ここではうって変わって歓迎され、食事を終えたばかりのテーブルでお茶と、夫人が漬けた自慢の漬物を出してくれた。夫人は東京生まれ東京育ちだそうだが、漬物上手なところを見ると、この土地にうまく溶け込んでいるらしい。息子と娘、二人の子はいずれも東京の大学に行っていて、いまは夫婦水入らずだそうだ。久しぶりの東京の人間とあって、夫人も楽しげに会話に加わった。

たったいま体験したばかりの浅見の話に、大山はさほど驚かなかった。

「私が東京に出ているあいだに移り住んできた人なので、あまり詳しいことは知らないのですが、東谷さんの家は確かに少し変わっているらしい。元の住人が亡くなって、古い廃屋みたいになっていた家に住み着いて、観音堂の堂守《どうもり》に納まってしまったのだそうです。隣の家が名前を知らないというのも本当かもしれません。『お宿』という看板があるので、私はてっきり民宿かと思っていましたが、違うのですかねえ。お遍路さんの姿を何度か見かけたし、浅見さんと行った時、お遍路さんがときどき泊まると言っていたが……」

しきりに首をひねって、「それで、何かあの家に問題でも？……」と、ようやく浅見の訪問の趣旨に疑問を抱いた。

「大山さんと一緒にあの家を訪ねて、あのおばさんにお遍路さんの伊藤由衣さんが殺された事件のことを話しましたが、憶《おぼ》えていますか？」

「憶えていますよ。いきなり殺人事件の話が出て、私もびっくりしたのだが」

「その時、おばさんは、伊藤さんがどこかに電話して、ウミネコがどうしたとかで揉《も》めていたと言ってました。僕はそれは八戸の蕪島のことではないかと言ったのですが」

「ああ、そうでしたね。それで?」

「僕はその時、てっきり伊藤さんはご実家に電話して、ご主人にでも、八戸に寄り道すると連絡したものとばかり思ったのですが、さっき伊藤さん宅に確かめてみたところ、そういう事実はなかったことが分かりました。だとすると、伊藤さんはいったいどこに電話したのか、それが問題です」

「なるほど……それだったら、NTTに調べてもらったら……あ、いや、あそこの家はまだ電話が引けてなかったな……電話したとすると、携帯電話ってことですか」

「伊藤さんは携帯電話を持ち歩いてはいたそうです」

「そうですか……しかし、もしプリペイドだとすると、難しいかもしれないですなあ。まあ、明日になれば、あの家のおばさんに訊けるかもしれない。よかったら浅見さん、泊まって行ってくださ い。子供がいなくなったもんで、部屋はいくらでもありますから。いまから宿を探すのは大変でしょう」

大山の好意に甘えて、泊めてもらうことにしたが、明日、あのおばさんを訪ねても、無駄足になりそうな予感がした。いや、無駄足どころか、浅見はそれ以上に不吉な予感に怯《おび》えていた。何か得体の知れない影のようなものが、刻一刻と迫ってくる気配を感じる。それは「神の手」なのか、それとも「悪魔の息吹《いぶき》」なのか、その正体は浅見自身にも判断がつかないけれど、彼特有の動物的本能のような嗅覚《きゅうかく》が、何かを嗅《か》ぎ当てたことは間違いなさそうだった。

2

翌日——案の定、「民宿」は留守だった。玄関の風除室のドアには鍵《かぎ》がかかっている。昨夜は真っ暗で分からなかったのだが、雨戸のない建物で、カーテンのずれた窓から、屋内の様子が窺《うかが》える。失礼を承知の上で覗《のぞ》いてみたが、家具類もあまりなく、およそ生活臭の感じられない家であった。

そのことはともかく、浅見の目を驚かせたのは、窓から見える部屋の正面に、注連縄《しめなわ》が飾られていたことだ。隣室に通じる襖《ふすま》の上に張られている。自らここに住み着いて堂守を任じているそうだから、当然のことなのかもしれないが。観音堂に注連縄がふさわしいのかどうか、よく分からない。

浅見は車に戻り、しばらく思案して、ともかくもう一度出直すことにした。まだ昼食には早すぎる時間だが、ほかに落ち着く場所も思いつかないまま、十三湖をグルッと半周して、対岸の例のシジミラーメンの店に入った。開店早々だが、よほど人気があるのかお客は少なくない。窓際のテーブルに坐《すわ》ってぼんやり湖を眺めた。のどかな初夏の陽射しの下で、湖はかすかにけぶっている。穏やかな風景だが、湖の名が「十三」という、西洋流にいえば不吉な数字であることが妙に気になった。

浅見の頭の中には、「民宿」から伊藤由衣がどこへ電話したのか——が、ずっとこびりついている。おばさんの印象では、八戸へ行くことで誰かと揉めていたらしい。由衣の家の人間でないことは確かだ。だとしたらどこの何者が相手だったのだろう？

それ以前に、由衣が八戸へ行くことがなぜ反対されなければならないのか？

（八戸には神尾容子がいる——）

浅見はそのことを思った。伊藤由衣をもっとも恐れていたのは容子の母親だったろう。由衣が来ると知ったら——と考えて、浅見は背筋が寒くなった。

（まさか——）と思う。神尾和子の様子からは、毛筋ほども犯罪者の気配は感じ取れなかった。

（しかし——）と否定する声も聞こえた。人は外見や言動からだけでは判断できない。浅見はあまり信じたくないほうだが、世の中には「多重人格」などという説もある。テレビドラマか何かで、多重人格者がその時々、いろいろな人格に支配されて行動し、動機なき殺人を犯す話があった。ご都合主義でばかばかしいと思ったが、多重ではないにしても、二重人格ぐらいはいくらでも存在しうるような気がしないでもない。

（まさか——）と、自分の想像を否定したところに、シジミラーメンが運ばれてきた。

あまり食欲はなかったが、何かに急《せ》かされるように浅見は箸《はし》を使い、シジミを半分も消化しないうちに席を立った。

車に戻り、神尾容子に電話した。「あら、浅見さん」と、屈託のない陽気な声が飛び出した。

「昨日、お母さんにお会いしました。確かにあなた似の美人でした」

「ははは……」

「蕪島を案内していただいて、僕の車で少しドライブをしました。ところで、お母さんの車の色ですが、何色の車に乗っていらっしゃるのかな？」

「えっ、それって、何か意味があるんですか？」

「いや、色彩による性格判断というのがあって、たとえば僕のような控えめな人間は白系統の色を選ぶし、あなたのような真っ正直な人は、どちらかというと鮮やかなブルーあたりが好きだと思うのです」

「あ、当たりです。じゃあ、母は何色だと思いますか?」

「そうだなあ、ああいう美しい女性には赤が似合うんじゃないですかね」

「残念、はずれでーす。美しいかどうかはともかく、母は派手なイエローが好き。でも、浅見さんに会う時は控えめな色の服にしてって言ったから、地味なベージュか何かだったでしょう?　それと車は私が選んだから、ブルーですよ」

容子は無邪気に喜んでいるが、浅見はほっと胸をなで下ろすような気分だ。

電話を切って、浅見は車をスタートさせ、もう一度「民宿」を目指した。しかし気持ちのほうはそのはるか先、黒石市の八荒神社へ向かっている。

「民宿」はいぜんとして留守だった。むしろ吹っ切れた思いで、ひたすら道を急いだ。

走っているうちに、またしても胸のモヤモヤがくすぶりだすのを感じる。

倉石村に現れた赤い服の女性が神尾和子である可能性を再検討した。八荒神社で記念写真に収まった巫女が和子だとして、はたして倉石村から八荒神社まで、時間内に辿《たど》り着くことができるだろうか?

(無理だな——)と思った。二人が同一人物である可能性はほとんどないと思った。あって欲しくないという気持ちがそう思わせるのではなく、冷静に考えても、やはりそれは無理だと感じた。

伊藤由衣が電話した相手が誰なのか、結局は堂々巡りしてそこへ戻ってくる。自宅にさえまったく電話しない彼女が、いったいどこに電話して何を話そうとしたのだろう?　実家には電話をしたがらない彼女が、自ら電話をかけたというのは、常日頃から連絡しあう相手がいたことを意味する。そういう関係の相手とはいったい何者なのか？　やはり八荒神社の湊宮司か、それとも池田睦子か、それしか思いつかない。

（おかしい——）

モヤモヤの中に、時折、ふいに理由のはっきりしない疑惑が頭を擡《もた》げる。正体不明の違和感だ。それが浅見をひたすら駆り立てて、一面の青田が広がる上に姿のいい岩木山が聳《そび》える津軽平野の道を急がせた。

3

黒石市街を抜けて国道を折れ、八荒神社へ行く道の途中から、異様な雰囲気が漂っていた。いつもは人も車もほとんど通らない畑中の道に、何やら慌ただしげに行き交う人の姿が多い。連れ立って歩く者は、声高に、あるいはひそやかに何かを語りながら行く。浅見は車を徐行させ、窓を開けて会話の内容に耳を傾けた。津軽弁だからどうせ分からないと思うのだが、ただごとでない気配は伝わってくる。

神社のかなり手前で交通巡査に道を塞《ふさ》がれた。野次馬もここまででストップさせられ、道の両側を埋めている。遠くの鳥居の前にパトカーや警察関係の車が数台、それに明らかにマスコミのものと分かる車が数台停《と》まっているのが見えた。

「どごさ行かれますか？」

巡査は窓越しに敬礼しながら訊いた。

「八荒神社へ行くつもりですが、何かあったのですか？」

「ちょっと事件が起きだはんで、申し訳ねえばって引き返していただきてな」

「事件というと、まさか殺人事件……」

このものものしさから想像すれば、そういうことになる。「殺されたのは誰ですか?」と訊いたが、巡査は黙って、国道の方角を指さした。とっとと消えてくれという顔だ。

「じゃあ、輪島刑事課長に、浅見が来たと伝えていただけませんか」

巡査は仕方なさそうに、トランシーバーで連絡を取っている。しばらくやり取りがあって、「そしたら、この先の鳥居のところさ行ってください」と道を開けた。鳥居の下で顔見知りの若い刑事が待機していて、浅見を見ると黙って先に立って歩きだした。愛想のない男だ。

輪島刑事課長は社務所の中の、臨時の指揮所のような場所にいて、刑事に負けない仏頂面で迎え、「ずいぶん早耳だばな」といきなり嫌味《いやみ》を言った。

「いや、偶然ですよ」

「ふーん、よく偶然に出くわしますな。山下さんが殺された事件の時も偶然でしたか」

「というと、やはり殺人事件ですか」

「ん?……」

輪島は慌てて口を押さえた。「なんだ、それを知らずに来たんでしたか。殺しかどうかは分からねばって、とにかく二人が亡くなっていますよ」

「二人といいますと?」

「巫女さんと権禰宜《ごんのねぎ》の人です」

「えっ、池田さんが亡くなったのですか」

浅見はゾーッとした。神尾和子になかば冗談のように「神の裁き」などと言ったのが、こんなにも早く現実のこととして、しかもこんな形で現れるとは——。しかもあのひと癖もふた癖もありそうな池田睦子が、かくもあっさりと死ぬとは——。驚きを通り越して心臓が凍りつき、頭の中が真っ白になった。とたんに輪島は怪しむ目つきで、斜めに浅見を睨《にら》んだ。
「ふーん、あんた、被害者のことを知ってただか
ね」
「一度会ったことがあります。しかし、間違いな
いのですか、間違いなく池田睦子さんが殺された
のですか?」
「なんで間違えねばなんねんですか。ちゃんと確
認したすよ」
「それで、犯人は誰ですか?」
「ははは、それが分かれば苦労はねすべ」
「湊宮司は無事なのですか」
「無事といえば無事だばって、ショックで倒れち
まって、事情聴取もできねえ容体です。いま救急
車を呼ばったところだすよ」
輪島がそう言うからには、湊が容疑の対象にな
っていないということか。
「死因は何ですか?」
「そんたらことはまだ分がんねすよ。司法解剖の
結果が出るのは明日だべな」
「しかし、刃物による傷害致死であるとか、絞
殺であるとかぐらいは分かるのではありません
か?」
「分がっておったとしても、しゃべるわけにはい
がねすな。なんぼ浅見さんでもね」
暗に「刑事局長さんの弟でも」という皮肉が込
められている。
周辺のものものしい警戒態勢や、野次馬が増え
つつある状況からいって、遺体はまだ屋内にあっ
て、鑑識による実況見分が始まろうとしていると
ころのようだ。
救急車が到着して、社務所の奥から担架に乗せ
られて湊が運ばれてきた。恰幅《かっぷく》がよく、かなり太
り肉《じし》の湊を四人がかりで運ぶ。遺体のほうを動か
さないところをみると、すでに死亡は確認されて

いて、それも死後かなりの時間を経過していると考えてよさそうだ。

湊は恐ろしげに焦点の定まらない眼をひん剝《む》き、荒い息遣いをしている。何か言いたいことがあるのか、それとも無意識になのか、半開きにした口をガクガク動かす。すぐ目の前を通過する時、浅見は「湊さん」と呼びかけた。輪島がものすごい眼をして「困るよ」と怒鳴ったが、湊は浅見の声には反応しないで、その代わり声を発した。

「まさか……」

そう聞こえた。よほど思いもよらぬ出来事だったのか、それとも想像を絶するような犯人だったのか……。

「誰なのですか?」

輪島の制止にもかかわらず、浅見はもう一度呼びかけた。湊は口をパクパクさせて、また「ま……」と言いかけたが、あとは声にもならなかった。担架のあとを追おうとする浅見を、輪島に指示された刑事が遮った。

救急車が去った頃になって、県警から駆けつけた捜査員や機動捜査隊、鑑識などの警察官が境内の周辺に散開した。指揮は捜査一課長が執り、刑事部長も来ている。重大事件と判断したのだろう。ざっと見た印象では二百人態勢で捜査を始めるようだ。

「浅見さん、こんくれえでいいべ。これ以上やりすぎれば、私のクビが飛ぶし、局長さんの立場もよぐねえんでねがな」

輪島は県警の連中の見えないところに浅見を引っ張って行って、哀願と脅迫と敵意を剝き出しにして引導を渡した。

さすがの浅見も撤退を余儀なくされた。自分は何を言われようと構わないが、累《るい》が兄の陽一郎《よういちろう》に及ぶことだけは避けなければならない。周辺にはマスコミの目が光っている。得体の知れぬ余所者が、捜査陣の中を我がもの顔にウロついていたのでは、たちまち怪しまれるだろう。

車に戻り、現場から少し離れた場所まで撤退して、とりあえず五戸署の浅子刑事課長に電話した。浅子はまだこの「ニュース」を知らなかった。「わいはっ、ほんとですか」大声を出した。

「どういうことだべが？　犯人は何者だべ？　まさか湊宮司ではねべな」

「いや、違うようです」

浅見は現場の状況を聞かせた。

「んだべな、まさかな、しかし、いったい誰の犯行だべがな？　浅見さんはどったらだ推理されているだべがね？」

「いや、それがですね、推理したくても、輪島刑事課長のガードが固くて、まったく情報が伝わってこないのです。死因も犯行時刻も教えてもらえません。恐縮ですが、浅子さんのほうから、何か情報を引き出していただけませんか？」

「んだが、分がったす。そせばなんとかやってみるはんで、一時間ばかし待ってみてけれ」

行く当てもなしに、また黒石の例の旅館を訪れた。おかみさんが浅見の顔を見て「あんれまあ、びっくりしたな」と言い、ご亭主も出てきて喜んだ。旅館とお客という関係でなく、十年の知己のごとき付き合いになっている。

浅見は八荒神社の「惨劇」を話した。たったいま発生したばかりのホットニュースに、夫婦はひきつったような顔で、異口同音に「まさか……」と言った。

「まさか、湊宮司が殺《や》ったんでねべな？」

やはりまずそこへ疑惑が向くようだ。そうでないらしいことが分かって、あれほど湊を敵視していたご亭主も、何となくほっとしたように「まさかなあ」と胸をなで下ろした。まったく、浅見自身の感想もそうだったが、浅子もここの夫婦も「まさか」「まさか」の連続である。

「湊宮司本人も、『まさか……』と絶句していましたよ」

そう言った瞬間、浅見はギョッとした。あの時の湊の表情が脳裏に蘇《よみがえ》った。それと同じように、焦点の定まらない目を天井に向け、口を半開きにして、「まさか……」と呟《つぶや》いてみた。夫婦が心配そうに覗き込んでいる。

4

後になって考えれば、いくつもの兆候——というか、示唆《しさ》する事実は発見できたはずであったのかもしれない。しかし、人間の頭脳などというものは、所詮《しょせん》、限界がある。盲点もある。それこそ「まさか」と、最初から思考をネグレクトしてしまう場合も少なくないだろう。

一見、何でもないことのように見過ごしてきた出来事の中に、じつは真相の核心が隠されていたという体験は、過去に何度もある。それなのに、同じ過ちを繰り返す愚かさも人間の証明ともいえる。

（なぜ、どこの、誰に、何のために電話したのだろう？——）

市浦の「民宿」で伊藤由衣が電話で揉めていた——という話を聞いた時に抱いたこの疑問は、むしろ明確なものだった。それにもかかわらず深く追及することをしなかった。迂闊《うかつ》だったというわけではなく、追及のしようがなかったためではある。

しかし、いまにして思えば妙な話だった。伊藤由衣が自宅にも電話をしないし、それ以前に携帯電話を使う習慣がなかったことは、彼女の母親が語っていたのだ。その時は、精神を病んでいる由衣には、電話をするというような、ごくありふれた行動すら無縁のものになっているのだな——という印象で、その話を聞いた。

その由衣が誰かと電話でトラブっていたという。それも、あの「お宿」のおばさんによれば、自ら電話をかけて——である。そこまで深くつきつめて考えれば、それが奇妙な話だということに思い至りそうなものではないか。

「ウミネコを見に行くどが……」

おばさんはそう言った。「八戸」とは言わなかったが、「ウミネコ」という言葉で明らかに「八戸の蕪島」を暗示している。現に浅見はそれに乗って、「自宅に電話して、八戸へ行くかどうかで揉《は》めていた」と決めつけてしまった。巧妙な罠《わな》に嵌まったというべきだ。

だが、由衣は自宅に電話などしなかったのだ。彼女が電話したのは別の相手であり、八戸へ行くことで揉めたのにも、もっと複雑で深刻な理由があったにちがいない。たとえば、それは、伊藤由衣が殺されなければならないほどの——である。

そう思いついたいまでも、「まさか、そんなばかな」と一笑に付したくなる。伊藤由衣が、なぜ殺されなければならなかったのか、浅見の感性ではどうしても理解できない。

「まさか……まさか……」

旅館を出て、市浦村へ行く道にソアラを走らせながら、浅見はどんどんブルーな気分に落ち込んでいった。

「まさか……」

湊宮司はそう言った。浅見の呼びかけに応《こた》えるように「まさか……」と言い、口を開いたまま絶句した。「誰なのですか?」との問いに、また、

「ま……」と言いかけて、終わった。そうなのだ、口は一度開けると、痴呆《ちほう》のように開きっぱなしだったのだ。

浅見も何度も試してみたが、開いたままの口では「ア」の段の音しか発音できない。もちろん摩擦音である「サシスセソ」の発声は不可能だ。あの時の湊の声は、正確には「まはか」であった。それを先入観からくる常識で判断して、「まさか」と聞いたのは、聞いた側の独断であって、湊には責任がない。

湊はじつは「まさこ」と言いたかったのではないか。浅見の問いかけに答えて「正子」と告げたかったのだ。

正子――。

世の中におよそ恐れるものなどないように見える湊博之にとって、その名前は唯一、神のように恐ろしい響きをもたらすものだったのかもしれない。湊がこれまで積み上げてきた虚構の人生の根底にある存在なのだろう。裏切り、欺瞞《ぎまん》、恫喝《どうかつ》、詐術、虚栄、殺戮《さつりく》……ありとあらゆる悪行の出発点を知る人物が彼女だ。その「正子」が現れ、裁きを行なった――。

（そうか、睦子の父親は湊だったのではないか――）

浅見は震え上がると同時に、砂を嚙むような思いがした。この想像が単なる妄想であればいいと、本気で願った。

十三湖の畔《ほとり》に着いて、浅見は車を停め、浅子刑事課長に電話した。浅子は短く「毒物による中毒死ですな」と言った。それから浅見に問われるままに、解説を加えた。

「死亡推定時刻は昨夜の零時前後。黒石署の見方は心中事件のようです。噂によると、池田睦子というのは湊宮司の愛人で、権禰宜をしとる新谷というのと不倫――というのかよく分かんねばって、とにかくそったらだことになって、毒入りの酒ば飲んだらしい。湊宮司はそのショックで精神が錯乱状態に陥ったという話です。以上」

気の進まない作業を終えて、やれやれというところか、浅子はこれまでになく冷たい口調でピリオドを打ち、電話を切った。

市浦村の観音堂裏の「民宿」では、おばさんが窓に布団を干していた。そろそろ陽《ひ》も傾こうかというこの時間としては、ちょっと間の抜けた行為に見える。しかし、外出から帰ってきてそうしていると思えば、不自然ではない風景であった。

くたびれきったような古い軽自動車の脇に車を停め、浅見が外に出るのを、おばさんは眩《まぶ》しそうに目を細めて眺めた。

「やっぱし、あんだが来たのが」

まるで予想していたような言いぐさだ。顔中を皺《しわ》だらけにした邪気のない笑顔が、かえっておぞましい。

「正子さん、ですね？」

浅見は窓の前に佇《たたず》んで、言った。

「ひゃひゃひゃひゃ、今日はしばらくぶりで、その名前を二度も呼ばいだ」

東谷秀子《ひでこ》――現在はそう呼ばれているが、少なくとも四十八年前までは「池田正子」と呼ばれていた女性――は口を歪《ゆが》めるようにして笑って、「ま、上がれへ」と玄関に指を向けた。

浅見は蕪島で神尾和子がそうしたように、無意識に背後を振り返った。身の安全に不安を感じると、人間はそういう仕種《しぐさ》をするらしい。

「誰《だ》もいねはんで、遠慮さねで上がれへ」

正子はそう言って、また、ひしゃげたように笑った。「誰もいない」が「何もしない」に聞こえた。

浅見は風除室のある玄関に入った。建物は相当に古く、柱も壁板も白茶けているが腐ってはいない。市浦村役場と同じ、津軽名産のヒバ材で建てた家らしい。

板敷きの先の荒筵《あらむしろ》を敷いた部屋へ招き入れられた。窓から見ると正面の襖の上に注連縄が張られた、あの部屋である。部屋の中央に囲炉裏が切ってある。「そこさ坐れへ」と言われ、浅見は窓を背に、襖に正対する位置に胡坐《あぐら》をかいた。

正子は、囲炉裏端に置いた二リットルのガラスビンから、白い液体を茶碗《ちゃわん》に注《つ》いで「飲むが?」と訊いた。牛乳かと思って口に近づけるとアルコールの匂《にお》いがした。どぶろくらしい。一瞬、睦子と新谷が飲んだという毒入りの酒を連想した。

「あ、僕は車ですから」と、浅見は慌てて茶碗を遠ざけた。正子は「んだが」と、無理強《じ》いはしないで、中身を旨《うま》そうに飲んだ。

「昨夜、伺ったのですが、お留守でした」

「そんだったたね」

「けさもお留守でしたね」

「ああ、留守してたね」

「だいぶ、ご活躍だったようですね」

「ああ、疲いだ」

「正子さんは確か、六十四歳でしたね」

「そんだけど……よく知ってること。やっぱりあんたは、ただ者ではねな。けど、あんたがそこまで知ってるだば、警察もそろそろここさ来るんだべが?」

「いえ、警察は来ませんよ。少なくともいまのところは」

「んだかね、警察は来ねかね。ふーん、あんたは一人で来たんだが」

初めて真顔になって、不思議そうに、客をしげしげと眺めた。落ち着いた語り口であるにもかかわらず、彼女の瞳の奥に狂気の色を見て、浅見は心が凍る思いがした。

「なぜあんなことをしたのですか?」

「ん? あんなこと?……それは、あんただって分かっているんでないの? そうなればいいと思っていたんでないの?」

もし本当にこっちの心理を読んでそう言ったのだとすると、驚くべき洞察力だ。

浅見が彼女とまともな会話を交わすのは、これがほとんど最初といってもいい。前回来た時は、ごく断片的に伊藤由衣の消息を尋ねたにすぎない。そして、浅見から、伊藤由衣が殺されたと聞いた時の彼女の驚きようは、とても演技とは思えなかった。

しかし、たったそれだけの情報で、一瞬の間に、いったい何が起こったのかを見通し、素朴な「おばさん」を装って客の質問をはぐらかしながら、すぐさま行動を起しているというのは、もはや常人の業《わざ》ではない。浅見は「神の裁き」を連想してしまった。

5

「由衣さんは可哀相《かわいそう》なひとだった」と、正子はしみじみと言った。

「私がここさ住み着いた次の年だったかな、お遍路さんがそこの観音堂さ来て、問わず語りに身の上話を聞いたのは。それが由衣さんだった。世の中に、こした不思議な巡り合わせがあるはんで、やっぱし神様はいらっしゃると思った」

「えっ、それじゃ、伊藤さんと知り合ったのは偶然だったのですか?」

「んだ、偶然といえば偶然だね。だばって私は神様のなさったことだと信じた。んだべ、そう思わねが」

「確かに」と浅見も頷いた。天の配剤というべき不思議な巡り合わせは、彼自身も何度も経験している。醒《さ》めた目で見れば、伊藤由衣が遍路として津軽路を巡礼していれば、いつかはそういう巡り合いもあって当然なのかもしれないが、それでも「神」の手で動かされたとするほうが、説得力がありそうだ。

「こんなことをお訊きするのは失礼かと思うのですが」と、浅見は前置きをして言った。

「睦子さんのお父さんは、やはり湊宮司だったのでしょうか?」

「ああ……」

正子は物憂げに首をひねって、浅見を見下すように言った。

「そんだよ、あいつが睦子の父親だ。中学を出て、巫女さんの見習いてことで八荒神社に勤めたばかしの、まだ十五歳にしかなっていねかった私を、まるでけものみてえに押《お》し倒しただ。そうして赤ん坊《ぼこ》ができた。あいつの奥さんは気がおかしくなって自殺して、そのお葬式の最中に睦子が生まれただ。まんつ、地獄みてえな話だべし」

正子は「むふ……」と唸《うな》り声のような笑い方をした。

「由衣さんがここさ来て、身の上話をしているうちに、私と同じようにあの男の子供を宿して、そいから地獄道に堕《お》ちた苦しみを味わっていることを知って、私は許さいねと思った。あの大嘘つきの男のために、いったい何人の女が地獄さ堕ちたと思うかね」

睦子が正子の娘であることを思うと、正子の怒りは一層、理解できる。しかし、それにしてもどうしてわが子までを殺してしまえたのか、浅見にはそのことのほうが人倫に悖《もと》るように思えてならない。遠慮がちにそう言うと、正子は、「そんでないよ」と冷ややかに首を振った。

「あれは私の子なんかではね。もはや悪魔に魂を売った女だった。これまでずっと長いこと、不幸な女だと、不憫《ふびん》に思ってきたが、それがあの男を増長させ、睦子たちに罪を繰り返させた。挙げ句のはてには由衣さんまでも殺してしまった」

「やはり伊藤さんを殺したのは、睦子さんでしたか」

「んだよ、睦子とそれに、八荒神社で権禰宜をやっている新谷という湊の手下だ。昨夜《ゆんべ》、神社さ行って、湊と睦子に洗いざらい語らせてやっただ。あの連中だば、その後に私を殺すつもりでおっただべな。昔っがらある隠し戸棚を見たら、山村病院の毒薬の瓶が入っていた。そんだもんで、得意そうにペラペラ喋りくさっただよ。だども、こっちはそしたらことは百も承知で、したはんで、ちゃんと土産のどぶろくば持って行った。その毒薬ばありがたく使わせてもらっただ。ふふふ……」

正子は不気味に笑い、どぶろくで舌を湿して、さらに話をつづけた。

「今度の巡礼の途中、由衣さんは黒石を通った時、睦子と出会ってまった。由衣さんにその気はなかったんだばって、睦子は由衣さんを八荒神社に連れ込んで、由衣さんの子が八戸にいるかもしんねとそそのかしただ。そうやって人の心に波を立て、苦しむのば見るのが悪魔の楽しみなんだよ。由衣さんはここさ来て、どうしようと泣いていた。行くんじゃない、八戸さ行ったはんでって、どこさいるかも分かんねだろって言ったが、あの人は思い込んだらもう、一途《いちず》だはんで、止めることはできねかったね。最後は、気が済むんだば行きなさい、行ってウミネコでも見ておいでと言ったよ。だけんど、八戸さ行ぐと決めたものの、どごさ行けばいいのか当てもなくて、由衣さんはここから睦子のところに電話しただ。なんでもかんでも八戸さ行ぐ、ウミネコば見に行ぐと駄々っ子みてえだったなァ。そうなったらそうなったで、睦子さとっては厄介者だったべ。行がねほうがえと止めたみてだが、一度心さ決めたば、いまさら言うことを聞くような由衣さんではねべ。仕方ねぐ、そしたら行けばいいべみてなごとになっただべな。んだけど、八戸さ行けば、娘っ子が見つがらねて、また睦子さ電話して、案内してけれって頼むに決まってるだ。そんたらことすれば危ねべと私は思って、やめたほうがえと由衣さんに何度も言っただが、止められねがったなあ。それにしても、まさかと思っていた。あんだと大山さんが来て由衣さんが殺されたと聞いだ時は、死ぬほど動転《どってん》した。昨夜《ゆんべ》、確かめてみたら、やっぱし睦子と新谷とかいう男が殺したそうだ。昼間は大学の先生を襲い、夜になってがら、由衣さんに睡眠薬を飲ませて、新谷が首を絞めたんだど。悪魔どもがやりそうなことだと分かってはいたが、そこまでやるとは、本当のところ思いたくねがった。こうなってしまったからには、もうこれ以上、許さいねと思ったよ」

長い話が終わって、正子は「ふーっ」と息をついた。浅見はしばらくは口を開く気にもなれなかった。

「警察に事情を打ち明けて、司直の手に委《ゆだ》ねる気はなかったのですか」

「ふん、警察が……」

正子はせせら笑った。「あったらだものさ何ができる。それに、警察がつっけば、そいがら先にも不幸な人が出る。そのことはあんだだて分かっているべさ?」

浅見は黙って頷いた。正子の言うとおりだ。浅見自身、「神が裁く」ことを願ったのもそのためではあった。

6

「東谷秀子という名前についてですが」と、浅見は残っている疑問を口にした。

「この名前の人とあなたはどういう関係なのですか?」

「秀ちゃんも、私と同じような身の上だっただよ」

正子はぼんやりした視線を遠くへ向けて、悲しそうに言った。

「秀ちゃんは私より三つ歳上で、アラハバキさんを信じてあの神社に来ただよ。やっぱし同じように、あいつの毒牙《どくが》にかかって、子供ができて……その子は五カ月になった頃、あいつのためにおなかの中で殺されちまっただけどね。それでもって秀ちゃんは体も頭もおかしくなった。実家に帰りたくても帰る家がねくなっていただ。ご両親は心労の挙げ句に亡くなって、秀ちゃんは天涯孤独になってしまっただ……。おまけにあいつは秀ちゃんのご両親が残したわずかな遺産まで横取りするつもりだったみてえだ。それで、私は睦子を両親のとごろさ置き去りにして、秀ちゃんと一緒にあの神社から逃げ出しただ。睦子はどういうわけか私に懐かねぐて、私の腕の中では暴れるくせに、あいつに抱かれると泣きやむ、憎たらしい子だったね。私のほうも、あいつの血を引いたあの子が嫌いだったせいかもしんね」

「ちょっと待ってください」と浅見は素朴な疑問を投げた。

「その時、あなた自身がご両親——池田さんご夫妻の許に戻らなかったのはなぜですか?」

「私は売られたんだよ」と、正子はボールを投げ返すように素っ気なく言った。

「湊が私を犯しながらそう言っていた。おまえはわしが買った女だと。親はほんとの親ではねがったし、二人とも病気がちで食っていけねかっただね。そったら親のとこさ、なして戻らねばなんねだ?」

浅見は言葉を失った。

「それから私と秀ちゃんは二人で暮らしてきただ。秀ちゃんは病気ばかししていたし、家を出たがらねもんで、私が働いて、秀ちゃんの面倒を見て、まるで二人で一人みてえな生活だった。実際、ある時から私は秀ちゃんの名前で車の免許を取って、本籍も秀ちゃんになりすますことば思いついた。そうして十八年ばかし前になるかねえ、五所川原の病院に掃除のパートで行ってる時、青森の山村病院をクビになった看護師さんが来ただ。山村病院というのは私が睦子を産んだ病院だがね。んだか、知ってただか。そうして湊宮司の悪い噂をさんざん聞かされたもんだ。相変わらず女たらしで、巫女さんと一緒になって、悪いことばっかしているという話も聞いただ。その巫女さんの名前が池田睦子と聞いて、私はぶったまげた。

山村病院は先代の院長先生はよかったけど、いまの院長は悪いやつだと言ってただ。困った女性の駆け込み病院とかいう評判だけど、早い話が赤子堕《お》ろしば簡単に引き受けるのが売り物なだけだべさ。八荒神社とつるんで、何やらまやかしみてえなこともやっているみてえだ。人間なんて気持ち次第で病気にもなる。アラハバキ神の祟りじゃとか、先祖霊がついてるとか言って脅せば、気分が悪くなるべ。湊のワルは、そうやって催眠術みてなごとをして病人を作っては、山村病院に送り込んだんだと。山村病院のほうも金儲け主義で、カネになりさえすれば何でもやってたみてえだな。

たまたま同じ頃に生まれた赤ん坊《おぼこ》の片方が死産だったのを、取り違えたということにして、カネをくれるほうに売りつけたという話もあるだ。赤ん坊を取り上げられたほうの女の人は、秀ちゃんの時とそっくり同じように、あの男の毒牙にかかって、気がおかしくなった人だっただよ」

「それが伊藤由衣さんですね」

正子の話が途切れた一瞬の隙《すき》に、浅見が言った。

「えっ……」

正子は驚いて、浅見の顔を凝視したが、すぐに「あはは……」と笑いだした。

「んだんだ、伊藤由衣さんだ。んだか、分かってただか。あんだはやっぱしただ者ではねな。何でもよく知ってるだなあ。そしたばもう、これ以上は何もしゃべることはねぇな」

「いや、そう言わないで、もう少し話してくれませんか。僕は何もかも知っているわけではないのです。赤ちゃんの取り違え事件の真相がどうだったのかも分かっていません。その赤ちゃんは本当に由衣さんのお子さんだったのですか？　それとも……」

「そったらこと、あんたは知んねほうがええべ。とにかく由衣さんは自分の赤ん坊《おぼこ》だと思っていただよ。年取った湊も赤ん坊が欲しかったかもしんねけんど、睦子にしてみれば邪魔くせえごとだったんだべな。それに、あの湊の子だど分がってだがら、憎らしくて仕方なかったべさ」

正子は気づいていないらしいが、彼女が不用意に言った言葉から、実際は赤ん坊が由衣の子であることが分かった。

「まあそうは言っても睦子にも少し可哀相なことがあるだよ。昨夜聞いて初めて知ったんだけど、睦子は若い頃、妻子ある男に騙され、子ができたんだと。無責任な男はさっさと逃げちまって、子は堕ろさねばなんねぐなった。睦子は怒り狂って、湊さ頼んでその男を呪い殺してもらったんだと」

「えっ……」と、浅見は眉をひそめた。呪い殺したとは穏やかでない。まさか事実とは思えないが、正子はいとも平然としている。アラハバキ神ならありうることなのか。

「そったことがあったがら、睦子は他人の幸せば黙って見ていられね性分になってまっただね。由衣さんに湊の子ができて、この先八荒神社を継ぐようなことにでもなれば、我慢なんねべし。したはんで、赤ん坊《おぼこ》取り違え事件みてなもんばでっち上げて、睦子の筋書きどおり、大騒ぎさなっただ。とどのつまりは、相手の奥さんがら、やいのやいの言われた病院長が睦子と相談して、法外な示談金を吹っ掛けて、それと引き換えに由衣さんがら赤ん坊を取り上げちまっただ。そうして由衣さんのお父《ど》さんが来て、赤ん坊を八戸さ連れて行った。由衣さんはどんだけ悲しかったかしらねえな。んだども、看護師さんの話だば、正直言って由衣さんは子供を育てることはできねかったみてえだ。赤ん坊にとっては、そうなったほうが幸せだったかもしんねな。あんだはその赤ん坊がどうしてるか、知ってるんだべさ？　どんだね、幸せにしているんでねが？」

浅見はかすかに頷いた。

「んだべな、そういうもんだ。まんだちゃっこかったがら、お母《が》さんのことなど、何も覚《おべ》でいねべ。そんでえんだよ」

何もかも忘れてしまったわけではないのだ——と思いながら、浅見は沈黙を守った。

7

会話が途絶えると異様な静寂が押し寄せてきた。

この辺りではまだ時季が早いのだろうか、カエルの声も聞こえない。

「この市浦村に住むようになったのは、どうしてですか?」

「五所川原の病院で亡くなったおじいさんが、この土地を譲りてえって言っただよ。身内がみんな死に絶えて、誰もいねぐなったで、ただで譲る。その代わり、観音様のお堂ば守ってけれてな。けど、村の人がたはそんな事情を知らねもんで、私らがおじいさんを誑《たぶら》かしたと思ったみてだ。説明すんのも面倒だしな」

「じゃあ、あなたは池田さん一家が市浦村に住んでいたことをご存じないのですね?」

「は? 池田って、誰のことだね?」

「あなたのご両親と、それに睦子さんです。睦子さんが十歳の頃に市浦に来て、小学校を卒業する日——あなたのご両親が亡くなるまで住んでいました。


したよ。あの大山さんは睦子さんの同級生です」

「えっ……」

正子は浅見を見つめて、ポカーンと口を開けた。それまでの、乾ききった砂漠のような表情に、驚きのさざ波が立った。しかしそれはほんの束の間でしかなかった。すぐに視線を外し、「ふーん、んだかね、そんたら偶然もあるもんかね」と、つまらなそうに言った。あらゆる感情を氷の中に閉じ込めてしまう習性が身についているのだろうか。

「これからどうするつもりですか?」

浅見は忍び寄る寒気から逃れる思いで、火の気のない囲炉裏に、意味もなく手を差し伸べながら訊いた。

「んだなあ、どうすべかなあ」

正子は天井を見上げ、むしろ楽しげに聞こえるような口ぶりで言った。

「もう、何もすることはねし、生きていてもしかたねし、死ぬべがな」

「しかし、秀子さんはどうするのですか」

「秀ちゃんは亡くなっただよ」

「えっ……」

「ずーっと、寝たきりでいたっけが、きょう、帰ってみたら亡くなっていただ」

　正子は背後の、注連縄を張った襖の部屋を振返って言った。「えっ」と浅見は息を呑む思いだ。昨夜と今朝、この家を訪れて窓から留守宅を覗いた時、その部屋では東谷秀子が臨終の瞬間だったのかもしれない。

「さっき裏の畑さ埋めてやった。ほれ、あんだが来た時に布団を干していたべ。あの布団が秀ちゃんの布団だ」

　浅見の肩越しに、窓枠に干した布団を指さした。浅見は全身が硬直して振り向くどころではなかった。すぐ後ろに哀れな女の亡霊を感じて背すじがゾーッとした。

「私がひと晩、留守にしているあいだに、秀ちゃんは死んでしまっただ。たった一人で、なんぼか心細かったこんだべな。可哀相なこんをしただ。私はどこまで罪深い女だが分がんね。せめてもの罪滅ぼしに、由衣さんみてにお遍路さんでもして、亡くなっちまった人がたの霊魂をば弔《とむら》って歩くべかね。そんだ、あの蕪島さも行ってみんべかな」

　たんたんと語りながら、正子の落ち窪《くぼ》んだ目の奥から、ふいに涙が溢れ出た。

　正子は「泊まっていがねがね。部屋もあるし布団もあるし」と勧めたが、浅見は逃げるように辞去して車に戻った。陽のあるうちに街の中に入りたかった。暗い森を抜け出して十三湖の畔まで来て車を停め、「ほうっ」と息をついた。西に傾いた陽が湖面にキラキラと躍っている。古人が極楽浄土を西方に求めた気持ちが、あらためて理解できる。

シートの背もたれを倒して、背筋を伸ばし、ゆったりと寛《くつろ》いだ。長かったのか短かったのか、津軽の旅はこれでひとまず終わる。『都賀留三郡史』のリポートはほとんど藤田に送ったし、事件のほうも結論が出た。

（それにしても、なんという事件だろう──）

いまさらのように愕然《がくぜん》として、思わず身を起こした。のんびり感慨に耽《ふけ》っているような状況ではなかった。湊宮司や池田睦子がらみで、いったい何人が奇禍に遭ったのだろう。浅見はおぞましさに震える指を折って数えた。

ついさっき正子に聞いた東谷秀子の、「おなかの中で殺された」という嬰児《えいじ》の話が真っ先に頭に浮かんだ。それから湊夫人が自殺し、睦子のおなかの中の子が殺され、彼女の「恋人」が呪い殺された。さらに、山村病院の「取り違え」事件の時に片方の子が死んだ。その秘密を暴く恐れのある伊藤由衣が殺され、その前の日には本間信也教授も襲われ、二日後に死んでいる。本間の死の真相を探ろうとした谷内洋蔵が「事故死」、その真相を知る山下義和が殺された。東谷秀子も犠牲者の一人として数えられるだろう。浅見はついに十指すべてを折った。

そうして正子が「荒ぶる神」のごとくに、睦子と新谷を成敗した。

浅見は重い気分を奮い立たせるようにして、送話器を取り上げた。

五戸署の浅子刑事課長は、「ああ、浅見さんかね」と、いかにも憂鬱《ゆううつ》そうな低い声で電話に出た。

「いま、浅見さんのところさ電話しようと思っていたところでした」

「何かあったのですか？」

「湊宮司が死んだすよ」

「えっ……」

「さっき、心中事件の続報として、県警から情報が入っただ。あれはただの心中ではなく、湊宮司による毒殺事件である可能性があるみたいですな。なぜかというと、湊の身辺から毒物のビンが出てきたのです。それと、これは浅見さんの胸の内に収めておいてもらいてだが、毒物の入手先ですがね、そのビンには青森市内にある『山村病院』のラベルが貼ってあったそうです。事件には直接関与してねえとしても、毒物の管理責任は問われるべしね。調べ上げれば何か後ろ暗いところが出てくるかもしれね。まあ、いずれにしても、これで、あんたが言っておった池田睦子はじめ、八荒神社の全員が死んでしまったわけですな」

「十三人目か……」

浅見は口の奥で呟いた。浅子は「は？　何か言っただかね？」と訊いている。

「いえ、ただただ驚くばかりです」

「んだなあ、福岡では母親が息子を殺したり、千葉では娘を殺したり、いまの世の中、びっくりするような事件ばかしだ……ああ、そうだ、電話をくれたのは浅見さんでしたな。何か用事でしたか？」

「はあ、そろそろ東京に引き揚げなければならないので、ご挨拶をと思いまして」

「そうだか、帰られますか。なんか寂しい気になりますなあ」

本音と受け取っていいような、実のこもった口調だった。新郷村のピラミッドで浅子と会った日以来の出来事が、走馬灯のように脳裏を流れた。

「んだんだ。もう一つ言い忘れとった」と浅子が言った。

「黒石署からの連絡で聞いたのだが、八荒神社の家宅捜索ばしたとごろ、池田睦子の私物の中に、本間教授の書いたリポートがあったみてだ。おそらく十和田市のセミナーと、その後の学会用さ準備していたものではねべか。それともう一つ、神《み》輿庫《こしぐら》の中から大変なものが見つかったそうです。浅見さん、何だと思うがな?」

「たぶんそれは、山下義和さんの車ではありませんか」

「えっ……んだか、分かりましたか。うーん、なしてそしたふうに、何もかもが分がってしまんだかなあ」

電話を切って、浅見はもういちど「十三人目か……」と呟いた。十三湖の夕暮れを眺めながら十三人目の死者の名を聞いたことに、恐ろしさを通り越して運命的なものを感じた。

池田正子が「お遍路さんでもして、亡くなった人の霊魂を弔う」と言っていた。彼女は十三人の死者を数えただろうか。十三人それぞれの冥府《めいふ》を訪ねる遍路に出るつもりなのか。それは長く遠い旅になるだろうに。

エピローグ

うっすらと霞《かすみ》がかかっているけれど、爽やかに晴れ渡った。蕪島の上にウミネコが舞っている。風もなく、気温は二十五度ぐらいまで上がるそうだ。梅雨前線は南関東まで北上中で、明日からは下り坂と天気予報は言っていた。こんな穏やかな日はもう二度とこないのだろうな——と容子は思った。

浅見光彦が東京へ帰ってから、二十日が過ぎた。最後の電話は留守録にひと言「お世話になりました、また会いましょう」だった。着信履歴に残された番号に何度かダイアルしたが、いつも「電源を切っているか、出られない状態」のアナウンスを聞かされる。

（そんなものなのよ——）

東京からフラッとやって来たフリーのルポライターに、何かを期待するほうがアホだ。かっこうよくて、頭の回転がよくて、とても誠実そうに見えたのになあ——と、浅見と過ごしたひとコマひとコマが思い浮かぶ。初めて会った日に戯《たわむ》れに弓を引かせて、いきなり的に命中した時の驚きは、もしかするとハートを射抜かれる予感だったのかもしれない。

あれ以来、ほかの男たちが誰もみな色褪《あ》せてしまった。尊敬もしていたし、けっこういいセン行っていた研究室の北口助手でさえ、やけに稚《おさな》く見える。おデブの松田由美子に「容子、あんた痩《や》せたんでね？」と言われて、「あんたに言われても嬉《うれ》しくない」と笑ったが、内心はドキリとした。食欲ばかりでなく、何をするにも意欲を喪失していた。これが恋の病かな——と冗談めかして思って、そう思った自分が無性に悲しくなった。

　観光バスで来たグループの後について、のんびり歩いた。「こちらの蕪島は、天然記念物ウミネコの産卵地として知られています。四月から五月にかけて赤ちゃんウミネコが生まれ、いまは子育ての真っ最中……」と、ガイドのおねえさんが解説する。

「子育て」に反応して、母親の顔が浮かんだ。意味も分からず泣かれたあの日から、容子は何となく和子との距離を感じていた。和子は努めて明るく、平気を装っているけれど、何かの拍子にふと見せる、怯《おび》えたような目つきが気になる。それ以来、容子は例の「なにわより　じゅうさんまいり……」の唄《うた》のことは考えない。あんな唄は誰も歌わないのだし、歌ってはいけない禁じられた唄なんだ——と思うことにした。

　石段を上って少し汗ばんだ顔に、そよ風が心地よい。神社に参拝して、裏手のウミネコの見える場所へ回った。

　岬の岩場に無数のウミネコのひなたちが右往左往するのを、親鳥が心配そうに追いかけ呼ぶ声が交錯する。ウミネコは飛翔《ひしょう》する姿は優雅だが、地上を這《は》う時は鈍重でユーモラスだ。

　急ぎ足で行き過ぎる観光客たちの流れから、一人だけ残されたように、フェンスにしがみつく恰好のおばさんが「めんこいもんだねえ」と呟《つぶや》いた。あまり上等でないワンピースに、つば広の帽子を被《かぶ》り、グリーンのリュックサックを背負い、白いズック靴を履いている。姿かたちは小学生の遠足みたいだが、まぎれもなく六十年配のおばさんである。つられるように、容子も隣に佇《たたず》んだ。

「ねえ、めんこいね」

　おばさんは日焼けした顔を振り向けて、容子に笑いかけた。

「ええ、かわいいです」

　容子も愛想よく頷《うなず》いた。八戸生まれ八戸育ちの彼女にとってはすっかり見慣れて、珍しくもないウミネコの子育て風景だが、おばさんの感興を削《そ》ぐような失礼はできない。おばさんも満足そうに大きく何度も何度も頷いて、そのうちに興が乗ったのか、首を振るリズムに合わせて歌いだした。

「じゅうさんまいり　じゅうさんり　もらいにのぼる　ちえもさまざま……」

　容子は呆気《あっけ》に取られた。あの唄だった。おなじ節回しのようだが、このおばさんが歌うと、まるで別の唄のように陽気に聞こえる。どこがどう違うのか比較できないが、聴いているほうの気持ちをかき立てる歌い方だった。

　おばさんは繰り返し繰り返し、ウミネコの囀《さえず》りと競うように歌う。

「あの、その唄……」

　恐る恐る声をかけた。おばさんは「ん？」と小首を傾《かし》げて、歌いやめた。

「その唄、何の唄なんですか？」

「さあて、何だべがな。ともだぢがよく歌ってくれたはんで覚《おべ》でしまった。よく知らねけども、親心の唄でないべが。ええ唄だべせ」

　おばさんはよほど気に入っているのか、一つ覚えのようにまた歌った。容子もいつの間にか口の中で呟くように歌っていた。

「じゅうさんまいり　じゅうさんり　もらいにのぼる　ちえもさまざま……」

　懐かしさと優しい気持ちがこみ上げてくる唄であった。この唄が決して特別なものでなく、どこでも歌われているのだと思い、そのことを誰かに伝えたくなった。母親にはもう二度とあの唄のことは言えないけれど、せめてあのひとには伝えようと思った。この気持ち、あのひとだけは、きっと分かってくれる――。

おばさんが不思議そうに容子の顔を覗《のぞ》き込んで、

「なして泣ぐんだ?」と訊いた。容子は精一杯の笑顔を見せて、「ううん」と、思い切り首を振った。

自作解説

平成十三年の秋、津軽の「十三湊《とさみなと》」を取材することになった。青森県市浦村《しうら》（当時）にある十三湖《じゅうさんこ》のほとりに、かつて繁栄した港があったという。その伝説を訪ねるのが目的の旅だった。その取材旅行とあい前後するタイミングで『東日流外三郡誌《つがるそと》』という奇書と出会った。市浦村史の「資料本」という形で出版されていたのだが、これがまったくの「偽書」であることがおいおい分かってきた。

世の中には「偽書」というものがある。一般の人々にはあまり関係のないところで、これまで事実とされてきた歴史的な出来事を、根底から覆すような証拠資料が「発見」されたといって、学会などで騒がれる。しかし、よく調べてみると、捏造《ねつぞう》されたインチキであることが暴露されるというものだ。その典型的な例が『東日流外三郡誌』だった。

僕などは、およそ学術的な分野と無関係に生きているから、そういうものが出たからといって、さほど驚きも感動もないのだが、歴史家や歴史の真実を発掘することに生命をかけている学者先生にとっては、由々しき一大事である。

『東日流外三郡誌』の内容は、本書をお読みいただけば分かるのだが（本書では『都賀留三郡史』

青森県に向かう「リゾートしらかみ」車中でトリック構想中!?

としている)、要するに神武天皇の東征によってヤマトの国を追われたナガスネヒコが津軽に流れてきて、この地に国を興した——というものだ。民家の古い建物を解体した際に、そういう「史実」を記録した書物が発見されたことから、一大騒動が始まった。何しろ、大和王朝や邪馬台国の存在にまで影響しかねない大発見だったからである。

この「史実」が世に出た時には、歴史家には肯定的に受け止める論調が多かったらしい。マスコミもそれに乗っかって囃《はや》し立てた。「津軽にもう一つの王朝があった」というのだから、これはもうかなりのセンセーションを巻き起こしたことだろう。門外漢から見ると、ばかばかしい——と思えるようなことなのだが、学者としてはそう簡単に割り切るわけにはいかない。学者の中には、最初から眉唾だとして、なかば無視した人も多かったのだが、あまりにも真実らしく持て囃されては放置しておくこともできない。ことの真偽をすぐれて学術的に解明しなければならなくなってきたのである。そうして大論争が始まることになる。

『十三の冥府』はそういった「騒動」を背景に、次々に起きる不思議な事件に巻き込まれる浅見光彦の体験談のように書かれた。浅見が東京を発って津軽へ向かう道中は、僕と編集者たちが行動したのと、ほとんど同じ行程を辿っている。十三湖へ行く途中、浅見がピラミッドやキリストの墓なるものに立ち寄ったのも、僕たちの体験そのものである。

浅見は幽霊やお化けの類《たぐい》を怖がる体質のくせに、超常現象といわれるものは、頭から信じない男だ。怪奇現象はもちろん、UFOの存在などもまったく信じることはない。そういう浅見だからこそ、邪悪な偽書にも惑わされることなく、事の真実を見極めることができたのだろう。

それにしても『十三の冥府』に描かれたいろいろな出来事は、常識だけでは説明のつかないことが多い。浅見同様、科学的（?）な思考の持ち主であるこの僕さえ、世の中には人智を超えた不思議な現象が存在するのではないか――と思いたくなったほどである。

本書の冒頭近くで、浅見が奈良県で起きた「箸墓《はしはか》」をめぐる殺人事件の取材に行っていると書いてあるが、これはじつは、僕自身の『箸墓幻想』の取材・執筆を指している。この箸墓がらみの出来事も、まさに人智を超えた不思議なものであった。そのことがあったからこそ、津軽で出会ったさまざまな奇妙な出来事にも、すんなりと対応できたような気がするのである。

（写真上）新郷村の「キリストの墓」。（写真下）第六章に登場する「青池」。

「三内丸山遺跡」で縄文の昔に思いを馳せる。

作中、本間教授が急死するが、死因は心室細動と診断される。それは本間が「ホルター心電図」の装置を身につけていた――つまり心臓に不整脈等の欠陥があったことによっている。このホルター心電図のことは、執筆中に僕自身が、不整脈の診断のため、掛かりつけのミチカワ医師に装着してもらった経験をもとに書いたものだ。どんなことでも経験しておくと、創作の糧《かて》になるものである。

　ところで、冒頭の「じゅうさんまいり　じゅうさんり」の歌だが、出典がどこか、分からなくなっている。京都のほうの虚空蔵菩薩《こくぞうぼさつ》信仰にちなんだものであることは確かなのだが、どこでどういうきっかけで知ったのか、まったく記憶がない。その点、神尾容子のあいまいな記憶と同じだ。このことを断っておかないと、読者は僕のでっち上げかと思うかもしれない。

『十三の冥府』（二〇〇四年刊）を書いた頃は比較的、長大な作品が多かった。『十三の冥府』の前には『化生の海』、後には『イタリア幻想曲』『上海迷宮』がある。後のほうの二作は海外物で、それぞれ傾向の異なる作品ばかりだが、この四作すべてに共通しているのは、いわゆる「社会派」と呼ばれるようなものではない点だ。べつに意識したわけではなく、結果としてそうなったに過ぎないのだけれど、僕の創作の傾向からすると、わりと珍しい現象と言える。とりわけこの『十三の冥府』は人間臭く、女性を中心とする怨念と執念を描いている。それが津軽地方の、どこか物寂しい雰囲気とよくマッチして、怪しい作品に仕上がった。

タイトルの「十三」は、執筆を始める前に決めた。単に不吉を暗示する数字として掲げたものである。当初はその程度のことで、あまり深い意図はなかったのだが、書き終えてみたら、死者の数が「十三」だったというのも、相当に怪しく、不気味である。

二〇〇七年秋

内田康夫

解説

山前《やままえ》 譲《ゆずる》
（推理小説研究家）

自身にとって八十三番目の事件となる『ユタが愛した探偵』で、日本の全都道府県にその足跡を残した名探偵・浅見光彦だが、もちろん二度三度と訪れたところも珍しくない。

殺人事件が起こった場所をピックアップしてみると、（意外にも？）圧倒的に浅見が住んでいる東京都が多く、それに続くのは静岡県、広島県、神奈川県、長野県といったところだ。浅見光彦シリーズの愛読者ならば、都道府県名を見ただけで「ああ、あの事件だ」と思い出すに違いない。旅情豊かというだけでなく、その土地の風土に根ざした事件を名探偵は解決してきたからである。

二〇〇四年一月に実業之日本社より刊行された本書『十三の冥府』で舞台となっている本州最北端の青森県は、浅見光彦にとっては懐かしい土地だ。『恐山殺人事件』（一九八八）で東部の下北半島や秋田県との県境にある十和田湖を、そして『津軽殺人事件』（一九八八）で西部の津軽地方を訪れている。

三度目となったこの『十三の冥府』では、城下町の黒石市や十三湖で知られる市浦村（現・五所川原市）といった津軽地方がメインとはいえ、南部地方の南郷村（現・八戸市）や新郷村、そして八戸、さらに青森市郊外の三内丸山遺跡なども重要な舞台となっていて、さしずめ「青森県殺人事件」とでも名付けたい長編である。

浅見光彦が青森県を目指したのは、例によって「旅と歴史」の仕事だった。藤田編集長が憂鬱な声で電話をかけてくる。一年間にわたって連載した『都賀留三郡史の真実』が問題になっているらしい。

『都賀留三郡史』とは、青森県黒石市にある八荒神社の宮司・湊家で発見された古文書で、大和朝廷成立以前、津軽半島西海岸地方を中心とした一大勢力があったと記されていた。そして、荒覇吐（アラハバキ）王国と呼ばれるその王国は、一時、近畿地方まで勢力を伸ばしていたというのである。

従来の日本史の常識を覆す内容だけに、世に出てから真贋が取り沙汰されてきた。「旅と歴史」の『都賀留三郡史の真実』は支持する立場から書かれていたが、それを真っ向から否定する投稿がゴマンときたというのである。藤田編集長曰く、「旅と歴史」の存亡にかかわることになるかもしれないとか。かくして浅見光彦は、「恩義ある」雑誌のために、『都賀留三郡史の真実』を解明し、その疑問点を指摘する記事を書くことになった……。

現実社会でも、『都賀留三郡史』同様の歴史の常識を覆すような古文書が存在し、その真贋が議論されてきた。それは『東日流外三郡誌』と呼ばれているもので、斉藤光政『偽書「東日流外三郡誌』事件』（新人物往来社）ほか関連書籍が多数出されていることからも、日本史研究者の注目度は窺えるだろう。

その『東日流外三郡誌』にたいする作者自身の見解は、本作の「自作解説」や『浅見光彦のミステリー紀行 第9集』（あるいは『浅見光彦のミステリー紀行 総集編Ⅲ』）で明らかにされている。また、作中の『都賀留三郡史』にたいする浅見光彦のスタンスもはっきりしている。〝ロマンであると割り切ってしまえば、いくら荒唐無稽だろうと詐術的だろうと、それなりに楽しめる〟けれど、〝それをもって「史実」なりと主張し、現代の社会に影響力を与えるようなこととなると、話はべつだ〟というのだ。

ただ、『十三の冥府』のメインテーマは『都賀留三郡史』の真贋問題や歴史の謎ではない。大和路に起こったこれも古代史に関係する事件をようやく解決して（それは『箸墓幻想』としてまとめられている）、浅見光彦が愛車のソアラで北へと向かったのは、ゴールデンウィークが明けた五月七日である。途中、北茨城市に立ち寄ったのは、青森県新郷村にあるピラミッドとの関連だった。

藤田編集長は、そのピラミッドの近くでお遍路姿の女性が殺されたと、浅見光彦の好奇心をそそっていたのである。だから、青森県に入って最初に目指したのは新郷村だった。名探偵にとってはやはり、『都賀留三郡史』の謎解きよりも殺人事件の謎解きなのだ。

旅慣れた浅見にしては珍しく道を間違え、やむなく泊まることにした民宿は南郷村である。ところがなんと、その民宿は殺された女性が泊まったところだった。そして訪れた殺人現場では、出会った警察官に怪しまれてしまい、警察署へ連行され……。なかなか『都賀留三郡史』に辿りつかない浅見である。

すぐに身許の確かなことは確認され、浅見光彦は刑事に紹介された黒石市の宿に向かう。その宿の主人は、『都賀留三郡史』を大嘘っぱちだと言う一方で、アラハバキの祟りがあると浅見をおどかすのだった。このところ『都賀留三郡史』にかかわりのある人たちに死が訪れていると……。

いよいよ『都賀留三郡史』を世に出した宮司に直接取材を試みる浅見光彦だったが、これだけ不可解な「死」に出会うと、その視線が「旅と歴史」の仕事から離れてしまうのはいたしかたないだろう。「死」の背景となっているのはあくまでも、現代を生きる人々の心に潜み、しだいに育まれた殺意である。そして、けっして断ち切ることのできない絆の存在であった。

殺意と絆は複雑に絡み合っている。解きほぐすのは名探偵といえども容易ではない。ソアラの現地での走行距離はかなりのものになったことだろうが、『十三の冥府』の事件がじつに複雑怪奇であることは、結果的に、百数十にもなる浅見光彦の事件簿のなかで、もっとも「死」が訪れた事件となったことが証明している。

浅見光彦の探偵法、すなわち事件の真相を突き止める方法は、人の心の影の部分に光を当てていくものだ。警察捜査で得られる証拠や証言ももちろん大切だが、浅見は物証よりも心証、である。その推理は事件とかかわった人たちの人生そのものを深く見つめ直して、真相への道筋を辿っていく。

浅見光彦の事件簿を見ると、外部と遮断された箱根の別荘を舞台とする『終幕《フィナーレ》のない殺人』を例外的作品として、ミステリーではポピュラーといえる、連続する殺人が関係者を恐怖に陥れ、ひいては探偵の推理を混乱させるような展開がほとんどない。

端緒となったメインの事件そのものに浅見はこだわり、突き詰めていく。派生して、あるいは関連して新たな謎が加わってくるにしても、メインの事件の謎解きがすべてを語ってくれる。ときにはたったひとつの殺人事件の真相が、ひたすら追い求められていく。

ところがこの『十三の冥府』では、かつてない数の「死」が浅見光彦の前に呈示されている。完全なる他殺がある一方で、病死や事故死と判断されたものもある。それらを結ぶ一本の糸ははたしてあるのか。事件簿のなかでもとりわけ名探偵を悩ませた事件なのだ。

その理由は事件の重層構造にあるだろう。南部地方で起こったお遍路姿の女性の死と、津軽地方でのアラハバキの祟りと噂される事件が併走している。名探偵はそのふたつの謎を同時に追わなければならない。だから青森県内をまさに東奔西走することになる。

他の事件は、たとえば鉱山で、真相という鉱脈を目指し、一本の新しい坑道をどんどん掘っていくようなものだった。時には方向を変えたり、あるいは補足の横孔を掘ったりするにしても、基本の掘削孔はひとつである。

しかし、『十三の冥府』には真相を目指す二本の坑道がある。青森県というおおまかな方向は一緒だが、最初は別の方向に掘られていく。その二本の坑道が接近するのか、あるいは離れていくのか。一緒になってひとつの真相を掘り当てるのか、あるいは別々の真相を掘り当てるのか。さすがの名探偵も最初から坑道の先は見えていない。まさか二兎を追う者は一兎をも得ず？

そんな名探偵を助けてくれるのは、浅見光彦シリーズに欠かせない魅力的なヒロインである。八戸出身で青森市内にある青森中央大学に通っている神尾容子がそのヒロインだが、彼女は殺されたお遍路姿の女性と八戸の蕪島ですれ違っていた。その時、「なにわより　じゅうさんまいり　じゅうさんり　もらいにのぼる　ちえもさまざま」と、口ずさんでいるのを耳にする。じつは彼女もその唄は知っていた。だが、由来もどうして覚えたのかも分からない不思議な唄だった。

一方、彼女が学ぶ歴史学科の本間教授が、十和田市で急死した。本間は『都賀留三郡史』の偽書説を主張していたのだ。容子自身のふたつの事件へのかかわりが、浅見光彦の推理の道に光を当ててくれる。

この『十三の冥府』の『都賀留三郡史』絡みの伝奇的な味わいは、『後鳥羽伝説殺人事件』以下の「――伝説殺人事件」シリーズを思い出させるかもしれない。旅情たっぷりの北の大地に渦巻く怨念と憎悪が引き起こしたシリーズ屈指の難事件を、浅見光彦はいつ解き明かすことができるだろうか。

この長編のあと、近くまで足を延ばすことはあったけれど、浅見光彦は青森県で再び探偵行をすることはなかった。内田康夫氏が二〇一八年三月十三日にその生涯を終えたからだ。しかし、未完のままで刊行された『孤道』は和久井清水《わくいきよみ》氏によって書き継がれ、天地龍之介《あまちりゅうのすけ》との共演という形で、浅見光彦は柄刀一《つかとうはじめ》氏の『ミダスの河』と『流星のソード』でその推理力を披瀝している。そして東京都北区が主催している北区内田康夫ミステリー文学賞には毎年、多くの応募作が寄せられているのだ。内田氏がその創作活動のなかで蒔いた種は、今もなお着実に発芽している。

【参考文献】
日本史が危ない！　安本美典・原田　実・原　正壽　全貌社
幻想の荒覇吐秘史　原田　実　批評社
［超真相］東日流外三郡誌　佐治芳彦　徳間書店
北洋伝承黙示録　渡辺豊和　新泉社
消された星信仰　榎本出雲・近江雅和　彩流社
謎の竹内文書　佐治芳彦　徳間書店
キリストは日本で死んでいる　山根キク　平和世界社
中世都市十三湊と安藤氏　国立歴史民俗博物館編　新人物往来社
日本超古代文明のすべて　佐治芳彦ほか　日本文芸社
角川日本地名大辞典　角川書店
みちのくのあけぼの（市浦村史資料編／東日流外三郡誌）　市浦村史編纂委員会
市浦村史　市浦村

左記の方々にご協力頂きました
浅山賢榮／類家万里子／山口恵子／山口優美（いずれも浅見光彦倶楽部会員）

この作品はフィクションであり、文中に登場する人物、団体名は、実在するものとまったく関係ありません。

また、市町村名、風景や建造物などは執筆当時のものであり、現在の状況と多少異なっている点があることをご了承ください。

初出誌　「月刊ジェイ・ノベル」
二〇〇二年四月号〜二〇〇三年十二月号
単行本　二〇〇四年一月　実業之日本社
ノベルス　二〇〇五年七月　ジョイ・ノベルス
文庫本　二〇〇七年十一月　文春文庫（上下巻）
二〇一一年二月　光文社文庫

このたびの刊行に際しては、光文社文庫を底本としました。

なお新装版限定企画として、内田康夫氏「自作解説」に取材旅行中の写真を追加収録し、山前譲氏の「解説」は新装版に際して加筆を行いました。

（編集部）

十三《じゅうさん》の冥府《めいふ》
新装版《しんそうばん》

二〇二一年十一月十五日　初版第一刷発行

著　者　内田《うちだ》　康夫《やすお》
発行者　岩野裕一
発行所　株式会社実業之日本社
東京都港区南青山五－四－三〇
CoSTUME NATIONAL Aoyama Complex 2F
〒一〇七－〇〇六二
TEL　〇三（六八〇九）〇四七三（編集）
〇三（六八〇九）〇四九五（販売）
DTP　千秋社
印　刷　大日本印刷株式会社
製　本　大日本印刷株式会社

https://www.j-n.co.jp/

ISBN978-4-408-53798-6（第二文芸）